U0844956

《诗学》编辑委员会

主　任：吕　进

主　编：吕　进　熊　辉

委　员：陈本益　代　迅　古远清　蒋登科
梁笑梅　陆正兰　骆寒超　毛　翰
蒲华清　邱正伦　王　珂　万龙生
熊　辉　向天渊　杨本泉　张传敏
张立新　朴宰雨（韩国）　岩佐昌璋（日本）

目　录

诗学序跋(主持人:张立新)

卷首语

新时代中外诗歌交流的基本路向

吕进 熊辉

坚定文化自信，推动文艺创作的繁荣与发展，是新时代知识分子的历史使命。作为文艺的重要构成部分，诗歌是提升民族文化自信力的重要手段，也是实现中华民族伟大复兴的精神载体。当今世界，中外文化交流日益频繁，翻译外国文学的数量逐渐增多，如何在吸纳西方资源的同时，保持自身文化的特色与独立，成为新时代亟须解决的重要课题。为此，把民族诗歌的艺术与精神元素融入翻译中，在中西互译中确立中国文化的主体地位，不偏废对弱小民族文学的译介，提升译者的担当意识等，将成为新时代诗中外诗歌交流的基本向度。

新时代中外诗歌交流不能对传统文化采取彻底决绝的态度，而应在中外诗歌交流中将其精髓弘扬光大。五千年华夏文明“积淀着中华民族最深层的精神追求，代表着中华民族独特的精神标识”。由此可见，传统文化是维系民族团结的精神纽带，是推动民族向前发展的精神动力，不能在西方强势文化的诱逼下将之视为过时的遗物。“五四”时期，部分新文学先驱彻底否定传统的做法，导致新诗沦为西方诗歌的“追随者”，梁实秋甚至认为“新诗就是用中文写的外国诗”。但在西潮涌动的年代，也有很多诗人通过翻译来彰显传统诗歌的艺术津要，成为现代翻译诗歌解殖民化的主体力量。比如郭沫若翻译的《鲁拜集》以“绝句”对抗新诗的自由化，闻一多与徐志摩诸君译诗的格律化在某种程度上是对传统诗歌形式的回归，朱生豪翻译莎士比亚时用中国化的方式置换外国人的思维和语言表达，屠岸坚持用中国诗体翻译莎士比亚诗剧，江枫翻译雪莱诗篇时对音韵和语言的考究等等，均说明翻译不只是单纯地引进西方诗歌，还可以使传统艺术在译文中熠熠生辉。相较而言，中国诗人的创作更容易承传古典诗歌的艺术旨趣，比如“五四”落潮后小诗创作的中兴，20 世纪 30 年代的“晚唐诗热”，贯穿百年新诗历史的古典意蕴，在新诗主导的诗坛上一直绵延不绝的古体诗创作，乃至当下李少君等人创作中的“诗教”观等等，无不是诗歌传统现代转换的例证，丰富了当代诗歌的艺术与精神营养。在新的时代语境下，将中国传统文化融入诗歌翻译中，使学习西方和继承传统成为新时代诗歌发展的两翼，不仅有助于译文的接受和传播，更有助于续写民族精神的史诗。

新时代中外诗歌交流应确立中国文化的主体地位，不能唯西方是尊。经过百年的学习和探索，我们的国力逐渐强盛，译者也当摒弃西方文化中心的立场，以中国文化的主体身份去面对并翻译西方文学作品。清末接连战败，但彼时的学人内心仍存有文化中心主义的优越感，认为中国唯器物之“末技”不如“夷人”，对西学大都持不屑的态度，故选译何国何人的作品并不会影响中国诗歌创作。在西方物质文明强势东渐中土之时，中国人秉着文学的主体身份和本已不复存在的文化大国心理，用本土化的文体和道德审美阻止了欧美文学汉译对中国文学的欧化影响。如果当时士人对待西学的态度具有保守和自大的成分，抑或具有不自觉的文化主体意识，那在一个世纪后的社会主义新时代，国人译介外国诗歌作品时所持有的主体地位则是民族自信心的外现。随着时间的推移，新诗创作逐渐积淀起了自身丰厚的传统，我们不必再抱着钱基博先生当年所批“必以欧衡”的外化思想，而应在中外诗歌交流的基础上促进民族文艺的繁荣，深化民族诗歌的精神内涵。翻译作为中外文化交流的中介，是西方文学词汇和表达方式影响中国新诗的主要路径。尽管胡适、鲁迅、傅斯年等人曾提倡借鉴外国语言来改变民族语言在句法和逻辑上的不足，但与此同时，朱湘、林语堂和余光中等则发出捍卫汉语“纯洁性”的呼声，他们采取多种翻译策略来阻止外国诗歌的翻译所引发的欧化趋势，凸显出鲜明的文化主体意识。新时代当有新气象，我们在诗歌翻译过程中必须捍卫中国文化的主体地位，以免在世界民族诗歌之林中迷失自我，使翻译诗歌成为复兴民族文化的有利因素。

中外诗歌关系包含两个层次的内容：一是中国与欧美国家之间不平等的交流，二是中国与落后或弱小的亚非拉国家之间平等的交流。自近代以来，出于学习和自救的目的，中国主要集中翻译欧美国家的诗歌，而这些国家又是入侵和盘剥中国的“敌人”，从而形成了中外诗歌二元对立的关系模式。而实际上，中国与很多民族诗歌之间是平等互惠的关系，我们在新时代可以继续借助对友好邦交国家的诗歌翻译，增强自身对抗西方文化霸权的力量，更好地维护民族文化的独立品格。这种“结盟”是中国诗歌翻译的传统，面对很多人“仅知有‘大英’、‘花旗’、‘法兰西’和‘茄门’”的不足，鲁迅从一开始就注重对弱小民族文学的翻译。《域外小说集》主要收录了东北欧弱小民族的文学作品，开创了中国译介弱小民族文学的先河；“五四”时期《小说月报》推出“被损害民族的文学”专号，是中国知识界面对强势文学的入侵，寻求平等和制衡心理的应对措施；抗战时期对弱小民族文学的翻译进入了新阶段，那些被法西斯侵占国家的文学以及弱小民族富于抗争精神的文学被大量译介，增强了中国文学反抗日本侵略的力量。新中国成立以后，特别是万隆会议的召开，译者对亚非拉国家诗歌翻译的热情高涨，在极其艰难处境中为我国的外交打开了一扇扇窗口，促进了国际社会对中国的了解和认同。在新时代里，我们应该加大对友好国家诗歌翻译的投入，与之牢固地结成文化战线上的同盟关系，既可对抗文化霸权，又可提升文化自信。

诗歌创作和翻译者在新时代应自觉承传中国传统知识分子的忧患意识和“救道”思想。在市场经济的大背景下，诗歌翻译和创作不能只是追求大众化的传播和接受，不能依靠制造热点来刺激市场销售量，而应让翻译作品散发出精神和情感的光芒。鲁迅在《中国人失掉自信力了吗》一文中，将“为民请命”和“舍身救法”的人称为中国的“脊梁”，实质上赞扬了知识分子的“忧民”和“救道”思想。纵观中国诗歌翻译史，具有“忧民”和“救道”精神的译者不乏其人，现代时期的郭沫若、冯至、卞之琳、穆旦等当属代表，及至当代译者王家新对俄罗斯诗人曼德尔斯塔姆诗歌的翻译，西川、黄曙光等人对米沃什作品的翻译等，显示出译者高度的社会担当意识。因为这些外国诗人作品的情感不是个人生活际遇的再现，也不是个人恩怨的表达，而是对人类真实生存现状的揭露，寄寓着诗人对人类命运的担忧和对未来社会的希望，具有较高的普适价值，是人类共同的精神财富。翻译这些诗歌作品，更能激发新时代知识分子的社会担当意识和对人类的人文关怀，推动中国新诗创作走向世界。

中国特色社会主义已经进入了新时代，“文变染乎世情”，作为中外文化交流的重要手段，诗歌翻译必须顺应时代的变化，在弘扬传统文化并促进新诗创作繁荣的同时，提升中华民族的文化自信力，为建构人类命运共同体谱写新华章。

吕进八十华诞专栏

主持人语（向天渊）：

今年9月28日是吕进先生八十华诞，特别值得纪念！我们谨借《诗学》集刊开设专栏，选登几篇评价吕进先生学术及教育思想的文章，表达我们对学界常青树吕进先生的祝贺与祝福！这些文章的时间跨度长达三十多年，评论的著作包括吕进先生的成名作《新诗的创作与鉴赏》、代表作《中国现代诗学》以及新近出版的《吕进诗学隽语》等，也涉及由吕进先生主创的全国第一家研究新诗的实体单位——西南大学中国新诗研究所，还论及吕进先生的教育思想。这些文章的作者自然也由好几代人构成，从吕进先生的角度看，有臧克家这样的长者，有袁忠岳、古远清、曾心、陈剑、刘强、纪宇这样的同侪，有曹笑、姚家育这样的晚辈。尽管所选文章的篇幅大多不长，但都是有感而发，不乏真知灼见。

《新诗文体学》：以诗人之心论诗[①]

臧克家

活跃在诗歌论坛上的中年诗论家，大半我都熟悉，观点有同有异，他们都富有朝气。吕进同志，就是为人所瞩目，为我所尊重的其中之一。我与吕进同志相识的时间较浅，而交谊却甚深。见面的次数屈指可数，但函件往还有如梭织。岁数差距很大，所以能成为忘年之交，是由于对文艺的看法、诗歌的观点基本一致。近几年来，文坛上，不论创作还是评论方面，五色炫耀，议论杂陈，各执一端，令人心惑而目迷。在这种复杂的情况之下，吕进同志能以他的洞察力，对各种现象分析研究，是其所是，非其所非，态度比较科学而公允。对某种新的思潮，对某个流派的作品，不是说好全好，说坏全坏，能说出个为什么好，缺陷又何在。这种认识源于他的文艺观，但也与他勤奋钻研，积累材料，古今中外，博览多能有关。

吕进同志，从少年时代就发表诗作，以诗人之心论诗，自然知

① 本节选自臧克家《吕进的诗论与为人——〈新诗文体学〉序》，《当代文坛》1989 年第 4 期。

其意义与甘苦。80年代以来，出版了《新诗的创作与鉴赏》《给新诗爱好者》等几本诗论，主编了《上园谈诗》《外国名诗鉴赏辞典》，另外还和朱先树、阿红同志共同主编了《诗歌美学辞典》。由于他的辛勤劳动，不止一次获得四川省及他任教的大学授予的“著作奖”。

集中精力于国内诗歌评论，吕进同志同时也把眼光远射到国外。他在美国、菲律宾发表了一篇又一篇诗论。去年，世界诗人协会奥运会期间在韩国开会，会议多次邀请吕进同志出席，就“中国新诗现况和20世纪展望”发言，虽因故没来得及赴会，但会议通知：将在会上授予他“世界诗歌奖”。

为了了解世界诗坛情况，吕进同志还与国外诗人、诗论家取得联系，交换意见，像日本的秋吉久纪夫，和他很熟悉；与苏联著名诗论家契尔卡斯基也开始通信，讨论问题。他在西南师大，一面教书，一面写作，同时还负责中国新诗研究所的工作，带领、指导好几位研究生，为诗坛培育人才。他所有的精力和时间全倾注在诗歌上了。这一点给我印象很深，也为我所钦佩。

我与吕进同志观点相同，趣味投合，建立了深厚的友谊。他尊重我，我也尊重他。对写作问题，我们都强调：应该从生活上出发，注意时代精神，特别注重艺术表现与个人独特风格。对中国的、外国的优秀传统，要借鉴，继承；对现代派某些表现手法，应该学习。当然，在对待中国诗歌传统的继承与发扬，学习西方现代派表现手法方面，我更多地坚持了民族气魄与民族风格。我每读吕进同志的论文，觉得心气平和，说理明晰，文字也颇精练优美，富于吸引力。最近，他寄来了一篇新作《新诗的沉寂时代》，我看了，非常赞赏。他怅惘于年来无传诵一时的名篇，并分析了原因，但并未一笔抹杀。他把他认为好的诗及其作者一一列举，他的求实态度，多少校正了我个人的偏激看法。吕进同志对我的一些作品，相当熟悉，也许还有点偏爱。前几年，他曾经写了篇评论《泥土的歌》的文章，并翻译了契尔卡斯基对《泥土的歌》的赞赏之作。这中外两位评论家的论文，各抒已见，甚得我心。对《泥土的歌》，我曾经说过，他和《烙印》是我的“一双宠爱”，因为其中的作品，感情是真纯的，它是发自心灵的声音，没一首诗，没一个诗句，是做出来的。由于40年代老友默涵同志的一篇评论，成为现代文学史上的评价标准。可是，对这本诗，当时就有不少同志另有看法，曹辛之同志曾发表长篇论文予以高度评价。近三四年来，默涵同志虚怀若谷，事隔40年，写信、口头上，向我三致歉意，为此，我在去年的《新文学史料》上发表了一篇文章，详谈了有关的种种情况。吕进同志在他没读到我的文章之前写了评论《泥土的歌》的论文，我自有知己之感。

吕进同志，与年俱进，又将有《新诗文体学》新著出版，嘱我写几句话，我乐于从命，概略地、真实地写了他的文、他的人以及我们的关系。

《新诗的创作与鉴赏》：收获逻辑与审美的快感[①]

袁忠岳

吕进同志：

你托重庆出版社寄来的大作《新诗的创作与鉴赏》收到了，我几乎是一口气读完的，正如你说的有一种逻辑审美的快感。

在北京，你谈起过全书的总体结构，分本质篇、创作篇、鉴赏篇三部分。当时我就认为你想得好，不仅新颖，而且科学。创作与鉴赏对诗的要求是共同的，而诗对创作与鉴赏的要求则是有区别的。忽视鉴赏的作用，诗歌美学即不完整，我国古代诗论中的意境、虚实、形神等美学范畴，都离不开鉴赏者参与其间。从创作到鉴赏，审美的主客体转移了，审美的要求、任务、内容、结果也均有所不同，不分开谈，许多问题就谈不清，谈不透。有些问题（如意境）过去所以含混朦胧，其原因就在此。所担心的是：同一东西从不同角度谈，难免出现重复。看完全书，并无重复之感，疑虑也就自消了。你把“诗的内容”“诗的形式”放到“本质篇”来谈，

① 本文是著名学者、山东师范大学教授袁忠岳 1984 年 6 月 6 日致吕进先生的信，见吕进《中国现代诗学》第三章“附录 1”，重庆出版社 1991 年版。题目为编者所加。

把“诗的修辞”“诗的品种”放到“创作篇”来谈，安排是妥当的。遗憾的是“鉴赏篇”分量太轻，只一章，与另外两篇三足鼎立就太不匀称了。当然，为求匀称，而去重复，并无必要，不过，除了重复，就别无更多的话说了吗？这是否反映了我们对诗歌鉴赏理论研究不足？我们不能从鉴赏的角度，在诗歌领域别开一洞天，用新的内容来充实诗歌理论吗？这是值得大家共同努力的。

写得精彩的是第一章“什么是诗”，第五章“诗的灵感”，第八章“诗的品种”和第九章“诗的鉴赏”。如第一章“什么是诗?”你先介绍了“诗如画”与“诗与音乐等质”两大主张，这在中外诗史上是有代表性和概括性的。前者以古代西方模仿说为基础，侧重于客观地再现，后者以古代东方言志说为滥觞，侧重于主观的表现（现在有些人却把它们搞颠倒了，把前者看作我国因循守旧的传统手法，而后者倒成了西方现代创新的时髦流派）。对这两种主张，你均不以为然，也不以为不然。看法是辩证的、合理的，而且用精辟的话加以表述：“诗是画的‘降低’”，“但它更是画的‘提高’”；“诗是音乐的‘降低’”，“但它更是音乐的‘提高’”。既相区别，又相联系，这是有见地的。

然后，你才给诗下定义说：“诗是歌唱生活的最高语言艺术，它通常是诗人感情的直写。”对此，我是赞同的，但也有修正。其中“歌唱”二字抓得准、抓得好。诗原是与音乐同时从劳动中诞生，二者结合不分。诗是歌，能唱的，这“歌唱”指明了诗的本源。人只有在感情激动时才有歌唱的欲望，所谓“情动于中而形于言，言之不足故嗟叹之，嗟叹之不足故咏歌之”，而歌唱必带韵味，富有音乐美。故诗虽然后来与乐分离了，但乐的特点——抒情性和音乐性却在诗中永远地保留下来了，使诗之所以为诗。不过，“歌唱生活”，似乎不太全面，有偏向“诗如画”之嫌，而与前面不偏不倚的态度相悖。你虽用“它通常是诗人感情的直写”来弥补，但，一、感情已包含在歌唱之中，这样说似嫌重复；二、“直写”，你在阐述中却又包括“曲写”“虚写”，好像也不太严密；三、与你下定义的要求——简练不相符。倒不如干脆去掉这一句，而在“生活”后添上“心灵”，成为：“诗是歌唱生活与心灵的最高语言艺术。”你以为如何？你不是引用李政道的话说：“那些基本的东西，恰恰是最简单的，但却最重要。”还有什么诗所必备的特点不包括在这句话内？还有什么诗之外的艺术样式也全具备这些特点？你在后面谈到“议论也是诗歌歌唱生活的一种方式”，“叙事诗同样是歌唱生活的最高语言艺术”，“讽刺诗也是一种特殊品种的抒情诗”，是“艺术地认识现实和歌唱现实的特别形式”等等，都是从这一本质出发，用“歌唱”一以贯之，抓住了诗的“最简单的，但却最重要”的特点的。

“歌唱”的含义是丰富的。在“鉴赏篇”中，你谈到“诗味，就是诗的抒情美和音乐美”，又进一步把它分成“内容方面的情味、意味，形式方面的兴味、韵味”，这诗的四味，不均包含在“歌唱”之中吗？“歌唱”二字最简单，同时也最丰富。不足的是，这四味既是“诗味的四个方面”，对诗来说就该是不可分离、不可或缺的。每一歌唱都必蕴有这四味，应是这四味的融合才是。可你只把这四味分开来，孤立地谈了，忽略了有机综合，并进而认为：“我们不应当要求每一首诗都‘四味齐全’。”你用意是想避免用一个尺度来衡量所有的诗，一面单调乏味。孰知分开来，充其量仅只四味而已；只有把四味按各种浓淡不同比例调配起来，才能出百味，一如世间缤纷万色，只源于红、蓝、黄三原色。

你原是搞外语的，有不少卓见即得力于你外语的修养。如你谈道：“‘诗’这个词导源于一个很古的希腊词‘poetes’，意即精致的讲话。”有力地说明了诗是“最高语言艺术”这一本质特点。“诗的语言来自生活语言，但生活语言必须经过诗的处理达到‘精致’化才能得到进入诗国的签证。”又如说英语、俄语中的“诗人”一词“都同有‘富于高度想象力的创造家’的词汇意义”，也是很能说明问题的，一语中的，道出了诗人的本质。更突出的是指出：“英语和俄语的‘灵感’一词的词根都是‘吸入’的意思。离开客观世界的‘吸入’，无所谓灵感。”从词义入手，一举破除了对灵感的唯心主义的解释，简要而有说服力。

从全书可以看出，你是极力避俗、避同，追求新意，不人云亦云的；但又不是故弄玄虚，追逐时髦，用一些艰涩难懂的辞藻来炫人眼目。既不迎合有些人的框框，也不迎合另一些人的狂妄。你只实事求是地又是独立地进行思考，尽自己努力，默默地探求着诗歌创作与鉴赏的规律，而不管别人是目之为保守呢，还是视之为异端。我想，我们研究探讨问题正应如此，书中精彩之处也正在此。

如对灵感，你指出：“对于一首诗来说，灵感是因；对于客观世界来讲，灵感是果。”没有客观世界，不会有灵感，没有灵感，不会有诗。因此，灵感正是客观世界地壳变动、引力超限引起的“心灵的地震”。说得多么好啊！正因此，它虽源于客观，却具有某种不可预知性和难以捉摸性，它是突发的，易逝的，强烈的，不重复的，而又常常在抒情性与音乐性伴和之下降生，以某一佳句在跳出为其特征，有的竟会至于从梦中觅得佳句。这样分析才不是教条的，而是切合创作实际的。

又如对于叙事诗，你在指出它“叙事时往往惜墨如金，抒情时又往往用墨如泼”，“一方面字字必争，一方面又‘走弯路’——走抒情的‘弯路’，说抒情的‘废话’”之后，已是可以了。而你又加一条：“生动的细节描写”，加得好，正如你说：“细节描写可以让跳跃的情节具象化，让简洁的故事饱满化”，有针砭闭门造车、医治空洞浮泛之效。

再如，对讽刺诗中的夸张与真实关系你这样说：“讽刺的生命在于真实。形象的夸张，并不是为了夸张真理，而是为了在更显明和更富表现力的形式中显示真理。”对散文诗指出：“‘小处落墨’与象征，是散文诗左右二翅，使散文诗从生活的具体景物出发，经过诗人独特的抒情逻辑，达到对生活作哲理式的诗的概括。”像这样一些见解精辟独到，富有启发性，警句一般的语段、语句是不少的。此外，在引用广博，取材翔实，举例精当上也很有特色，不一一谈了。

意见前面已谈了一点，再提出几条来商榷：

一、诗的定义中，“最高语言艺术”一条，除了你谈到的“精致”之外，是否还应有“精炼”之义，这是区别于散文语言的要点。诗的语言只是诗的意境、意象等美的信息的存储，其编码方式应具有最佳（即精致、美）与最简单（即精炼、少）的特点。

二、对于“弹性”，你的解释是“诗的语言的几种词义的并涵”，是否狭窄了些？你引的闻一多的话就说：“诗这东西的长处就在它有限度的弹性，变得出无穷的花样，装得进无限的内容。”意似广泛得多，是指词义的多变与丰富。它既可一语双关，一个词在一个地方包含多种意义，也可以一个词在不同的地方有不同的含义（如你举的白桦《阳光，谁也不能垄断!》中的词“一点”）。可以词义含混，因而多解；也可以词外有意，任人捉摸。如“红杏枝头春意闹”，“闹”字的词义是明确的，也没有几种词义，但因一字而境界全出，余味无穷，也应该说获得了“弹性”。此外，“弹性”与“张力”是否有联系？“弹性”的获得，不仅有该词本身的作用，也与其所处语言环境有关，与其他词和该词建立某种特定关系有关。这些也值得进一步研究。

三、“诗的构思”一章，节次的划分不够严密。如说构思方式就是想象，似太简单，后两节（“构思的过程”“构思的新颖”）谈的，其实都是构思方式。语言的锤炼是创作过程的最后一步加工，放到构思过程（我以为它与整个创作过程是有区别的）中来谈，也不甚恰当。构思的创新是重要的，但归纳为：反笔、侧笔、意外笔、交错笔、对话体等，也好像若即若离，琐碎而不能概全。我的看法是：想象应是构思的前提；新颖是对构思的要求（还应有其他要求）；构思从过程谈，应有起止，分出阶段，构思的方式五花八门，应归成几类，类再分种，这是“创作篇”的重点，也是难点。不深入挖掘精细的创作实际，难免有隔靴搔痒之感，这儿也尚有许多工作可做。

四、诗的修辞（包括诗的语法），是应该谈的，但怎么才能避免与语言学上的修辞、语法重复，使之真正富有诗的特色，对诗歌创作有具体帮助？这也是需要研究探讨的。书中有些条目（如比喻、借代、排比等）内容一般，就有缺陷。

想说的话还很多，但笔谈究竟不同于面谈，不能尽言。总之，读后收益甚大，启发不小。我无书可回赠，即以此信代书，毫无保留地直抒己见，万望笑纳，勿嫌少也。我想，大作如有机会修改，一定能更深刻，更精致，更臻完美境地。

《中国现代诗学》：第三只眼

——诗学新思维①

曹 笑

继《新诗的创作与鉴赏》《给新诗爱好者》《上园谈诗》和《新诗文体学》之后，吕进先生又推出新的力作：《中国现代诗学》。那种几年少有的激动，迫使我急急忙忙坐下来，斗胆再拿愚拙之笔进行一番简要评价。

古希腊的亚里士多德（Aristotle），以批判几乎同时代的柏拉图（Plato）而滥觞其文艺思想。他认为：由于模仿的媒介、模仿的对象及模仿的方式等诸因素之不同，艺术便有不同种类，与悲剧、喜剧、酒神颂不同，史诗“只用语言来模仿”而诗“由于固有的性质不同”，可分为讽刺诗（模仿“下劣人的行为”）与“颂神诗和赞美诗”（模仿“高尚的人的行动”）。这暴露了亚氏的一个基本观点：在诗的起源、诗的真实、诗的分类与悲剧、喜剧等问题上，语

① 本文选自《华西都市报》，记者曹笑（曹春阳）《诗学新思维——简评吕进〈中国现代诗学〉》，《银河系》诗刊1992年总第8期。

言是关键的因素。亚氏的“语言论”，在西方，虽历经各种冲击然仍处于一种莫名其妙的“统治”地位，也影响后世一系列的诗论、文论。“用语言为媒介，说出心灵的活动”（贺拉斯《诗艺》），“说着话的图画”（锡德尼《为诗一辩》），意大利明屠尔诺（Minturno）、法国伏尔泰也多少受到熏染。18 世纪德国的莱辛（Lessing），在《拉奥孔》中从题材、媒介、感觉几方面来探讨诗与画的异同，虽有不俗之举，然仍未脱亚氏窠臼——西方文论研究文体，尤其是诗歌文体时，把语言看得过重，从而形成了一种语言的框架、语言的模式、语言的误区，换言之，西方文体学只重视语言或者说只限于语言的研究，“以公式和概念抽象鲜活的诗歌现象”（吕进语）西方文体学这一“明显”偏颇，到了吕进《中国现代诗学》那里，才真正有所突破。

吕进 20 世纪 60 年代毕业于西南大学外语系，并在该系执教多年，西方文化的大量浸润，再加上东方文化的渊博积淀，使他具备了“第三只眼睛”，有可能更直接把握西方文论的精蕴，也更可能客观地感触其不足，并因此“回过头去另眼相看既有的新诗理论”，在“传统派”与“崛起派”争论中，这种“打量”的胆与识，本身就显示了一个诗论家的超凡智慧与艺术良心。《中国现代诗学》，系国家社会科学基金项目，凡一十九章，是吕进已面世的几部专著之后的诗学新思维。务实、创新，是此书总体特征，也是其具备特殊审美的价值之处。而“突破”“填补空白”则是本书最具魅力、最有吸引力的地方。

在对中国传统诗学与西方诗学进行比较研究之后，吕进断言：“诗学观念的差异，就是文体理论的差异”，这或许就是诗论家吕进论诗而偏重新诗文体的原因吧。从审美观点出发，《中国现代诗学》科学地界定了诗与非诗、诗的分类、诗的风格。深层次的阐述更多地表现在对抒情诗的媒介特征的独特审视上。音乐性是吕进近年来一直很痴情的一个命题。音乐性是中国诗歌一笔相当大的财富，对新诗而言——吕先生如是说——则是一笔糊涂账。“音乐性，是中国古诗的优势，也是中国新诗的贫弱”，“音乐性，是诗歌语言与非诗语言的主要分界”。同时，诗歌语言还具有弹性与随意性。这方面的例证，我们可以从洛夫、舒婷、傅天琳的诗中轻易得到。对于诗语言的外在音乐性，第五章的阐释，令人拍案叫绝。许多同志至今未认识、理解到诗语言的这三大审美特征，闹出了不少“叹为观止”的笑话。某刊授学院一位评小说者评《读》一诗，则堪称这类人中的佼佼者。其实，《读》诗当年激动过一大批与诗作者同学的大学生，原因很简单：《读》写出了本科生们的真实体验，且诗语言的三大审美媒介在此诗中某种程度上得到了实现。

论及诗人的修养，吕进先生告诫：人格精神与艺术功力二者必须统一，而想获得艺术修养的“开阔性”，则必须用当代与传统、本土与域外的“碰撞”“交融”为中介。其中所包含的启迪性与指导性，读者、诗人不能不服。目前中国诗歌的现状，流派众多，山头林立，表面看是繁荣，细想是混乱、群龙无首，表层的热闹掩盖了深层的沉寂。一味“用文字方砖修砌心灵曲线”者该醒了，“求知音于未来”者该悟了。

意境，一直是中国传统诗歌分品味高下之标准，也是诗有不同风格之原因，在继承、融会之后，吕进大加发挥，从审美体验与语言特色两个侧面进行论证，而把诗分为外倾型与内倾型。外倾型诗人的审美视点是“以心观物”，“总是从现实环境、客观事件中寻觅诗情”。流沙河老先生的诗便是此种类型。而“化心为物”和“以心观心”是内倾型诗人最基本的审美视点，他们“对待外部世界的态度是一种主观的态度，抽象的”。而无论何种类型的诗人，他们共同点是运用内视点，而不像小说等叙事文学作者那样运用外视点。关于风格，就每个具体的诗人而言，风格又有多义性：相对稳定性之外，是多元性与不可模仿性。

吕进很清楚地认识到，语言是文学也是诗的基本特征，是诗"固有的性质"（亚里士多德语），因此，《中国现代诗学》在阐述"诗的形式本质"时，就借鉴了西方诗论与中国传统诗论，从而诞生一个命题："诗的形式本质在于它的语言方式"，严格地讲，这是一个新说。同时，语言又不是唯一的要素，所以，吕进《中国现代诗学》便突破前人、他人的思维定式，而从作者、读者、文本、现实和语言五个诗歌核心要素出发，进行阐述、论断，逻辑性、系统性、突破性于是生焉：

第一，诗学，并不是一个空泛的概念，也不是抽象的文化现象；诗，首先是内视点文学。

第二，在世界大文化的背景下，任何时代的诗歌，皆由诗内与诗外两种因素影响，两者任何一方出现偏差，于诗都可能是致命的。

第三，中国新诗，走过了正题、反题两大阶段，今后的发展趋势，是"合题"，即把"生命意识与使命意识结合起来""时代自觉与文体自觉结合起来"，而不会如有人所谓的那样，重复第三代诗歌。

诗是王者的事业，诗论家则是王中之王。吕进先生的诗学研究，已形成了一个严谨的体系。吕进诗论蕴涵之深度、厚度，具有无可辩驳的哲学意义，这不仅体现在诗论本身自成一体，"通"中有"变"、"博"中见"新"，更表现为吕进诗学研究的艺术张力及张力的倾向性诸方面。浓烈的思辨色彩，折射出了诗论家本人对历史、对人生、对学术研究的感悟与体验。我们还不敢断言《中国现代诗学》将在中国诗歌史上的地位、意义，但我们已有一种明白无误的预感。唯其如此，以年轻而稚嫩的目光打量这个体系时，笔者有意无意之间都带有某种程度上的惶恐。更何况《中国现代诗学》只是吕进先生“十余年的新诗研究的学术生涯的第一个句号”。不知词达我意否？

《吕进诗论选》：一个新体系的构建[①]

阿 红

忍着医生反复忠告："时刻警惕中风！"我再次浏览吕进同志的著作，我颤抖着手拿起如抛三秋的笔。禁不住凝目西望，我好像看见重重山重重云外，那西南师范大学树木掩映的校园小道上，吕进挟着公文包，正向课堂走着。他还是那么步履匆匆，还是那么瘦削！

忘不了中国作协几次举办全国新诗评奖初评会、评委会上他谈吐的风采；忘不了西南师大访问他温馨的家的欢乐；忘不了石家庄、深圳久别重逢又握手又拥抱的喜悦；忘不了'93 华文诗歌国际研讨会上，韩国世界诗歌研究会副会长金正雄先生向他颁授世界诗歌黄金王冠时他那凝重的神情；忘不了我当年主持《当代诗歌》月刊时他给予了慷慨支持；忘不了……忘不了啊！宗宗件件，心头结晶！现在他出这么厚重的选集，命我作序。吾何能，敢为斯人序！

① 本文选自著名诗人、原辽宁省作家协会书记处书记、副主席阿红《一个新体系的构建——序〈吕进诗论选〉》，《吕进诗论选》，西南师范大学出版社 1995 年版。

吕进，是位——

卓越的强创造性的学者。他精通英语俄语，熟悉中外诗学。他一本本著作几乎本本获奖，或市的或省的，社科成果奖或文学奖。他多次出国，或参加国际会议，或作高级访问学者，或讲学。

杰出的诗歌事业家。是他创办了我国有史以来第一个新诗研究所，和志同道合者一起，全力以赴，锲而不舍为新时期、21 世纪培养诗学人才。一批又一批接受访问学者，一位又一位接待海内外诗界名流访问，一茬又一茬邀请海内外客座教授，一次又一次召开海内外学术会议，授教益于所内，扬所名于国际华文诗界。

热心的社会活动家。在他，“委员”“顾问”“主编”“主席”“代表”，码成堆儿。他何尝有意，无奈硬将名卡挂到他的胸前。我曾要他学着偷闲，他竟为难地说：“我不会！”

因他多方面的丰硕奉献，荣获四川省劳动模范称号。教授、学者、理论家，膺此荣誉者能有几人！和他谈起这类事儿，他只淡淡一笑。我知道，他心里仅仅装着“创造”。

作为朋友，我们结识是必然，因为都深深陷在诗里；我们相知也是必然，因为当初邂逅时，我就感觉出他为人盈盈着真诚、正直、质朴、可信。十几年交往，证明无误。我交友，跟着感觉走。

吕进的著作立在紧靠我书桌的书架。我常取出翻翻，好多地方用红笔画圈，我认同，我欣赏！

我没能力全面概括吕进诗歌理论研究成果，但，我久久认定：吕进，以他对中国古典与现当代诗歌诗论的广识，以他对世界诗史与著名诗歌诗论的博知，以他对哲学、心理学、创造思维学的理会，以他敏锐的领悟、独立的思考，以他虽不算多却深有体味的诗歌创作经验，呕心沥血，运筹帷幄，终于为中国现代诗学创建了一个新的颇是完整的理论体系。这个理论体系集中体现在他在一本本著作基础上终于完成的力作：《中国现代诗学》，也体现在这本《选集》里。

营造出这个理论体系，是他承担的国家项目，他完成了！

营造出这个理论体系，是中国新诗学发展过程的阶段性成果！《文艺报》就曾发表文章，说关于诗美本质的研究，从何其芳到吕进是一个飞跃。

营造出这个理论体系，是他对当代华文诗歌的重要奉献。

吕进营造的中国现代诗学理论体系，突出地表现在他凝目诗的海洋、文学的海洋，一下子从审美视点的差异，顿悟出诗和非诗文学的文体差异。审美视点是作者与实界的审美关系，感受实界的心理方式与表现实界的艺术方式。如吕进说的，诗是内视点文学，非诗文体是外视点文学。以极科学而又精练的语言确定诗文体的根本特征。攫住了诗文体的根本特征，弥漫在诗创造境地的云雾就哗哗退去了。古往今来，关于诗这种文体的特征有无数释义，从审美视点作如此准确而又具有丰富内涵的确定，恕我冒昧，我想说是一创。从审美观点上去把握诗、认识诗，去探讨诗的基本面与技艺面的种种课题，都提出自己的观点。他认为诗的灵感可区分为体验性灵感与创造性灵感；他认为诗的形式本质在于语言方式；他认为诗的修辞方式在于虚实相生；他认为诗的分类应以审美视点与语言方式的差异作尺度；以及他诗的风格问题的广泛论断，特别是从审美视点上将诗人风格区分为内倾型与外倾型，等等，等等，都给人启示。正如我一位诗友说的："吕进的《诗学》像给我一副望远镜，看过去清晰了，看前面也清晰了。又像给我一只显微镜，看自己也清晰了。"

读吕进文章，我强感他致力沟通中国传统诗学与现代诗学，使民族优秀传统现代化；致力于整合中国诗学与西方诗学，使外国可纳艺术经验本土化。立足中国，放眼世界，自我立论，取精去粕。我强感他有着庄重的理论仪表，独立思考，无所迎合；构建严密，很少疏漏；尊重实界，公正析理；自我言之，取态明朗。因此，他建立的这个新诗学体系，具有鲜明的中国性、现代性、科学性、实践性。

当然，吕进的诗论文章是多样的。

关于诗歌时段的概论。读这类文章，我感觉他是登峰俯瞰，指点江山，拨浓雾以见原貌，析义理而示流向。读着，觉得是这么回事。

关于诗人创作的专评。读这类文章，我感觉既有切实的理论分析，又有浓郁的感情色彩；既能言到作者不一定想到的审美意味，使人眼睛一闪，又能说到作者落笔时的心灵些微蠕动，叫人不禁微笑。他也不客气地指谈疵点，言简意赅，发人深思。

关于诗歌流派析评。新时期以来，流派丛出。有留长久影响的，有热闹一阵的，有昙花一现的。面对这种现象，吕进以理论家的风度，微笑地注视着，细密地思索着，然后作为友人，洽谈得失。

我喜欢吕进的文风。他不广征博引中外诗家言论，把自己粘贴成“大家”；他不把文字弄成超“译文”，将诗见用浓雾包装；他不故作威严，不居高临下，视诗爱者为愚盲。读他的文章，如他和我对面谈心，那话儿精确、机敏、亲切、有味。

自然，建立一个完美的诗学体系，广泛论述诗歌各方面问题，吕进同志还会有许多文章可做。理论也是创造，而创造无极。

写出这等文字，实在不好意思交卷。凝目西望，吕进同志啊，请指教。现在，我要打开影集，再次好好看看你，再次回味那些美好的时刻，并向你送去我最美好的祝愿！

吕进：新诗文体论的建设者①

古远清

吕进（1939—），四川成都人。1963 年毕业于西南师范学院外语系，现为西南师范大学教授和该校中国新诗研究所所长。主要著作有：《新诗的创作与鉴赏》（重庆出版社 1982 年版）、《一得诗话》（四川文艺出版社 1985 年版）、《新诗文体学》（花城出版社 1990 年版）、《中国现代诗学》（重庆出版社 1991 年版）、《吕进诗论选》（西南师范大学出版社 1995 年版）、《文化转型与中国新诗》（重庆出版社 2000 年版），主编《上园谈诗》（重庆出版社 1987 年版）、《新诗三百首》（河北人民出版社 1996 年版）等。

吕进的诗论起步于 20 世纪 70 年代中期，成熟于 90 年代。他是一位有理论雄心建构诗学体系的诗论家。他把诗学原理、诗歌现状批评与新诗史研究结合起来，为中国现代诗学迈向学术之境作出不懈的努力。他的第一部著作《新诗的创作与鉴赏》，重视揭示新诗本身的艺术规律，进行有说服力的论证。比如对诗的本质问题，

① 本文选自著名学者、中南财经大学教授古远清《吕进：新诗文体论的建设者》，《中外诗歌研究》2011 年第 2 期。

他就敢于标新立异，提出新的定义：

> 诗是歌唱生活的最高语言艺术，它通常是诗人感情的直写。[①]

用“歌唱”去说明诗的特点。不仅因为是诗和音乐同时从劳动中产生，还因为诗后来虽然不再与音乐结合在一起，但它仍具有抒情性和一定的音乐性。作者在后面论述各种诗体的特点时，也紧扣了这一点。最后一句则在一定程度上说明了诗作者与作品关系的特殊性。当然，这种解释还可以进一步商讨。有人就曾认为吕氏的定义不妨改为“诗是歌唱生活与心灵的最高语言艺术”[②]，才较为确切。但不管怎样，在人们仍十分服膺何其芳关于诗的定义的情况下，吕进的看法值得重视。至少它可以作为进一步丰富、完善诗的定义的一个基础。因为何其芳的定义尽管比较科学和完善，但它并不就是人们认识诗的本质的终点。

重视从诗人的创作和读者的审美鉴赏角度对构思、灵感、修辞、品种诸问题进行细致的剖析，力图确立某些创作法则，带有技巧性和实用性，这是《新诗的创作与鉴赏》的另一特点。此外，吕进还较辩证地处理了诗的内容与形式的关系，既强调了诗人要抒人民之情，同时又花了许多笔墨谈灵感的特点和获得、构思的方法和创新，以及叙事诗应如何从抒情、结构、语言等方面去把握特点。此书谈的灵感、通感、小诗等问题，也是以往出版的同类著作较少提及的。作者在探讨时，分析细腻。重在点的深入。比如谈灵感讲

---

① 吕进：《新诗的创作与鉴赏》，重庆出版社 1983 年版，第 20 页。

② 袁忠岳：《致吕进》，《〈诗刊〉通讯》1984 年第 9 期。

清了突发性、强烈性、不重复性和抒情性与音乐性之间的关系。谈构思的创新，比较全面地总结了创新的几种基本艺术经验。在“精炼美”中谈到新诗语言的弹性的主要来源，新诗常见的排列方式，以及谈诗学中的标点与语言学中的标点的同与异，均比亦门的《诗是什么》有所超越。

在体系上，该书把诗歌理论、创作和鉴赏紧密联系起来，在一定程度上显出了内在逻辑的严整性。全书还注意纲和目的关系。这里说的纲，系指第一章中的“诗的本质”。它是全书立论之本，统率了创作篇、鉴赏篇的主要观点。但该书体系还未具有更充分的新诗本身艺术规律的依据。即是说，这种分法仍没完全脱出从一般的文艺理论出发去研究新诗的窠臼，使人感到与文艺学概论的教材不无依稀仿佛之处。另外，作为一个完整匀称的体系，“鉴赏篇”分量稍嫌不足，和全书不大协调。

《给新诗爱好者》接触了《新诗的创作与鉴赏》来不及谈到的问题，是在原有基础上的深入。特别是认为“弹性是一种模糊美。它赋予诗歌语言以不确定性”① 的观点，引进了模糊数学的原理去解释诗人写作心理活动中的某些现象。吕进注意到了社会科学与自然科学互相渗透的这种趋势，下决心更新知识，力求突破原有的理论成果。

作为“上园派”理论的发言人，吕进在《上园谈诗·后记》中所概括的求实意识、创新意识、多元意识，给人一个诗论群体的整体印象。吕进诗论的独到之处，主要得力于他的理论准备与美学修养。另一方面，也与他的诗论讲究艺术光彩有一定的关系。

吕进 20 世纪 90 年代的著作比以往又前进了一大步。这时他花

---

① 吕进：《给新诗爱好者》，重庆出版社 1984 年版，第 14 页。

最大精力研究的是新诗文体学问题。吕进认为："文体理论就是研究文学的精细化和综合化过程的理论。文体学从理论上概括和抽象各种文体的形式特征及其发展轨迹。作为分类理论，文体学是确认文体特征和文体可能的理论，是净化和发展文体的理论。"①

正如蒋登科所说："吕进的新诗文体理论吸纳古今中外的诗歌文体理论成果，摒弃过去流行的单一的外部研究。而注重对新诗文体的内部规律的探索，注重理论上的正面建构。他不像西方的理论那样，主要从语言学角度来研究诗歌文体，而是以构成诗歌文体的诸要素为中心，将诗歌置于一个庞大的系统中来考察。涉及诗与散文、诗与时代、诗与表现、诗与诗人等重大课题，探讨它们之间的独特关系。对新诗文体的研究，吕进首先确定的是诗的文体本质与文体位置，他从诗与绘画、音乐等相关艺术门类的比较之中探讨诗的本质，更从诗与非诗文学体裁的比较中探讨诗歌文体的本质。对后者，他主要从两个方面切入，一是视点特征，二是语言方式。正是对这两个方面的深入考察，使他获得了对诗歌文体的全新认识，确立了他的新诗文体学体系的理论基点。"②《新诗文体学》，便是他这方面的研究成果的集中展示。但此书不够系统，系单篇论文的结集。他的学生王珂写的《诗歌文体学导论》③，从诗本体的角度，以中外诗歌，特别是现代汉语诗歌为对象，将诗的内部研究与外围研究结合、总体研究与个案研究结合，在某些方面比他的老师有所超越。

---

① 吕进：《中国现代诗学》，重庆出版社 1991 年版，第 11 页。

② 蒋登科：《对吕进诗学体系的简单理解》，载吕进《对话与重建》，西南师范大学出版社 2002 年版，第 395 页。

③ 王珂：《诗歌文体学导论》，北方文艺出版社 2001 年版。

在吕进主编的书中，最具理论价值的是《文化转型与中国新诗》①。此课题从基本具备客观性后的新诗的发展历史、新诗里的中外关系、新诗的诗体重建和新诗的传播四个角度，阐明文化转型与中国新诗的众多理论问题。比如在文化转型过程中，新诗积累了哪些艺术经验，对这些经验如何给予理论的总结与升华；当下的新诗又该怎样转型，新诗的进一步转型又会给文化转型带来什么？这些问题都进入了该课题的学术视野②。

吕进不仅是诗论家，而且是一位诗歌教育家。他和当地前辈诗人一起于1986年6月创建了中国第一家新诗诗体机构——中国新诗研究所，成为我国诗歌研究的重镇，先后承担了多项国家级和省部级项目，出版和主编了不少著作，并主办有《中外诗歌研究》季刊和《中国新诗年鉴（1993—1997）》，还培养了江弱水、王珂、王毅、蒋登科、毛翰等不少新诗研究人才，在从事华文诗学交流和建设方面取得了一定的成绩。

---

① 吕进等：《文化转型与中国新诗》，重庆出版社2000年版。

② 吕进：《文化转型与中国新诗·前言》，载吕进《对话与重建》，西南师范大学出版社2002年版，第380页。

轻人之所重，重人之所轻[①]

［泰国］曾　心

吕进先生是我敬重的中国诗评家，我是 2007 年 10 月在第二届东南亚诗人大会上认识他的。那次会议在广东韶关举行，吕进先生为会议提供了论文《东南亚诗歌：本土与母土》。他写道："东南亚是华文诗歌正在成熟的一个富有特色的组成部分，蕉风与华韵的交融富有艺术魅力。"在会议的闭幕式上，他又受邀为会议做学术总结。他的文章和总结讲话，给我，给到会的东南亚诗人，带来惊喜，留下深刻印象。大家都喜欢他，尊敬他。我就是从那时起和吕进先生开始交往的。我发现，他简直是桃李满天下，许多著名诗评家都出自他的门下，提到他，都对"吕老师"很仰慕，也很自豪。所以，我也跟着他的弟子叫他"吕老师"。我比他稍长，他总叫我"曾心诗兄"。见面不多，电邮很多，了解日益加深，友谊日益增长。

2009 年吕进先生担任主席的第三届华文诗学名家国际论坛在

① 本文节选自泰国著名诗人、学者曾心《吕进诗学隽语·序》。《吕进诗学隽语》由曾心、钟小族主编，先后在泰国、中国大陆、中国台湾出版。

西南大学举行，我受邀出席，并在开幕式上担任五位主题讲演者之一。2010 年 7 月，泰国留中总会文艺写作学会庆祝成立三周年，凭借我和吕进先生的友谊，留中总会请平素不太喜欢出门的他来到泰国，并做了《中国文学的诗化特征》的学术讲座。他关心我们的“小诗磨坊”，为我们的年度诗选写序。

在和吕进先生交往中，我产生了一个强烈愿望：把他那些被人评论和引用很多的著名诗学名句编成一本语录体的书，这就是《吕进诗学隽语》的来历。我和吕进先生的弟子钟小族先生，以及其他几个西南大学在读的研究生，一起努力，从几百万字的著述里花中选花，选编出了这本十来万字的书。说实话，吕进诗学体系博大精深，选编这本书是有难度的。尤其是我们考虑到，为了读者的方便，要尽量把篇幅压得简短一些，这就更是难上加难了。我们尽量努力，把它分为“诗美篇”“诗歌分类篇”“诗运篇”“诗人篇”“诗歌技法篇”和“诗歌鉴赏篇”六个部分，希望能给读者提供学习和使用吕进诗学体系的某些方便。

吕进在小学年代就开始发表诗歌，所以中国诗坛泰斗臧克家曾在《吕进的诗论与为人》一文中说：“吕进同志，从少年时代就发表诗作，以诗人之心论诗，自然知其意义与甘苦。”自儿时起的诗歌世界大大改变了吕进的现实人生。接触过他的人都有一个强烈感觉，这就是他的人生的理想标杆是在创造一个诗化人生。许多研究他的文章，都注意到他的人生风度：轻人之所重，重人之所轻。这里的“人”就是俗人、庸人，所以出现在我们面前的吕进先生总是脱俗的、乐观的、明朗的。他有一句座右铭：“心中别有欢喜事，向上应无快活人。”这个座右铭也成了他的学生们的人生指路标。也正因为别有向往，所以吕进先生心胸很宽广。对于人生中遇到的某些一般人难以忍受的另类，他完全不屑理会。新西兰诗人游子先生曾感叹说："像吕进这样的胸怀的人，是很少的。"

吕进是一个有自己完整诗学体系的人，这在当今的中国诗学界并不多见。尤其是他的文体理论，非常深刻而周全，既是现代的，又是传统的。1982 年他出版《新诗的创作与鉴赏》，一时洛阳纸贵，重印 3 次，印数 4 万册，市面上仍然找不到。许多诗人，甚至现在身在海外的诗人，都在文章或博文里回忆，当年给自己引路的案头书正是这部著作。从那时到现在，可以说，吕进的著作等身，迄今已撰写和主编了近 30 部著作，一些著作还是多卷本，他受命于四川省人民政府担任主编的《四川百科全书》甚至有29 卷之多。

几十年来，吕进在中国诗坛一直保持着强劲的影响，持久而不衰。有人说，西南大学并不在北京，但是吕进在遥远的重庆发出的声音总是受到全国诗学界的关注，这是一个当今诗坛的奇特现象。谈中国现代诗学而不知吕进，将是一个笑话。以他为领头人的"上园派"是新时期中国诗坛的与传统派、崛起派并立的重要诗学学派，已经进入两岸的文学史。进入新世纪，吕进又提出了以振衰起弊为旨归、以诗歌精神重建、诗体重建、诗歌传播方式重建等"三大重建"为内容的"新诗二次革命"，掀起了新诗从"破格"转向"创格"的浪潮。

说起吕进先生，当然要说到中国新诗研究所。上个世纪 80 年代成都著名女诗人王尔碑曾发文说，重庆有三大宝："火锅，长江大桥，还有中国新诗研究所。"香港著名诗人犁青也说，到新诗研究所就是"朝圣"。吕进说，他这一生最重要的科研成果不是某部书，不是某篇文章，而是中国新诗研究所。1986 年的端午节，因为对新诗的守望，在吕进向学校的建议下，中国新诗研究所诞生了。这是新文学历史上第一家新诗研究机构，是西南师范大学的独立建制的系级单位。吕进出任所长，诗坛前辈臧克家、卞之琳受聘为顾问教授。在25年里，中国新诗研究所经历了不同寻常的风景，信心满满地走在寻梦之路上。从一名在读研究生到今天的一百多名在读研究生的数量变化，从于今遍布中国诗学界的毕业生的活跃与影响，见证了新诗所二十五年的不无光辉的历程。而吕进始终是中国新诗研究所的旗帜与灵魂。

新诗所出来的弟子号称“吕家军”，无一不敬爱自己的导师。在吕进先生七十寿辰的时候，各国各地学生不顾导师的反对，赶回重庆祝寿，并制作了一个吕进的铜像。西南大学校长王小佳在为四卷本的《吕进文存》写的序言《删繁就简三秋树，领异标新二月花》里提到这件事：“这样的学术带头人在学校是不多的。他为学校的建设，尤其是文科的学术建设，做出了自己的贡献，也因此受到全校师生的敬重。先生七十大寿时，学生们自发地为他塑了一尊苏格拉底式的智者的铜像就是最好的例证。”我也为此写了一首诗，刊登在《中外诗歌研究》杂志上：

新诗重镇的山城
一座龙族新诗形象的坐标

俯察
一首熟透醉人的新诗
仰观
一束缪斯灵光的聚焦

这本《吕进诗学隽语》将在泰国、中国大陆和中国台湾同时发行。我希望它能够广泛流传，受到大家的欢迎，如果这样，我的夙愿也就达到了。

弥足珍贵的现代“新诗话”①

［新加坡］陈　剑

吕进数十年如一日，孜孜不断谈诗论诗，累积学术篇章数百篇，成就了《吕进文存》四大卷。特别是占主要篇幅的诗歌论述，是吕进在诗学的重大成就，也是诗学界的丰收，更是诗歌理论和批评发展的里程碑。

吕进诗论涵盖面十分宽广，举凡新诗的本质与形式、诗体与格式、节奏与格律、新诗的“自由度”、传统新诗与衍生新诗、诗歌美学、新诗技巧、语言与修辞、新诗的创新、诗的传播、诗歌鉴赏、诗与诗人、诗人的为人与修养、诗人与时代，而至新诗的派别、诗学意识、新诗诗体重建、新诗精神重建，更进而提出新诗的二次革命等等，不一而足。论点新颖、纵深有度、条理分明，以中西诗学深厚学养，树中华诗学躯干、育新诗绿叶繁花。对新诗发展独具慧眼，提出许多建设性的论点和建议，为新诗创新路径指出方

① 本文选自新加坡著名诗人、学者陈剑《诗话〈吕进诗学隽语〉》，《诗学体系与话语方式的建构：〈吕进诗学隽语〉评论集》，曾心、熊辉主编，泰国留中大学出版社2013年版。

向，为新诗发展瓶颈创议新诗二次革命，充分显示吕进深具诗学远见、洞悉新诗迂回前行的发展道路。

新诗自“五四”发轫以来，从大白话到自由体、从提倡节奏到格律诗派的形成、从现代诗质的探索到新诗的矛盾分裂、从殿堂诗歌到诗歌政治化、从新诗语言的重建到话语空间的重建、从“上半身”写到“下半身”、从先锋割裂新诗颠覆与低俗化到正本清源回归本体，新诗走过了不断变型痛苦的一百年。从积极的角度而言，这不正是中华诗人的勇以变革、勇以探索、勇以创新的新诗百年吗？从吕进的诗学探索和论析中，我们可以清晰地看到这条新诗坎坷的途程以及诗人们付出的涓涓血滴。吕进长达数十年的耕耘，在新诗评论和创作指引所做的付出，也自然形成了吕进作为新诗评论与诗学建设的严谨风格和诗学建树。

吕进浸润于诗中不能自拔，作为诗人，依中西诗学及自身所言所论，身体力行实验、检验、创新于新诗书写。更因寄身学界，精通外语而学贯中西，以丰富的学养与智慧的眼睛，关注新诗现场与新诗文本、审视新诗随时代形势的变迁、诗人创作观念与方法的变化、跟踪新诗发展轨迹，全面而近距离考查新诗过去、现在与未来的情状，既有理论的审度，更有打破传统观念、超越而创新的破格评论。吕进诗学论点的表述，不拘泥于学术术语和格式，却以学术的智慧、诗化而机智的语言阐释点化深奥的观点，既有严肃的学术深度论述，又深具语言的幽默隽智，使读者产生阅读其诗论的极致乐趣，有别于一般学术论文的生硬艰涩、枯燥无味。可以说，大多吕进的诗评都是以诗歌的语言书写、深入浅出，画龙点睛、一语中的。有别于目下许多所谓诗评者（一般称为假学院派）喜于卖弄所谓“后现代”语言，搞得他人晕头转向，不知其所言。吕进之所以能达到这种出神入化的诗评境界，与他作为诗人是分不开的。比如诗与散文，其形式、语言的分野经常混淆不清，吕进则轻描淡写便说得透彻明白：

诗的语言“没有观感价值，只有情感价值；没有表意功能，只有表情功能；没有可述性，只有可感性”（见《诗美篇——诗与散文》）。

又说：

> 散文是世界的反映，诗则是世界的反应。“反映”更俱客观性和逻辑性，“反应”更具主观性和随意性。和散文相比，诗最缺乏宏大叙事的本领。散文叙述世界，诗吟唱世界。散文的第一原则是情节，诗的第一原则是情感。散文具有较强的历史反省功能，诗则以它对世界的情感体验与心灵发现来证明自己的优势。
>
> 诗是“偏向表现内心生活的音乐”，而散文则是“钟情再现外在世界的绘画”。（见《诗美篇——诗与散文》）

近年来，在创新的前提下，众多诗人一再尝试诗歌表现手法的创新、变异。有些诗人则生搬硬套外国诗歌技巧理论与实践，大搞象形诗；更无视中外语言的差异，忽悠诗歌语言，连诗人本身都不知其所言何物？脱离了诗的本质，乖离了诗歌语言的特质。吕进一再点明：

> 诗，总是两种对立倾向的和谐：一与万，简与丰，有限与无限；诗人，总是两种相反品格的统一：内心倾吐的慷慨与语言表达的吝啬。
>
> 春之精神写不出，以花朵写之。秋之精神写不出，以

落叶写之。诗人要善于以“不说出”代替“说不出”，以象尽意。（见《诗歌技巧篇——“寓万于一”与“以一驭万”》）

高不言高，象外含其高；远不言远，笔外含其远；静不言静，诗外含其静。（见《诗歌技巧篇——诗歌技巧的“有”与“无”》）

诗家语往往“成如容易却艰辛”，当读者在诗篇中看不到诗人的“艰辛”而又大受感动的时候，说明诗家语已经提炼到炉火纯青的地步了。（见《诗歌技巧篇——苦而无迹》）

20世纪80年代，新诗派别纷纷涌现，遂有先锋派崛起而与传统派激烈论战。此时一些志同道合的资深诗人悄然集结于北京大学上园饭店（此为上园派之由来），研讨中国新诗的方向。他们学贯中西，主张中西结合、中学为本、西学为用，坚定继承中华诗学传统而向现代化转换，在借鉴西方艺术经验时着重其本土化转换（故又称转换派），而引领风骚者即为吕进。

百年新诗走过来，颇让诗人与爱诗者纳闷，何以到今天新诗还没有形成公认的诗歌体制，仍然以随意性极强的“自由体”存在繁衍？新诗发展至今，是否进入瓶颈阶段，势必要面临重大变革，才能凤凰涅槃，再造辉煌？审度新诗发展的轨迹和方向，吕进深感新诗已经走到一个翻身再造的境地，于是在2004年第一届西南大学新诗研究所举办的“华文诗学名家国际论坛”石破天惊地提出新诗二次革命的命题：

新诗的二次革命，不是要损害新时期以来的多元化格局，重新定新诗为一尊；更不要革掉新诗的命。相反的，它的近期目标是摆脱新诗当前的困境，实现新诗的再出发，重建新诗的审美标准，促进新诗的再复兴。二次革命要继续新诗开创者一次革命的未竟之业，发展应当发展的，深入应当深入的；同时，要革除一次革命在传统与现代、自由与规范、本土与外国上的偏颇。如果说一次革命是对旧诗的批判，二次革命就是批判之批判，目的是以原创性精神推进中国新诗的现代化。一次革命主要是开天辟地的爆破，二次革命主要是推进创新的建设。推进诗歌精神建设，诗体建设，诗歌传播方式建设，以及其他领域的建设，进一步发展多元化格局，是我们的当务之急。（见《诗运篇——新诗的二次革命》）

一石激起千层浪，新诗二次革命的提出引发中国诗界的大辩论，众多诗人、诗论名家参与了这场诗歌界轰轰烈烈的论争，这浪头仍然势头迅猛，冲击着华文诗坛。新诗革命所引发的不仅仅是诗歌本身的变革，也牵动诗歌精神的再造，吕进更指出诗人的时代与社会责任：

作为心灵艺术的诗歌理应在这个大时代背对嘲弄意义、反对理性、解构崇高、取消价值的思潮，承担起自己的美学责任，创造中国诗歌的现代版本和现代诗歌的中国版本。应当指出，中外优秀的诗歌无一例外地都具有“不纯性”——杰出的诗人不但要关怀艺术技法，更要关怀人的终极价值，发挥公共文化人、社会良知的功能，通过诗的渠道投入时代大潮，消解旧价值观，建构新价值观，参与对现实的“诗意的裁判”（恩格斯语）和人们“人性地栖居在这大地上”（海德格尔语）的精神家园的建造。（见《诗运篇——诗歌精神重建》）

曾心、钟小族精心细致地从吕进浩繁的诗学宗卷中掇取吕进诗学的珍珠，编撰成《吕进诗学隽语》，为众多诗家、诗人与学诗后进提供了极大的方便，既是吕进闪煜着光芒的诗学精言，是吕进的诗学“语录”，更是学者探研诗学的索引，这是值得深深赞许和嘉奖的学术工作。珍珠是耀眼的成就，但认识、了解、掌握珍珠形成的过程才是重要的。《吕进诗学隽语》是指引诗学研究的指路灯和一条捷径，省却了摸索前行的某些艰辛。要窥探吕进诗学全貌，则非深研《吕进文存》及其散落于各学刊的诗学论述不能穷其精髓。

中国历来是《诗话》大国，自西汉司马相如论作赋始，南朝《诗品》以来，历代的诗话不下上百种之多，尤以宋、元、明、清更蔚然成风。这些诗话、词话，是不拘一格的古典诗论，但却多以三言两语、画龙点睛式对诗歌点拨评论。但百年新诗，争议不断、议论纷繁，也出现众多诗评诗论，但作为诗话形式出现者却是凤毛麟角。曾心、钟小族将吕进作为诗人与诗学大家穷一生诗学研究聚经典之作的珠玑形成的现代“新诗话”，《吕进诗学隽语》是新诗坛中绝无仅有，独此一部，弥足珍贵。

为一个被遗忘的诗歌群落命名[①]

纪　宇

在诗歌作用日益被弱化被漠视的社会环境中，进行诗歌研究是艰难而冷寂的，因而也是崇高和光荣的。坚守阵地的使命，从来都是志士所为。置身于诗歌生存和发展的边缘里，在诗歌理论上能够不断地推出新的研究成果则更不容易。我们欣喜地看到在西南举着诗歌理想旗帜的吕进教授和他主持的新诗研究所，他们的研究为新诗的发展起着积极的、重要的、具有拓荒意义的实实在在的推进作用。

在2010年《诗学》第二辑上，读到吕进教授的《论“新来者”》，使我感到振聋发聩，耳目一新。这是盼望已久的，填补新诗研究空白的理论创新。后来听说此文发表在国家重要文艺理论刊物《文艺研究》上，它的影响已经进一步扩大，使我感到非常欣喜。

在这篇文章里，吕进教授第一次敏锐地提出了“三个诗歌群

---

① 本文选自著名诗人、原山东省作家协会副主席、青岛市文联主席纪宇《为一个被遗忘的诗歌群落命名——读吕进的〈论“新来者”〉》，《中外诗歌研究》2013年第1期。

落”的论点，将许多论者阐述过的两个诗歌群落，即在20世纪七八十年代“归来者群落”和“朦胧诗群落”之外，提出来一个“新来者群落”，论述了这个被长期忽视、被惯性遗忘，然而又列队整齐，打过许多战役，取得巨大成就的创作群体，他们的成绩和贡献第一次被集体推出，第一次被全面阐述，第一次被正式命名。

吕进教授这样说：

> 在新时期诗坛上还有一个“第三者”：新来者诗群。
>
> 在双峰对峙的时候，“第三”具有重要的诗学意义和哲学意义。“第三”可以活跃全局，可以开拓空间，可以探索新路，带来新的生态平衡。现在回过头来看历史，三个领唱群落中“新来者”的实绩其实不小，艺术生命其实非常持久。“新来者”到了新世纪已经属于老诗人，但是他们中间的多数人还在歌唱，他们对中国诗坛仍保持着影响。
>
> 新来者属于新时期。
>
> 他们的歌唱既有生存关怀，也有生命关怀。化古为今，化外为中，这是新来者共同的审美向度。新来者的艺术胸怀广、艺术道路宽，读者群不小。

我想，正如吕进教授指出的，这个诗歌创作群落是客观存在的，为什么却长期被整体地忽视，甚至忽略了？尽管他们当中的不少诗人是当代诗歌史上绕不过去的重要标志，也曾被研究，被论述，然而那毕竟都是个体的研究，没有放在一个巨大和清晰的社会环境和时代背景中，因此那种研究就显得单薄和缺少系统性，因而也就缺乏深刻性和普遍的指导意义。

吕进教授还指出:“所谓‘新来者’是指两类诗人。一类是新时期不属于朦胧诗群的青年诗人，他们走的诗歌之路和朦胧诗人显然有别。另一类是起步也许较早，却在新时期成名的诗人，有如‘新来者’”。

吕进教授列出了一个长长的“新来者”诗人名单之后，充满激情地指出:

> 新来者是时代的守卫者，躲避崇高、全盘西化、玩弄文字，都不是他们的美学追求。他们也许承认:“‘人人心中所有，人人笔下所无’这句古话，可以作为好诗的标准。”他们为同时代人打造诗意的家园，努力为他们所处的时代做出“诗意的裁判”。

吕进又说:新来者有强烈的新气息，他们不同于50年代那批当时的新来者。他们的“新”就是新时期的“新”。带来的是对冬天的射击，他们带来的是春天的笑容，他们带来的是静悄悄的变革。在长期的流浪之后，诗回归到本位。没有新来者，就没有完整的新时期诗歌。

这种旗帜鲜明，立论确凿，论述充分的文章正是诗坛所需要的，我认为，对新来者诗群的研究和梳理是十分必要的。

新来者是坚守在诗歌阵地几十年的狙击手，他们不犹豫，不彷徨，坚实地踏在生活的土壤上，像一棵棵中国槐树，奉献出五月如雪的槐花，年年岁岁，从不爽约，甜甜的槐花，香透记忆，可酿成蜜。

但是长期以来，新来者诗歌群落是被无视的，被遗忘的，成了诗歌理论的无人区，没有人关注，没有人研究。

为什么呢？整体地来说，我认为：相对于“归来者”，他们没有深厚的历史纠葛可探测，没有明显的流派痕迹可寻找，没有复杂的人事关系可梳理。“新来者”像是透明的，单纯的，零落的，仿佛是清水一泓，鹏鸟一只，你看得见，我也看得见，只能有一说一，难以扯拉勾连，云山雾罩，凭空想象联系；相对于“朦胧诗”，他们不够新奇时髦，不易找到国外新理论、新流派的借鉴和承袭关系，更难摸准他们各自不同的思想脉络，他们几乎是每人都有一个创作标准，有自己的美学追求，一般的诗评家很难用从外国或从古人那里找来的尺子对他们的作品进行考量。

相对于某些批评家的简单化、庸俗化、尝浅辄止的隔靴搔痒的评论，他们又不肯拿正眼去瞧，不肯低下他们高贵的头颅去迎合什么“现代”或“后现代”，这就使他们更加远离关于追逐时髦的诗歌评论家的视线。

他们是某种意义上的散兵游勇，他们没有刻意寻找机缘，没有故意制造场合，没有能够站起队列来承受时代和人民的检阅。

而我们感激吕进教授的断言：没有新来者，就没有完整的新时期诗歌。

而后，吕进教授研究了两个新来者的个案，他们是雷抒雁和叶延滨，显然这两个诗人是很有代表性的。尽管在“新来者”的队列中，他们是“显者”，雷抒雁所处的鲁院常务副院长的位置，叶延滨的《诗刊》主编职务，都属于“新来者”中的佼佼者，他们作品的数量和质量也是大多数“新来者”不能比拟的。

在吕进教授提及的新来者名单中，本人忝列其中。看到我的名字，突然想到，我终于找到自己的“队伍”了，我有了一个属于自己的“位置”了！哦，很好，很新鲜，叫“新来者”，尽管我觉得这个“新来者”的命名来得有点晚。

我作为一个在“文革”之前就开始发表作品的作者，在“文革”中发表了大量的作品，应该承认，这些作品是有着这样那样的毛病的，那正是被歪曲的时代的特征。整个一个时代都生病了，整个社会都疯魔了，政治和经济基础都发生变化和震荡了，你怎能苛刻地要求诗歌独善其身?

但这不应该作为原谅自己的理由，白纸黑字既然写下了，那就是用斧头也砍不掉的现实，正视它，解剖它，它应该和全民族的历史一起来反思。

然而，我在“文革”中的全部写作经历都是我18岁到28岁青春的过程，年轻不应该是逃避批判和自我批评的理由，然而年轻却更是继续前进的资本。因为年轻，它还能跟得上时代，还能为紧随着到来的新时期继续歌唱。年轻给了我信心，信心给继续前进的勇气。我不但没有放下手中的笔，而且更加勤奋努力地开拓前进。

然而，长时间以来，我却不知道我应该站在哪里，我应该属于什么部队。我没有番号，我没有战友，我甚至觉得在诗坛，不论走到哪里都是陌生人。

“你还在写吗，你怎么还在写呢？你歌唱的时代不是已经过去了吗?”这个时代不属于我了吗，莫非我生在别人的时代?

回忆当初，我像一只雀鸟，绕树三匝，无处可栖。我不是大雁，大雁的营地在湖滩芦丛，我归不了雁群；我不是天鹅，天鹅的故乡在海滩湖水乡，没有属于我的天鹅湖。

可我不能不写诗，因为写诗是我的生活方式，不写诗，何以生？我仍在写，不屈不挠。可没有理论界定的散兵游勇是没有力量的，也是被漠视的。不必讳言，相当一段时间里，我写作的障碍很大，心理障碍和诗坛壁垒门派间的障碍。

诗坛是有圈子的，大圈子或小圈子，圈子里的人亲不亲我不知道，圈子外的人是被歧视，遭封杀的，其实这是公开的秘密，或叫潜规则。

办刊物，编书，稿子选谁的，不选谁的，有标准吗，当然有了，可眼高眼低，某些人的发表权、被选编权就被扼杀了，别人是无权也无机会过问的，过问又有什么用？

稿子好坏你能用尺子量吗？说你好你就好不好也好，反之亦然。

可我还是幸福的，因为我赶上了诗歌的八十年代。在八十年代的宏大诗歌交响乐中，我曾吹响过一支小小的竹笛。

从这个意义上说，我要谢谢吕进教授，谢谢新诗研究所。

创建中国新诗研究所①

刘　强

“竹外桃花三两枝，春江水暖鸭先知。蒌蒿满地芦芽短，正是河豚欲上时。”（苏轼《惠崇春江晚景》）应该说，春江水暖播种人先知，早春时节播种人最先下田试水。那么，播种的耕夫是谁？吕进先生——我这里说的是，吕进是改革开放以后中国新诗诗学的一位播种人，而他的诗学播种所创造和凭借的，就是中国新诗研究所这座诗和诗学的摇篮。

2006 年 6 月 18 日，是中国新诗研究所成立 20 周年的大喜日子。中国新诗研究所这朵中外诗坛的奇葩，是怎样开花结出硕果的？大家都已经有目共睹，耳熟能详；而这棵花树的幼芽，当时是怎样萌发的？或许就鲜有人知了，而笔者却是它的见证人之一。

1985 年 12 月，全国第二届新诗（诗集）评奖审读班，在北京上园饭店举办。在中国作协领导下对全国各地申报的诗集进行专家审读，包括初审和复审，然后将筛选出的优秀诗集送交评委投票决

① 本文选自著名诗人、原株洲市文联副主席、党组成员刘强《1986：诗学摇篮》，《中外诗歌研究》2005 年第 4 期。

出。这项审读工作由《诗刊》社负责组织，参加审读工作的专家（诗的学人）都是从全国各地抽调来的，有当时诗学著述颇丰的吕进等十余人。上园饭店比较僻静，周围地势也还开阔，有如同乡间的那种林荫小道。小半个月的上园生活，每天晚饭以后，《诗刊》社的朋友回家去了，吕进就领着我们一伙人，在林荫小道上散步聊天，天南海北神聊仙侃。吕进当时是西南师院外语系汉语教研室主任，他成为聊天的主讲者，也是话题中心。比如，我们问他，你的待批副教授批下来没有？他说也许快了。我们聊得最多的是中国新诗发展形势。改革开放以后，老诗人复出，新诗潮（朦胧诗）崛起，第二届新诗（诗集）评奖报上来的作品，优秀者不亚于第一届，新诗发展形势喜人。大家纷纷预料，由于后新诗潮（俗称“第三代”）紧跟于“朦胧诗”崛起之后，再度异军突起，1986 年全国将会出现一次浩浩荡荡、沸沸扬扬的“新诗热”。

某一天散步时，吕进神秘地告诉我们：面对新诗蓬勃发展的形势，他有了一个打算，正在琢磨和酝酿成立中国新诗研究所，已经有些设想了。我们听了十分高兴，称赞他是第一个“吃螃蟹的人”，当时在国内还没有这种“劳什子”，因而大家都热切地鼓励他、支持他，认为他是新诗发展的“弄潮儿”，为中国新诗发展推波逐澜。

果然，到了 1986 年春夏，深圳《青年报》、安徽《诗歌报》等报刊，接连推出一版又一版的“诗展”。全国各地众多“诗派”和诗歌社团，各自发表宣言，推出主张（他们关于诗的主张很杂乱，目的性很不一致），真所谓山头林立，烽火四起，狼烟滚滚，摇旗呐喊，聒噪一时。据当时的有关统计是“两个 86”：诗的 86 年，86 个诗的流派。尽管现在看来，那还不叫诗的“流派”，只能叫山头。但是，我们对那种“张狂”的诗热，也理应有客观的估价和评定。我个人认为，新诗现代艺术的多元化于此形成热潮。尽管一时间各种山头蜂拥而上，旗帜混乱，却也有益于新诗在比较中发展现代艺术。

这年春节前后，吕进越来越感受到一种强大压力，他和同事们商量，向院领导报告，成立中国新诗研究所迫在眉睫，以应对形势发展并成为推动新诗健康发展的需要。就是说，中国新诗的发展需要一座诗学摇篮，一座对诗的艺术多元化发展予以包容和过滤的网络型摇篮。后来，吕进就立下军令状，从重庆这个“诗热”中心，向四处诗友们传出中国新诗研究所宣告成立的好消息。

中国新诗研究所的成立，于诗的“狂热”中显出一种“渊默的冷”来：或者说，那种全国性的“诗热”活动，给诗坛提供了无限宽朗的天地，给中国新诗研究所造就了一个特立独行的广阔空间。“诗热”不仅引发人们对诗的“癫狂”，更是激起人们聪慧而睿智的“冷”的思索。吕进就是这样一个思索者，他的睿识卓见超越时空。他看到“诗热”光景无限好，但对于诗的健康发展却需要经过“渊默的冷”的过滤。于是，中国新诗研究所摆脱一切外在、人为条律的羁绊，找到诗学的自我应运而生了，它是那么从容、那么镇定地向我们走来，使新诗的天地大为开阔。

作为中国新诗研究所的创始人，吕进在入世的生涯中建功立业，他做到了胸中有丘壑，如著名诗僧寒山诗云：“人问寒山道，寒山路不通。夏天冰未释，日出雾朦胧。似我何由届，与君心不同。君心若似我，还得到其中。”“似我何由届，与君心不同”，可以说是最好的偈语。意思是，“为什么我能到寒山，而你却觉得寒山路不通呢？原因就是我‘与君心不同’啊！”回过头来看，同时期的那许多诗的山头和旗帜，慢慢销声匿迹，“诗热”渐次冷却；而中国新诗研究所却能在海内外赢得普遍青睐环球名声大振？乃冰封雪冻般的冷澈之“道”也——如前面所说，“诗热”所带来的新诗现代艺术的多元化，需要“渊默的冷”的澄清，诗的现代艺术，也需要在这种“冷”的过滤的多方比较中得到发展，而中国新诗研究所二十年来的所作所为，大约也没有离开诗的现代化发展这件大事。

2004 年 9 月，中国新诗研究所举办“首届华文诗学名家国际论坛”，海内外诗学名家云集，为世人瞩目，它以新诗和诗学建设为主题，对新诗第二次革命正式命名和对世界华文诗开展整合，促进新诗的再次振兴和发展，是中国诗学史上划时代的一页。无疑，这是中国新诗研究所为诗的事业发展立下的又一项汗马功劳。

在上个世纪 80 年代，中国有几个诗歌大省，四川是一个；中国有几个诗城，重庆首屈一指；中国新诗诗学有几个领航人，吕进当仁不让，而且他是卓有成就和功勋的一员。在首届华文诗学名家国际论坛上，我曾经对吕进用过一个赞语：“桃李满天下，学誉满天下”，至今想来，此说权存，不以为过。临了，让我再给中国新诗研究所一句颂词：

诗坛帝子，誉飞宇中！

作为新诗教育家的吕进[①]

姚家育

作为新时期新诗批评家，吕进（1939—）为中国现代诗学所做的贡献，已获学界肯定。吕进迄今从事新诗教育和研究近四十年，著作丰富，且有新诗创作经历，有诗集《吕进短诗选》行世。2017年9月，吕进荣获百年新诗评论贡献奖。吕进筹建的西南大学中国新诗研究所，迄今也有31年，为学术机构的管理和学术研究积累了经验，具有可复制性和推广价值。作为大学学人，吕进是新时期以来专门依托学术机构开展新诗教育与研究的第一人，惜乎他的新诗教育未曾得到学界重视，因此笔者不避浅薄，就吕进新诗教育范式和吕进与20世纪新诗教育传统进行初步的探讨，以期抛砖引玉就教于方家。

① 本文选自佛山开放大学副教授姚家育《新诗教育视野中的吕进》，《东莞理工学院学报》2018年第2期。

一　“新诗教育家”概念的提出：从新诗与大学教育谈起

1917年2月1日，胡适的“尝试”之作《白话诗八首》正式面世，发表于《新青年》杂志2卷6号，“鸿胪初唱第一声”的胡适被誉为新诗开山祖师爷。1918年1月5日，胡适、刘半农、沈尹默等三人的九首白话诗发表于《新青年》杂志4卷1号，这是白话诗诗人第一次集体亮相，文学史家逐渐取得共识，视之为新诗诞生的标志。1920年3月，胡适的白话诗集《尝试集》出版。早期新诗诗人中，有的集诗人、文学理论家、文艺批评家和文学翻译家于一身，比如胡适、刘半农、周作人、徐志摩、闻一多等，而且他们在大学担任教职，这给新诗以良好影响——新诗与大学教育有不解之缘。限于论题范围，本文中的新诗教育，指大学新诗教育。

但新诗走进大学课堂，并非想象的那么顺利。据陈平原考证，1921年10月北大国文系之《中国文学系课程指导书》已将“新诗歌之研究”列入课程计划，但真正得以落实是在1931年，其时“新文艺试作”课程终于浮出水面。同年9月23日，北京大学拟定“布告”，“新文艺试作”课程的指导教师尘埃落定，周作人、俞平伯、徐志摩、冯文炳等人在列。1935—1937年，废名经由乃师周作人举荐，担任“现代文艺”课程教学，课堂上讲授新诗，以胡适的《尝试集》始，以郭沫若的《沫若诗集》终，在新诗的解读中阐释他对新诗自由诗的看法。抗战结束后，废名重返北大讲台续讲新诗，解读了卞之琳、林庚、冯至以及他本人的作品。废名的新诗教育时间较长，内容丰富，观点新锐，影响较大。

但是，按照时间先后，第一个在大学课堂上讲授新诗的当属朱自清。1928年，清华大学中文系主任杨振声提出“创造我们这个时代的新文学”的办系方针，翌年春朱自清登台开讲“中国新文学研究”课程，一直讲授到1933年下学期。朱自清的讲义《中国新文学研究纲要》有较强的学术性，分“总论”和“各论”两部分，前者三，后者五，共八章，其中“诗”列为“各论”之首，可见朱自清在课堂上讲授了新诗。而且朱自清将臧克家1933年自印出版的诗集《烙印》增入讲稿，在王瑶看来，“这门课程实际上既有文学史的性质，也有当代文学批评的性质”①。1930年秋，在胡适的授意下，沈从文在上海中国公学讲授新诗，以新诗发展为经，以解读作品为纬，对汪静之、徐志摩、闻一多、朱湘等人的新诗作了阐释，课程讲义后来以《新文学研究——新诗发展》为题收入《沈从文全集》第16卷。1927—1928年，闻一多在南京第四中山大学（后改名为“国立”中央大学）发现并培养了诗人陈梦家和方玮德。1930年，臧克家投考“国立”青岛大学，获得闻一多的赏识而被破格录取。1933年，闻一多为臧克家的诗集《烙印》作序。1943年，闻一多在云南昆明西南联大的课堂上，分析解读了田间的新诗，称田间是“时代的鼓手”。翌年4月，闻一多担任西南联大新诗社的指导教师。闻一多虽然没有系统讲授新诗，但他始终站在新诗现场，不遗余力扶植和培养年轻诗人。总之，20世纪20—40年代，新诗已经进入大学课堂，成为讲授的对象。新诗教育的作用是显而易见的：加强新诗批评与理论建设，参与新诗的经典化进程，夯实新诗的读者基础，提高新诗创作水平。从新文学进入大学课堂的时间来看，朱自清当属新诗教育第一人。

20世纪80年代，新诗教育因了改革开放而“春风又绿江南

---

① 王瑶：《念朱自清先生》，郭良夫编《完美的人格——朱自清的治学和为人》，清华大学出版社2002年版，第33页。

岸”。1986年6月18日，西南大学中国新诗研究所（以下简称“中国新诗研究所”）成立，吕进任所长，它是百年新诗史上国内第一家从事新诗教育和学术研究的实体机构。此后北京大学、首都师范大学等高校先后成立新诗教育研究机构，延续和发展了20世纪上半叶新诗教育的传统。

百年新诗和大学教育紧紧相连。当年大学课堂上讲授新诗的先驱者如朱自清、废名、沈从文等并没有淡出历史视野，新时期以来在新诗教育领域取得突出成绩的学者如吕进、谢冕、孙玉石、洪子诚、吴思敬等已桃李满天下，这里要特别提及已故的陆耀东先生，他为新时期以来新诗教育和现代诗学学术人才的培养做出了较大的贡献。新诗教育，应该给先驱者以名誉，给传承者以地位，给后来人以激励。既然在书法、音乐、美术等领域把从事教育和研究工作并取得突出成绩的学者，称之为书法教育家、音乐教育家、美术教育家，在新诗教育领域，为什么不能有新诗教育家？

那么，何谓新诗教育家？

通过以上对新诗与大学教育的简单梳理，我认为，所谓新诗教育家，是指在高等院校或科研机构从事新诗教育、理论研究与批评的学者，在学术人才或驻校诗人培养上有突出贡献，创作上知艰辛有诗作，新诗批评具有当下性和纵深感，对繁荣新诗创作和推进现代诗学研究具有较大的影响。

二　从课堂到讲坛：吕进的新诗教育范式

吕进自述“我此生最重要的科研成果不是著作，而是中国新诗研究所”①。这句话颇堪玩味。作为国内知名的诗学学者，如果没有科研成果，如何站得住脚？恰恰是科研成果和著作，吕进成为知名的学者；也因为中国新诗研究所，吕进的诗学思想不仅在课堂上得以讲授，而且在各种学术讲坛上与同仁广泛交流，吕进是新时期以来把新诗教育和现代诗学研究融为一体的学人。吕进和中国新诗研究所，形成了新诗教育与诗学研究的三维同心圆结构，并由内而外辐射：这个结构的圆心是吕进；第一个圆是作为新诗教育“孵化器”的中国新诗研究所；第二个圆是毕业于中国新诗研究所而活跃于现代诗学界的“吕门弟子”；第三个圆是依托中国新诗研究所而举办的国内、国际各类现代诗学研讨会。因此从课堂到讲坛，构成了吕进新诗教育的范式。

（一）吕进诗学说略

吕进是专注于新诗基础理论研究的学者，以文体研究见长。纵向看，吕进诗学的发展经历了三个阶段：一是 20 世纪 80 年代中后期以《新诗文体学》的出版为标志，吕进诗学的学术范式基本成型，吕进诗学的文体理论带有浓厚的现实关怀，并非远距离观照，论文《论诗的文体可能》是新诗文体理论研究的重要突破。二是 90 年代中期以《中国现代诗学》的出版为标志，吕进建构了以抒情诗为主体的现代诗学理论体系，其中《诗学：中国与西方》颇能体现吕进诗学的视野和方法，吕进在关于抒情诗的审美视点、艺术媒介和诗人的修养及人格建设等方面创见较多。吕进的《中国现代诗学》是他开展新诗教育培养现代诗学学术人才的课堂讲义，聚焦于新诗之为诗的审美学。吕进的《中国现代诗学》是继朱光潜的《诗论》以来自成体系的理论著作。三是 21 世纪初吕进提出“新诗

① 吕进：《守住梦想——我的学术道路》，《东方论坛》2008 年第 6 期，第 79 页。

二次革命”论思想，对21世纪新诗发展做出战略性前瞻。总之，对话与重建，通中求变，变中守常，是吕进诗学的灵魂，也是他开展新诗教育的基石。

（二）吕进新诗教育的“孵化器”：中国新诗研究所

熊辉认为，中国新诗研究所的建立，是百年新诗史上的大事。中国新诗研究所，是国内第一家独立建制的新诗研究学术机构，也是第一家培养现代诗学硕士、博士研究生的教育机构，它是大学新诗教育的“孵化器”。吕进作为中国新诗研究所的第一任所长，1985年开始招收硕士研究生，1996年招收博士研究生，此外陈本益、蒋登科、向天渊、熊辉等先后招收博士、硕士研究生。据统计，“到2015年，新诗研究所共计招收培养了480人次的博士研究生和硕士研究生”[①]，有些成为国内知名学者和博士生导师，承担了国家社科基金课题和其他省、部级科研项目，是学术界现代诗学研究不可忽视的力量。

在中国新诗研究所成立之前，吕进在西南大学外国语学院主讲《中国现代文学作品选读》等课程。1986—1990年，吕进担任中国新诗文体学硕士生导师，为研究生开出“新诗概论”“新诗文体学”等课程。吕进对学位课程的定位是明确的，认为“学位课程的教学重心在于培养研究生的治学能力”，“树立良好学风是培养研究生治学能力的灵魂”[②]。沿着这种思路，吕进在1990—1994年的研究生教学中，加大了改革力度，比如“提高研究生的学术研究能

① 熊辉：《百年新诗史上的大事：中国新诗研究所的建立》，《中外诗歌研究》2017年第2期，第7页。

② 吕进：《论研究生学位课程的教学重心》，《学位与研究生教育》1990年第4期，第17页。

力”，“活跃第二课堂，为研究生创造实践与成功的机会”等①。通过近十年的探索，吕进的研究生课程教学和新诗教育思想渐趋成熟。

“中国现代诗学”是吕进开设的学位课程之一，是新诗文体学研究方向的核心课程。在1997级硕士研究生教学中，吕进主要采用启发式教学，课堂上组织了三次大讨论：诗的视点、诗的媒介、诗的种类，课程考试采用闭卷和读书笔记相结合的方式。这里不妨以新诗文体学方向的课程设置与教学为例（1997—1999年），看看吕进的新诗教育是如何通过课程教学落到实处的：

课程名称	课程性质	授课教师	教师职称	考核方式	备注
新诗文体学	专业课	吕　进	教　授	闭卷考试	
中国现代诗学	专业课	吕　进	教　授	闭卷考试兼评阅读书笔记	
独立研究	专业课	吕　进	教　授	学位论文开题报告	
古典诗歌传统与中国新诗	专业课	李　怡	教　授	课程论文	与中文系研究生共享
新诗鉴赏	专业基础课	毛　翰	副教授	作品赏析	
中国传统文化与中国现代文学	专业课	王泉根	教　授	课程论文	
20世纪中国戏剧文学	选修课	胡润森	教　授	读书报告	与中文系研究生共享

① 吕进：《硕士生学位课程的教学改革》，《学位与研究生教育》1994年第3期，第20页。

续表

课程名称	课程性质	授课教师	教师职称	考核方式	备注
中西诗歌比较研究	专业课	陈本益	教　授	课程论文	
20世纪西方文论与哲学	专业课	陈本益	教　授	闭卷考试	
现代诗论导读	专业基础课	蒋登科	教　授 博士生	课程论文	
20世纪前半叶现代主义诗歌	专业基	王　毅	教　授 博　士	课程论文	
文艺心理学	专业课础课	刘兆吉	教　授	读书报告	在刘老师家上课

从实际授课来看，吕进的新诗教育与人才培养有一定的特色：教授阵容强大，专业课深入，基础课拓宽，考核方式多样，尤其是八十高龄的著名教育家、美学家、心理学家刘兆吉教授受吕进的请托为研究生开课，殊为难得：他以西南联大的闻一多、穆旦为例讲授诗人人格心理；以鲁迅旧诗为例讲授诗歌创作心理；以《诗经》为例讲授中华诗教。总之，吕进设计和实施的研究生课程培养体系，在知识结构、学术能力与人格教育等方面是较为完备的，体现了教书与育人、智性与德性的统一。

（三）吕进新诗教育与学术的互动

如果说课堂教学使吕进的诗学思想得以阐发和传播，那么依托中国新诗研究所，通过国内外广泛的学术交流，实现了新诗教育与学术的互动。这种互动体现在两个方面：一是中国新诗研究所在读的硕士生、博士生参与学术会议的部分事务性工作，既能得到锻炼，又能认识更多的学术前辈；二是吕进利用这种学术会议，邀请知名学者在中国新诗研究所做学术报告或讲座，给学生“开小灶”，长见识，阔视野。因此，课堂之外的学术讲坛，是吕进新诗教育的延伸。

1986 年 10 月，吕进主持中国新诗研究所新时期诗歌研讨会，首次向国内诗学界发出自己的声音，阐述诗学主张，国家级权威诗歌刊物《诗刊》为此进行了专题报道，“来自全国各地的七十余位诗评家和诗人于 10 月 6 日至 8 日在重庆聚会，参加西南师大中国新诗研究所主办的中国新时期诗歌研讨会”①。这次研讨会的意义是，创新、求实、多元构成了中国新诗研究所的学术品格，也是吕进开展新诗教育的价值取向，此后中国新诗研究所成为“上园诗派”的理论阵地，吕进成为“上园诗派”理论代言人，中国新诗研究所及活跃于诗学界的“吕门弟子”成为现代诗学研究不可忽视的力量。

与此同时，依托中国新诗研究所，吕进加强了与国内诗学界以及海外华文诗学界建立学术研讨的常态机制。1993 年举办了“华文诗歌国际学术研讨会”，当时 100 多位专家从国内外各地云集重庆，与会畅所欲言。从 2004 年开始，每两年举办一次“华文诗学名家国际论坛”，到 2017 年 10 月 30 日为止已成功举办了六届，吕进的新诗教育思想和诗学理论，得到诗学界不少知名学者的肯定。

三　吕进与 20 世纪新诗教育传统

前文所述，新诗进入大学课堂，经由朱自清、废名、沈从文等

① 田菱：《新时期诗歌研讨会在重庆举行》，《诗刊》1986 年第 12 期，第 64 页。

学者的讲授和研究，逐渐形成了新诗教育的传统。新时期以来，吕进依托中国新诗研究所，较好地继承和发展了这一传统。

（一）严格把关学位论文质量，推进学科建设

20世纪30年代，清华大学中文系朱自清指导学生余冠英撰写以《论新诗》为题的毕业论文。这和朱自清是新诗诗人有关，也和朱自清从事新文学教学的经历有关。朱自清不但指导学生余冠英撰写了毕业论文，而且在《〈中国新文学大系·诗集〉导言》中采用了余冠英的观点，认为新诗草创初期“写景诗特别发达”①。1929—1930年清华大学中文系本科课程中，朱自清担任选修课第一年“国文”、第二年“诗”的教学，担任选修科目“中国新文学研究（下学期）”、“歌谣（上学期）”的教学②，可见余冠英的毕业论文是朱自清“中国新文学研究”的教学成果。余冠英的毕业论文后来以《新诗的前后两期》为题，发表于1932年2月29日《文学月刊》二卷三期。1935年，北京大学国文系学生徐芳在胡适的指导下完成毕业论文《中国新诗史》，并留校任助教。可见，20世纪30年代，朱自清和胡适开启了指导学生写作新诗研究论文的先河，此后成为20世纪新诗教育培养学术人才的传统之一。

吕进作为研究生导师，继承并发扬了这一传统。在中国新诗研究所的学位课程体系中，吕进为硕士生开设了一门课程叫“独立研究”，旨在培养和提高研究生独立科研的能力。笔者在拙文《墨水

① 杨匡汉、刘福春：《中国现代诗论（上编）》，花城出版社1985年版，第241页。

② 沈卫威：《现代大学的新文学空间——以二三十年代大学中文系的师资与课程为视点》，《文艺争鸣》2007年第11期，第110页。

和油水——中国新诗研究所学习生活的琐忆》中已有陈述[①]，此不赘焉。据笔者亲历，吕进在指导1997级硕士研究生李应志的学位论文中，用心甚切，要求很严，李应志的学位论文《象征言说的本体意义》获得了主持答辩的知名学者孙绍振教授的好评，此文后来荣获重庆市优秀硕士研究生学位论文一等奖。吕进这种以学位论文为抓手，推进学位点学科建设，是行之有效的做法，为新诗教育学术人才培养积累了经验。

（二）开展新诗批评，发现和扶持新人

诗人傅天琳是重庆诗坛的“大姐大”，也是新时期“新来者”诗人中的实力派，她是鲁迅文学奖的获得者之一。70年代末，蔡其矫从北京民间诗歌刊物《今天》里发现了福建诗人舒婷；与此同时，吕进发现了尚未出道悄然无名的重庆诗人傅天琳。1980年11月，吕进撰文《果园交响诗——青年诗人傅天琳剪影》，翌年发表于《文汇》月刊第4期。此文后来被《新华文摘》转载，标志着诗人傅天琳从重庆走向全国。1982—1985年吕进先后撰写了《会唱歌的苹果树——读傅天琳的〈绿色的音符〉》《绿色的音符——傅天琳的处女作》《傅天琳：从果园到大海》等评论文章，率先对傅天琳新诗的艺术创新进行了探讨。2016年，《傅天琳诗集》出版，吕进欣然属文《苦难人生的果实》，刊于同年4月21日的《重庆晚报》。吕进与诗人傅天琳长达40年的交谊，谱写了中国新诗史上新诗教育家、批评家和诗人的一段佳话。这种佳话，我们可以追溯到闻一多对诗人臧克家、陈梦家的发现与提携，或许这是20世纪新诗教育中闻一多的遗风余韵吧。

---

① 姚家育：《墨水和油水——中国新诗研究所学习生活的琐忆》，《中外诗歌研究》2006年第3期。

重庆诗人“近水楼台先得月”，是中国新诗研究所的常客。诗人李钢、梁平、梁上泉、王川平、穆仁（杨本泉）、培贵、余薇野、杨矿、张渝、万龙生、余见、胡万俊、邱正伦、娜夜、李元胜、唐诗、金铃子、雨馨、钟代华、谭朝春、冬婴、冉冉等，都和西南大学中国新诗研究所有不解之缘。吕进认为“新诗研究所是重庆诗歌界共同打造出来的名片”[①]，此话虽属自谦，但也平实通达。重庆现代诗学学术的繁荣，新诗创作的活跃，这种双轮驱动是全国其他地方不多见的。可以说，因有中国新诗研究所的领跑，重庆创造了新诗教育家与诗人、诗学理论界和创作界较好的文化生态。

（三）开设学术讲座和副刊专栏，传播新诗知识

梁宗岱的名篇《象征主义》在定稿刊载之前是一篇演讲稿，“本文大意，曾在北京大学国文学会演讲。当时只随意发挥。事后追写，增减出入处，在所不免”[②]。1937 年 4 月 22 日，朱光潜在清华大学例行学术讲演会上作了题为《诗与散文》的学术报告，朱自清将朱光潜演讲的提纲记入日记。朱光潜的这次学术演讲是他在北京大学国文系的课堂讲义，后来收入《诗论》第五章[③]。可见学术演讲不但是现代诗学知识的生产范式，也是新诗教育和传播的方式。

《关于写诗和读诗》是何其芳的著名论文。本文原是一篇演讲稿，文章的副标题“一九五三年十一月一日在北京图书馆主办的讲演会上的讲演”说得清清楚楚。吕进承继和发展了 50 年代何其芳普及新诗教育的传统，吕进的著作《给新诗爱好者》和何其芳著作

---

① 吕进：《岁月留痕》，西南师范大学出版社 2013 年版，第 135 页。

② 梁宗岱：《梁宗岱文集（Ⅱ）》，中央编译出版社 2003 年版，第 59 页。

③ 参见姚家育：《朱光潜现代诗学理论的建构与 20 世纪 30 年代文学教育实践》，《内江师范学院学报》2015 年第 5 期。

《诗歌欣赏》的副题“献给爱好诗歌并希望提高鉴赏力的同志们”何其相似乃尔，两者都是普及新诗教育的著作。不同的是，何其芳侧重诗歌的基本知识，吕进侧重新诗的审美趣味。《给新诗爱好者》中的《论诗美》一文，吕进曾以“诗美的奥秘”为题给西南师范大学学生作过讲座，今郎酒集团副总裁李明政撰有文章谈及此事，李明政是当年西南师范大学“五月诗社”社长。而据《北碚岁月——历史文化凝眸》一书的图片显示，吕进的诗学讲座最早是1980年重庆北碚的“国庆文学讲座”，由此推知，吕进开展新诗教育由来已久。1999年，吕进在台湾师范大学作《文化转型与中国新诗》的学术演讲；2004年3月20日，吕进在法国巴黎孔子厅作《中国情诗》的讲演；2014年，吕进在韩国首尔孔子学院作《新汉学时代与中国新诗》的演讲。凡此等等，不尽一一，既向海外传播了中国文化和中国诗歌，又在两岸三地推动了新诗教育与交流。

吕进在《重庆晚报·副刊》所开设的“吕进专栏”，也可以看作是新诗教育课堂讲坛之外的延伸。对这一专栏的意义，策划人胡万俊有独到的理解：“‘吕进专栏’以‘岁月留痕’为主题，用回忆形式，谈‘诗’，谈‘诗人’，谈‘诗与人’，谈古今诗坛佳话，谈中外文化交流……‘吕进专栏’一经刊发，境内外报刊、网站纷纷转载，既扩大了影响力，也在更广范围及更大程度上，为‘诗’和‘诗人’正了名。”① “为诗和诗人正名”是“吕进专栏”的灵魂，也是吕进在课堂和讲坛之外开展新诗教育的初衷。

“诗家语”是吕进诗学的核心概念之一，最早出现在《给新诗爱好者》中，而此书出版于1984年。2012年5月12日晚，吕进在

① 胡万俊：《“吕进专栏”与“文化自信”》，载《岁月留痕》，吕进著，西南师范大学出版社2013年版，第4页。

澳门大学中文系作《论“诗家语”》的讲演，演讲稿后来发表在《文艺研究》2014 年第 5 期。饶有意思的是，这篇演讲稿的浓缩版《漫说诗家语》发表于 2013 年 12 月 4 日的《重庆晚报·副刊》，大约 1500 字。从新诗教育的普及看，《重庆晚报》的《漫说诗家语》更贴近普通读者，更易于接受。《诗的公共性》《诗歌的大众与小众》《现代诗技巧的“有”与“无”》《新诗的“变”与“常”》等“千字文”，这些文章或发表在《重庆晚报》，或发表在《人民日报》，都不妨视为吕进普及新诗教育传播新诗美学的作品。

（四）编选新诗选本，丰富新诗教学与研究资料

新诗诞生以来，各种形式的选本比较丰富。新诗选本作用大略有三：一则参与新诗的经典化进程；二则普及新诗教育，提高读者欣赏水平；三则为新诗教学与研究提供资料。西南大学中国新诗研究所成立以来，吕进主编有《新诗三百首》《新中国 50 年诗选》和《中国新时期“新来者”诗选》等，前两种属于新诗基础读物，最后一种选本不但提出了“新来者”这个诗学概念，而且列举了支撑这个诗学概念的诗人及其代表作。

《中国新时期“新来者”诗选》于 2014 年 8 月由西南师范大学出版社出版，前有《论中国新时期诗歌与“新来者”》代以自序；后有《向“新来者”致意》作为后记，均为吕进所撰，主体部分是精选 99 位诗人的作品，每人 1—5 首不等。前者发表于《文艺研究》2010 年第 3 期，后者成稿于 2013 年 10 月 13 日，可见“新来者”诗学概念的提出在 2010 年。这个选本的意义有四：首先，改写新时期新诗叙述的历史，对既往的盲视有纠偏作用；其次，为经典正名，重塑经典；再次，为新诗教育和研究者提供基础文献；最后，为民族诗歌优秀传统的现代化和域外诗歌经验的本土化提供参照。因此，《中国新时期“新来者”诗选》是一种具有诗史观念和诗论价值的选本。朱自清在《中国新文学大系·诗集》的《导言》中，把早期新诗分为自由诗派、格律诗派和象征诗派等三个流派，吕进把新时期诗歌分为三个群落，即“归来者，朦胧诗人，‘新来者’”①，这种划分，不难看出两者的历史关联，吕进对朱自清尊重新诗历史事实的新诗教育思想有继承和发展。

新诗进入大学课堂，已是不争的事实，但如何对新诗说话，依然众说纷纭乃至迷茫。新诗教育在成熟的古典诗歌教育范式中，显得单薄。新诗如果只在诗人和批评家之间打转，没有新诗教育的普及和提高，新诗美学不能为多数读者所接受，那么新诗的社会基础难以夯实。从这个层面讲，新诗教育的先行者如废名、沈从文、朱自清、闻一多等付出了努力，这些努力都是不能淡忘的。新时期以来从事新诗教育与研究的前辈学人，引领时代风尚，他们在繁荣新诗创作、活跃理论批评、培养学术人才上，做出了贡献，赢得学界的尊敬。如果说谢冕继承了胡适、废名等北京大学新诗批评的先锋精神，那么，吕进继承和发展了闻一多、朱光潜、何其芳等人的现代诗学理论体系，新诗教育既注重学术人才的培养，又通过学术讲演和开设报刊专栏，提升听众、读者的审美趣味，使新诗融入社会，融入读者。倘若参照前文对新诗教育家的界定，可以说，吕进是新时期以来优秀的新诗教育家之一，这是他迟来的荣誉，也是他应得的荣誉。

---

① 吕进：《论中国新时期诗歌与“新来者”》，载《中国新时期“新来者”诗选》，吕进著，西南师范大学出版社 2014 年版，第 2 页。

主持人语（万龙生）：

新世纪以来，格律体新诗理论研究与创作实践都取得了有目共睹的发展。本期推出的几篇文章可资证明。

程文先生是新世纪以来，新诗格律理论的代表人物之一。他提出的“完全限步”说继承和发展了格律体新诗之父闻一多先生理论之精髓，纠正了一度发生的偏差，已为当今格律体新诗界普遍接受，尊为条律，指导创作，功不可没。他的不幸辞世，是诗坛的重大损失。为弘扬其精神，推崇其理论，本期特约请其哲嗣程雪峰先生撰写了《程文与“完全限步说”：父亲一生的诗路足痕》一文，敬请关注。

十四行诗的引进是中国新诗史上值得充分重视的重要现象，也是新诗格律建设的重大收获。资深新诗理论家许霆先生早就瞩目及此，他新近推出的两部大著，可谓这一课题研究的集大成之作。赵青山先生的书评对其做出了充分的肯定。希望在正确理论的引导下，在以往近百年探索的基础上，中国十四行诗能够更加成熟，取得更大的发展。

卞之琳先生早就说过，外国诗歌翻译对于新诗是改过参半：那些无能、不负责任的译者把外国格律诗通通译为自由诗，形成恶劣的误导；只有那些认真追求以格律译格律的翻译家才能使读者了解外国诗歌的真谛，对新诗的发展起到积极作用。遗憾的是，后者在翻译界并没有占据主流地位；但是他们无疑是代表了正确的方向。本期发表的杨开显的文章，认真探讨翻译外国诗歌的形似问题，并且将其与新诗格律建设结合起来，值得重视。

程文与“完全限步说”：父亲一生的诗路足痕

程雪峰

一

2017年5月，我在欧洲访学，从拉脱维亚的里加坐夜班大巴去立陶宛首都维尔纽斯。清晨4时下车，一个人在空荡荡的大街上走半小时才找到预订的旅店。由于提前到达，房间的客人还没走，我只能在大厅里等，不知不觉就睡着了，睡梦中看到了老父亲蹒跚走来，一种莫名的心酸让我猛然惊醒，坐在沙发上泪流不止。旅店的服务生似乎猜到我的心情，告诉我有免费的咖啡。我想安顿好后尽快往哈尔滨家里打个电话，然而没过半小时，妹妹从哈尔滨家中发来微信说父亲住院了，但“不太严重”。

我赶紧从布达佩斯转机到莫斯科和新西伯利亚，再飞回哈尔滨。在病房中父亲还能认得我，我一时不知说什么好，只是又说了那句他生病后我说了不知多少次的话：“我重庆的万大爷，还有诗友们问您好呢！”以往他总会微笑着说：是吗？这次，他说不出话了，只是微微点了一下头……父亲在我印象中是个坚强的人，但

2001 年冬天在哈尔滨摔断了胳膊时，第一次看到父亲暗暗流泪……

父亲在世时，我总是按东北人的老习惯尊称父亲的挚友、著名诗人万龙生先生为万大爷，他与我父亲的友谊深深铭刻在我的心底。父亲生病时，万大爷和父亲的诗友们非常关心我父亲的情况。我一度想请万大爷来我这看看，但我又说服不了自己。我想，如果万大爷来了，看到父亲的身体情况，那情景我将难以承受。2016 年万大爷寄来了“格律理论贡献奖”的奖牌，我给父亲看时，他久久地端详，却没说一句话。如今，与万大爷每一次通话都是我的精神上的一个慰藉和寄托，总能让我想到父亲慈祥的面庞。这里，我再次真诚地感谢国内诗界的诗人和学者，谢谢你们以往对我父亲的厚爱、支持和帮助。

昨天，万大爷发来信息，问我是否能写一篇纪念我父亲的文章，这让我深为感动。这段时间我抽时间整理父亲的资料，也想写些关于父亲的东西，但面对电脑常让我陷入无法控制的回忆中，我不知从何下笔，因为我可敬可爱的父亲仿佛又出现在我的面前，在我给他的电脑前写作……

二

父亲是个执着和坚强的人。

我还在中学时代，就知道父亲在搞新诗格律研究。到现在，从小在他身边长大的我的小外甥也能对“完全限步说”理论说出一二。20 世纪 80 年代，他曾联系过很多出版社，但因各种原因都未能出版，但他始终如一，我清楚记得他给我读文学家冯牧先生的来信。在他快退休时《汉语新诗格律学》才得以出版，并在新诗研究和实践领域产生较大的影响，这里当然离不开著名诗人万龙生先生、王端诚先生、晓曲先生、沈用大先生、许霆先生等众多诗人和学者的支持和推介。许多朋友我都很熟悉，虽然一直未曾见面。每当回家时，父亲就如数家珍一样，与我聊诗界的一些事情，给我看一些诗友寄来的书。父亲最开心的时候是诗友们写出了符合他“完全限步说”理论的诗作，在诗友们寄来的许多书籍中都有父亲的标注。

每当想起父亲的呕心沥血之作《汉语新诗格律学》，自己总是后悔不已，我做的工作太少了。唉，如果当时和后来能为他多分担一些基础工作及家务，他会少挨些累，一定不会走得这么早。他生前总是对我说你忙你的，家里没什么事，他一边研究还要照顾我生病的母亲，身体就这么出问题了。2014 年春天，我忽然想到从山东回家看看父亲，那时只是感觉父亲不像以前那么爱说话了，年末父亲在医院查出生病了。以前自己一直忙工作，现在也有了自己的研究方向和科研课题，但按父亲的要求和希望差得太多了，自己太浮躁了，这些年我都忙了什么呢！父亲没有什么科研立项，也没有一分钱的研究经费，但他有自己的追求，有自己的创新。

我认为，我的父亲程文先生关于中国汉语新诗格律的“完全限步说”理论，应该在中国汉语新诗格律研究发展史上占有一席之地。“完全限步说”理论是“沿古韵式”“纪念碑式”和“批判式”三种境界的哪一种呢？时间将会证明。但我肯定地说，绝不是第一种“沿古韵式”。

父亲的主要理论和学术观点在他的系列著作《汉诗新诗格律学》（香港雅园出版社）、《现代格律诗鉴赏创作辞典——中国新诗格律大观》（北方文艺出版社）、《诗路心音足痕》（香港雅园出版社）、《未荒草》（香港新天出版社）和《唐绝句双读课本》（北方文艺出版社）充分体现出来，他还在自己的博客中与诗友互动交流，后来将博客文章结集出版专著《网上诗话》。

实际上，关于我父亲“完全限步说”理论对新诗发展的价值、作用和实践意义，目前国内的一些著名的学者和诗人也在著作中对父亲的“完全限步说”理论已经给予很高的评价。

学者刘涛在国内具有代表性的理论专著《百年汉诗形式的理论探求》一书中，将我父亲的“完全限步说”作为单独的一节介绍。

> 程文的《汉语新诗格律学》2000 年由雅园出版公司出版。据作者在该书《后记》所说，该书初稿完成于 1977 年，1987 年写成第二稿，名为《话新诗格律》，1990 年完成第三稿，定名为《汉语新诗格律学》，出版则已是十年之后。从该书写作时间看，程文的现代格律诗学可划入 20 世纪 80 年代这一阶段，但该书公开出版则是 2000 年，故笔者把他们放入本阶段进行论述。
>
> 这一时期，关注新诗格律并致力于这方面研究的学者与诗人明显增多，构成老中青三代。老一代如臧克家、卞之琳、公木、邹峰、屠岸等，他们的创作实践开始于 20 世纪三四十年代，理论探索大致开始于 20 世纪 50 年代，一直延续到 20 世纪末。他们的创作实践特别是理论指导，对于这一时期现代格律诗理论的发展，起到一定引领作用，如丁鲁、程文等人就是在卞之琳、臧克家等前辈的指导与鼓励下，走向现代格律诗研究之路的。20 世界 80 年代之后现代格律诗的发展，与老一代的支持与指导分不开。中青年一代有的从 20 世纪 80 年代就已经开始对新诗格律的研究。
>
> 程文在《汉语新诗格律学》中提出了“现代的完全

限步”说：我们的汉语现代诗格律应以音步为节奏的基本单位，通过既限定音步数量又兼顾不同音步的有机配合，带动顿、韵和其他基本格律因素共同来实现诗行字（音）数的统一或者规律化，使步数与字数、音节与字句、节奏与诗节造型同步进行、和谐一致，以此更好地体现内容的精神，诗人的情志，进而求得内容与形式的完美统一。

这就是汉语新诗格律的理论核心——现代的完全限步说。

早在1987年，我父亲就提出“完全限步”的观点。这一年，父亲在《淮阴师专学报》第3期（1987年7月）发表《从〈死水〉及〈诗的格律〉略谈闻一多实验新格律的得失》一文，这篇文章我清楚记得收入人大复印资料。在这篇“不很起眼”的文章中，父亲已经提出他一生的理论——“完全限步说”：

所谓完全限步说，是指以音步（不是字）为着眼点，在限定音步数量的同时又兼顾几种音步的有机配合，从而构成步数与字数的统一，音节与字句的和谐，节奏与造型的谐调，以便最大程度体现内容的精神，进而求得内容与形式的完美统一。

完全限步说在新格律诗中的地位，犹如限字说在旧格律诗中一样，是支配所有基本格律因素的核心和脊骨。用一句简明的话概括程文的完全限步说，就是“利用全面的限步（限步数兼限步种）来实现诗行字数的统一或规律化”。

学者刘涛认为：我父亲程文先生的完全限步说理论，是“在总结新月诗派的单纯限字说和何其芳的限顿说不足的基础上提出的。程文认为新月诗派单纯追求同一首诗内诗行字数一致，而无视诗行音步数量的混乱；何其芳则只注重同一首诗内音步的一致而容许字数有所参差”。学者刘涛还指出：

> 《汉语新诗格律学》在提出了完全限步说之外，还论述了音步和顿、诗节造型、格律修辞、平仄律与韵等问题。《汉语新诗格律学》一书最有特色的地方乃是该书提出的“完全限步”说。
>
> 完全限步说既要求行之间顿数的一致（或对称），又要求行之间字数的一样（或对称）。这种“齐言齐顿”观，闻一多《诗的格律》早已提出，他拿来作示范的《死水》就符合齐言齐顿的标准。在齐言齐顿二者中，程文反复强调应以齐顿为前提，以齐言为辅助。但是，在创作实践中，往往会发生牺牲齐顿而片面追求齐言的情况。豆腐干体的产生，与“齐言齐顿说”是有一定关系的。何其芳、卞之琳之所以追求齐顿反对齐言，正是因为他们看到了齐言齐顿的弊端。程文要求齐言的理由是音节（一个汉字）具有相对独立性，即使现代汉语中的轻音字，也有其客观存在，无法把它取消。

1994 年，雅园诗会推出会刊《现代格律诗坛》，以建设和发展新格律诗为己任，其理论纲领是：“以鲜明和谐的节奏，自然有序的韵式，创造出具有时代精神的中国现代汉语格律诗。”十多年间，发动了历史上规模最大的新诗韵律运动，开展了多维度的新格律试验，取得了丰硕成果。《东方诗风》论坛是利用网络对格律体新诗情有独钟的诗友的集结，他们在网络上交流新诗格律和格律体新诗探求的心得，在共同努力下，2005 年底出版了《新世纪格律体新诗选》，2007 年初出版了《东方诗风论坛 2006 格律体新诗选》。2009 年出创办了《东方诗风》年二刊。万龙生先生是这一论坛的核心人物，父亲非常积极地也参与了相关活动，以“完全限步”说提供了该论坛重要的理论支撑。

诗歌理论家许霆先生在《趋向现代的步履：百年中国现代诗体流变综论》一书中指出：

> 这一时期倡导格律体新诗已经取得重要进展。一是新诗格律原理的探讨，主要是新诗节奏理论。
>
> 我们需要重视三个代表性人物。首先是程文著的《汉语新诗格律学》，把新诗节奏理论依照时间先后概括成新月诗人的单纯限字说、何其芳的限顿说，并进而提出了“现代完全限步说”。认为：“所谓完全限步说，是以音步（不是字）为着眼点，在限定音步数量的同时又兼顾几种音步的有机配合，从而构成步数和字数的统一，音节与字句的和谐，节奏与字形的和谐，以便最大程度体现内容与形式的完美统一。”“完全限步说在新格律诗中的地位，犹如限字说在旧格律中一样，是支配所有基本格律因素的核心的脊骨。”由这一节奏理论的确立，可以带动顿、韵和其他基本格律因素共同来实现诗行字（音）数的统一和规律化，使步数与字数、音节与字句、节奏与诗节造型同步进行。这种格律理论，在闻一多的《诗的格律》中和卞之琳的《雕虫纪历》自序中虽然早有涉及，但不如程著说得那么明显。

许霆先生在《趋向现代的步履：百年中国现代诗体流变综论》还特别指出：程文著的《汉语新诗格律学》主张建立新诗的平仄律。在《鸿硕诗文集》中，学者和诗人鸿硕先生曾对我父亲的“完全限步说”有如下评价：

> 这是卓韦先生提出来的。所谓完全限步说，是指以音步（不是“字”。“音步”叫孙大雨提出的“音组”最为准确）为着眼点，在限定音步数量的同时又兼顾几种音步的有机配合，从而构成步数与字数的统一，音节与字句的和谐，节奏与造型的协调，以便以最大程度体现内容的精神，进而求得内容与形式的完美统一。
>
> 正如《网上诗话》所言：“由此可以看出：一方面，现代的完全限步说不仅是对闻一多音尺说的继承、发展和升华，也是对古代传统限字说的精华和核心的继承和衔接。现代的完全限步说不仅与二十年代的单纯限字说有多方面的本质不同，而且与限顿说有多方面的本质不同，而且与限顿说（单纯限步说）无论在组织诗行和形成节奏的基本单位的定位上，还是在诗行的构成方式上，都有本质的差异。现代的完全限步说的作用和历史意义都是单纯限字说和限顿说（单纯限步说）无法相比的。”
>
> 上世纪八十年代卓韦先生科学地、系统地阐述了这一理论体系，发展、充实了闻一多先生这一理论，起了里程碑的作用。已经并将继续有力地推动现代格律体诗的建设，为祖国诗歌的发展和未来大的繁荣做出了重大贡献，这是我们诗界的宝贵财富。在此向卓韦（程文）先生表示深深的敬意！

> 卓韦先生对现代格律体诗苦心孤诣、呕心沥血研究三十多年，在诗界颇有影响。
>
> “文章千古事，得失寸心知”，在商品大潮中其举步维艰是可想而知的。
>
> 他的理论曾得到臧克家、冯牧等老一辈诗界名人的首肯与关怀。这是我们最核心的共同点。（见鸿硕《新诗格律问题刍议》《诗行建设之我见》）。

鸿硕先生还特别指出，我父亲的完全限步说理论强调利用平仄律，一三五不论，二四六分明法则，及“声眼调声法”构建新格律体各种体式。新格律诗总括有两大类：新格律体、新半格律体。

鸿硕先生认为：在现代新体格律诗中每个音步的节奏点一般是最后一个字。不过，由于增加了三音步、四音步，有些情况需要做特殊处理，如没有调值的轻音字不是节奏点，其节奏点往往在相邻的前一个字上，如“学习的”，其节奏点在“学”上；“哭了罢”，其节奏点在“哭”上。他同时强调：

> 至于哪些字是轻音，程文先生在《汉语新诗格律诗》中指出：现代汉语中有一部分轻音是固定的，大致可以包括以下几个方面：
>
> （1）语气助词“啊”“吗”“呢”“吧”之类读轻声。
>
> （2）时态助词“着”“了”“过”读轻声。
>
> （3）结构助词“的”“地”“得”读轻声，但“所”除外。
>
> （4）名词后缀“子”“儿”“头”和表示多数的“们”。

（5）某些量词“个”“些”“本”“封”读轻声。

（6）用在名、代词之后的方位词读轻声：天上、地上、水中、房前、屋后、这边、那里。

（7）用在动词、形容词之后的趋向动词读轻声：拿来、出去、坐下、写下去、夺回来、走下去、红下去。

（8）重叠动词的重叠部分读轻声：看看、说说、写写、运动运动、讨论讨论。

（9）叠音名词的第二个音节读轻声：爸爸、姐姐、妈妈、框框、条条。

（10）双音单纯词的第二个音节：玻璃、萝卜、芙蓉、蟋蟀、知了、葡萄、喇叭、骆驼、苍蝇、唠叨、仿佛、溜达。

（11）作宾语的人称代词：找我、叫他、看见你。

（12）部分双音词的第二个音节：头发、眼睛、耳朵、先生、编辑、丈夫、干部、后生、伙计、东西、光景、规矩、窗户、动静、宽敞、清楚、精神、反正、亮堂、凉快、商量、创造、打听、明白、忘记、晃荡、栽培、招待、谈论、所以。

还有许多学者和诗人对我父亲的“完全限步说”理论对新诗发展的价值、作用及实践意义给予相当高的评价。这里，我不再一一举例了。我正在整理父亲的文章和相关资料，准备为他出版一部他一生研究的文集。如有我父亲的相关资料还请各位先生与我联系。

这里，我再次感谢曾帮助过我父亲的诗人和学者，谢谢你们对他的支持和厚爱。我想多说一句，我从报社到高校任教，也有了自己的研究方向，也感受到国内学界的一些不好的风气，如“山头意识”和“学阀作风”等。父亲能开心地研究这么多年，与诗界朋友们的包容和友爱有直接关系，真心希望，这种创新和宽容的精神传承下去，并注入新的时代气息。

山原地形，水能就下。从某种层面上说，中国新格律诗体的“模型”推出已到“理已到”“势已成”的节点，需要的是大胆假设和小心求证，不求一日千里，但求日有所进。

我坚信这一天一定会到来，因为在诗界朋友们奋力前进的路上，也洒下过我可爱父亲的汗水。

史论同举　树标立体

——读许霆教授两部新著

赵青山

许霆教授的两部长篇论著《中国十四行诗史稿》《十四行体中国化论稿》出版问世，是中国新诗史上的一件大事。这是新诗以来第一次以史论专著的形式为一种诗体树标立体，对于新诗诗体建设有着极其重要的里程碑意义。

一

许霆教授研究十四行体新诗已近四十年。20 世纪 80 年代初，许霆教授与同事鲁德俊教授在高校从事中国现代文学教学，接触到大量的现代格律诗，发现其历来被人们所忽视，于是共同撰写了《新格律诗研究》（宁夏人民出版社 1991 年版），这是国内首次系统地梳理我国新格律诗的发展历程。在这一过程中，作者接触到不少精美的中国十四行诗，深为这种诗体所痴迷，于是就把中国十四行诗的发展作为现代格律诗发展的一个组成部分来研究，写成了

“十四行体的移植”和“十四行体的新成果”两节，编入《新格律诗研究》。然后，又在这两节内容的基础上结合更多的资料写成长篇论文《十四行体在中国》公开发表。研究愈深入，视野愈广阔。正是有感于这一课题的诱惑，当作者写完《新格律诗研究》后，就把相当的精力集中在“十四行体在中国”这一课题上，几十年间，陆续完成了一系列的研究成果，专著有：《中国百家十四行诗赏析》(1995)、《十四行体在中国》（1995)、《中国十四行体诗选》(1996)。另有诗人论、诗体论数十篇，内容涵盖了十四行诗体建设的方方面面，发表在全国各地理论刊物上。

正是因为有了如此深厚的积累，许霆教授于2012年退出高校领导岗位后，在鲁德俊教授和一班诗友、学者的支持下，集中精力潜心研究十四行诗体。经过数年努力，不仅完成了《中国十四行诗史稿》的写作，而且也完成了《十四行体中国化论稿》的写作，成就了新诗诗体建设的一大创举。

二

《中国十四行诗史稿》（以下简称《史稿》）为国家社科基金后期资助项目成果，全书六十余万字，分设绪论和主体部分十二章，以十四行体中国化为基本线索，将百年来十四行诗在中国的发展历程分为早期输入、创格规范、探索变体和多元繁荣四个时期，通过五十余位代表诗人的理论探索和创作实践，探讨了中西诗式转换过程中的历史经验与理论话题，肯定了中国诗人在推动世界十四行诗发展方面做出的历史性贡献。

通览全书，我觉得有以下几个突出特点是需要提及的。

（一）史料宏富，古今兼纳

从20世纪80年代至今，许霆教授专注于十四行诗体课题研究。几十年间，他和国内外十四行诗友与学者建立了广泛的联系，获得了大量的第一手资料，搜罗了新诗以来的几乎所有的十四行诗作与理论文稿，仅《史稿》目录中提到的代表诗人就有五十余人。从新诗初期的胡适，到新月时期的闻一多、徐志摩、孙大雨、饶孟侃、朱湘，现代派时期的梁宗岱、曹葆华、卞之琳、罗念生，新中国成立至1966年间的郭沫若、雁翼、王力、陈明远，新时期的屠岸、吴钧陶、钱春绮、罗洛、唐祈、郑敏、岑琦、骆寒超、白桦、王端诚、万龙生、金波、张枣、江弱水、邹建军、马安信等，以至港台诗人余光中、彭邦祯、席慕蓉、杨牧、王添源，均有充分论述。视野所及，古书堆里的报纸杂志，当今网络的网站、论坛、博客都是其十四行诗体研究的资料库。例如，《史稿》第十一章《多元期的创作（中）》中，对网络“东方诗风论坛”诗人万龙生、王端诚，“中国格律体新诗网”诗人张先锋的十四行诗创作进行了介绍，评述了他们各自不同的创作风格。尤其高度评价了王端诚的十四行花环体组诗《秋菊之歌》《世纪之约》，认为前者“美轮美奂”，体现了“外来格律和传统诗律融合的审美追求，它同诗的内容即咏菊结合，显示出民族风情”；后者“在每首起承转合和整体起承转合中，就把世纪之约的情感抒发得淋漓尽致而又委婉动人”。本章还关注到网络上相当数量的儿童十四行诗，认为描写汶川地震以后的儿童诗《天上的精灵：献给失去孩子的十四行诗》“采用多个层次的对称诗行，在整齐中寻求变化，形成反复咏唱格调，情意绵绵不绝，达到情调和声调的完美结合”。还对发布在博客上的吉林省第二实验高新学校隋红娟老师引导学生集体创作十四行花环体组诗《献给学校母亲的花环》的写作方法也加以特别推介。认为此

“诗不但真实地表达了师生对于母校的热爱，而且用律较为严格，结构也是完整的”。

言必有据，行必有果，翔实的史料是本书成为信史的史实基础。

（二）视野开阔，中西合璧

《史稿》关注十四行诗，不仅仅把它当作一种诗体来研究，而是把中国诗人写作十四行诗，看成世界性格律诗体发展的一个重要组成部分。把中国诗人的十四行诗理论探索与创作实践，看成外来格律诗体中国化的发展历程；《史稿》认为十四行与中国新诗的关系充分体现着中国新诗的世界性，体现着中国新诗的现代化与民族化的结合发展的历程，也体现着世界性诗歌格律的中国化进程。因此，在他的历史眼光中，十四行诗体虽然是一种西方的格律诗体，但是，它在中国的发展必须符合中国的语言规律、语法规范，以及审美需求，中国的也就是世界的。这样，十四行诗体中国化的进程，实际上就是一个借鉴、扬弃、传承的过程。全书体现了作者一种超凡的理念：经过中国诗人百年的锤炼，十四行诗已经由一种世界的格律诗体发展成为一种全新的中国的格律诗体。这种诗体既具备西方的格律特征，也符合现代新诗的格律规范，更符合中国人的审美心理需求，是一种中西合璧的具有巨大发展潜力的新格律诗体，对于新诗的诗体建设具有里程碑的意义。

（三）中外交融，创格立体

《史稿》认为，十四行诗研究要立足于创新诗体。“我们发现，新诗人写作中国十四行诗，从滥觞期就确立了一个观念，那就是：建设新诗体需要从异域吸取营养，汉语十四行诗创作是中西诗歌交流的产物。”（《中国十四行诗史稿》后记）史实也确实如此。陆志韦是新诗韵律运动的首揭大旗者，他尝试多种新诗体，被朱自清誉为"第一个有意实验种种体制，想创新格律"的诗人（《中国新文学大系·诗集导言》）；新月派诗人徐志摩在《诗刊弁言》中庄严宣告："要把创格的新诗当作一件认真事情做"；闻一多将十四行诗译名为"商籁体"；现代派诗人梁宗岱《新诗底十字路口》一文中提出"发见新音节，创造新格律"的口号，这种种历史现象都昭示着，十四行诗体的成功为中国新诗增添了一种新的格律诗体。另外，十四行诗中国化的成功还有一层非凡的意义：自新诗"诗体解放"以来，新诗主流理念都是排斥固定诗体的。十四行诗是格律诗体，也是固定诗体，十四行诗在中国的成功移植，也昭示着固定化的格律诗体，冲破了多年来新诗界废弃格律的藩篱，在新诗界争得了自己的立足之地，竖起了新诗追求格律美的大旗。

（四）科学分期，多元兼容

《史稿》将百年来十四行诗在中国的发展历程分为早期输入、创格规范、探索变体和多元繁荣四个时期。科学的分期体现了作者兼容并蓄的格律观。十四行诗体的格律既有严格的格律体，也有规范的变体，还有灵活的自由体。这种认识对于正确认识新诗现状、科学界定新诗分类、倡导追求新诗格律、引导创立新诗美学都有着极其明确的启示。

三

《十四行体中国化论稿》（以下简称《论稿》）全书四十余万字，包括绪论和主体部分 13 章，绪论部分交代了著作的基本内容、论题界定、课题价值和理论观点，主体部分系统阐述了十四行体中国化的进程研究、转借研究、成果研究和经验研究。《论稿》的重点在"化"，在于系统阐述印欧语系的十四行体由欧洲转入中国后，向汉藏语系的十四行体转化的过程。通过详细考察百年来的十四行诗的理论探索与创作实践，逐步借鉴、扬弃、传承，并创新、规范，勾勒出了十四行诗中国化的演进线索，描摹出了中国十四行诗体的基本面貌。

（一）正名正体，含义明晰

《论稿》认为，在十四行体中国化进程中，中国诗人已经有了普遍公认的 sonnet 这种外来诗体的中文译名，一种是“商籁体”为音译名，另一种是“十四行体”为意译名，它表示中国诗人已经把 sonnet 作为一种新诗体接纳了，并确立起了基本的普遍认同的审美规范。这种诗体，虽然名称为“十四行”，但是也有约定俗成的约束规范，就是“不仅在行数上有限定，在韵式、节律、思想结构上也有其特点，不能简单地望文生义”（屠岸《关于十四行诗的对话》）。

（二）扬长避短，规范审美

《论稿》认为，十四行诗中国化的过程就是西方格律审美规范与中国格律审美规范的相互攻防、交融的过程，十四行体中国化的重要课题就是中西方诗体的规范与反规范的问题。作为一种成熟的格律诗体，西方十四行体是一种固定诗体，它有着自身独特的审美规范。中国诗人引进十四行体，目的是为新诗创格，是借鉴这种格律诗体，为新诗创造一种新诗体。西方十四行体既然是西方的格律诗体，它的审美规范必然具有西方人的审美特征；而西方人的审美特征必然不能完全符合中国人的审美心理。因此，中国诗人引进十四行诗，就必须有扬有弃，使之真正成为适应中国人审美需求，符合现代汉语言特征的中国格律诗。

情思的单纯性、构思的完整性和音律的均齐性，是十四行体的基本特质，这些基本特质建构了中国十四行诗体的审美规范，焕发出迷人的艺术魅力，赢得了世界人民的喜爱，从而为这种诗体健康发展注入了强劲的动力。

（三）化古化洋，创格立体

1．中国诗人经过百年的探索实践，完成了西方十四行诗节奏到现代汉语十四行诗节奏的转换，建构起了中国十四行诗的三种节奏方式：音顿节奏、意顿节奏和行顿节奏。

2．中国诗人写十四行诗除了大多采用十音、十一音、十二音诗行外，还有多种探索：（1）长诗行，如十四音、十五音等；（2）短诗行，如六音、五音等；（3）长短行，如对称排列、变格排列等。

3．中国诗人在百年间的创作实践中，衍化出各式各样的段式法则：（1）六八式；（2）五五四式；（3）三三四四式；（4）四四二四式；（5）二二三三二二式；（6）三四三四式；（7）二二二四四式；（8）三四四三式；（9）六六二式；（10）十四式；（11）六四四式；（12）七七式；等等。

4．中国诗人写十四行诗，押韵大致在交韵、抱韵、随韵之间变来变去，但相当多的诗人则采取隔行押韵的传统方式，或句句押韵，或偶句押韵，或隔（几）行押韵，以此来适应中国人的审美习惯。

5．在诗体结构上，大多数十四行诗人采取四段式，借鉴传统律绝的结构特征，呈现出起承转合的结构特点。

6．十四行诗律有正体、有变体、有自由体，灵活多样性使其更加适应现代社会复杂多变的情感体验；既可单篇抒写，也可联体组诗。由于十四行体是一种容情单纯的诗体，在遇到重大题材时，难免具有局限性。中国诗人因此也转化了西方十四行组诗的结构。像邹建军的十四行组诗系列、张先锋的组诗系列，尤其是金波、王端诚的十四行花环体组诗系列，在韵律上采用传统偶句押韵模式，使西方十四行组诗衍化成为地地道道的中国十四行组诗。

7.《东方诗风论坛》和《中国格律体新诗网》的十四行诗体的理论探索和创作实践，冲破“意体”和“英体”的诗体束缚，把中国十四行诗分为整齐体、参差体、复合体三种体例，而明确地把自由的十四行诗排除在外，是新时期十四行诗体理论建设的创新成果。

8. 利用诗体规范来整理字句、音律和节奏，是中国诗人规范诗语，提升现代汉语诗性语言的过程。

（四）由此及彼，规范新律

外形均齐，构思圆满、音韵协和、内容单纯、创作精严，是任何一种格律诗体都追求的美学目标。西方十四行诗体引入中国，在体式变化、用韵规律、语言契合等方面更加适应中国人的审美需求，也为解决新诗传统格律的传承提供了具体参照：新诗不应以音数（字数）而应以格（词语）建行；新诗不应以平仄确定节奏；新诗的用韵应该更多变化；对仗是中国诗律的优良传统，应该借鉴与传承、改造与创新。

四

《史稿》选取了数十成百位诗人的创作实践，勾勒出百年十四行体新诗在中国的发展历程，《论稿》以语言、节奏、诗行、段落、结构、诗体的转换建构中国十四行新诗体，史论结合，沙里淘金，一种崭新的新格律诗体脱颖而出。

新诗是在“诗体解放”的大背景中诞生的，在这样的社会语境下，新诗的主流理论是排斥固定诗体的，就连“格律体新诗之父”

（万龙生语）闻一多先生的堪称倡导新格律诗的纲领性文件《诗的格律》，都以“律诗”（固定诗体）作为对立的参照来阐述新诗格律规范。然而，新诗以来，却有成百上千的新诗人，飞蛾扑火一般，为改造一种固定诗体，创新一种固定诗体，前赴后继，生生不息，确实是新诗史上的一个奇迹。这种现象说明，固定诗体既有语言、形式、结构等方面的美学特征，又有成千上万的诗人精雕细琢，能够体现诗歌格律的最高美学追求，中国新诗也应该有体现最高美学追求的固定格律诗体。

既然外来的西方格律诗体都能够成功转化为中国新诗的一种格律诗体，那么具有几千年优良传统，符合中国人审美习惯的格律诗体为什么不能够传承、改造、创新出新诗的固定格律诗体呢？这才是许霆教授这两部史论专著真正的意义所在。

若说这两部史论专著的不足，我觉得对于十四行花环体诗的论述略显薄弱。

十四行花环体诗是一种定型的、格律森严的十四行组诗。这是历史上欧洲诗人在长期监禁中反复琢磨才定型的一种诗体。全诗共十五首十四行诗，前 14 首的首行和末行顶针相联，即后一首的第一行用前一首的最后一行，上下衔接，第 14 首的末行用第 1 首的首行，从而勾连成环状，而每首诗的第一行合起来，又串成第 15 首，首尾相连由此得名“花环”。十四行花环体诗在艺术上代表了十四行诗体最高的美学追求，它伴随着十四行诗同时传入中国。这种诗形优美的格律诗体，艺术性最高，但限制甚多，格律甚严，诗体也难做，所以诗作少，介绍也少，读者对其知之甚少。但无论诗人还是读者，一旦接触到它，就难以释手。新诗以来，新诗人纷纷为之，形成了日益红火的创作高潮。代表诗人有肖开、陈明远、贾羽、金波、王端诚等。

作为十四行诗体的研究专著，对于汇聚十四行诗体最高美学追求的花环体，无论《史稿》，还是《论稿》，虽有分论，但都没有辟出专章进行论述，不能不说是一种遗憾。

以人为鉴，可以明得失；以史为鉴，可以知兴替。许霆教授这两部十四行诗体研究专著，有代表诗人，有演化历史，还有理论梳理，虽然仅仅是一种诗体的发展成果，但它也是新诗发展的一面镜子。希望新诗人能够多读读这两部史论专著，照一照镜子，对新诗的繁荣发展一定会获益良多的。

也谈诗歌翻译的形似

杨开显

一　西方诗歌的译介催促了中国新诗的诞生

“五四”新文学的诞生，正如鲁迅所说的，“一方面是由于社会的要求的，一方面则是受了西方文学的影响。”（鲁迅：《〈草鞋脚〉小引》，《鲁迅全集》第6卷第20页，人民文学出版社1981年版）当时，正如钱玄同所说的，“第一步是译，第二步是新做”（钱玄同：《答胡适之》，《中国新文学大系·理论建设集》第88页）。这样，对包括诗歌在内的欧美文学的引进、翻译，就催促了中国的新文学和中国的新诗的诞生。而“新诗运动从诗体解放下手”（朱自清：《中国新文学大系·诗集》导言），冲破了旧体诗格律的束缚，摒弃了文言而用白话自由地抒发情感，表达意趣。这种“诗体解放”而导致诗歌自由化、散文化、白话化，无疑是受到大量的西方诗歌的影响的。

在“五四”前后，从新诗初创到新诗奠基的过程，也是胡适、刘半农、郭沫若等人研读、翻译欧美诗歌和以此自创诗歌的过程。

尽管欧美诗歌大多是格律诗，但他们出于胡适的文学改良的“八不主义”和陈独秀的文学革命的“三大主义”的主张，不模仿古人，推倒古典文学，自觉地创作出抛弃了旧体诗格律的新诗这一新文学的式样；同时，在翻译外国诗歌时也忽视它的格律，而将其译为自由诗。不过，一些译诗还是有简单的押韵，如胡适译美国女诗人莎拉·蒂斯代尔的抒情诗《关不住了》等。

二　中英诗歌格律的对比和对应

自由化的译诗和新诗，挣脱了旧体诗那样的格律，诗思诗情似乎无拘无束，酣畅痛快，但诗歌缺少音律，没有了节奏，韵律和乐感也不强，诗性诗意淡化了，甚至几近于丧失。

以闻一多为代表的新月派的一些诗人，注意到新诗和译诗的这一弊端，自觉地担当起对这一弊端的纠正。闻一多等人是学贯中西的学者、诗人，既具有深厚的旧体诗及其格律的修养，又具有英美诗歌及其格律的知识。于是，闻一多开始倡导和身体力行，拟用格律化来解决新诗和译诗的自由化、散文化和无序化。具体说来，就是在汉译英诗中，用汉诗的顿（当时叫“音尺”等）替代英诗的音步，以在译诗中尽力再现原诗的形式。

在这里，对“五四”后部分先辈诗人、学者和20世纪50年代部分先辈诗人、学者倡导的以顿代步的译诗法，笔者觉得有一个前奏，这个前奏实际上是新诗格律化的探索过程。那么，这个探索过程是怎样的呢？

在部分先辈诗人、学者阅读、研究外国诗歌例如英诗中，由以前的忽视而开始注意到英诗大多是有格律的，而且格律的严谨堪比中国的旧体诗如近体诗和词、曲。

中国的近体诗（律诗、排律、绝句）的格律主要是音律——平仄，不管是绝句的四句，律诗的八句，还是排律的更多句子，都是由以下四种平仄句式（即律句）组成的：

A．仄仄仄平平（平平仄仄仄平平），
a．仄仄平平仄（平平仄仄平平仄），
B．平平仄仄平（仄仄平平仄仄平），
b．平平平仄仄（仄仄平平平仄仄）。
括号内为七言。

以上律句按一定的规则排列组合就可以使近体诗的句子的声调变化多端，造成抑扬顿挫，形成节奏，各个句子才具有音乐性，这样才成其为近体诗。

欧美国家的诗歌如英语诗歌的格律也主要是音律——音步。音步包括一个重音（扬）和一个或两个轻音（抑），也有只有重音而无轻音的情况，一个重音和三个轻音的情况很少。英诗格律的音步主要有抑扬格、扬抑格、抑抑扬格、扬抑抑格、抑扬抑格等形式。一行诗含有多少个抑扬（扬抑、抑抑扬、扬抑抑、抑扬抑）就是多少个音步，如：

Ă swōrd. | ă hōrse, | ă shīeld，是三音步抑扬格；
Tōuch hĕr nŏt | scōrnfŭllў，是两音步扬抑抑格。

俄语诗歌与英语诗歌一样，它的音步也分抑扬格、扬抑格、抑抑扬格、扬抑抑格、抑扬抑格等。

当把英、俄等国诗歌翻译成中国诗歌时，译为中国旧体诗的不乏其例，有些人还认为可以用平仄替代扬抑。但笔者认为效果大多不好，那常常以辞害意，束缚思想感情，又不忠实于原文，平仄一般并没有与扬抑相对应，也难对应。结果并不是翻译，而是编译，甚至是改写。

现在将英、俄等国诗歌翻译成中国诗歌时，大多译为中国新诗，但译为自由体新诗的较多，译为格律体新诗的较少。笔者认为，原诗为自由诗的，当然应该译为自由体新诗；原诗为格律诗的，则应当译为格律体新诗，既要做到神似，又要尽力做到形似，要尽可能地再现原诗的节奏、韵律等，否则就没做到许渊冲所说的“意美、音美、形美”，而且也无法像鲁迅要求的那样“保存着原作的丰姿”和“异国情调”。

三　英诗的扬和抑与汉诗的平和仄

英语诗歌的扬和抑（俄语诗歌亦同），有学者认为可以用中国诗歌的平和仄来对应，即扬用阴平和阳平对应，抑用上声和去声对应（普通话无入声，故略）。这样可行吗？问题是，汉语的阳平声发音虽然由低到高，但实际发音过程显得不高，高的尾音不明显，所以阳平应对应英诗的是抑；汉语的去声发音虽然由高到低，但高的头音很明显，发音特别有力，像英语的重音，所以去声应对应英诗的扬。于是，英诗的抑就可以用汉诗的阳平和上声（加上轻声）对应，英诗的扬就可以用汉诗的阴平和去声对应。这样，一个抑扬格的英诗的音步就可以用一个阳平（或上声）阴平（或去声）的汉字组合来翻译，如 I chase 可译为“我追”（I 的音是抑，chase 的音是扬；“我”的声调是上声，“追”的声调是阴平）。一个扬抑抑格的英诗的音步则可以用一个阴平（或去声）阳平（或上声）阳平（或上声）的汉字组合来翻译。这样看来，如果用一个阳平

（或上声）阴平（或去声）的汉字组合或一个阴平（或去声）阳平（或上声）阳平（或上声）的汉字组合翻译一个抑扬的英诗的音步或一个扬抑抑的英诗的音步，或许还有可能，那翻译多个以至整首英诗的抑扬格或扬抑抑格，则是异常困难的；如果考虑到与英语的抑或扬对应的往往不是一个汉字，而是两、三个字的汉词的声调，则这种翻译就基本上不可能了。

美国诗人弗罗斯特所说的“诗就是在翻译中失掉的东西”，也许主要的就是指这种音律的抗译性。这是因为中、英两种语言的差别很大：汉语是声调语言，英语是重音语言。所以，由几组重读音和非重读音即扬和抑的有规律安排而成的英语诗行，要在汉语诗歌句子中体现出来，确实是难上加难。但是，诗歌翻译失掉的原诗的音律等因素，可在失掉这些因素的同时创造一些新的因素，以弥补失掉的因素，这就迫使我们的诗歌翻译家另辟蹊径。

四　以顿代步的译诗法

除了次要格律，如前所述，英诗（俄语也一样）的主要格律诗音律基础单位是音步，音步包括一个重读音和一个或两个非重读音，三个非重读音很少，这样就形成了抑扬、扬抑、抑抑扬、扬抑抑、抑扬抑等格。而诗行则是按行内音步的多少来量度的，分单音步、两音步、三音步、四音步、五音步、六音步、七音步、八音步等。

我们知道，声音中交替出现的有规律的重和轻、长和短的现象，叫节奏。要形成节奏，必须具备抑扬有致（即有轻重音之分）和节拍均匀（即时距相等）。如果声音有轻重或抑扬而没有相等的时间间隔，或虽有相等的时间间隔而没有声音的轻重或抑扬，则均不会有节奏感。而大多数英诗（俄诗也一样）就具有这种节奏感。以英国诗人罗·拉法雷斯的《出征，赠鲁卡斯特》的一节诗为例：

Yet this | in-cons- | tan-cy | is such
As you | too shall | a-dore
I could | not love | thee, Dear, | so much,
Loved I | not hon- | or more.

从这节诗可知，它是由一、三行抑扬格的四个音步和八个音节和二、四行抑扬格的三个音步六个音节交替安排的，每一行的抑扬有致，而且抑和扬的时间间隔相等，因此这节诗具有强烈的节奏感，因而富有音乐性。现在若将这节诗翻译成中国新诗，其声调可用汉语的阳平（或上声）阴平（或去声）对应原诗的抑扬，就应为（仅对首行注出声调）：

阳平阴平 | 上声去声 | 上声阴平 | 阳平去声

其他三行原诗以及整首诗的多行均如此从声调的角度亦步亦趋的翻译，不仅累得要死，而且由于现代汉语主要是以二、三字的词为表达单位（一字词和四字词很少），所以英语的一个抑的音节和一个扬的音节，不可能用汉语的一个双读音或三读音的词来表达。

用汉语的阴平去声、阳平上声来对应英语的重读音非重读音走进了“山重水复疑无路”的境地。但经过诗人、学者、翻译家的苦苦研究探索，诗歌翻译又渐渐进入接近于“柳暗花明又一村”的境地。以闻一多等人首倡和卞之琳等人接力的诗歌翻译格律化创新了一种比较合理而且比较可行的诗歌翻译格律化的方法，那就是以顿代步的译诗法。“以顿代步为节奏单位既符合我国古典诗歌和民歌的传统，又适应现代口语的特点。我们的方块字是单音字，我们的语言却不是单音语言。我们平常说话以两个字、三个字连着说最多，而不是一个字一个字分开说的，因此在现代口语中，顿的节奏也很明显。欧洲（包括苏联）格律诗每行音缀（单音）数虽然也大致固定，每行音步性质和音步数却是关键（法国格律诗是例外，它另有一套）。我们的顿法（音组内部性质和相互之间的关系）也还可以有种种进一步的研究，我们首先用相当的顿数（音组数）抵音步而不拘字数（字数实际上有时也可能完全齐一，至少不会差很多）来译这种格律诗，既较灵活，又在形式上即节奏上能基本做到相当，促成效果上的接近。事实上，十年来这种做法也已经产生了比较成功的译品，已经显示进一步发展的可能性。”（卞之琳、叶水夫、袁可嘉、陈燊：《艺术性翻译问题和诗歌翻译问题》，罗新璋编：《翻译论集》，商务印书馆 1984 年）

那么，以顿代步译诗法的操作是怎样的呢？就是用汉诗歌的两个字或三个字（少数是一个字或四个字）的一个词对应英诗或俄诗的一个音步。于是，上述《出征，赠鲁卡斯特》这个诗节就可译为：

而今，| 我虽然 | 变了 | 心，
会使你 | 对我 | 更崇拜，
亲爱的，| 我要是 | 不更爱 | 荣誉，
怎能说 | 对你 | 是真爱。

原诗一、三行四音步，二、四行三音步；译诗一、三行四顿，二、四行三顿。原诗和译诗合拍。押韵则按中国传统诗的韵式：二、四行押韵。如果译诗与原诗一、三行和二、四行的音节对应，

采用相应的字数，就更好了；同时还能像原诗那样一、三行押韵，二、四行押韵即押交韵（ABAB），则更是与原诗形式完全吻合。

以顿代步的译诗法发展到今天，不但译诗的顿数与原诗的音步相对应，而且进一步用译诗的字数与原诗的音节数相对应（不是完全相等），有的还要求译诗的押韵也与原诗一致（不强求）。这就是以中国格律体新诗翻译外国格律体诗歌。例如：

Любви, | надеж | ды, ти | хой сла- | вы
Недол- | го не- | жил нас | обман,
Исчез- | ли ю- | ные | заба- | вы,
Как сон, | как у | тренний | туман;

——Пушкин：《К Чаадаеву》

译诗是：

爱情、| 希望、| 轻飘的 | 荣誉，
都曾 | 短暂 | 迷惑 | 我们，
去了，| 多少 | 青春的 | 欢愉，
梦 | 和早雾 | 似的 | 消隐。

——杨开显译普希金《致恰达耶夫》

原诗四音步抑扬格，一、三行九音节，二、四行八音节，押交韵。译诗也是四顿，一、三行九字，二、四行八字，押交韵（AB-AB）。译诗的顿数、字数与原诗的音步数、音节数完全相等。这首译诗是对原诗的音步、音节、押韵等格律的移植，是规范的格律体译诗。但是，有时译诗的回旋余地必须大一点，译诗可以多一两个顿和多一两个字，当然，顿数和字数也可以减少（这比较难操作），但都必须与原诗对应、整齐。押韵也可以不拘泥原诗的韵式，可采取我国传统的偶行押韵等方式。例如：

Вечерний и наклонный
Передо мною путь.
Вчера еще влюбленный,
Молил:《Не позабудь》.
А нынче только ветры
Да крики пастухов,
Взволнованные кедры
У чистых родников.

——Ахматова:《Разлука》

译诗是：

已染上暮色的道路，
倾斜在我的面前。
还在昨天恋人说：
请把我记在心间。
而今天，只有风儿，
只有牧人的呼喊，
还有纯净的泉水旁，
雪松的激动不安。

——杨开显译阿赫玛托娃《离别》

这首诗基本上是抑扬格，三音步，一、三行七音节，二、四行六音节，押较韵（ABAB），译诗也是三顿，单行八音节，偶行七音节，押韵未按照原诗的交韵，而采取我国传统的偶行押韵。

在诗歌翻译中，对原诗的抑和扬的处理，由于译诗采取了以顿代步的方法，在每一顿有一个短暂的停顿，虽然这主要是意顿，但每一顿的字词的发音和声调也附在顿中，因而顿也有音顿的色彩，只是这顿中的字词的发音和声调，要选得有抑有扬一点，其阴平、阳平、上声、去声四声要富有一定的变化，使之读起来和听起来抑扬顿挫一点，富有节奏感一点，这样的译诗就有了音乐性，就成其为诗了。

五　以顿代步译诗法的有限自由度

以顿代步译诗法，所译出的中国的新诗要再现原诗中抑和扬交替重复等时距地出现而形成的节奏和乐感，迄今为止尚无与原诗节奏对应的好办法，这正如郑敏所说的："这种音乐性的不足使中国新诗比拼音语言的西方诗歌略逊一筹，也是我们发展新诗时应特别着力的一点。不是汉语本身缺乏音乐性，而是在我们放弃古典诗歌纯熟清湛的音乐性后再也没有找到它的替身。要想有所突破，我们的语言学家应当更深入地研究汉语平仄的音乐规律性。"（郑敏：《我对新诗的几点意见》，《银河系》2011 年 8 月第 75 和 76 合期，第 101 页）

但是从外国诗歌翻译过来的中国新诗的发展，是不能等到中国语言学家研究出一套富有节奏和音乐性的声调方案后才进行的，因此就得由诗歌翻译家自己根据原诗的内容、意境和格律来尽显神通。译诗在做到与原诗神似的情况下，要与原诗形似，这就需要翻译家具有深厚的语言及语音的功力，自己也要进行诗歌创作，在翻译外国格律诗时，除了一般的以顿代步外，要选择与外国诗歌的抑和扬有相近声调的汉字汉词，如果原诗的音步和诗行情绪较长时间比较高昂、舒缓，就应多用阴平，如果情绪比较跌宕、低落，则多用阳平和上声，如果情绪比较奋激、锐重，则应多用去声。此外，诗行的和谐、顺口和乐感不仅仅取决于平仄声调，还取决于字的读音，即声母和韵母拼读起来的声音是否流畅、自然，也取决于词的读音，即字与字组合起来连读的声音是否圆滑、吻合。只要我们选的字、词的读音和声调好，字与字的配合、词与词的配合恰当，再加上平仄即阴平、阳平、上声、去声的交错变化，这样的诗行的诗歌，音乐性就美了。

下面可以看一节诗的译文，译诗在意美、形美上，特别是在音美上，恐怕并不逊于原诗，可以作为新诗创作和诗歌翻译的范本之一：

译诗是：

轻柔的 | 声音 | 化为 | 乌有，
音乐 | 还在 | 记忆中 | 颤抖，
甜蜜的 | 紫罗兰 | 不再 | 发香，
感官中 | 还存留 | 它的 | 芬芳。

——李霁野译雪莱《致——》

原诗大致为扬抑格（有所突破），一、二行三音步七音节，三、四行四音步八音节，一、二行近似押韵，三、四行押韵，即押随韵（AABB）。译诗四行全部是四顿，对一、二行增加了一顿，三、四行与原诗一致；对原诗的音节，译诗每一行都增加了两个字；押韵则与原诗相同，押随韵。两相对照，译诗在原诗的基础上略有变通，但显然是形似的。

译诗不完全照搬原诗的形式而是形似于原诗，显然是为了读起来更上口，更有音乐性。原诗的扬和抑翻译成中国新诗就很难处理，这就要求诗歌翻译家自创节奏，在诗行中选择合适的顺口的富有乐感的字词，并在声调上作轻重缓急、高低长短的安排，使诗行尽可能地体现出节奏感来，这样诗歌的音乐性就有了，也才具有诗性。读者读读李霁野翻译的这首雪莱诗，真是一支优美动听的小夜曲，当代能与之媲美的有几首创作诗歌和翻译诗歌？

诗歌翻译的这种形似而不是相同，给了诗歌翻译家一定的自由度或有限的自由度，这个一定的自由度或有限的自由度，可以使翻译家在闻一多所说的“音乐的美，绘画的美，建筑的美”上创新。郭沫若说：“翻译是一种创造性的工作，好的翻译等于创作，甚至还可能超过原作。”（郭沫若《谈文学翻译工作》，罗新璋、陈应年《翻译论集》，商务印书馆2009年）雪莱的《致——》的翻译就是这种创造性的工作，它在“意美、音美、形美”上，也许并不输于原作，甚至超越原作。

同理，还可以找出一些译诗来印证上述观点。这些译诗对原诗单个的词、句子、声音和节奏也许难于传递，但经过创作而进行字词的组合、诗行的组合和组合后的思想、情感和美都是可以传递的。西方语言和汉语的巨大差异使在汉语中复制原诗的音乐性有很大的困难，但却给汉语留下了进行再创造的空间，而汉语和西方语言的部分相似性又为这种再创造提供了可能性。我们的翻译家就是在这个空间和这种可能性中翻译创作了不少既神似又形似于原诗的诗歌。这些诗歌有的是用比较严谨的格律体新诗形式翻译的，如前述普希金的《致恰达耶夫》和阿赫玛托娃的《离别》；有的是用不十分严谨的格律体新诗翻译的。例如：

白昼的｜明灯｜熄灭了，
黄昏的｜雾气｜笼罩在｜蔚蓝的｜海上；
喧响吧，｜喧响吧，｜顺风的帆，
在我的｜脚下｜起伏吧，｜沉郁的｜海洋！
——查良铮译普希金《白昼的明灯熄灭了》

这里略去原诗，仅看译诗。译诗一、三行大致是三顿（第三行可以是四顿），各为八字和十字，二、四行是五顿，均为十三字，韵式为二、四行押韵。这首不太严谨的格律体译诗有译者的创造性成分，译诗并未就单个的字词、抑扬进行传递，而是体会原诗的意境，观照原诗的形式，调动词组、声调，安排出诗行和诗节，悟出自己感觉的节奏，使之产生强烈的韵律和音乐性。读者读着这样的诗，是不是觉得感情既一泻千里，又九曲回环；既汹涌澎湃，又缠绵悱恻，诗的抑扬顿挫的节奏和优美动人的旋律，令人荡气回肠，摄人魂魄。这节诗的音乐性也堪称典范之一。当今缺少音乐性、缺少诗性的巨量分行散文，在这样的诗面前，难道不感到自惭形秽吗？

类似的富有音乐性的诗还有不少，再举一例：

一阵｜可爱的｜钟声，
轻轻地｜掠过｜我的｜心房，
响吧，｜春天的｜小唱，
一直｜响到｜遥远的｜地方。
——钱春绮译海涅《序诗6·一阵可爱的钟声》

原诗略。译者在翻译这首中对音乐性进行了创造，以自己对原诗的感悟，调动字词、声调，组合成这么一节富有音乐性和诗性的译诗。它之所以富有音乐性和诗性，是与译者自觉不自觉地契合了格律体新诗的形式有关：一、三行三顿七字，二、四行四顿九字，二、四行押韵（第三行押韵是巧合）。这也是一首堪称典范之一的小夜曲式的优美诗歌。

由此看来，注重原诗的音步、音节、押韵等，用格律体新诗形式来翻译格律体原诗，才是忠实于原诗的译诗法。如果完全按照原诗的音步、音节和韵式而采用相同的顿、字和韵式等，当然好；但为了更好地表达原诗的内容、意境和情感而不以词害义，可以适当灵活处理原诗的音步、音节和韵式而采取相应而不是相同的顿、字和韵式。总之，诗歌翻译应严谨为主，灵活为辅，既要做到神似，也要做到形似。

这里，要提及的是，要做到形神皆备的诗歌翻译，必须要修炼基本功，并掌握丰富的知识和技能。这里既要有对外国诗歌及格律的研究，又要具备中国旧体诗及格律的修养，还要学习 20 世纪二三十年代以来诗歌翻译家和诗人的译作和创作，同时自己也要创作诗歌。我们读到的一些好的翻译诗歌和创作诗歌，其译者和作者无一不是学贯中西，既具有中国古典诗歌的深厚修养，又对外国诗歌有精深研究的翻译家、诗人和学者，例如新月派和九叶派的诗人们，他们的代表诗人在中国百年新诗史上树立了高耸的丰碑。我们只要举出一个诗节，就可以暗淡今日散文化、无序化、无乐感、无诗性的成千成万首诗歌：

轻轻地 | 我走了，
正如我 | 轻轻地 | 来，

我轻轻地丨招手，
作别丨西天的丨云彩。

——徐志摩《再别康桥》

请看，这节诗又契合了格律体新诗形式：一、三行两顿六字，二、四行三顿七字，二、四行押韵，多么富有规律性的整齐。这四行诗完全是采用的白描手法，文字十分简朴自然，可是却创造了一个新诗的音乐性和诗意的高峰。因此，当今诗坛，应该大力倡导格律体新诗和格律体译诗的写作和翻译，让格律体新诗及译诗、半格律体半自由体新诗及译诗、自由体新诗及译诗各自三分天下有其一，在文学的百花园里竞相开放，争奇斗艳。

“两栖诗人”琐议

万龙生

一

也不知是什么时候起，格律体新诗界的朋友们，开始使用“两栖诗人”这个概念，是指那些既能写格律体新诗又能写诗词的诗人。这也就是指称那些能够同时掌握两种诗体的诗人。

二

其实，正如有些事，古已有之，却没有一个名目，“两栖诗人”也是这样。打曹操算起吧，他既写四言诗，又写五言诗；到了唐代，李杜等等就不用说了，既写近体诗，又写古风；到得宋代，既能吟诗，又能填词，例如苏东坡、欧阳修，一样大有人在。他们，就都是两栖诗人。

三

不过，古之两栖诗人，都没有跳出格律的“镣铐”，同时也是格律诗人，只不过不同的诗体尊崇的是不同的格律罢了。

四

那么，今日所谓的“两栖诗人”，如上文所言既能写格律体新诗又能写诗词的诗人，也就都是格律诗人了？正是。然而又有新的情况发生：格律体新诗与诗词使用的语言载体有很大差异：前者用现代汉语，后者用文言；当然其格律也迥然有别。

五

不管怎么说，两栖诗人的存在，是古今诗界的普遍现象，其原有自：都是因为不同的题材寻求适合的体裁的结果。而题材与体裁的高度契合是一首诗取得成功的必要条件。

六

在 2010 年 3 月由重庆市作协、诗词学会、《重庆文学》编辑部联合举行的王端诚格律体新诗研讨会上，我在会上发表的意见虽然没有直接提到“两栖诗人”，实际上涉及这个问题：我在发言中指出其具有“路标”作用（证明格律体新诗“此路可通”）和“津梁”启示（传统诗词是通向格律体新诗的津梁）。《重庆市文学志》

对此会做了详细记载。

七

事实正是如此：诗词与格律体新诗语言载体的差异并非深沟巨壑，之间有着天然的津梁，可以很便捷地由此及彼。“东方诗风”论坛和“中国格律体新诗网”不少当今的两栖诗人，正是先写诗词，后来才接触到格律体新诗，了解其基本理论，进而通过这一“津梁”而达到“彼岸”，即格律体新诗园地的。他们中的佼佼者除王端诚外，大抵以年齿为序还可以举出龙光复、张先锋、尹国民、蒋泽民、周琪、刘善良、任雨玲等。此外，以诗词为主，于格律体新诗偶一“试水”亦有佳作者，还可以举出李高清、葛勇；二者皆擅，而我不知其何者在先的，则可以举出王世忠为例。

八

近来我发现两栖诗人有增多的趋势。也可以举点例子：重大退休教授、重庆市歌乐吟社社长魏锡文是一位资深诗词家，前些时候居然也写起格律体新诗来，一出手就似模似样；还有两位格律体新诗新秀，贵州的汪常和湖南的蓝䰐安，都是在学校先学诗词，后接触格律体新诗，引起兴趣，入门之后，就愈发喜爱，能够左右开弓，成为两栖诗人。

九

由诗词走向格律体新诗的路径，不是偶然形成的。其间有个重要的原因，就是由“血缘”决定，“胎中带来”在共同的格律基因。文言与现代汉语虽然不同，但是互相有传承关系；使用的格律虽然不同，但是自有其天然的联系。所以由此及彼就没有不可逾越的障碍。

十

至于惯写自由诗的朋友，能不能成为运用现代汉语写新诗，同时在自由诗和格律诗两个门户进出呢？恐怕难矣哉！“自由”惯了，就再不愿意接受束缚；反之，“规矩”惯了，再不愿意放弃一定之规。像我，几十年来，提笔写诗，中规中矩，已成惯性，无法改变；而在深层次当然还有理念的信守在起作用。但是写自由诗的朋友，一旦观念起了变化，改换门庭，自愿投奔格律体新诗家族，并非没有可能。最近发现一个太原诗友张静水，网名“南庭闲月”，在网上很活跃，本来写自由诗已经出了一本诗集，可是也认真学写格律体新诗，进展十分明显，已经引起关注。为了尽快掌握诀窍，没有新题材可写时，他便饶有兴趣地把自由诗旧作改头换面，使其呈现格律体新诗的新面目。

十一

能使两支笔，一会儿写自由体新诗，一会儿写格律诗新诗，而且都能写好，可能吗？无独有偶，这样的诗人我知道两个，那就是“东方诗风”的宋煜姝和简昀冰。同时，这二位诗词也写得不错，是不是该叫“三栖诗人”呢？欲臻此境，难矣哉！

十二

两栖诗人的优越性不言而喻。题材与体裁之间的契合是一首诗成功的保证。而不同体裁也“选择”着与自己“般配”的题材。那么掌握了两种体裁的诗人无疑多了一种手段，多了优选的可能性。左右逢源，何乐而不为呢?

十三

说到这里，就联想到我对21世纪中国诗歌的预测了。物极必反，我认为在诗词已经有一种复兴之势的今天，自由诗在诗坛一统天下的局面已经改变；不过在新诗领域，由于格律体新诗一时还处于“在野”状况，自由诗“称霸”的现象仍然一如既往。但是我相信，新诗回归文体本位的一天必将到来。届时格律体新诗就会壮大起来，改变目前的弱势。

那个时候，中国诗坛就会呈现这样的局面：如果按照语言载体划分，可以分为诗词、新诗两大板块；如果以是否尊奉格律划分，就分为格律诗与自由诗两块。按第一种分法，格律体新诗与自由诗“结盟”；而按第二种分法，格律体新诗则归属格律诗。两栖诗人就“脚踏两只船”，享有很优渥的待遇哦!

十四

到那个时候，中国诗坛就会像古代那样，诗坛的高手、大家，多是两栖诗人，在格律诗（涵盖诗词与格律体新诗）的领地里，尽情挥洒，大显身手，纵横驰骋。泱泱诗国，蔚为壮观。而拒绝格律，不肯归顺的“自由派”，他们的产物就只能是聊备一格罢了。

格律体新诗（原称“现代格律诗”）论文、论著百年选目

余小曲 辑

一 论文部分

徐志摩:《诗刊弁言》（1926 年 4 月 1 日《晨报副刊 · 诗镌》1 号）

饶梦侃:《新诗的音节》（1926 年 4 月 22 日《晨报诗镌》4 号）

闻一多:《诗的格律》（1926 年 5 月 13 日《晨报副刊 · 诗镌》7 号）

陈梦家:《〈新月诗选〉序言》(《新月诗选》, 新月书店 1931 年 9 月版)

石灵:《论新月派》（1931 年 1 月 1 日《文学》8 卷 1 号）

梁宗岱:《新诗底十字路口》（1935 年 11 月 8 日《大公报 · 诗特刊》）

叶公超:《论新诗》（1937 年 5 月《文学杂志》1 卷 1 期）

袁水拍：《我对于新诗的意见》（写于1951年，见于《雪峰文集》第二卷，人民文学出版社1983年版）

卞之琳：《哼唱型（吟调）节奏与说话型节奏（诵调）》（《作家通讯》1954年第9期）

何其芳：《关于现代格律诗》（《关于写诗与读诗》，作家出版社1956年版）

孙大雨：《诗歌底格律》（《复旦大学学报·社会科学版》1956年第2期）

朱光潜：《谈新诗格律》（《文学评论》1959年第3期）

王力：《中国格律诗的传统和现代格律诗问题》（《文学评论》1959年第3期）

卞之琳：《今日新诗面临的艺术问题》（《诗探索》季刊1981年第3期）

林庚：《关于新诗形式的问题和建议》（《新建设》1957年第5期）

邹绛：《浅谈现代格律诗及其发展》（《中国现代格律诗选·代序》，重庆出版社1985年版）

蓝棣之：《新月派诗选·前言》（《新月派诗选》，人民文学出版社1989年版）

屠岸：《十四行诗形式札记》（钱光培编：《中国十四行诗选》中国文联出版公司1990年5月版，第363—370页）

万龙生：《现代格律诗的无限可操作性》（《诗路之思》，中国三峡出版社1997年版）

吕进：《从文体看中国新诗》（《诗刊》1999年第1期）

龙清涛：《新诗格律探索的历史进程及其遗产》（《中国现代文学研究丛刊》2004年第2期）

尹贤：《重铸诗国的辉煌》（《望蜀斋诗文三集》，北京燕山出版社 2009 年版）

沈用大：《中国格律体新诗简史》（吕进、熊辉主编：《诗学》〈第二辑〉，巴蜀书社 2010 年版）

孙逐民：《程式化音步是新诗格律成熟的必要条件》（《诗学》〈第二辑〉，巴蜀书社 2010 年版）

万龙生：《何其芳的现代格律诗理论及其深远影响》（《诗学》〈第四辑〉，巴蜀书社 2010 年版）

吕进：《走向新诗的盛唐》（《东方诗风诗选》，吉林文史出版社 2012 年版）

万龙生：《诗体建设的硕果》（吕进主编之第四届华文诗学名家国际论坛论文选：《重建与繁荣》，2013 年）

王端诚：《当代汉语诗坛二元格局中的诗体重建》（吕进主编之第四届华文诗学名家国际论坛论文选：《重建与繁荣》，2013 年）

万龙生：《东方诗风论坛对新诗格律建设的贡献》（《常熟理工学院学报》2016 年第 1 期）

余小曲：《格律体新诗理论与实践并举的良性互动》（《诗学》〈第八辑〉，巴蜀书社 2016 年版）

黄杲炘：《格律体新诗和英语格律诗》（《 中华读书报 》2016 年 4 月 6 日）

万龙生：《闻一多：格律体新诗之父》（《中外诗歌研究》2016 第 4 期）

二　专著部分

许可：《现代格律诗鼓吹集》（贵州人民出版社 1987 年版）

许霆、鲁德俊：《新格律诗研究》（宁夏人民出版社 1991 年版）

陈本益：《汉语诗歌的节奏》（台湾文津出版社 1994 年版）

陶保玺：《新诗大千》（安徽人民出版社 1994 年版）

许霆、鲁德俊：《十四行体诗在中国》（苏州大学出版社 1995 年版）

程文、程雪峰：《汉语新诗格律学》（雅园出版社 2000 年版）

吕进主编：《中国现代诗体论》（重庆出版社 2006 年版）

许霆：《新诗格律与格律体新诗》（雅园出版社 2007 年版）

周仲器、周渡：《中国新格律诗史论》（雅园出版社 2010 年版）

程文：《网上诗话》（世界文化艺术出版有限公司 2010 年版）

赵青山：《现代格律诗发展史》（世界文化艺术出版有限公司 2016 年版）

许霆：《中国十四行诗史稿》（北京大学出版社 2017 年版）

许霆：《十四行诗中国化论稿》（中国社会科学出版社 2017 年版）

赵青山：《现代格律诗发展史》（雅园出版公司 2017 年版）

赵青山：《现代格律诗家评传》上下册（雅园出版公司 2017 年版）

选辑后记

百年新诗走过了曲折、坎坷的途径。此时此际回顾来路，绝对不能盲目乐观，一味评功摆好，自我陶醉。在仍然是自由诗占据主流地位的时候，在维护自由诗的人们把持话语权的情势下，坚持现代汉语诗歌必须完成格律建设任务的诗人和诗论家，绝不能沉默，不能不发出我们的声音。当此之时，我们应该感谢筚路蓝缕，开拓新诗格律建设道路的前人，不能不感念他们的劳绩。因此我们在林林总总的文献资料中爬梳抉剔，抽绎出这份《选目》。为了体现新诗格律研究的连贯性，显示其发展脉络，就把年限延至当今。资料有限，难免遗珠之恨。是为记。

抗战诗歌研究

主持人语（张传敏）：

抗日战争是中华民族灾难深重的屈辱历史，日军的铁蹄所到之处，无不留下国人的悲痛。卢沟桥事变之后，日本的侵华步伐加大，平津失守之后，普通人面对夷为平地的家园，不得不背井离乡；知识分子面对面目全非的高校教舍，不得不辗转迁徙，在烽火连天的岁月中艰难地延续着民族精神的血脉。在抗战时期流动的人群中，大量的作家内迁西南大后方，用手中的笔挑起抗战的责任，创作了很多脍炙人口的诗篇，鼓舞着国人与敌作战到底，迎接民族的新生。诗人冯至曾居住在昆明，他创作的十四行诗虽不直接与抗战相关，但却是在战争的语境下产生的灵思，其潜文本意义仍然具有抗战时期诗歌的痕迹。本栏目所选文章《“非时代”的私人经验如何成为诗?》，便是对冯至抗战时期创作的《我们听着狂风里的暴雨》的“另类”解读，呈现出作者内心隐含的战争观念，并非个人经验的表达，更不是抗战时代的对立物。方敬是中国现当代诗歌史上创作成就较为突出的诗人，尤其是他在抗战时期创作的作品更有别于普通的抗战诗歌。方敬的抗战诗歌立足于大后方，是对抗战大后方民众抗战激情的书写；作为南迁的知识分子，方敬的抗战诗歌关注到了迁居大后方的逃难人群的漂泊情感；作为有社会理想的年轻人，方敬作品是对黑暗社会现实的鞭挞，同时也是对新社会的吁求。因此，方敬的抗战诗歌承担着双重历史使命，一是积极争取民族的独立与解放，二是面对黑暗现实而抱定解放底层人民的伟大理想。熊辉的文章《抗战时期方敬在大后方的诗歌创作》中有具体的说明。晏明敏的文章首先回顾诗史关系的历史渊源及大致发展历程，之后探讨抗战时期陈寅恪对“诗史互证”法的传承和运用，以这一时期完成的论文集《元白诗笺证稿》为例，并就其法实际操作过程中的复杂性进行简单分析，是战时诗学研究的个案。

"非时代"的私人经验如何成为诗?

——冯至《我们听着狂风里的暴雨》重读

张传敏

冯至在《〈十四行集〉再版序》中曾说:

> 从历史上不朽的精神到无名的村童农妇,从远方的千古的名城到山坡上的飞虫小草,从个人的一小段生活到许多人共同的遭遇,凡是和我的生命发生深切的关联的,对于每件事物我都写出一首诗。①

根据冯至这段话,很容易找出在《十四行集》中所对应的诗。这同时也说明:这些诗背后大都是有作者的日常经验作为支撑的。也许正是因此,这些诗和它们诞生的时代背景之间似乎产生了某种隔膜——和当时许许多多直接呼应抗日战争的诗歌相比,它显得太

① 冯至:《〈十四行集〉再版序》,《中国新诗第三集·收获期》,森林出版社1948年版,第23页。

缺乏时代气息了。但令人奇怪的是，冯至的《十四行集》很少因此遭到指责或批评，甚至还往往受到称赞。李广田就认为，“诗在日常生活中，在平常现象中，却不一定是在血与火里，泪与海里，或是爱与死亡里。那在平凡中发见了最深的东西的，是最好的诗人”。正是在这个意义上，他将冯至称为“沉思的诗人”[①]。朱自清则在《诗与哲理》中对其评价云，“闻一多先生说我们的新诗好像尽是些青年，也得有一些中年才好”，“冯先生这一集大概可以算是中年了”[②] ——这里的“中年”，应有“成熟”之意。

由此可见，即便在时代话语作为文艺批评界的一种相当严重的压抑性力量存在的抗战年代，在“政治+文艺”的边缘地带，仍然是允许异端存在的。然而，必须说明的是，将冯至筑基于私人经验的《十四行集》简简单单地视为时代的对立物，既是对时代的误解，也是对冯至的误解。真正的时代并非私人的对立物，恰恰是由众多的私人所构建起来的。但是这众多的私人所构建起来时代话语的主语，仍然不能是“所有人”而只能是“部分人”，而这“部分人”是无权以“所有人”的名义进行言说的。这样的时代是健康的时代。然而，当“部分人”以“时代”为借口，用“所有人”的名义发号施令，“时代”就会演变为一种压抑性的力量。就《十四行集》来说，抗战时代话语显然并没有压抑它，而它虽然没有主动加入作为自身诞生背景的抗战话语洪流，但是也并没有有意回避抗战的时代特征。作为当时西南联大的教授，冯至蜗居山间茅舍，生活困窘，所有的生活经验都被打上了抗日战争的痕迹。从他后来

---

① 李广田：《沉思的诗——论冯至的〈十四行集〉》，《李广田文集》第3卷，山东文艺出版社1984年版，第59、63页。

② 朱自清：《诗与哲理》，《新诗杂话》，岳麓书社2011年版，第22页。

对这些诗的创作过程的回忆可以发现，他都从来没有刻意回避这个时代，只不过这并不是他的诗所要呈现的重心而已。

《我们听着狂风里的暴雨》来自冯至的并非和时代保持对立的私人经验。然而，在历来对这首诗的读解中，却鲜有人对此经验进行考索。其实这并不是什么难事——这首诗里写到了暴风雨，而冯至的《昆明往事》中就记述过一次令他难以忘怀的大雨。在1941年下半年，冯至不断生病。有一次他在屋里发着高烧，外边下着大雨，家人束手无策，幸亏友人翟立林从大东门外租来了两匹马，从城里请来一位同济大学医学院毕业留在昆明行医的同学为他诊治。当时冯至已经到了神志不清的地步，只能恍恍惚惚地听妻子和友人以及医生谈话。他说，“日后我们闲谈昆明往事，总忘不了谈到那天的情景”①。将本文开始冯至在《〈十四行集〉再版序》中的话和他的这段回忆结合起来，基本可以断定：《我们听着狂风里的暴雨》写的就是1941年下半年的大雨。

但必须指出的是，这首诗歌的题目，也就是首句“我们听着狂风里的暴雨”并不能真正唤起我们对于狂风、暴雨的感受，它们几乎是完全对读者封闭的。甚至这首诗后面对于风雨的描写是如此，可以说它们仅仅停留在抽象的词句的层次上，读了之后完全无法得出冯至所经历的究竟是怎样的风雨。也就是说，作者在创作这首诗的时候并没有想去真实地、完整地描述一场风雨，或者至少说，他并没有带给读者一种写实的风雨场景。这首诗中带给读者诗意的东西，当然也就不可能是风和雨。

在诗中真正引起我们注意的，其实是这样一些事物：用具（铜炉、瓷壶）以及它们所“向往”的东西（矿苗、陶泥）等等——

① 冯至：《昆明往事》，《立斜阳集》，工人出版社1989年版，第125页。

不同的读者对诗歌的中心物象的理解可能是不一致的，但以上这几种应该是所有读者都会注意到的重点。铜炉、瓷壶两种物象所关联的诗句，和其他诗句之间的明显差异就是拟人修辞方法的运用以及这个不平常的拟人格可能由此给读者带来的疑问：铜炉为什么会向往深山的矿苗？瓷壶为什么会向往江边的陶泥？

这两种物象以及相关诗句是极为重要的，因为它们就是这首诗的诗眼。只有透过它们，才能发现这首诗最重要的意蕴：铜炉、瓷壶对于它们的所来自的“本体”的向往，和《圣经·创世记》第3章第19节上所说“你本是尘土，仍要归于尘土”的意思是一样的，都是对于死亡的隐喻。也就是说，这是一首死亡之诗。本文前面所引冯至的叙述也可以作为这个推断的旁证：在长期的病痛中，在高烧已经令他神志模糊的状态下，冯至当时已经和死亡相当接近了。

但是死亡之所以成为诗意的对象，也不仅仅是因为冯至如实地描写了它。实际上，他在诗中甚至没有提及自己的濒死状态或意识，只是借用铜炉、瓷壶在狂风暴雨中向着本体的飞翔以及自己和它们的疏离来表达对于死亡的感觉和理解。这种表达可以说是“机智”的：实际的死亡只能让人恐怖，而这种借用却可以大大削减其可怕意味并使诗歌本身具有某种深刻性或曰哲理性。于是冯至困窘恐怖的生活经验脱离了原来的利害关系，变成了诗，而且是充满张力的诗——可怕的经历与隐晦的、轻描淡写的表达方式之间的距离如此之大，以至于很少有人会谈及它的这个核心意蕴。

然而，冯至这首诗的深刻性不应该被过分拔高，把它上升为哲学的高度无益于其诗意的增加。研究者们也许可以从这首诗中抽象出很多观念，比如孤独、死亡、本体等等。将其与特定的哲学观点、流派相衔接并对它们再进一步分析，是一种常见的解诗思路。然而，这种做法不仅脱离了诗，从哲学来看也是不太可行的：当我们断定诗中存在某种思想时，又总能发现这种断定的含混性。从诗中抽象出某些特定的哲学范畴是不难的，但是因为篇幅的关系，本文不准备对其进行较详细的讨论，只以"孤独"为例来证明这种解诗方式的不恰当性。

在西方哲学界，最以孤独闻名且以孤独为理论武器者当属克尔凯郭尔（Soren Aabye Kierkegaard，1813–1855）。这位痛苦的丹麦哲学家非常强调个人的主观体验并曾称，以宗教的观点而言，个人"是这个时代，一切历史以及人类全体必须通过的范畴"，他的"一切可能具有的伦理重要性都已包藏于此一范畴"[①]，他的理论不仅深刻地影响了后来的存在主义哲学家，也直接影响了冯至。冯至曾这样说：

> 其实我是最不哲学的人，我的思想不大逻辑。哲学家有两类，一类是自己创造出一套哲学体系，另一类是对生命有深刻的体验，只是诚实地写出个人的感受，前者如康德、黑格尔，后者如基尔克郭尔、尼采等。那种自成体系的哲学，文字比较艰深，我不大去读，但像基尔克郭尔、尼采，文章写得非常深刻，文字生动十分感人，我读他们的著作也受到他们的影响。[②]

冯至对于克氏孤独的人的观念也应该不会反对：

---

① 齐克果：《"那个个人"（"*That Individual*"）》，［美国］W. 考夫曼编著：《存在主义》，陈鼓应、孟祥森、刘崎译，商务印书馆1987年版，第96–97页。这里的"齐克果"是克尔凯郭尔名字的另一种译法。

② 冯至：《谈诗歌创作》，《冯至全集》第5卷，河北教育出版社1999年版，第249页。

> 没有一个诗人的生活不是孤独的，没有一个诗人的面前不是寂寞的。我相信人永久是孤独的。最忠诚的伴侣，只是月下灯前的影子。①

由以上材料几乎可以断定，冯至这首诗中所描写的“我们”和自己日常所用器物的分离就是对克尔凯郭尔式的“孤独”的表达了：诗歌中所写“用具”各自奔向自己的“老家”并和“我们”分离，不正是彰显了“我们”的孤独感吗？

然而，这首诗又何尝不可以被视为对“我们”与“用具”之间的联系被破坏时的恐慌感的表达？读过德国哲学家海德格尔（Martin Heidegger，1889–1976）《存在与时间》的人都应该知道，“用具”也是海德格尔哲学中的一个重要概念。海德格尔并不像克尔凯郭尔那么强调个人，他认为人与他人、世界之间是互相关联的整体。人与他人、世界的共同存在的状态就是“烦”（Sorge），人与外物的状态之间的关系状态是“烦忙”（Bersorge），与他人之间的关系状态则是“烦神”（Fursorge）②。在“烦忙”状态中，人与外物之间就是通过“用具”③（Zeug）相联系的。用具不仅揭示了自己的存在，也揭示了与之相关的他物的存在。也就是说，当冯至用“用具”和“我们”的分离来比喻死亡的时候，也就等于承认了“我们”和“用具”之前的联系状态，承认了“我们”和周围

---

① 冯至：《好花开放在最寂寞的园里》，《冯至全集》第 3 卷，河北教育出版社 1999 年版，第 170 页。

② ［德］马丁·海德格尔：《存在与时间》，陈嘉映、王庆节合译，熊伟校，生活·读书·新知三联书店 1987 年版，第 233 页。

③ 同上，第 85 页。

世界的联系与整体性的。他只是在濒死的状态中，或者更确切地说是在对于死亡经验的回忆中才意识到那时的自己是孤独的，是和"用具"相分离的。

另外，还有很多材料可以证明冯至是十分看重人与人、与他物的联系的。譬如《十四行集》第五首《威尼斯》中就写道：

一个寂寞是一座岛，
一座座都结成朋友。
当你向我拉一拉手，
便像一座水上的桥。

《十四行集》中表达类似的强调人与人之间的沟通、交往的诗还有第七首《我们来到郊外》、第十六首《我们站立在高高的山巅》。据相关分析，这些诗应该也和德国哲学家雅斯贝尔斯（Karl Theodor Jaspers，1883–1969）的生存交往（existentielle kommunikation）思想有关①。那么，《我们听着狂风里的暴雨中》的思想究竟来自何人？冯至究竟是想表达孤独还是联系？有关也许专业的哲学家们能从这首诗中引申出更加丰富的哲学范畴，但对于本文的作者来说，以上克尔凯郭尔、海德格尔和雅斯贝尔斯的例子已经足以说明：诗本身是一个开放的结构，其含义具有极为丰富的可能性，这些可能性有可能是正好相反的。将诗抽象为某种固定的、单一的哲学思想的表达是极为危险的，因为诗性与哲学性正好相反，即便是"诗性哲学"，也意味着诗歌所缺乏或不屑的意向单一性、确定性。

① 郜志云：《论冯至〈十四行集〉的西方资源及意义》，南京师范大学2014年硕士学位论文，第21–27页。

诗歌不是哲学。但将诗仅仅视为诗人的实际经验的复制，也是荒谬的。从冯至的这首诗来看，他不仅没有直接陈述暴风雨，也没有陈述自己的濒死状态。他对自己的濒死体验的暗示，从日常经验来看是不可能的，从语文修辞的角度来看甚至是可笑的：如果说“瓷壶在向往江边的陶泥”实际写的是瓷壶在风雨之中摇摇欲坠，随地摔碎之态，这种拟人手法运用得尚称巧妙的话，“铜炉在向往深山的矿苗”无论如何都是有悖于常理的——铜炉性质坚韧，即便掉到地上，也只能是摔瘪，不会成为碎片，用它来象征死亡或者生命的脆弱并不恰当。更何况，冯至当时所居的茅屋中并无铜炉。他在《昆明往事》中只说自己在茅屋中准备了一些米和木炭，一个红泥小火炉以及靠墙摆放的用来做书架的几只肥皂箱而已。

但以上并不是在责备冯至的诗歌是向壁虚构的，也不是在嘲笑它的笨拙。虽然一般说来诗人创作的出发点只能是自己的经验，但是他有充分的权利和自由来改造，甚至虚构自己的经验，他的任务只是创造一个审美的对象，能够打动自己以及读者的审美对象而已。这个审美对象由他自身的经验出发，在创作过程中被加以强化，以使其从相伴的其他经验中凸显出来。但是它又不能被抽象为更纯粹、清晰、确定的思想，因为真正的诗从来不会依靠说教来打动人。它力图“感染”读者，以求得读者的认同与夸赞。对于冯至的这首诗来说，这个审美对象就是诗人的濒死经验，诗意就由此而产生。

但是这仍然会导致一个疑问：存在于经验和抽象的观念之间的广袤的中间地带的审美对象（在冯至的这首诗中就是死亡），是怎样在周围的黑暗中向读者闪现它的光芒的？它靠什么来打动读者？凭什么要求我们对它的关注？

读者被诗所打动的方式是多种多样的：比如诗歌的韵律、诗行排列方式，甚至印刷版式都可能赢得他的好感。本文所要讨论的重心显然并不在此，而是由冯至的经验而来的死亡。但在回答这个问题之前必须得承认，在本文之前似乎鲜有人将这首诗视为死亡之诗。那么，上一段末尾的问题就成了本文作者对于自己的提问。

必须老老实实地承认，即便对于本文作者来说，这首诗的死亡意味也并不那么明显。可能像大多数读者一样，本文作者对于这首诗最初的印象主要停留在它那整饬的外形、平缓的语调以及包含“铜炉”“瓷壶”的两句相对晦涩的诗行上。也就是说，本文作者一开始并没有意识到这是一首死亡之诗，因为冯至没有将死亡直接呈现出来，而是对其进行了遮掩。这首诗的叙述语调是那么平淡，它所用的象征是那么晦涩，很容易将人对诗的理解引入歧途。

但这种“遮掩”成功地吸引了本文作者，当然更可能是大多数读者的注意。这两句在整首诗那明白如话的句子中的与众不同，召唤着阅读者的关注与理解。而对于理解了它的真正含义的读者来说，阅读快感的很大一部分就来自于揭开诗中死亡外面的包裹物的过程。就这首诗而言，单是平淡的语调并不能吸引人，单是恐怖的经验也不能吸引人，单是用平淡的语调叙述一种恐怖的经验也未必能吸引人，吸引人的是诗人对于审美对象的伪装。而读者在被吸引之后，揭开伪装者的面纱能够给人带来一种智力上的快感。当然，它的诗意也许还在于读者窥视到死亡的真相之后引发的思考——所思考的也许就是《十四行集》第二十六首《我们天天走着一条小路》最后的那个问题：

> 到死时抚摸自己的发肤
> 生了疑问：这是谁的身体？

这就是冯至这首死亡之诗的诗意的奥秘所在——不能将诗意仅仅视为诗人的产物，也不说诗意只存在于诗歌文本之中，它来自于诗人、作品和读者的联接中。诗人透过非日常语言化的、非科学化的（非哲学化）的言说，向自己，也向读者倾诉。而读者只有被诗人放置在作品中的诗意对象所吸引，察觉诗人言说的恰当性、独特性以及所蕴含的一切能给阅读带来快感的成分并对诗歌产生肯定性回应，诗意才能得以完成。诗意不是一个客观的、静止的存在物，而是一个充分开放的过程。

但以上对《我们听着狂风里的暴雨》的阐发也许仍然会招致反驳：本文前面曾经说过用“铜炉在向往深山的矿苗”来象征死亡是笨拙的，怎么能说诗人的这种言说是恰当的呢？难道这首诗不也因此成了一首笨拙的诗吗？

无人知道冯至为什么用“铜炉”来暗示死亡。但这个在日常语言中看起来很不高明的修辞，在这首诗中却并不让人感到突兀——诗歌语言的弹性、间接性给了它充分的转圜余地，毕竟冯至在诗中并未明说“铜炉”那一句就是在描写死亡。另外，这一句和后面的“瓷壶”一句并列，两种材料一个坚韧，一个脆弱，能够更有效地暗示暴风雨的猛烈程度以及随之而到来的死亡的普遍性并彰显“我们”的生命的孤单程度。也就是说，对于诗人想表达的内容而言，这种修辞与其说是笨拙的，毋宁说是有力的。不能用日常语言的标准来衡量诗歌语言，因为它们不属于同一个体系。

抗战时期方敬在大后方的诗歌创作

熊　辉

方敬（1914–1996）毕业于北京大学外语系，早年积极参加民族解放战争和民主解放运动，是抗战以来中国著名的诗人、散文家、文学翻译家，也是优秀的学者和教育家。从1933年开始诗歌创作到上世纪末，方敬先后出版了《雨景》《声音》《行吟的歌》《受难者的短曲》《拾穗集》《飞鸟的影子》和《花的种子》等诗集，其中《声音》《行吟的歌》以及《受难者的短曲》三部写于抗战期间。方敬先生在抗战全面爆发后辗转来到大后方，而且在成都四川大学借读期间接受了建设新社会的理念，因此他的抗战诗歌具有丰富的时代内容和鲜明的个体特色。

一　大后方的抗战激情

方敬在成都、昆明和桂林等大城市以及小村庄的生活让他对战时的大后方有了充分的理解和认识，他的抗战诗歌也多写大后方人民的抗战激情和积极支持前方抗战的具体行动。

方敬用诗篇刻画出大后方各类人群为声援抗战而辛勤忙碌的身影。那群“奔忙于熙攘的街头”的儿童，他们“身旁挂着募捐袋”，“手里拿着收据册”，不停地“问难于每个过路的人”，将“群众珍贵的血汗钱”计算好后放进袋子里，这些募捐的费用可以为前线的战士购买生活必需品，也可以让那些没有走上前线的民众尽到抗战的义务。但最可贵的或许还不是后方儿童的募捐行动，而是他们将“节约的糖果费”首先投入到募捐袋里，在民族危难的紧要关头舍弃对美食的贪恋，知道如何为抗日战争贡献自己微薄的力量。或许真如当年摄影记者抓拍到的镜头一样，大后方儿童的形象被定格为抗战时期“值得夸耀的中国的幼年代”（《儿童》）。除了儿童之外，社会各阶层的人民都在为前方的抗战忙碌奔走，就如诗人在《伐木》中称赞物尽其用的那样：“健壮的松树”可以制成弹箱，“结实的柏树”可以制成刀柄，“坚韧的杉树”可以制成枪托，就是那“年老的槐树”也可以让“跑警报的孩子/在浓荫下躲躲，歇歇”。以物喻人，每个人都可以为保卫祖国发挥自己的能量，前线的战士和后方的民众都在为民族解放而投入地工作。就连昔日闭塞的乡村农民也开始投入到抗战的行列中。方敬潜居大后方古老的小城，当他看到小河边的水磨“终日不倦地转”的时候，便想到了白石桥上汽车“巨大的橡皮轮子”，由水磨“古老的调子”想到了车轮“唱着时代的歌”，同时“古老的小城”和“淳朴的居民”开始领略到时代的旋律，开始在日本人的枪炮声中觉醒并意识到肩负的历史使命。驶向远方的汽车“带走了我们的愿望”，它们带着后方人民对抗战胜利的渴望奔赴前方的战场（参阅《古城的歌》）。

方敬身处大后方而心系民族的抗战，因而生活中不经意间发生的事情或偶尔出现的事物都会勾起他对抗战的感慨。由于战时条件的限制，方敬在消息封闭的大后方只能从报纸中了解抗日战争的最新情况，每次读报都会让他热血沸腾或思绪万千，日军血腥的侵略行为警惕着他，无数国人为自由而不懈斗争的行为吸引着他，战场上反抗的烽火不断地燃烧着他。不同的读报人面对相同的消息会产生各种不同的情感和思考，但他们无一例外地会生出抗日的激昂情绪，这种情绪汇聚成一股强大的精神力量，支撑着中国人民与日本侵略者进行不屈不挠的斗争，直至民族最后的胜利和解放。正是从这个角度讲，抗战时期的记者和作家为民族解放战争作出了不可替代的贡献，他们以笔墨为武器，唤醒了更多的人参与到抗日战争的洪流中（参阅《报》)。那空中忙碌的飞机也让诗人生出很多感叹。在《飞》这首诗中，诗人赞美和平的蓝空，赞美蓝空中翱翔的“铁鹰”，它们可以在一朵朵白云的陪伴下替中国人“去侦察，巡逻，/去守着天际，保卫山河”。方敬同时也赞美蓝空中“年轻的飞行师”，他们可以“把一切来捣乱的扑灭”，还可以用“戴上望远镜的眼光，/透过辽阔的视野，/取直径的距离，/替地上痴心的人们，/看看胜利的远景。”因此，该诗抒发了诗人在抗战语境下的真实愿望，他喜欢蓝空源于他对抗战胜利讯息的期盼，源于他对民族独立和自由的期望。

大后方是前线战场的坚强后盾，只有后方人民的精神鼓励和物质供应，才能保证前方兵士无所顾虑地英勇杀敌。诗人总会触景生情地想到在前线作战的战士，他看到在九月的田野里收割庄稼的“粗壮的手”，就会想到“正在扳拨着枪机，/在这成熟的季节里，/冲锋的战号/捷报着丰收。”在诗人看来，后方人民和前线战士都在为拯救民族做着自己力所能及的事情，“流一滴生产的汗”和“流一滴战斗的血”都是在保家卫国，都是在“安慰养育我们好多代的/大地母亲”，只有全国人民一致对敌，才能回报养育我们的中华大地。方敬在《丰收》中首先勾画出一幅祥和惬意的丰收图景，然后再想到战争以及“肥美的土地”“先后沦为战区”，前后画面的巨大反差不仅衬托出战争的罪恶，而且也表达了诗人内心对安宁生活的呼唤。《光》这首诗通过“光”巧妙地将大后方民众辛劳地支持抗战的光辉形象与前线战士勇敢战斗的英雄形象联接在一起，一场声势浩大的全民参与的抗战运动便呈现在读者眼前。在严寒的冬夜，“针的光”“剪刀的光”缝纫出后方群众对前线战士的“慰问”和“祝福”；而“枪的光”“刺刀的光”拼杀出全民族的“生存”“自由”和“解放”。诗人选取“严寒的冬夜”和“光”作为整首诗的主体意象，而且在每一节诗行中反复出现多次，足以见出这两个意象具有深刻的寓意：前者指日本侵略下的中国大地如同寒冷的冬夜，后者指在前方战士的搏杀和后方民众的声援下必然会迎来的胜利之光。

大后方民众除了在物质和精神上支持前方外，在情感上也体现出对前线战士的牵挂。冬天来了，诗人希望“水车轮子旋转得更急些”，“我们的手足工作得更快些”，因为“前线战士的衣裳还单薄呢”，而且每次激烈的战争之后他们鲜红的伤口也需要棉花和纱布的包扎。《棉花机》这首诗体现出诗人对前线战士的关怀之情，表明大后方人民辛勤的劳动对支持前线抗战的重要意义。《木筏》这首长诗通过岷江上运送军用物资的木筏将一系列的人物串联起来，并通过他们的所见所闻道出了战争时期的不幸遭遇，最后大家齐心协力将物质按期运送到目的地。在诗人的笔下，抗战时期的岷江发生了翻天覆地的变化：“放筏的老翁”将自己的青春岁月留在了江上，船夫的号子声成为岷江上永不停息的“壮阔的歌声”，护送军火的士兵背后有着传奇的故事，太平岁月“运烟运酒运药材”的木筏如今“平安地运军粮运废铁”，同时将军火运送到前线。这首诗进而表达了前后方民众团结抗敌的相同心愿：“前线的兄弟正在拼命，/正需后方群众贡献力量，/前后方像人身上的血脉一样，/息息相通”。

方敬的抗战诗歌总能站在大后方的立场上去刻写战时的人事。比如《战时赠友三章》的第一章是写给深入敌后打游击战的朋友。友人从成都出发，翻山越岭到了西北黄土高原的游击区，在北国的冰天雪地里因为慰劳的诗篇和物质而感受到了温暖。越是深入到敌人的后方就“越知道敌人的无能与狂妄”，就越能体味到祖国土地的广袤和温暖，方敬希望友人能化为“正义，光明，自由”等美丽的花朵，迎接新祖国的和平与解放。该诗的第二章是写给流散到大后方的朋友。有朋友自北方来，如同“来自北方的田庄，/身上发着泥土的幽香，/荞麦和苜蓿花的幽香”。但他的家乡如今被踩在日本侵略者的铁蹄下，于是“随着南迁又西迁的学校”而“不能不来到后方”。在异域的天空下呼吸着相同的“反抗的空气”和“斗争的空气”，朋友最后决定要再度北还，“回到我的家乡后方/打游击，打游击……”该诗的第三章是写给从前线南来的“武装的诗人”。友人从山西东南敌占区来到西南大后方，他用相机拍摄了很多战地的实景，作为上前线慰劳战士的诗人，他自己也应该受到人民大众的慰劳。中国人民的抗战还得到了海外华侨的支持，《月台》这首诗抒发了跨越国界的战争情感。诗人善于抓住南洋各国的气候和物产特色，选取有代表性的事物作为抒发情感的载体，比如：

从马来亚带来的伞是沉默的，
从新加坡穿来的裙是沉默的，
从缅甸拖来的皮屐是沉默的，
沉默地诉说着同一悲伤的故事。

日本军国主义在构建“大东亚共荣圈”的幌子下迅速扩张殖民领土，将战线拖延到南洋群岛，使南洋诸国的人民也饱受战乱之苦，他们与中国人一样都有一段难以诉说的“悲伤的故事”。诗人接下来继续写侨居海外的中国人在抗日战争全面爆发后对祖国的回报之情，他们不仅“坚强地生长在异域”，而且在日本入侵中国之后“不顾一切扑向自己的祖国”，国内人民“打开心房”亲如兄弟般地欢迎他们回国抗战或避乱。

在抗战最艰苦的时期，大后方以它特有的包容姿态容纳了大批诗人和作家，最大限度地从物质上帮助他们度过了战乱岁月。美国人凯普（Robert A. Kapp）在《中国国民党与大后方：战时的四川》一文中对四川在整个抗战时期的重要性做了这样的分析：“在战时，四川在这个国土泰半沦丧的国家中的主要功能，是供应一切必要的人力物力以维持中央政府于不坠。虽然在1938年末期以后，就很少有大的战争，但沿着日军前线的军队仍然要补充，给粮、给饷；大量入川避难的政府官员亦需要给予薪水，维持温饱；流亡的大学教职员生也需要养活；而且在1940年后，在大后方的都市人口更加需要便宜的事物以对付人为的短缺现象及都市市场上高涨的粮价。”① 当然，大后方的重要性不只是停留在人力和物力上，在文化上也有体现。比如大量高等院校的师生员工和作家队伍来到后方，这里既成了他们的避难所，又成了给他们提供生活必需品的“给养场”，在“教室里放不下一张书桌”的烽火连天的岁月里，大后方给诗人作家们提供了相对安定的写作环境，一大批诗人和作家的重要作品得以在抗战时期诞生。但与此同时，大后方落后的交

① 凯普（Robert A. Kapp）：《中国国民党与大后方：战时的四川》，《中国现代史论集·八年抗战》，张玉法主编，台北：经济出版事业公司1982年版，第222-223页。

通条件给内迁作家的生活带来了不小的阻碍，诗人坐在“一辆破敝酒精卡车”上看到修路的“石工”时，感慨“中国正需要宽大的公路”才能很快去“捕捉人类的豺狼”。诗人内心永远都充满了浪漫主义情愫，方敬在崎岖狭窄的山路上鼓励修路的工人、行军的新兵以及托运的骡群不停地前进，他希望“一切都前进着，/每条路都通到胜利，/通到南京、北平、东北……”（《路》）只要全国各阶层人民团结抗战，沦陷区的收复和祖国的解放便指日可待。

从大后方各阶层人民的抗战激情到前方战士与后方民众的紧密协作，从大后方对前线的支持到对流散人群的包容，方敬的抗战诗歌对大后方在战时扮演的角色进行了充分的表达和书写，这让他的诗作呈现出更为鲜明的情感特质。

二　内迁人群的漂泊情感

随着日本侵略势力的扩张和中国人民生存空间的缩减，国民政府、民族工业、高等院校、报纸杂志和难民等纷纷迁往大后方，形成了中国文化史上罕见的内迁潮流。很多作家和学生随着这股潮流迁徙到大后方，他们在离乱的年代里远离故土家园，生活在陌生的城市或乡村里难免产生思乡情结和漂泊感受。

不断地迁徙和漂泊成为抗战时期逃难人群的生活常态。“兽有窟。鸟有巢。人有家。/多少人失掉了家，/多少人抛弃了家，/为了人类历史铸成的错”（《赞歌》），可日本人发动的非正义战争让很多中国人失去了家园，很多人背井离乡，在颠沛流离中辗转迁徙，流浪的日子似乎没有尽头：“公路多尘土，卡车多劲风，/人生是没有止境的奔波，/它的路正通向无穷。”流浪途中的村民们好客的举动给漂泊者莫大的安慰，睡上一个好觉之后，明日又是“一个新的黎明的前程”，他又将行走在漂泊的旅途中（《夜宿》）。在一个由北方气息和南方气息混合的世界里，那些走过的路和翻越过的山“始终是他乡”。诗人看到骡车这个“风尘的远客”后产生了很多思考，它的劳作“给我们添一分舒息，/像战士的一颗子弹，/给我们添一份自卫的力量。”（《骡车》）我们就像是这远行的骡车一样行走在“无尽的路”上。当日本侵略者踏过长江而逼近桂林的时候，之前逃难到桂林的人群不得不再度流浪。那些载着逃难者的火车不知道要开向何方，每一节车厢都载满了中国人民的痛苦和仇恨，“北宁、陇海、浙赣的旧仇/铸成湘桂、黔桂的新恨”（《出桂林》）。战争时期的“乱离”“穷病”“杀戮”以及“死亡”让山上的鲜花失去了香气，让小溪的泉水失去了光泽，让蔚蓝的天空不见晴朗，在这个死寂的战争阴云笼罩下的生活现场里，诗人留下了“期待的眼泪”，他希望祖国能够战胜恶魔，民族能够迎来新生。

书写大后方逃难人群的乡愁是方敬抗战诗歌的重要内容。从北方南迁的人群碰见从故乡来的朋友就会询问老家的情况，甚至看见熟悉的事物就会产生浓厚的离愁。比如《骆驼群》一诗中，那些原本生活在北方的骆驼因为战争而来到南方“运送着粮秣军械”，从初春的和风中吹来的驼铃声让被迫“流浪四方”的逃难者产生了缕缕乡愁。骆驼群似乎是“远来的信使”，使内迁到西南大后方的流散人群好像听闻到了“乡园的近讯”，尽管骆驼沉默不语，但他们“仿佛听见自由的消息/而感到了慰藉”。这是一首抒发抗战时期流落他乡者浓郁乡愁的诗篇，生活中的一草一木都会勾起他们思乡的情愫，但他们为什么会流浪，为什么会有如此深重的离愁？日本人发动的侵华战争无疑是造成他们背井离乡的元凶，因此该诗与其说是在抒发流浪者的离乡愁绪，毋宁说是在控诉战争的罪恶，只有将日本人赶出中国土地，流浪的人群才能复归家园。人们总是厌倦漂泊的生活，纷纷渴望早日找到生根的地方。抗战全面爆发后，诗人随着逃难的人群来到大后方，从此过上了居无定所的日子，他不知道自己接下来将去向何处，也不知道自己的家最终为安居哪里？“寒带是红枣的家乡，/热带是菠萝的家乡，/蜜柑，葡萄都有自己的乡土”，可是一大批逃难的人群却不知道何去何从。《根》这首诗诉说了当时迁移到西南大后方的流散人群的集体心声，他们在艰苦的环境里看不到生活的希望，在兵荒马乱的年代找不到安身立命之所，无根的漂泊感成为这群人的主体感情。

流浪的旅途不仅让流浪者充满了忧伤，而且生动地展示了全民族战时生活的心酸画面。饱受流浪和思乡之苦的人们开始追问痛苦的根源，开始痛恨并控诉战争的罪恶，比如《受难者之歌》就是对战争引发的流亡之苦的控诉，“受难者”指的是在日本侵略下不断辗转迁徙的人群或经受了战争之苦的整个中华民族，从 1937 年全民族抗战爆发到 1945 年抗战的胜利，很多人在整整八年的时间里都处于流浪和漂泊的状态，“带血的双足”走过“小的村庄与大的都会”，在无数个充满“风霜的深夜，/穿过凄凉的街头巷尾，/去哀求最后一家旅店的/紧闭的寒扉。”战争带来的不仅是一段漫长的流浪之旅，更是一段没有目的和尽头的逃难之旅：“当我们一举步的时候，/就想起到今天为什么还要逃难，/要逃，又将逃往何乡，/我们的诅咒应该向谁掷去，/又把希望安置在什么地方？”这样的转徙和流浪固然充满了艰辛，但更让诗人感到心酸的却是流浪途中的见闻：有人为了逃难而“抢爬上车顶”、被挤下月台的孩子的“血染红了枕木”、冷酷的车门“向一个喃喃哀恳的老人关住”、怀抱“嗷嗷待哺的婴儿的弱妇/绝望地凝视着最后的列车开出”，还有那在“道旁的畜栅下，/痉挛着忍受流产的疼痛”的妇女。正是这些苦难的人群让诗人义无反顾地为着心中“伟大的理想”向前进发，而不过问山高路长。

漂泊到大后方的作家队伍因为生活的压力和情感的孤独而对抗战时有疏离。作家“和现实生活隔离，生活自然平凡，便难于写出有血有肉的作品，就是勉强写了，也未免失之于概念化。因为在前方的许多事情，是我们在后方的人无法理解的”①。大后方与前线消息的阻塞是造成作家远离战争的愿意之一，加上后方物质生活条件的限制，让很多作家在生存和写作中徘徊，方敬创作的《古怪的城》这首诗便是大后方知识分子内心真实想法的写照，他们曾经活跃在“火炬游行的行列里”，或者是“群众大会的会场里”，但有时候他们难免逃离现实而关注自我生活的小天地。方敬有时候也会陷入犹豫和徘徊的“迷失”境地，与外在世界完全脱节而令现实环境变得陌生和“古怪”，他找不到朋友和亲人的“足迹”，找不到熟悉的街景和人群。在黑夜中痛苦挣扎之后，诗人决定明天让自己的“足迹要签到/在火热的斗争里”，移居抗战大后方的知识分子只有汇入到全民族的抗战洪流中，才能找到存在的价值和意义。

战争引发的漂泊感不仅仅体现为浓厚的思乡情绪，更包含了无法释怀的逃难情结和一个民族深刻的心灵创伤，它让中国人体味到了民族独立和自由的可贵，认识到了中国大地的安宁与丰收是最美的图景。

---

① 雷蕾（整理）：《一九四一年文艺运动的检讨》（座谈会记录），《文艺生活》（1卷5期），1942年1月15日。

三 建设新社会的理想情怀

全面抗日战争时期，中国大地被迫划分为解放区、国统区和沦陷区三个部分，大后方主要是国民党控制的区域。对于进步的知识分子而言，他们在大后方承担着双重历史使命，一是积极争取民族的独立与解放，二是面对黑暗的现实而抱着解放底层人民的伟大理想。

狭义的大后方主要指西南地区，这里群山起伏且丘陵重叠，整体上显得落后而封闭。作为一名具有大众情怀的进步知识分子，方敬的诗篇对后方人民的艰苦生活做了形象的诠释。组诗《村庄》生动地表现了抗战时期大后方农村的各个侧面，与前面抒发抗战情怀不同的是，这组诗主要表达了诗人对底层人生活的关注，对社会的不公正进行了深入的思考：《村景》刻画了丰收时节忙碌而又美丽的乡村景色；《自耕农》写出了对底层劳动人民生活的担忧与同情；《赶街子》刻画出乡村赶集时节的热闹场面，不断上涨的物价和紧缺的物质间接表达了战争给人民生活带来的影响；《农妇》写出了乡村妇女的美丽与生活的陈旧；《劳心与劳力》通过对比村姑生活的艰苦与女学生性情的烂漫，表达了对穷苦人民命运的担忧；《插秧》写农村女性从十二三岁就开始起早贪黑地劳动，辛苦劳作的岁月消损了她们美丽的容颜，生活的压力让他们没有“伤逝的闲情”。又比如《日午》写的是在艳阳高照的中午，一个挑着箩筐的老妇人的那双小脚不禁让诗人想起了母亲以及与之相关的“凄苦”的影子，她们“年迈的脚/每一步都含着痛苦”。与此同时，大后方人民在抗战时期还要经历战争带来的痛苦，比如《轰炸季》写敌机的轰炸让很多人失去了住房，也让很多人失去了亲人，他们的生活总是充满艰辛而又多灾多难。

方敬透过大后方人民劳作的画面看到了积极向上的精神和淳朴高尚的劳动品质，因此他赞美劳动人民以及他们的劳动行为。《劳力》一诗认为，乡下人用劳力种下了树、开掘了井、耕耘了田野，倘若生活中我们认为树很高、井很深、田野很阔的话，那势必表明劳力才是世界上最为高尚、深远和辽阔的东西。这首诗是诗人对乡下人劳动力的赞美，劳力在他眼中堪比高远的“天空”和辽阔的“大海”。因此，每当他看到那些忙碌的身影时，心底生起的更是一种敬仰之情。比如《背夫》是对大后方山区背夫辛苦劳动的赞颂。在交通不便的山区，背夫就是那些“终年走着的背篼苦力”，他们从这座山到那座山之间搬运着石头，“让壮丽的建筑纪念你”；搬运着煤块，“让熊熊的炉火感激你”；搬运着军械的重压，“让辽远的战争解放你”。又比如双手“粗”而“脏”的女仆让他体会到了劳动对人生的“提炼”和“洗涤”（《女仆》）。方敬感谢劳动人民让他体味到了存在的意义，他在清早起床后被窗外劳动的声响和忙碌的身影感染，“清晨鲜美的空气”让他感受了自己的存在和活着的意义，他于是感谢那些辛苦劳作的人们，“在追求美满生活的路途上，/我应该隶属于你们，/你们使我感到人类的体温。”（《窗外》）

与关注民生疾苦和赞美劳动相对的是诗人对社会黑暗的鞭挞。在大后方的生活经历让方敬对底层人的生存现状有了更多的接触和了解，也让他对社会现实的黑暗面也有了更清晰的认识，更让他对社会主义革命有了理性的方向。《不安的夜》为我们展示了社会的病态：“走私的、奸细的、鸱枭的影子”，“那些抽搐着的被损害的灵魂”以及“比夜还黑的妓院、监狱、赌窟”等构成了夜晚的“秘密”。紧接着，诗人向读者展示了政府机构的腐败：“保险柜上是贪污的手”“印玺上是枉法的手”“车盘上是敲诈的手”。前方的官兵正在紧张地和侵略者作殊死的搏杀，而后方却出现了令人发指的腐化，这确实让人长吁喟叹。“夜”既是诗歌表现诗情的时间，也是诗人营造的特殊空间，它喻指当时的社会就像黑夜一样，很多人明目张胆地在“黑夜”中徇私枉法。面对这样的社会现实，诗人希望能有一个“再生的天堂”，涤荡尽一切不公正的肮脏行为，让劳苦大众过上健康的幸福生活。现实社会充满了过重的“负担”，生或死都让人体会到生活中有很多无法承受之重；现实社会吞噬着无辜群众的生命：“你瞧，一些无辜的灵魂，/冻死了的，饿死了的，/敌人打死了的，/白白折磨死了的。”“无辜的灵魂”当指普通的苍生百姓，为什么会有人冻死或者饿死？这与抗日战争带来的民不聊生有关，也与社会财富分配不均有关。被“敌人打死了的”当指前线的抗日兵士；而被“白白折磨死了的”又指哪些人呢？应当专指那些反抗当局统治的社会主义革命者，他们被投入大牢后受尽百般折磨而英勇牺牲。作为社会主义革命事业的参与者，诗人在鞭挞现实社会的黑暗和不公时，也为那些被折磨致死的同志感到惋惜。社会如此残酷无情，诗人只有号召人们“诀绝地向着旧日告别。/让新的爱属于我们的心，/新的路属于我们的脚步，/新的世界属于我们的肩头。”（《送葬曲》）很显然，方敬诗歌中的“旧日”指的是国民党统治下的旧社会，“我们”在一定意义上已经包含着阶级成分的划定和革命阵营的形成，诗人追求的新生活是普适性的大众关怀，是沿着革命党人的脚步向前迈进的新社会，是无产阶级和劳苦大众共同拥有的社会主义“新世界”。

因为广大群众挣扎在生存的边缘，因为社会现实充满了黑暗与邪恶，才会有人去思考中国的命运和人民的出路，才会有人站出来引导和参与改造旧社会的社会主义革命。作为年轻的知识分子和进步人士，方敬在深入了解中国社会现实之后，心中更加坚定了革命的理想和建设新社会的信念。人生的道路充满创伤和失败，充满

“饥寒、死灭、失望”等“灾祸的重担”，但我们不会因此而失去前行的动力，毕竟还有很多不幸的同行者和远处微亮的理想之光陪伴左右：“我们，一条路上的不幸者，/今夜又会合在一起，/让脚走完这蜿蜒的黑路，/眼光凝聚在那点亮处，/绝望的爱便在心里复甦。”（《路》）“一条路上的不幸者”应该指的是像诗人那样苦闷彷徨的年轻人，“那点亮处”隐喻的应该是社会理想，表明诗人要与很多志同道合的年轻人为伍，为着共同的社会理想而充满了奋斗的豪情。从个体生命的角度来讲，诗人爱“深山的幽静”“漠野的孤烟”“夜里的一盏灯”，但人毕竟生活在现实世界里，应该“耐得住全世界的寂寞，/又能接受一切人的声音”（《爱》）。正因为人存在的最高意义是其社会性，所以诗人才会放弃自我而“爱人生与斗争”，才会放弃对审美世界的歌吟而走向民族和人类的解放斗争。

大后方的生活坚定了方敬的社会主义信仰和革命方向。诗人在暴风雨大作的夜里思考人生和真理：“我想起了一个伟大人格的成长，/我想起了真理，更想起了/为真理而百般受折磨的灵魂，/无辜的迫害，逮捕，监禁，与死亡，/我更看见了把人类从苦难中/拯救出来的不朽的光焰。”（《风雨夜》）诗人的思考远远超越了抗日战争解救民族于侵略之中的目标，而上升到解救人类于水深火热的现实中，并为了实现“把人类从苦难中拯救出来”的远大目标而不畏眼前的暴风雨，不畏面临更多的敌人和憎恨。全民族抗战爆发后，方敬跟随流亡的人群到了大后方，他先后在成都、昆明、桂林以及重庆居住过，于 1938 年在成都加入中国共产党，从此在思想上和信仰上有了新的方向。诗人在共产主义事业的道路上不断鞭挞和反省自己，他愿意为了真理和理想披荆斩棘，哪怕是迫害、逮捕、监禁或死亡都在所不惜。同时，为了肩负起解放人类的重任，革命者必须牺牲自我情感。方敬为了钟爱的事业而常年漂流在外，年迈的母亲和多年未曾祭扫的父亲的坟墓成为他心中难以释怀的惦念。在大雪纷飞的冬季，诗人猜想母亲独自守着家乡的小屋，“手里停住了针线”，因为牵挂儿子的缘故而“眼角缀着期待的泪珠”。他希望写信给远方的母亲，“让它在凄凉的屋子里/烧起炉火温慰”母亲的心。诗人“不能早回来”探望母亲，因为他的“旅程还没有尽期”，于是在情感的煎熬中他下了这样的诗句：

我没有抒情的眼泪，
嚼着粗粝的现实的果实，
靠着对于真与美的憧憬，
我流浪了一季又一季。

——《游子谣：呈母亲》

这首诗写于1944年冬天，那时抗日战争的形势已经开始向着中国胜利的方向逆转，很多知识分子也计划着北归或东还的学习生活，胜利的曙光已然出现在古老的东方国度，但诗人为什么还是执意认为“我的旅程还没有尽期”呢？又是什么“真与美的憧憬”让他能放下母亲的牵挂而行走在无尽的奋斗路途上呢？显然这时候的诗人已经投入到了社会主义革命的伟大事业中，解救受苦的大众、解放全人类成为他追求的真理。

方敬有了坚定的革命理想之后开始变得积极而乐观，他不再惧怕生活中的苦难。旷日持久的抗日战争消磨了很多人的意志力和自信心，但诗人坚信中国人民一定能够凭借不屈的战斗精神赢得最后的胜利。战争给人们带来了无尽的苦难，而苦难又吞噬了“这个女人的丈夫，/那个女人的儿子”，还有“这片田园，那家庐舍”，战争带来的“深度与阔度”不可测算，但中国人具有不朽的精神，它可以“叫受尽折磨的人踊跃，/为了新生的喜乐。”（《苦难》）人生就像是在攀登高山一样“蜿蜒而又曲折”，在迷茫或徘徊的时候更应该坚定地行走在自己选择的道路上：“在无路的荒山，/每步都是一个先驱，/不怕草莽与乱石，/勇敢地放下脚去，/一条新的路，/一个新的世界，/便闪烁在心里。”在追求真理的道路上，在寂寞而漫长的人生旅途中，我们应该具有坚忍不拔的意志，“用有限的步履/去探寻那无极的峰顶。”（《山道》）诗人具有积极向上的情怀，他力图“让每个日子/都像一片灿烂的阳光”，并且希望将自己“意志的旗帜”传递到“翱翔着的鹰翅上”“坚贞而巍峨的岩石上”“伟大而壮丽的海洋上”以及“绚烂而崇高的太阳上”。

收入《受难者的短曲》中的有些诗篇写于抗战胜利之后的民主解放战争时期，比如《春天》《夏天的都市》《江之歌》《冬歌》《母亲》和《黑夜》等，这些诗篇要么述说了下层人生活的艰辛，要么述说了在国民党统治下人民生活的艰难，吁求新社会的到来。

四　抗战语境下的诗歌观念

抗日战争全面爆发后，被疏散到大后方的文艺工作者开始调整创作方向，努力让自己的作品融入民族的解放事业中。作为北京大学外语系的学生，方敬在北平陷落之后辗转来到成都四川大学继续求学，并很快加入了中华全国文艺界抗敌协会，成为一名年轻而有活力的抗战诗人。

抗战时期的方敬主动摒弃了之前诗歌创作中的“现代性”体验，从内在的孤独苦闷转向外在的斗争反抗。方敬1941年8月在昆明整理抗战前创作的诗歌时，认为自己早期的诗作与现实有较大距离，那些在“孤寂而狭小”的天地里产生的诗篇让他感到十分陌生："这幽微的音调竟使我惊讶。我对它为什么那样生疏。我好像从未听聆过。更不相信曾是亲手的抚弄。"① 短短几年的时间里，方敬对诗歌创作的认识为什么会有如此大的反差？这当然与方敬自觉的时代担当意识有关。流落到大后方的诗人耳濡目染了抗战时期各行各业人士为民族解放所做的努力，"到处都是血与肉的搏战，反抗的呼声，对自由、解放和光明迫切的渴求。到处呈现着生命，呈现着力"。作为处身抗战洪流中的年轻诗人，方敬自然受到了时代精神的感染并开始改变自己的创作路向，他甚至直接宣告抗日战争的到来开启了自己诗歌创作的新阶段："新的时代有力地在我的情感上划了一条界线，分明了它的两种不同的时期。"② 方敬认为时代的声音盖过了诗人内心自我情感的声音，即便是诗人有意识地追求诗歌的现实意义，"个人的声音不过是群体当中极渺小的一份，而应该与其合致，增强其力量与音响"③。这也是方敬用"声音"来命名他抗战时期创作的第一本诗集的原因。

方敬认为抗战时期的诗歌是一种斗争的武器，应该发挥其战斗的功能。"在现世界的罪恶与黑暗之夜，且让我们都拔出这闪烁的正义之剑来吧。以一个战士的姿态挺身而出，诗人应该挥动他犀利的武器——诗歌，去对准丑恶的现实袭击，为群众的利益而高呼，鼓动和激励他们面向着斗争。"④ 正因为方敬先生将诗歌作为抗日的武器，因此他认为"个人哀乐的讴歌与乎身边琐事的抒写，显然早已被否定，一切不良的倾向与感伤成分已为无情的暴风雨冲洗开

---

① 方敬：《雨景·后记》，《方敬选集》，四川文艺出版社 1991 年版，第 34 页。

② 同上。

③ 方敬：《声音·序》，《方敬选集》，四川文艺出版社 1991 年版，第 38 页。

④ 方敬：《谈诗歌》，《方敬选集》，四川文艺出版社 1991 年版，第 879 页。

去"[①]，时代需要诗人高举自由的旗帜并吹起民族解放的号角。从这个时候开始，方敬在抗战大后方的诗歌创作摆脱了自我生命的"阴晦"和"无边的空虚"，他在"朗阔的天地里"演奏出了"快活""健壮"而又"热忱"的时代之音，将自己的诗歌创作汇聚到抗日战争的时代洪流中。

方敬先生认为抗战时期的诗歌应该走"民间"的道路，诗人只有将自己的创作和人民大众的审美习惯和语言方式结合起来，才能写出有生命力的作品。"把自己置身于人民大众当中，学着使用他们生动的语言，从活的语言的宝藏中，去寻找，采取，创造那些最明确，最响亮，最有生命力的去描写大众的情感，思想和意志，而且只有用这种语言所写来的东西才能为大众所明白所爱护。"[②] 正是基于这样的诗歌艺术观念和语言观念，方敬的诗歌创作具有十分鲜活的语言表现方式，而且他的有些诗篇专门采用西南大后方民间的俚俗语言，比如《赶街子》这首诗中的商品名称用的是当地人的俗称，诗中人物的对话也采用的是当地的方言，使整首诗显得既俏皮又生动，把抗日战争时期人们生活的艰辛和乐观表现得淋漓尽致。又比如《木筏》这首长诗中，放筏子的老人与押送军用物资的兵士的对话也多采用方言，这样更能凸显出岷江两岸淳朴的民风，以及人们对抗日战争的支持与豪爽的气度。

方敬先生的诗歌创作持续了半个多世纪的时间，历经不同的政治体制和社会风云，最终在中国现当代新诗史上留下光辉的印迹，足以表明其诗歌具有很强的艺术性和思想性。本文仅仅探讨了方敬

---

① 方敬：《谈诗歌》，《方敬选集》，四川文艺出版社 1991 年版，第 880 页。

② 同上，第 884 页。

抗战时期的诗歌创作，对其文学创作的丰富性和独特价值还有待学术界做进一步研究。

抗战时期陈寅恪《元白诗笺证稿》对诗史互证法的应用

晏明敏

抗战时期，陈寅恪于1940年在西南联大任教，教授“白居易研究”与“隋唐史研究”，1940—1944年，陈寅恪关于元白诗的研究已经成熟，研究成果大都写成文章。他1944年8月10日致陈槃的信中说：“弟近草成一书，名曰《元白诗笺证稿》”，并说到书已经脱稿，向史语所要稿纸重誊清稿，说明此书真正完成于1944年。本书体现出诗史互证的研究方法，此文学研究方法对于处理史料以及人物作品之间的关系确有现实意义，而如何正确加以运用也存在着不容忽视的细节问题，学术大师陈寅恪对“诗史互证法”的承继与阐释，或许能在新的语境下给予后世学者更多的思考与启示。本文将首先回顾诗史关系的历史渊源及大致发展历程，之后探讨抗战时期陈寅恪对“诗史互证”法的传承和运用，以这一时期完成的论文集《元白诗笺证稿》为例，并就其实际操作过程中的复杂性进行简单分析。

一 中国古代的传统诗史关系

在中国传统文化中，诗与史的关系向来密不可分，早在《论语·阳货》中就已经提及：“子曰：《诗》可以兴，可以观，可以群，可以怨。”孔子的“兴观群怨”说是现实主义的文学批评理论的源头，并且还涉及“诗史相关”的观念。孟子对于诗史关系的概括最为简明，在《孟子·万章上》一篇中他提到：“故说诗者不以文害辞，不以辞害志，以意逆志，是为得之。”另一方面他又说：“颂其诗，读其书，不知其人可乎？是以论其世也。”① 前者强调诗之本义，不得为文辞所蔽，后者则阐释欲得诗之本义，须得“知人论世”。而“知人论世”的思想，已经基本符合“以史证诗”的观点。

“诗史”一词，最早见于晚唐孟棨的《本事诗》中“杜逢禄山之乱，流离陇蜀，毕陈于诗，推见至隐，殆无遗事，故当时号为‘诗史’”。在《本事诗·高逸第三》一篇中，孟棨首先是大篇幅记载李白的事迹，然而“草蛇灰线”，不断在其中提及李杜关系，且谈到杜甫的《寄李十二白二十韵》一诗为李白做传，全备其生平不凡之事。经过这些铺垫，才自然而然引渡到所谓“诗史”的概念。从这个意义上来说，孟棨实际上是通过精心安排行文和论述，不仅提出了“诗史”一说，而且第一次对“诗史”的具体内涵做出阐释。

在《本事诗》之后，“诗史”说在宋代迅速流行，主要通过诗

① （战国）孟子：《孟子·万章》，见万丽华、蓝旭译注《孟子》，中华书局2006年版，第203、236页。

话、笔记、序跋等形式传播演变，并形成了以诠释杜诗为中心的“诗史”说。宋人发掘杜诗中记载了唐朝重大历史事件背景和细节的诗篇，认为可对唐史加以佐证或填补其缺漏，在某种程度上，宋代诗论家也是看中了杜诗的叙事功能。并且在此之外，杜甫诗中个人抒怀和殷切情志与之结合的特点，也吸引后世诗人学者“自觉继承杜甫‘穷年忧黎元’‘济时肯杀身’的人格精神与‘以韵语纪时事’的表现手法”，像被号为“诗史”诗人的汪元量即是如此，可谓是“以诗证史”，形成了中国文学史上独特的“诗史”传统[①]。

经过长期的发展直至明代，各诗论家学者对“诗史”一词的内涵和外延有了更多思辨性的观点，例如杨慎的“诗史说”，他在挖掘具有史料价值的诗歌来补充和证明历史的同时，其态度十分谨慎，严格参照当时正统史书记载。并且，他提出即便是叙事的诗歌也应当含蓄蕴藉意在言外，二者兼备方可称为“诗史”。而王夫之在认为“诗不可以史为”之余，提出了“诗史”的标准，即诗歌应当在保留其文学审美的基础之上，通过“美刺”的手法来叙述时事针砭时弊。

至明清之际，钱谦益用“诗史互证”法完成的二十卷《钱注杜诗》，则标志着“诗史互证”方法的正式确立。他在《胡致果诗序》[②]一文中指出，在三代之前，历史和诗歌浑然一体，而三代之后两者开始分离。值得注意的是，钱谦益在诗和史之间有着明确的价值取向，即认为诗歌应当服从于史学的主导地位。在这种偏向的指导下，以诗补史，弥缺罅漏，也就经常存在于钱谦益的论述语境

① 陈平原：《中国小说叙事模式的转变》（附录二：说“诗史——兼论中国诗歌的叙事功能”），北京大学出版社2010年版，第269页。

② 钱谦益：《胡致果诗序》，《牧斋有学集》中册，上海古籍出版社1996年版。

当中。而钱谦益“《钱注杜诗》的问世，掀起了清朝大规模笔注杜诗的风气，其确立的‘诗史互证’方法几乎渗透到清代诸家杜诗笺注之中，如朱鹤龄的《辑注杜工部集》、周篆的《杜工部诗集集解》、张远的《杜诗会粹》、黄生的《杜诗说》等”①。

“诗史互证”作为一种中国传统的文学阐释学方法，经过钱谦益、黄宗羲等人的有效尝试得以初步明确后，在乾嘉学派的发展之下进一步稳定。

二　陈寅恪的“诗史互证法”初探

我们这里所探讨的“诗史互证”，主要“是以诗文为史料，用所谓历史之眼光，通过发现其中时间、地域、人物等史料成分，分析诗中之古典今典。并与史籍所载相参证，从而更全面地掌握历史真相，对古人之思想、情感及其所处之时代社会达到正真同情及了解”②。

可以说，“诗史互证法”在陈寅恪手中被加以观念化和系统化的运用和阐释，他在其学术研究中自觉地使用这一研究方法，突破文史限制，使得“诗史互证”在现代学术的语境之下迸发出新的活力。

目前学界对于陈寅恪“诗史互证”的关注，主要集中在其思想实践的两个阶段产生的成果。其一是陈寅恪对元白诗研究成果陆续

---

① 张晖：《中国“诗史”传统》，生活·读书·新知三联书店2012年版。

② 张业业：《陈寅恪“以诗证史”方法探讨——以〈元白诗笺证稿〉为例》，山东大学，2013年4月28日，第10页。

发表，后增改成书的《元白诗笺证稿》①，1940—1944 年，陈寅恪关于元白诗的研究成熟，研究成果大都写成文章，这标志陈氏“诗史互证”法的正式形成；从 1953 年夏直到 1978 年夏为《论再生缘》写作、流传与补校时期，陈寅恪的“诗史互证”思想方法进一步发展，从 1954—1965 年为鸿篇巨制《柳如是别传》的写作阶段，是他“诗史互证”思想方法的成熟期。

陈寅恪的《元白诗笺证稿》提供了丰富的史料论证，名为笺证，即在文献注释基础之上，对一些有争议的字句进行考证，所谓“金针度人，可谓方法论上的典型范例”②。然而若要对这一方法辅以系统总结，却难以找到具体的相关资料。然而，从 1926—1937 年间，陈寅恪便开始收集资料，主动构思，抗战期间他发表的一系列重要的著述都离不开这一时期的积累，1940 年陈寅恪在西南联大任教，教授“白居易研究”和“隋唐史研究”的课程，仍专注于唐史研究。50 年代在其寓所开设“元白诗证史”课程时，陈夫人唐筼所做的一段笔录或能传达出陈寅恪研究思路一二。陈寅恪说：

> 中国诗虽短，却包括时间、人事、地理三点。中国诗既有此三特点，故与历史发生关系。把所有分散的诗集合在一起，对于时代人物之关系，地域之所在，按照一个观点去研究，连贯起来可以有以下的作用：说明一个时代之关系；纠正一件事之发生及经过；可以补充和纠正历史记

---

① 陈寅恪：《陈寅恪文集之六：元白诗笺证稿》，上海古籍出版社 1978 年版。

② 张耕华：《“以诗证史”与史事坐实的复杂性——以陈寅恪〈元白诗笺证稿〉为例》，《华东师范大学学报》（哲学社会科学版）2006 年第 9 期，第 38 卷（5），第 56 页。

载之不足。最重要是在于纠正。元白诗证史即是利用中国诗之特点来研究历史的方法。①

在《元白诗笺证稿》中，陈寅恪从时间、人事、地理三方面进行“诗史互证”的部分不在少数，并且，他在对中国诗的考证研究中，惯于将其置于历史大背景之下，每一次的考察、集合、连贯，都意味着新的方式方法和理念的渗透，并结合现代历史观和科学方法论进行改造翻新。

如《元白诗笺证稿》的第一章《长恨歌》，陈寅恪在考释“七月七日长生殿，夜半无人私语时……天长地久有时尽，此恨绵绵无绝期”时，提到“此节有二问题，一时间，二空间……据唐代可信之第一等资料，时间空间，皆不容明皇与贵妃有夏日同在骊山之事实。杜牧袁郊之说，皆承认因俗而来，何可信从？而乐天长恨歌‘七月七日长生殿’之句，更不可据为典要”②。此节可见陈寅恪在考证上的特征，与笔录中从时间、人事、地理三方面着手的方法论相合。

并且，陈寅恪在注重诗文与史实互相参照之余，还具备学者“了解之同情”，陈寅恪认为，评论古人的学说首先要全面了解古人著书立说时的社会环境与时代背景。如《琵琶引》一章③，陈寅恪援引洪迈《容斋五笔·七〈琵琶行海棠诗〉》时，提出“容斋之论，有两点可商。一为文字叙述问题，一为唐代风俗问题”。反驳

① 张伯伟：《现代学术史中的“教外别传”——陈寅恪“以文证史”法新探》，《文学评论》2017 年第 3 期，第 11 页。

② 陈寅恪：《陈寅恪文集之六：元白诗笺证稿》，上海古籍出版社 1978 年版，第 42 页。

③ 同上，第 51—52 页。

洪迈对于白氏“乐天夜登其舟与饮，了无顾忌”及“乘夜入独处妇人船中，相从饮酒，至于极丝弹之乐，中夕方去”的言论，认为“容斋所论礼法问题，实涉及吾国社会风俗古今不同之大限，故不能不置一言”，并且提出两点可以注意：其一，当时茶商娶的这个长安故倡，只是一寻常外妇，其关系在可离可合之间，通俗来讲就是“同居”关系，就像元稹所作《莺莺传》，自夸其始乱终弃之事毫无惭疚之心，可知当时唐代士大夫风习，对社会下层女子极为轻贱，可“视其去留离合，所关至小之证”；其二，唐自武则天之后，“由文词科举进身之新兴阶级，大抵放荡而不拘守礼法。乐天……亦此新兴阶级之一人，其所为如此，固不足怪也”。

陈寅恪不仅看到了中国诗歌自《诗经》以来就开始的写实传统，而且，他在考证之余，也没有忽略中国传统诗歌作为一种文学形式的古典魅力，用艺术家的眼光剖析了诗歌的审美效应。如陈寅恪在举“渔阳鼙鼓动地来，惊破霓裳羽衣曲”一句时，特指出句中“破”字，认为“破”字不仅只含有破散或破坏之意，用在此句中是指代当时的一种乐舞术语，即乐曲达到的某种境界，“用之更觉浑成耳”。并评语道：“又霓裳羽衣‘入破时’，本奏以缓歌柔声之丝竹。今以惊天动地急迫之鼙鼓，与之对举。相映成趣，乃愈见造语之妙矣。”① 这说明陈寅恪不仅是在史实方面解读诗歌，同时也是在对其进行文学鉴赏，审视文学本身。

与此同时，他更进一步揭示了“诗史互证”本身还有一重限制，即诗缺乏“综合”。据夫人唐筼50年代听课记录，陈寅恪指出“有两点不综合：此诗即一件事与别事不综合，地方空间不综合，

① 陈寅恪：《陈寅恪文集之六：元白诗笺证稿》，上海古籍出版社1978年版，第30页。

于历史上不完备。作者个人与前后之人不综合，作品亦与别人之关系不综合”①。

虽然诗歌中的写实部分或可作为补充诗史的材料，但是不能忽视的是，这些诗歌呈现的史实片段仍旧是碎片化的不连贯的。所以，陈寅恪特别强调：“综合起来，用一种新方法，将各种诗结合起来，证明一件事。”这在无形中凸显了一种文学视野，即诗歌之间的相互穿梭勾连，通过细密严谨的文本分析，从一个观点和角度出发研究，可以说明文学现象与意识形态历史甚至当时社会结构之间的关系，纠正历史事件的起因及过程、补正史载的阙误，使“诗史互证”更具系统性和综合性。

所以陈寅恪不仅细致地阐释诗中“古典”，更结合涉及的时、地、人进行考证，既讲求历史真实，又强调审美趣味。在《元白诗笺证稿》中也可以看出，陈寅恪的考据研究是横跨历史事件、文学鉴赏、社会制度、道德风尚以及精神文化现象多方面的，这在一定程度上拓宽了所谓“史”之概念的内涵和外延。陈寅恪从文化视野进行考察研究，对“诗史互证”法的继承和创新，建构起了新的阐释机制，在传统的历史语境中，展现了文学与人生之间错综复杂的联系，同时为古典诗歌研究开拓了全方位观照的新鲜视角。

三　“诗史互证”法操作中的复杂性

“诗史互证”法虽可看作是一种特殊的阐释观念和研究方法，在对诗歌的注释中实现文学因素与历史因素的互补，但是由于诗歌本身的特殊性，这种方法在实际运用过程中或有不可避免的复杂性。

---

① 孙俐：《陈寅恪的文学研究方法探微》，华中师范大学，2014 年 6 月，第 84 页。

前面提到，古人所确立的传统“诗史互证”方法有很大的局限性，即实践因缺乏系统理论的指导而不够科学，显得琐碎而随意。这一点陈寅恪在某种程度上加以克服并建构起立体而系统的考据方案，他研究唐诗于杜甫诗、元白诗所用心力最多，显然，杜甫诗和元白诗也是具有历史真实性而言之有物的诗歌作品，有“文章合为时而著，歌诗合为事而作”的特点。传统诗史背景中杜甫其诗向来被作为研究的重点对象，他的诗歌大处反映了唐代发生的一些重大历史事件，及关于军事、财政制度等方面；小处涉及当时社会百姓的衣食住行和民间风俗、精神文化生活，琐碎而繁杂，分散又中断。从史料方面来说，元白诗其实在某种程度上具备了其他诗歌不一定具备的特点，这无疑与元白所处时代以及二人诗歌的内容和数量有关：“正在中唐时代，说上说下皆可”，“于社会风俗方面最多”，“又以元白诗留传者较多”①。

因此，元白诗的研究可能于“诗史互证”有更大的阐释空间，也更有利于陈寅恪建立系统综合的历史文化语境，具有研究意义上的典型性，反言之，其他诗歌是否具有同样可供参照串联的价值，则需仔细考证取舍。

再则，文学作品有写实的一方面，也有虚构的一面，它对于“史实”的处理方式也远比正统史学来得自由不拘。正如陈寅恪在《元白诗笺证稿》中说：“但文人赋咏，本非史家纪述。故有意无意间逐渐附会修饰，历时既久，益复曼衍滋繁，遂成极富兴趣之物语小说，如乐史所编著之太真外传是也。”② 张耕华教授也在《“以

① 孙俐：《陈寅恪的文学研究方法探微》，华中师范大学，2014 年 6 月，第 86 页。

② 陈寅恪：《陈寅恪文集之六：元白诗笺证稿》，上海古籍出版社 1978 年版，第 12 页。

诗证史”与史事坐实的复杂性——以陈寅恪〈元白诗笺证稿〉为例》一文中提到：“诗人创作虽也有真人真事为创作之素材，但一旦经过艺术之加工，其人事的时空定位便模糊不清了，拿来证史说史，难避其中的‘风险’。”即便是陈寅恪“以诗证史”境界高妙，此种失误有时也在所难免。这也是学者在考察诗学之于史学价值时复杂繁难的原因之一。

李洪岩曾提出，陈寅恪以诗证史作为具体方法，虽有可行之处，但作为方法论亦有其不通之处，何时可证史，何时不能证史，要具体分析不可一概而论，他认为“以诗证史”仅仅是一种能力，学养与知识的积累达到了一定程度，即能运用诗歌来考证历史，相反先探讨方法，没有知识储备，是不可能运用所谓“以诗证史”的①。陈寅恪的诗史互证法具有一定的特殊性，后世在加以阐释研究、继承发展的时候，还需具体问题具体分析。

结　语

伴随古代传统的诗史关系研究的进一步深入，发展到现代语境下的以史释诗，以诗证史，诗史互证的阐释思想和论证方法，可以说，陈寅恪之“诗史互证”法，是兼有继承和开拓性质的治学方法。同时，“陈寅恪的唐诗笺证给现代汉语诗学的建设提供了一种独特的启蒙诗学文本”②。但不能忽视的是，“诗史互证”本身也有其局限，这就给后来学者在运用时增加了难度，这也许也是部分研

① 李洪岩：《关于“诗史互证”——钱锺书与陈寅恪比较研究之一》，《贵州大学学报》（社会科学版）1996 年第 4 期，第 48—53 页。

② 党艺峰、党大恩：《陈寅恪唐诗笺证的诗学价值再论》，《宝鸡文理学院学报》（社会科学版）2001 年 3 月，第 5 页。

究者所持诗史互证法不具备普遍推广可能性的观点缘由之一，然而刘奎运用“诗史互证”法对郭沫若旧体诗词与其文人心态、抗战立场之联系的成功研究也启示我们，在进行自身的理论构建和观点探寻之时，或许还是要以文本阅读为基础，在不同个案中寻找切实可行的切入点，或能于此实践中找到某种线索。

中国现代诗学专栏

主持人语（熊辉）：

新诗百年积淀下来的不仅是创作的丰收、经典篇目的确立，而且是新诗研究的深入和理论探讨的日渐成熟。当代诗坛可谓群星璀璨，诗人们用自己的创作建构起了别具一格的艺术世界，深刻而"孤独"的精神世界，对此加以探讨，也是中国现代诗学的重要内容。本栏目所选文章，主要集中思考多多诗歌中的"元文学"意识。多多的诗歌在其创作初期就敏锐地关注到诗人和语言的关系，他一再在诗中面向语言的困境，并将对写作行为本身的反思省察寓于其中，同时努力接近"道"的诗歌理想，实现语言的内转，让诗返归诗歌本体。对语言和写作本身的关注，使得多多的诗歌不断在词与物、言与意、虚与实之间穿梭，不论是在单一意识形态的强压下，还是处于普遍失语的社会状态中，都始终闪现着一种先锋性和元文学意识。

“失语世界的轰鸣”：多多诗歌中的元文学意识

袁　玥

引　言

诗歌创作的核心之一，便是处理诗人与语言之间的关系。20世纪初中国新诗之诞生，便是作为语言革命的实践出现的；而新诗的发展脉络，更成为白话文学的重要一支，被纳入现代性进程中来。进入当代，对于现代性的吁求一度被中断，多元、开放的美学观念逐渐在意识形态的压迫下趋于萎缩，表现政治生活、强调公共意志成为艺术创作的主流——诗人多多正是在这样的时代成长起来并开始他的诗歌写作的。在那个政治空气极其紧张的70年代，多多的诗歌试图摒弃僵化、贫乏的时代语言，转而追求一种个人化写作，不但积极地在诗中反映着自身的精神处境，还有意识地进行对语言本体意义的追问，并在日后四十余年的创作中不断保持着自我更新、自我辨析的活力。他在诗歌创作初期就敏锐地关注到诗人与语言的关系，如黄灿然所言，“从一开始就直取诗歌的核心”①，通

① 黄灿然：《最初的契约》，载《多多诗选》，花城出版社2005年版，第251页。

过“炼金术”式繁复的诗艺锻造，洞察现实生活的同时，更致力于挖掘人的内心，呈现出多重意义的阐释空间。对语言和写作本身的关注，使得多多的诗歌不断在词与物、言与意、虚与实之间穿梭，不论是在单一意识形态的强压下，还是处于现代病症发作的社会生态中，都始终体现出一种先锋性和元文学意识，成为“海底巨石滚动失语世界”的那声“轰鸣”[①]。

“元”的本义是本源，由英文“meta”翻译而来，有后设之意。元文学意识是伴随着对“元叙述”（metanarratives）的怀疑产生的，尽管“元叙述”（一种包罗万象的虚构，一种宏大叙事）属于后现代批评理论术语，但早在现代主义作家那里，元叙述就已失去了令人信服的力量，因此元文学的出现仍然可以被视为现代文学发展进程的重要现象之一[②]。罗兰·巴特在《文学与元语言》一文中，把文学的自我反思称为文学的元语言。他认为，20 世纪以前的文学“从未对自身的存在进行过思考”，直至现代主义思潮来临之际，文学才“开始意识到自己的两面性，既是对象，又是对对象的关注；既是话语，又是话语的话语；既是对象文学，又是元文学”[③]。于是，元文学意识作为现代性的特征之一，逐渐渗透进文学的各个门类，出现了元小说（metafiction）、元戏剧（metatheatre）的概念，并极速向后现代沉坠。然而诗歌中的元意识，似乎并未得到充分的关注，元诗歌（metapoetry）的概念，也没有明确地树立起来。实际上，按照罗兰·巴特的说法，最早的元文学是由马拉美提出的，后者第一次将关于文学的思考，纳入到诗歌创作当中来。

---

① 多多：《多多的诗》，人民文学出版社 2012 年版，第 110 页。

② 参见让-弗朗索瓦·利奥塔尔：《后现代状态》，车槿山译，生活·读书·新知三联书店 1997 年版，第 2 页。

③ 李凯霆：《元文学与现代诗写作》，《诗探索》2002 年第 3-4 辑。

虽然此论不无漏洞，但至少说明了元文学的生成与现代派诗歌是紧密相连的——正是诗歌，作为文学的先锋，把元意识带入到现代文学世界中来。

与西方相比，中国新诗的元文学意识发展较晚，直至20世纪晚期，元诗才成为一种得到普遍认可的写作策略。多多的诗歌创作从一开始就呈现出向语言“敞开”① 的姿态，有意识地流露出创作者对语言本体的沉浸，包含着对诗歌文体、技巧及诗学观的质疑和反思。他的创作核心之一便是保持诗歌理想与语言之间的平衡，从而以此抵御日常经验和文化秩序对诗歌的侵害。于是，他一再在诗中表达语言与存在间的罅隙带来的困境，反思写作行为本身，同时努力接近“道”的诗歌理想②，让诗返归诗歌本体。这样的诉求使得他的诗歌从始至终都闪现着的元意识，成为一种“诗歌的形而上学”——不再是对经验的模仿，而指向了经验的经验，最终“成为一种文学化的自我观照”③（海伦·文德勒语），成了元诗歌。

一 困境：“语言开始，而生命离去”

上帝为制止人类接近自己的狂妄，弄乱了他们的语言，从此巴比伦塔再也无法被建筑，人类也注定因语言不通而相互误解，作为语言的最高形式，诗歌更加需要在词与物之间徘徊游移，找到最精确、最接近神性的表达方式。多多曾在一次采访中这样表述自己与

① 此概念参见海德格尔：《艺术作品的本源》，《林中路》，孙周兴译，上海译文出版社1997年版。

② 多多：《诗人社会是怎样一个江湖》（访谈），《南方周末》2010年11月17日。

③ 转引自马永波：《元诗歌论纲》，《文学界》2007年第8期。

语言的关系："语言其实，我想是我生命中的一个困境。"[①] 这是一个诗人，面对语言不可避免的漏洞与局限，所怀有的最深切的疑窦——他既要依靠语言进行创作，又不免与之缠斗；既要通过语言表意，又必须直面它的"异己"性。这种对语言指涉功能的质疑让多多不断反思文本建构的过程，于是，他的诗歌在这种困境中实现了语言的内转，让"语言在自身中传达自身"[②]。在此，语言既述它又自述，既鉴照物又折射物，既澄明存在又遮蔽存在，这种元文学意识的显现，透露出诗人面对语言的困境。譬如诗人写于 1991 年的诗歌《没有》[③]，就极鲜明地表达了其在语言的虚无面孔前所必须承受的绝望的痛感：

……

没有它自身的边际

除了语言，朝向土地被失去的边际
除了郁金香盛开的鲜肉，朝向深夜不闭的窗户
除了我的窗户，朝向我不再懂得的语言

没有语言

只有光反复折磨着，折磨着

① 多多、金丝燕：《诗，人，和内潜》，《迎接新的文化转型时期——〈跨文化对话〉丛刊（1-16 辑）选编》，乐黛云、钱林森、金丝燕主编，上海文艺出版社 2005 年版，第 182 页。

② 瓦尔特·本雅明：《论语言本身和人的语言》，王广州译，《本雅明文选》，陈永国、马海良编，中国社会科学出版社 2011 年版，第 277 页。

③ 多多：《多多诗选》，花城出版社 2005 年版，第 174-175 页。

那只反复拉动在黎明的锯
只有郁金香骚动着，直至不再骚动

没有郁金香

只有光，停滞在黎明
星光，播洒在疾驶列车沉睡的行李间内
最后的光，从婴儿脸上流下

没有光

……

只有土地
只有土地和运谷子的人知道
只有午夜鸣叫的鸟是看到这黎明的鸟

没有黎明

这首诗以“除了……只有……没有……”的句式贯穿全篇，形成一种层层递进，而又逐步消解的结构。诗人把节奏的螺丝拧紧，每抛出一个意象，便会在下一诗节中令其顷刻消散，如同剥开一颗百合心，表象层层褪去，最后却发现什么也没有：没有语言，没有郁金香，没有光，没有喊声，没有黎明，只有一片苍白的虚构在进行。然而这样极具紧缩感和荒诞感的场景并不完全指向人生的虚无本质，杨小滨在评论这首诗时说：“‘没有’一词所提供的自我否定并不意味着虚无性，而是对想象中美的幻灭的不可遏制的倾吐，同时又是面临这种彻底丧失的语言的喑哑。"[①] 实际上，诗人意识到自身存在于语言的困境之中，却又朝向那破碎的、"我不再懂得"的语言，在布满"没有"的荒原之地，仍然以元诗的姿态反顾自身，发掘语言在诗中的本体意义。

在多多的后期创作中，"词语"愈来愈成为其诗中频繁出现的主题，他逼迫诗歌进入它最本质的东西——"词语之间的关系，或者说是词语之间的战争，搏斗，厮杀"[②]。这些关于"词"的诗歌，有很大一部分旨在诗人面对语言的困惑——在静默无声的自然之物那里，语言是疲弱的："青草，诉说词语的无能"（《不放哀愁的文字检查棉田》）[③]；而在已然逝去的历史面前，语言是单薄的："任历史说谎，任聋子垄断听/词语，什么也不负载"（《不是对语言悲悼炮声是理解的开始》）[④]；在崇高的禅意之光中，语言又是多余的："从未言说，因此是至美"（《维米尔的光》）[⑤]；甚至，语言是与生命对立的存在："语言开始，而生命离去"（《北方的夜》）[⑥]。诗人多多抱着绝望的痛楚反思语言的有限性，实际上是在直面这种写作的困境，让这种痛感本身闪现诗性，从而实现语言的内转。比如这首为纪念普拉斯所作的诗《在几经修改过后的跳海声中》[⑦]，

---

① 杨小滨：《今天的"今天派"诗歌：论北岛、多多、严力、杨炼的海外诗作》，《今天》1995 年第 4 期。

② 凌越：《我的大学就是田野——多多访谈录》，《多多诗选》，花城出版社 2005 年版，第 282 页。

③ 多多：《多多的诗》，人民文学出版社 2012 年版，第 76 页。

④ 同上，第 107 页。

⑤ 同上，第 114 页。

⑥ 多多：《多多诗选》，花城出版社 2005 年版，第 117 页。

⑦ 多多：《多多的诗》，人民文学出版社 2012 年版，第 112-113 页。

便将写作之困境与生命之坠毁紧密地结合起来：

……
血挤进垒，带着原始音节的残响：
在祈祷与摧毁之间
词，选择摧毁
……
直到词内部的声音传来
痛苦，永不消逝的痛苦
找到生命最猛烈的出口
绝响，将跟随回声很久
最纯粹的死，已不再返回

首先，多多把结束生命的跳海的动作当作是一个“几经修改过后的”文本，这具有元文学意识的词素宣示着，诗人终其一生的命运，一定与语言带来的危机相缠绕，即使是最终坠毁的那一刻，也必须几经修改。同时，充斥诗中的动作或意象，如“冻僵”“血”“残响”“砍断”等，都是在以一种浪漫主义的悲悯，在向世界的残存做最后的诀别。在此，诗人给出了两个维度：“祈祷”与“摧毁”（这也是多多诗中常见的两个词汇）。他并未主观地指出自己的倾向，而是让语言替他抉择，于是“词，选择了摧毁”——诗人为拥抱语言而生，终又因语言的摧毁而死，在多多眼里，普拉多的自戕，是对语言之困境的终极抵抗，是朝向诗歌理想境界的伟大牺牲，是余音绕梁的“回响”，是“最纯粹的死”。

意识到语言指涉功能的有限性，多多在诗中亦自出机杼地表达出他想要抵制既有的语言秩序对诗歌侵害的愿望。在其名篇《小麦的光芒》[①] 的最后一节中，他这样写道：

> 闪电是个白色的织布人，毫不理会
> 午后一阵高过一阵的劈柴声
> 密林才是歌手，唱瓦沟里的草
> 先于我而知道的，唱竖琴被搂于割草人
> 怀中时唱过的，唱光所知道的
> 先于光所知道的，先于知道的
> 而知道了所有的
> 小麦的光芒

在这节诗中，意象的韵律如同音乐一般阵阵袭来，从"闪电"到"劈柴声"，从"密林"到"竖琴"，最终落脚于"小麦的光芒"，一切事物都以一种难以名状的律动的姿态进行自我倾吐，这种意象的音乐性律动又与诗歌语言本身的节奏性律动互为表里，构成一个完整的意境，同时也让诗歌呈现出一种元诗的形而上趋向。如若稍加分析这看似繁复的逻辑，读者便会发现，诗人展现的是一个语言的悖论："小麦的光芒"在"知道"之前就已经知道了一切，显然第一个"知道"代表着人类文明既有的文化秩序，第二个知道则是一种在未被赋予名称之前的自足状态。但诗人在此并未指出这个"知道"具体是什么，或许就像学者李章斌所说的，只能用多多自己的诗学术语来解释——"道"——此一"向道的境界"，"是语言无法呈现的"，而诗人就是要面向语言的困境，通过元诗

① 多多：《多多诗选》，花城出版社2005年版，第230页。

“抵御知识语言和日常经验的过度膨胀对诗歌的侵害”①。

语言的困境并不仅仅意味着其所指的有限性和文化秩序的经验性给诗歌带来的侵害，对于一个汉语诗人来说，还暗含一种哈罗德·布鲁姆所提出的“影响的焦虑”：“诗的历史是无法和诗的影响截然区分的”②，因此，母语的传统无可避免地让多多的创作处在其巨大的阴影之下。“父亲”，这个被赋予多重意义的意象，在他的诗歌中频繁出现，某种程度上指涉了父辈的思维逻辑乃至母语传统的影响。在《我梦着》③ 一诗中，“父亲”在梦中出现，极具权威性地压制着“我”的意识：

……
我梦到每一个街口，都有一个父亲
投入父亲堆中扭打的背影
每一条街都在抵抗，每一个拐角
都在作证：就在街心
……
我接受了这个梦
我梦到了我应当梦到的
我梦到了梦的命令

就像被梦劫持——

2001 年

---

① 李章斌：《语言的悖论与悖论的语言——多多后期诗歌的语言思考与操作》，《中国现代文学研究丛刊》2011 年第 8 期。

② 哈罗德·布鲁姆：《影响的焦虑》，徐文博译，生活·读书·新知三联书店 1989 年版，第 3 页。

③ 多多：《多多的诗》，人民文学出版社 2012 年版，第 95-96 页。

在这个满眼都是"父亲"的梦里，到处充斥着陈腐的气息与暴力的场面。显然，"我"首先感到的是恐慌、焦虑而压抑，并试图抵抗，"希望有谁终止这个梦/希望有谁唤醒我"。在此，"父亲"通常被视作父辈政治话语的象征，于是，这首诗成为集体主义压迫下个人的抗辩；然而假使把"父亲"理解为语言传统的影响，那么诗境则更加深邃——终其一生，诗人都要在母语的荫蔽之下写作，即使身处异域（作者于 1989 年出国，15 年内一直旅居荷兰），也如"被劫持"般深受影响。这种影响固然让诗人感到焦虑和彷徨，却也使其在此语言困境中练就近乎于"炼金术"式遣词造句的本领，那些诗境幽深、意义曲折的句子，如黄灿然所言，"与其说是用汉字写成的，不如说是用汉字的文化基因写成的"①。

我们看到，多多的诗歌中总有一种拆解语言的逻辑性和指涉性的冲动，他一面处在这永恒的巴比伦塔之惑中徘徊游移，一面又向语言敞开，以元诗的姿态在"失语"的困境中自省，这破碎的语言在他的手中既是虚无，又是一切，就像他在《在无词地带喝血》一诗中所写："无词，无语，无垠//说的是词，词/之残骸，说的是一切。"②

二　省察："在这样一种天气里，只有虚构在进行"

元诗歌的显著特征之一是将写作过程纳入到文本之中，省察写作行为本身的同时，有意暴露文本的虚构性，以诗为诗，使得诗歌成为其创作的主题。多多的一部分诗歌也具有这一特征，它们从既

---

① 黄灿然：《最初的契约》，《多多诗选》，花城出版社 2005 年版，第 255 页。

② 多多：《多多的诗》，人民文学出版社 2012 年版，第 197 页。

有的文学经验和秩序中被解救出来，使得写诗的虚构活动变成以诗为对象的写作本身，更为直接地显示出诗人的元文学意识。

首先，多多在创作初期就在诗歌文本中将诗这一艺术体裁刻画为一门特殊的技艺。写于白洋淀时期的诗《手艺》（1971），就宣示了作者以诗为技的诗学观念。这首诗试图与俄罗斯女诗人茨维塔耶娃进行对话，在这里，诗人把诗歌本身作为主题，用“青春沦落的”“不贞地”“冷漠的”“再无怨恨的”“失去骄傲失去爱情的”等负向度的词汇形容诗，使得诗的命运同诗人的命运之间的界限趋于模糊，显示出屈辱与孤独的背后，诗人那不屈不挠的创作意愿。这种反叛的元诗派头“与玛琳娜·茨维塔耶娃的《致诸位文学督察官》（1913）相呼应”，体现出可贵的先锋意识与极大的勇气[①]。而到了写于80年代的诗歌《技》[②] 中，这种将诗歌作为技艺的元诗倾向则更为明显：

……
使得时间的飞逝，有如词语
浅浅地播撒过虚无，“静”
在一块高地上倾斜
——一阵铁的腥气

废墟，有如无言的词语

① 奚密：《狂风狂暴灵魂的独白———多多的诗歌与诗学：1972—1988》，王国礼译，《当代世界文学》2011年3-4月刊。

② 多多：《多多诗选》，花城出版社2005年版，第102-103页。

经历无言
蛇形地图蜿蜒
低音花朵颤抖，毛线图案斑驳

时钟王国矗立，有如可憎的寓言：

彩色石廊展现，和谁丈量着河床
巨蟒纹身
挣脱豹眼中的图像
心力，聚敛秋果成熟的辉煌……

显然，这首诗将诗歌作为一种技艺，集中揭示着诗歌写作的状态。在那古老的、饱受时间侵轧的词语之地上，一切存在都处于一种静默的凋敝之中。“废墟，有如无言的词语”，这里诗人将本体和喻体相置换，象征着语言的休眠以及万物的未命名状态，呈现出一片荒芜和贫瘠。那些纷呈而斑驳的自然意象，包含大雪、夕阳以及石廊、河床的辽阔，又流露出巨蟒或者豹眼的杀伐之气——这是“世界自发向我们展示其完美而令人战栗的完整性”①，是诗人在聆听诗神的声音。多多曾表示，人的知性是非常有限的，仅仅靠理解是不能抵达诗歌的，词语到来，而诗人是被动的，“不是诗人写出了词语，而是词语找到了诗人”②。然而，多多并不否认诗人智性的力量，在这首名为《技》的元诗歌的末尾，他抛出了诗人的主观

① 李章斌：《语言的悖论与悖论的语言——多多后期诗歌的语言思考与操作》，《中国现代文学研究丛刊》2011 年第 8 期。

② 多多：《诗人社会是怎样一个江湖》（访谈），《南方周末》2010 年 11 月 17 日。

能动性："心力，聚敛秋果成熟的辉煌……"——这意味诗人接受"神谕"、奉行"自动写作"的同时，亦强调"心力"即诗人理智的作用。因此，诗歌作为一种技艺，其写作程序并非简单的"它"到来，"我"记录，而是"非常复合性的，和多层次的"①。

其次，多多的那些直接呈现文本构成过程的诗歌，则更为鲜明地显示出其元文学倾向。如这首《字》的前半部分：

它们是自主的
互相爬到一起
对抗自身的意义
读它们它们就厮杀
每天早晨我生这些东西的气
我恨这已经写就的
简直就是他写的

此处诗人肯定了语言的主体性，让语言在元诗中言说自己，并有意披露出文本的虚构性。本维尼斯特在《普通语言学问题》中说："人在语言中并且通过语言自立着主体。因为，实际上唯有语言在其作为存在的现实中，奠定了自我的概念。"② 敏感的诗人深谙这一点，于是他赋予语言生命、思想与情感，将自己从诗歌写作过程中抽离出来，像一个旁观者，洞察着词语之间的厮杀。一方

① 多多、金丝燕：《诗，人，和内潜》，《迎接新的文化转型时期——〈跨文化对话〉丛刊（1–16辑）选编》，乐黛云、钱林森、金丝燕主编，上海文艺出版社2005年版，第186页。

② 本维尼斯特：《普通语言学问题》，王东亮等译，生活·读书·新知三联书店2008年版，第293页。

面，诗人面对创作过程中语言的不受控状态怀有深切的危机；另一方面，诗人也将这种语言的主体性视为诗歌的张力所在。而在《语言的制作来自厨房》[①] 一诗中，多多更凸显出诗歌被建构、被制作的性质。他将诗人写诗比作是厨师烹饪调味的过程，而语言正是制作诗歌的材料："要是语言的制作来自厨房/内心就是卧室。他们说/要是内心是卧室/妄想，就是卧室的主人"。他不无戏谑地将诗歌作为一种技术性的操作，实际上暗合西方现代派的诗学观念；他清醒地意识到，诗歌的写作过程正是语言诗化的过程，正如那庖厨之事，仅依赖语言的原材料是不行的，必须要诉诸诗人的技术性加工，才能使其散发出诗性的光芒。

另外，多多虽然持有独特的诗学观念，但他从未进行文论的写作，只是将关于诗艺的省察拆解出来，纳入到其元诗歌的创作中去。他认为，那些理论层面的东西，需要把它们"消化掉转化为诗歌"，"不说话没有关系，一切都可以从我的诗中出来"[②]。他的散文诗《诗歌的创造力》[③] 的主题，正是将抽象的诗学观寓于文本之中。在这首蕴含着元意识的散文诗中，作者用片段式的、零散的结构和简洁、精练的语言，阐释灵感、经验等对诗歌创造力的效力。首先，他认为诗性是需要被激发的，它由图像而来，而后进入语言，才向意识发问；而诗人需要等待那被击中的瞬间，"被动者得其词"，使"那不可言说的进入了言说"；其次，经验（包括阅读的经验、生活的经验、时代的经验以及父辈的经验）也会"穿透过来"，成为响彻词语之地的回声；这需要诗人对这些纷乱的记忆进

① 多多：《多多诗选》，花城出版社2005年版，第85页。

② 凌越：《我的大学就是田野——多多访谈录》，《多多诗选》，花城出版社2005年版，第278页。

③ 多多：《多多的诗》，人民文学出版社2012年版，第171-175页。

行辨认；第三，当诗人开始陈述时，“最富诗意的东西已经逃逸，剩下的是词语”，而词语是把握不住的，“材料就这么光滑，枝杈产生歧义”；最后，就在诗人面对这些经验与语言束手无措之时，行动成为唯一能够对抗困境的出路，“写作就是行动”，在这里，诗歌的创作没有目的，却并不盲目，因为古老的歌谣从未停止，“老人类就这么歌唱——”

就像美国现代诗人华莱士·史蒂文斯所说，诗歌是一种“最高的虚构”（Poetry is the supreme fiction）①，在被语言构建的同时，也宣示着自身。在多多笔下，那些曾经充满意义的、象征信心的时代性词语被消解以后，一切意义都开始变得惶恐不安。于是，诗歌呼唤着元文学意识的到来，使得诗人的写作本身进入到诗歌的主题中来。至此，诗歌孕育在虚构之中，省察自身、揭示自身，成为唯一能够与语言秩序和历史话语进行抗争的力量，在凋敝的时空中，跟随自然规律般生长，如同麦子一样，“在虚构中成熟，然后烂掉”，具有自足的生命，如其在诗中所写“在这样一种天气里/只有虚构在进行”②。

三 归来：“无语的时候，词语仍是中心”

尽管诗歌的创作面临着失语的困境，但诗有一种独立的品质，它从不依附于任何庞然大物，而仅仅只为诗歌本身的目的而存在。多多曾在“华语文学传媒大奖”的受奖词《请帮助光，培养另外的眼睛》中坦言：“无语的时候，词语仍是中心。”③ 可见，他虽饱

① Wallace Stevens, *Collected Poetry and Prose*. Ed. Frank Kermode and Joan Richard. New York: The Library of America, 1997, p47.

② 多多：《多多诗选》，花城出版社2005年版，第181页。

③ 多多：《请帮助光，培养另外的眼睛》，《当代作家评论》2005年第3期。

受语言困境的侵害，却一直把语言作为诗歌的核心，从这首《就这样》① 中，便可窥见一斑：

查看报亭顶上增厚的鸽粪中
偶尔闪烁的火花

推动词语

接受生锈的盾牌上
整齐摆放打开的蠔壳

通过词语

保持落井少年持久的听力
比可能听到的，再远一点
比听不到的，再弱一点

相信词语

持久地吻木鸽翅膀上的钉子
不朽的那段，爱
就这么醒着，沙子就这么醒着

遍地词语……

① 多多：《多多的诗》，人民文学出版社 2012 年版，第 89 页。

这首元诗歌呈现的是诗人捕捉生活图像并使其进入语言的过程。不论是鸽粪上的火花，盾牌上的蠔壳，还是井中的声音，或者木鸽身上的钉子，这些寻常看来非诗性的东西，借由词语的助力，实际上都是可以入诗的。在此作者明确地点出诗人与语言的关系："推动词语""通过词语""相信词语"，继而"遍地词语"。在这里，所有的意象都是为"词语"的主题服务的，词语就是诗歌的中心。这是诗人返归诗歌本体诉求的集中体现，也透露出一种可贵的元文学意识。再看这首《歌声》①：

歌声是歌声伐光了白桦林
寂静就像大雪急下
每一棵白桦树记得我的歌声
我听到了使世界安息的歌声
是我要求它安息
全身披满大雪的奇袭
是我站在寂静的中心
就像大雪停住一样寂静
就连这只梨内也是一片寂静
是我的歌声曾使漫天的星星无光
我也再不会是树林上空的一片星光

多多曾把诗人比作演唱家，他认为"诗人通过语言歌唱"，歌唱就是对言说的夸张和变形②。在这首诗中，诗人即是歌声的发出

① 多多：《多多诗选》，花城出版社2005年版，第87页。

② 多多、金丝燕：《诗，人，和内潜》，《迎接新的文化转型时期——〈跨文化对话〉丛刊（1-16辑）选编》，乐黛云、钱林森、金丝燕主编，上海文艺出版社2005年版，第186页。

者，摒弃了一切外在的、既有的声音，只剩下内在的呼唤，"使世界安息"。于是，一种新的现实建立起来，在"最高的虚构"中，诗歌纯然成为它自身，使得原本外在的东西变得黯然失色。诗歌此处显示出其元诗面貌，在寂静无声的天地之间，象征诗的歌声独自矗立，挥洒着语言，安排着诗人的内在世界——这正是诗歌，它没有必要履行何种使命，也不必须显示怎样的技巧，只需像歌声一般，自然而然地寂静流淌。

当然，空有感悟和情绪是不能唱出"歌声"的，让诗回到诗本身的途径一定是语言。而这一语言，对于多多来说，必须是汉语。1989 年出国的多多，在异域漂泊旅居十余年，却始终坚持用母语写作。他曾这样自述："在我的祖国写作，用汉语是天经地义的事情。而在这里，我不会用荷兰语，我也不学荷兰语，我继续用汉语写作，这种惩罚不是外界的惩罚，也是我自我选择的一种惩罚。"① 面对西方陌生的语言资源的冲击，许多当代作家都选择以一种如饥似渴的姿态拥抱着那些异质的东西，而多多却极其慎重地警惕西方话语的影响，这则是另一重"影响的焦虑"。虽然在回答"出国给你的诗歌带来怎样的变化"时，他这样说："……在我身上只有诗歌最自然的一种形成，绝不受外在生存环境而改变而有任何影响，也就是说我已形成我自己。"② 但显然，这种说法不无主观的成分，陌生的语言环境势必会对创作带来某种影响。多多离开母语环境去了欧洲，在国外的那些年里，他饱受孤独、枯燥和丧失知音的苦

① 多多、金丝燕：《诗，人，和内潜》，《迎接新的文化转型时期——〈跨文化对话〉丛刊（1-16 辑）选编》，乐黛云、钱林森、金丝燕主编，上海文艺出版社 2005 年版，第 189 页。

② 凌越：《我的大学就是田野——多多访谈录》，《多多诗选》，花城出版社 2005 年版，第 276 页。

恼，于是他写下《在英格兰》[1]，暗示西方文化对自我内心世界的侵略，并透露出隐隐的危机意识。试看最后两节：

耻辱，是我的地址
整个英格兰，没有一个女人不会亲嘴
整个英格兰，容不下我的骄傲

从指甲缝中隐藏的泥土，我
认出我的祖国——母亲
已被打进一个小包裹，远远寄走……

1989—1990

作者在诗中鲜明地直露自己处于异国他乡的困顿——那里的天空，“比情人的低语声还要阴暗”，两行新栽的苹果树，也只会“刺痛”他的心，让他感到无比压抑。而后，诗人直接用“耻辱”“骄傲”这样直接的词汇，毫不掩饰怀恋故国的乡愁。在这里，祖国并不仅仅指生养他的土地，更代表着一种文化传统，代表着母语在他身体里种下的血脉。或许，坚持用母语写作，正是为了保留那些“指甲缝中隐藏的泥土”，以便提醒自己，让自己认出母语在血液中留下的遗传因素。试想一位漂泊在外的诗人，用汉语写作是他寄托乡愁、返归精神故国的唯一渠道，那么，母语对他而言，将是何其重要的慰藉。而后，他又在 1994 年写下《归来》[2]：

---

① 多多：《多多诗选》，花城出版社 2005 年版，第 161 页。

② 同上，第 209 页。

……

但我朝任何方向走
瞬间，就变成漂流

刷洗被单簧管麻痹的牛背
记忆，瞬间就找到源头

词，瞬间就走回词典
但在词语之外，航行

让从未开始航行的人
永生——都不得归来。

这首诗显现了诗人始终漂泊的生命状态——不管朝向什么地方行走，到哪儿都是"漂流"。但这被麻痹了的意识，总能找到自己的源头，即词语的源头，直指诗歌的"另一个核心"——"他的句子总是能够超越词语的表层意义，邀请我们更深地进入文化、历史、心理、记忆和现实的上下文"①。在这里，诗人屡次使用"瞬间"一词，这短暂的、可以被忽略的时间长度，极富张力地昭示出诗人与母语之间毋庸置疑的亲缘关系。然而在词语之外，身体的离去让"从未开始航行的人"永远不能回到原来的时空，"永生——都不得归来"。至此，在周遭一切趋于崩塌、朦胧、失语的困顿之中，汉语诗歌的写作成了诗人辨认故乡的唯一方式，他必须要以词语为中心，辨认故国的血脉、返归到诗歌的语言之家中去。

① 黄灿然：《最初的契约》，《多多诗选》，花城出版社 2005 年版，第 262 页。

结　语

在早年创作的散文《北京的地下诗歌（1970－1978）》中，多多提及他开始作诗的契机——在送朋友回家的路上，他突然感觉“窗户像眼睛一样张开了”，这为他未来的创作定了一个方向，即感受诗性的神谕，让诗歌在语言中自然流露[①]。海德格尔把诗当作是向存在敞开的实体性意义之源，“语言乃是作为世界和物的自行居有者的区分而成其本质”，在这里，诗介于存在与语言之间，具有高居于客体事物和主体世界之上的神性地位[②]。诗人多多深受海德格尔的影响，在创作伊始就关注到诗歌的神性本质，以元诗之姿态，面向语言的困境，在创作中把存在作为存在展示出来、让语言作为语言流淌出来；在侨居国外期间，他更是将汉语诗歌写作视为他的另一个故土，省察着语言与存在之间的关系；归国之后，他逐渐把对语言的思考同生命、死亡、历史等形而上的概念相联系，对语言的内在力量有了更深刻的诗性省察。

在那个朦胧诗尚且处于主流诗歌形态的时代，多多的诗并不囿于那种“半透明”的诗性追求，他的元诗意识在那时便已开始萌芽，并不断在日后锱铢积累的创作、阅读和生活经验中日臻成熟。这种元诗意识时而在其诗歌中的瞬间出现，有时甚至成为一首诗的核心。他的同代诗人北岛即认识到：“他通过对于痛苦的认知，对于个体生命的内省，展示了人类生存的困境；他以近乎疯狂的对文

① 多多：《北京的地下诗歌（1970－1978）》，载《多多诗选》，花城出版社 2005 年版，第 245 页。

② 海德格尔：《在通向语言的途中》，孙周兴译，商务印书馆 1997 年版，第 20 页。

化和语言的挑战，丰富了中国当代诗歌的表现力。"[①] 至此，不论是受迫于政治意识形态高压，还是面临语言指涉功能疲弱的困境，或是处在西方文化影响的焦虑里，多多都始终将诗歌的本体问题作为写作的主题，让诗作为一种虚构超越经验，在语言中纯然成为其自身，向现行的文化秩序发出挑战，如同"海底巨石滚动失语世界的轰鸣……"

① 北岛：《首届"今天诗歌奖"授奖词》（1989），《多多诗选》，花城出版社 2005 年版，封底。

研究生论坛

主持人语（梁笑梅）：

论坛登载的仅是7位同学的硕士论文节选。这些论文选题较有新意，也具有一定的挑战性，在论述中，各位作者以求实、创新的态度面对研究对象，在较为开阔的中西视野中分析和讨论问题，具有较强的历史感和学术意识。张枣是20世纪后期重要的诗人之一，其创作试图通过古今连通、中外融合，创造一种独特的既传统又现代的诗歌方式，受到诗歌界、诗学界的广泛关注，林楠的《张枣诗学的现代性建构》尝试着梳理张枣诗歌观念的变化，抓住现代性这个关键词，以“圆润”特点和元诗理论的“误读”为视角，回归张枣的创作和研究，探讨其诗歌观念的整体性及变化，从“圆润”到“元诗”，张枣最终完成了从“求真”到“求美”的艺术转变，也奠定了他在中国新诗史上的地位和影响。于坚是20世纪80年代以来第三代诗人的代表诗人之一，在诗歌界具有较大的影响，但也存在不少争议，夏晓惠的《于坚的“后退”诗歌策略研究》从于坚“拒绝隐喻”的观点出发，以于坚的“后退的诗人”这一说法为核心，围绕“后退”这一追求，对于坚的诗学观念、诗学理想进行了梳理，讨论了诗人从“天空”向“大地”后退、从历史向“巫”后退的艺术尝试，并由此概括了诗人的“后退”辩证法，“后退”不是“倒退”，也不是单纯的“反叛”，它是怀着对一切上升的、前进的、经典化的事物之怀疑，其目的并非消解，而是创造新的传统，这个结论具有一定的可信度。罗门是旅居台湾的诗人中较有个性的诗人之一，他有自己的诗学创作理念，梁萍《罗门诗歌中的"灵视世界"》围绕诗人的"灵视世界"对其诗作进行分析，选题具有较高的学术价值与新意，论文对此进行了集中探讨，论文的结构完整，对作品的分类及解读基本到位，理论思辨能力较强，语言表达也较为准确流畅，论文对罗门诗歌中的"心灵写作""灵视世界"与"灵感"的密切关系进行了一定的阐发。台湾诗坛的重要力量是由"军旅诗人"组成，蒋一晨的《历史的亲历与疏离——痖弦军旅诗论析》将台湾著名诗人痖弦置于军旅诗人队列之中，论文抓住这位"上校"诗人的特色：亲历与疏离，分析他这类诗歌所表现出的艺术特质，对战争、异邦、海洋题材处理的独特以及诗中的戏剧性、音乐性等都有较为具体的论述，论文结构完整，论析集中，解读细腻，观点鲜明，见解高明。中国现代派诗歌中的镜类意象是一个特殊而具有文化意涵的存在，李晓静的《论中国现代派诗歌中的镜类意象（1925—1937）》以此为研究对象，对现代派诗歌中的镜类意象进行了分类，在探讨现代派诗歌镜类意象谱系的基础上，较为深刻地分析了镜类意象与现代派诗人情感表达的关系，进而分析了现代派诗歌借助镜类意象表达时空观念的合理性，最后分析了为什么现代派诗歌中会大量出现镜类意象的文化原因。呼振楠的《狄金森诗歌"互文"意象的翻译》运用文本细读、对照分析和统计方法，将狄金森诗歌中"互文性"特征较明显的花园、圆、颜色三类代表性意象的翻译进行研究，分析它们在翻译中所发生的变化以及变化的原因，揭示出经由意象翻译所形成的译者、作者、读者，以及文本、文化、外部社会环境之间的"互文性循环运动"，通过各译本之间的差异分析，辨析文本中潜藏的多种声音与内涵，突破了以往对狄金森诗歌意象翻译研究的封闭模式。《飞鸟集》是印度诗人泰戈尔的代表作之一，翻译到中国之后对小诗和散文诗的创作产生了重要影响，储德丹的《"五四"时期中国对泰戈尔〈飞鸟集〉的译介》以此为研究对象，论文对《飞鸟集》在“五四”时期的翻译历史做了详细的梳理，发掘出除郑振铎之外的多位译者，并整理出相关的译作，对每位译者的翻译风格进行了辨析，这是文章最为闪光的价值，在此基础上，作者具体论述了这一时期《飞鸟集》译文语言的白话化、欧化或古语化等特征，同时结合具体的译文探讨了这一时期的“选译”“转译”以及“直译”等翻译方法。

每年主持这个论坛，就当作跟他们做一个最好的告别。他们，无问西东，只问绽放，绽放在这个叫新诗所的地方。新诗所，她用丰盈的柔情和饱满的骄傲，记载了一个又一个青春飞扬的光荣与梦想。

"圆润"的语言气质

——张枣早期诗歌修辞特点与内在精神辨析①

林　楠

"圆润"一词来自张枣自己的论述，他认为："诗意最迷人处

① 改选自硕士学位论文《张枣诗歌的现代性建构——以"圆润"特点和元诗理论的"误读"为视角》第一章。论文摘要：张枣诗歌中的"传统"要素历来受到读者和评论家的关注。他的创作衔接了废名、戴望舒、卞之琳、九叶派等在传统与现代之间的探索。张枣的创作并未一以贯之，写作过程中，他的创作面貌发生了可以辨别的重要变化。然而，文化批评为主的张枣自述以及其他批评者的论著都无意间"隐瞒"了审美取向变化的事实。本文从张枣后期夫子自述的"误读"出发，结合分析其他研究者忽视前后语言风格变化的论断，整理张枣诗歌美学整体的线索。第一章介绍"圆润"气质的修辞内涵。"圆润"一词来自张枣的自我解读，它包含了语言特征和文化视野两个部分，通常所说的"圆润"是指诗歌的语言修辞特点。张枣诗歌杂糅着古典美感和现代思绪，内部的空间、时间的想象形成多线索的叙述结构。而用古典意象解读现代生活的方式，则让诗歌呈现为多线索结构向"永恒时间"过渡的格局。在跳跃的诗歌结构中，"圆润"不仅是一种语言节奏，也是一种内部的情绪节奏。它通过断句方式、回环句型、独白叙述等方式，将纷繁的诗歌元素纳入到同一种气韵当中。第二章介绍元诗理论的本体论内涵。在讲义中，张枣多次提到里尔克、荷尔德林的名字，他们的本体论诗学成为张枣建构元诗理论的重要元素。元诗理论以诗论言为表象，进而演绎出自在自为的独立话语体系。这种独立的写作姿态，体现出张枣对现代性的反思。其中"词即是物"的写作方式充满了本体论意味，也是元诗理论的核心概念。通过"词即是物"，张枣建构了一个独立于历史的美学世界。在张枣后期论述中，"圆润"愈发偏向文化视野，追求和谐的"甜"应运而生。以本体论为核心的元诗理论成为了追求"甜"的重要方法。本文第三章将解读张枣对"圆润"和元诗理论的"误读"内部的现代性逻辑。"圆润"首先是一种对感性语言的要求，在后期的"甜"的理论中"圆润"被窄化为对独立话语体制的追求，成为本体论内涵的求"真"的美学。元诗理论则成为追求独立话语的方法。张枣丢掉了诗歌"圆润"的美感，构筑起本体论的美学王国，完成了"求美"到"求真"的转变。这种转变的背后是对历史话语不满的回应。但以"虚构"回应现实的诗学理想只能存在于"未来"，对诗歌被边缘化的现实则于事无补。元诗理论指导的本体论诗学欲应对现实，又逃避现实的悖谬体现了理论的矛盾。因而张枣的诗歌理想——"未来"诗学——的具体面貌总是面目不清，尚未来到。张枣通过建构美学世界完成的现代性批判也有一定的借鉴意义。在一定程度上，其反思现代性的写作姿态探索了以独立话语为目标的现代诗学。

在我看来就是圆润、流转，不是二元对立。”① 他的“圆润”包括了对语言特征的界定和消除文化政治中二元对立的动机。其中，“圆润”关于诗歌语言特点的辨析和钟鸣从早期诗歌对“音势”的分析较为接近。但相比语言特色，张枣更加强调自己诗歌的文化内涵。对消极处境、中西话语对立处境的消解是“圆润”除语言特色之外的重要内容。

从内在精神来看，张枣早期创作表现出一种既现代又古典的特殊美感，其本质是对现实的凡俗性的消解。温润的古典意象对诗歌时空进行包裹，使得诗歌浸润在“圆润”的美感里。在讲义②中，张枣提出“圆润”是“中国文学中的精华所在”。羁旅之客将现实的失意寄情于山水之中，现实处境得到美学升华。张枣将其列为“圆润”的例子之一。

从修辞方法上看，“圆润”有着明确的语言特征指示。张枣的诗歌中，“圆润”主要表现在叙述语调和诗歌节奏两个方面。并且，通过语速语调、诗歌节奏的把握，形成了诗歌自然的过渡特点。张枣要在日常生活中召唤古典的精灵，诗歌必然出现多个时空交错的想象。如何用修辞技巧使跳跃的诗歌经验熔炼进统一的形式中就成为诗歌写作待解决的重要问题。“圆润”就是这一意义上的修辞方案。它在张枣多空间的想象中，起着很好的过渡作用，并在韵律上形成宋词一样的阅读感受。

一　美学世界的多重空间

张枣早期诗歌中遍布着以抒情独白为幌子的多个叙述者。在为

① 访谈《“甜”》，收入《张枣随笔选》，人民文学出版社 2011 年版，第 230 页。
② 参见《艾略特的一首短诗》，收入《张枣随笔选》，人民文学出版社 2011 年版。

大家所熟知幽微朦胧的《镜中》《何人斯》《苹果树林》等诗作都可以发现显著的迹象。好友柏桦将“人称变化技巧”形象地称为张枣诗歌的“胎记”与“指纹”。钟鸣对张枣写作行为的辨析也以此为基础，各个人物之间相互映照，又相互规约，他形象地将张枣诗歌的人称变异称为折射关系[①]。以至于宋琳在纪念文章不得不感慨道：“张枣最善逃，他身上的精灵一旦被抓住一个，就幻化作另一个。在‘吾我’和‘他我’之间他出入自如。”[②] 虽然他们在辨析过程中论述有些差异，但都指向诗歌多线索的空间结构。

拿张枣早期结构还相对简单的短诗《镜中》来说，其多线索叙述造成叙述主体的混乱，成功构建出不同人物间的对话关系，营造出诗歌层次丰富的空间感。《镜中》共出现三个对话角色“我”“她”“皇帝”[③]，“我”在文中没有直接出现，但自如地转换在三个对话者之间，恍然间又有只是一个人的错觉[④]。从语句结构上看，《镜中》大部分诗句都没有显著的主语。“只要一想起一生中后悔

---

① 钟鸣的“折射关系”的评价不仅仅是针对作品而言，其中更深入到张枣的写作行为辨析中。张枣的写作表现出对文化资源和写作行为的审慎态度，游离在受到规约的文学场域与现实伦理之间。所以他认为张枣恰似入地府救妻的俄狄浦斯，只不过张枣以镜子折射的方式避免了行动的失败（《笼子里的鸟儿与外面的俄狄浦斯》）。钟鸣的辨析已远超出文本解析的范畴。参《诗歌界的“南北之分”——钟鸣诗评专论》，收入余旸《“九十年代诗歌”的内在分歧：以功能构建为视角》，人民出版社 2016 年版。

② 宋琳在上下文中论述了张枣诗歌“非个人化”的戏剧性特点。参《精灵的名字》，收入宋琳、柏桦编：《亲爱的张枣》，中信出版社 2015 年版，第 161 页。

③ 钟鸣指出八种人称。因为在此只讨论叙述线索，并未对不存在叙述事件的角色进行解析。参见钟鸣：《笼子里的鸟儿和外面的俄尔甫斯》，《当代作家评论》1999 年第 3 期。

④ 钟鸣在评价人称转换技巧时指出：“实际上，不管有怎样的人称变异，它始终都以独白的语式进行着，每一个人称相互沟通，又相互疏远，它们只是一个时间段落，一个像镜子似的鉴赏他物者，而非符号本身。”钟鸣：《笼子里的鸟儿和外面的俄尔甫斯》，《当代作家评论》1999 年第 3 期。

的事”“不如看她骑马归来”等缺乏主语的诗句很容易让读者不自觉地去恢复抒情主体“我”的想象，把诗句展开的动作和“我”联系在一起。“我”隐隐约约可以填入到每一个主语的空位里①。“她”则是诗中唯一确定的动作主体，一直处于被观看的状态，和皇帝有一些沉默的互动动作，连回答也是沉默，没有言语的。诗句通过“想起”“看”等动词的提示，不断转换叙述视角。“看见她游泳到河的另一岸”“不如看她骑马归来”“一面镜子永远等候着她”“让她坐到镜中常坐的地方”等都有着旁观者的视角。基于人称变化特点，钟鸣强调的镜面折射的窥视方式进一步指出了诗歌“审美距离”带来的审慎表达。在叙述视角不断转移的情境里，他们不同的行动空间被联系在一起，以“观看”的方式渗透进入另一个行动空间。在“观看”的过程中，叙述者被动作者的细微举动以及与动作者相关的松木梯子、镜子等物什牵动。整首诗浸淫着回忆氛围，回忆者“我”是她，还是“皇帝”，或是另外一个等待者，诗中没有给出确切答案。人称含混的写作技巧颇有翻译腔调，并将此表现得“正面、积极、先锋”②。

所有的线索在最后并为一个故事，进入到张枣诗歌营造的可爱、唯美又存些许自恋的情境。从“镜中常坐的地方”的中景镜头往回忆的外围拉伸，变成“梅花落满南山”的全景镜头。“望着窗外”提示叙述者已经从回忆回到现实空间当中，并以第一人称视角

---

① 宋琳：“隐去通常作为发声源的‘我’恰是此诗的高明之处，这使得一行诗成为另一行诗的声音的折射。”（《精灵的名字》）参《精灵的名字》，收入宋琳、柏桦编：《亲爱的张枣》，中信出版社 2015 年版，第 159 页。

② 余旸对张枣的诗歌“面具”的评价。参见《诗歌界的“南北之分”——钟鸣诗评专论》，收入余旸：《“九十年代诗歌”的内在分歧：以功能构建为视角》，人民出版社 2016 年版。

来打量现实空间的具体情境。“皇帝”“她”“我”的叙述视角重合了。张枣并不急着告诉读者，谁望着窗外。读者还未来得及思考，窗外的景物已经映入眼帘，梅花落了一地。《镜中》含混的叙述主体构建的交错迷蒙的时空感，“落梅”的隐喻一直渲染着陈列的众多事件片段，回忆内外的不同时空被唯美怀旧的情绪贯穿为一个整体，使得诗歌处于一种有趣的和谐。除了情绪的串联作用，线索的交织也存在着组织文本的内部结构。繁复的事件线索和几段独白在不同的时空穿梭形成疾缓有致的对话关系。独特诗美营造的神秘感和穿插式的片段式再现，套上古典的壳子，带来荡气回肠的效果。整首诗营造了回忆往事时遗憾而又美好的情境，颇能得到读者的共鸣。

张枣诗歌常以生活细节为诗意出发点，展开多向度布局。因而其诗歌想象可以生发自：生命感受的情感体验的具体时刻；陈列留言条、钢笔、衬衫等贴身物件；不避讳地直接引用人名、地名和真实事件。《镜中》的回忆情境展开的古意画面激活了现代生活中的“唯美感受”。张枣的诗歌受“日常之神的磁场”强烈吸引，交错着世俗生活和唯美想象混杂的多重空间的想象。作为这种精神的延伸，《苹果树林》是一次更彻底的尝试。相比《镜中》，《苹果树林》连接唯美想象的方式更为直接。在这首诗中，诗句中除了“你”和“你们”，没有其他的人称代词。诗人的叙述策略“粗暴”地隐藏了其他叙事线索，不同情境的事件仅用与苹果有关的意象来关联，暗示“切苹果”这一日常线索的同步进程。诗歌包含的切苹果的细节，在此被装饰为唐朝妃子的故事。以人称“重合”为主要体现，线索含混的处理给诗歌理解造成了不少难度。对读者来说，《苹果树林》自然没有《镜中》那么流畅可感。

张枣截取了一个切苹果的生活片段，作为诗意启发的瞬间：

“其实隔开一枚苹果就等于/隔开一个白天和黑夜”。他在开始就向读者强调不同空间交流的可能。在这样的空间观里，切开“没有臂膀和腰身”的苹果，就是打开一座唐朝的宫殿；切苹果发出的脆响，回应着一个唐朝女人逃跑的足音。一个被切开享用的苹果的日常小事被改写为唐朝女人失去自由的故事。“夏天的裙裾”隐喻的女性之美阻碍了她的逃跑，但也为她赢得男性的守卫。像一枚苹果一样，她被宠幸、享用，被掌握在掌心失去了自由。同时，诗人将叶子的庆典穿插到唐代妃子的故事中，不断提醒我们这是“苹果树林”的故事。众多的可能也意味着“变幻不可能被预测”，命途多舛的唐代女人在若即若离之间不断摆脱又回到“苦闷、单调的”[①]日常生活。这种生活细节演绎出来的可能性和紧张感演绎出超越日常的美学。

你一遍又一遍地朗读崂山道士
你制造一个清脆的空间
同时捏紧几个烈焰般的咒语
佯装的风暴从晶亮的眸中迸发
景色的信心充满沁柔的惋惜
你只是一个瞬息，你被无数瞬息牵引
——《苹果树林》

在第四、五节中，妃子、苹果、叙述者三者的命运被紧密联系

① 张枣用以形容家庭生活（柏桦《左边——毛泽东时代的抒情诗人》）。余旸认为张枣从痛苦中发现幸福、唯美，完成超越，乃张枣对“传统”理解的核心，将其提炼为“日常之神的磁场”。参见余旸《“九十年代诗歌”的内在分歧：以功能构建为视角》，人民出版社2016年版，第64页。

在一起。"恳求的叶子有时会像含雨的白云/在午饭后情不自禁的潜入你的身体"描绘了一场不太快乐的求爱过程。它得到遥远时空外唐朝妃子的呼应：一个女人被痛苦装饰，一个苹果遭到残杀。在崂山道士的咒语里，每个迸发焰火的、充满柔情的瞬息都相互关联，牵引着无数瞬息。但对诗人来说，唯美的空间可以看到，却又像"镜子的另一面"一样无法到达。因此，逃跑的唐朝妃子和会穿越空间的崂山道士拥有了"纯粹诗意的力量"，完成了对"睡眠、起居"等"世俗生活痛苦"的超越[①]。诗歌构建了迷宫般的空间结构，无怪乎宋琳要称张枣的"精灵"最善于逃跑了。

《镜中》和《苹果树林》通过前后情境、意象的"误用"，巧妙让诗中人物穿梭于多个富于唯美气质的空间中。这个领路人时常是古意中脱胎的角色。寡言的女性（《镜中》《十月之水》）、善用法术的道士（《苹果树林》）、衔来"夕照的酒杯"的杜鹃（《杜鹃鸟》）都被派遣，做了领路的使者。这种想象方式打开的诗歌空间立体丰富且有层次感。可以看到，从日常到诗意的演绎、从古典美感到现代情绪的整合是张枣诗歌早期诗歌线索复杂的重要原因。他对这种想象方式抱有偏爱，也很擅长处理多重叙事线索的空间结构。

二　美学世界的绝对时间

"朦胧诗"早在"文化大革命"期间就开始创作，并在 20 世

---

① 张枣用以形容家庭生活，原话为柏桦的转述："痛苦和不幸是我们的常调，幸福才是十分偶然的事情，什么时候把痛苦变成家常便饭，当成睡眠、起居一类东西，那么一个人就算有福了。"柏桦：《左边——毛泽东时代的抒情诗人》，香港：牛津大学出版社 2001 年版，第 119 页。

纪80年代初期获得短时间难以被新诗人超越的象征资本红利，而标志着张枣进入诗坛的《镜中》和《何人斯》[①]的创作都要推至1985年前后。这也是张枣等年轻诗人内心“迟到感”的重要来源。在应对“迟到感”时，虽然先锋诗人在对待朦胧派时采取了相似的立场，但张枣的审美喜好更偏向文艺的保守主义。在诗歌样态上，先锋诗无限向能指倾斜，将诗歌推向语言的口语化、精神的庸常化、立场的个人化。上述的特点在张枣80年代创作中表现得相当模糊。其曲径通幽的诗作以日常细节为素材展开的通灵术，召唤了“老朽”的古典意象，杂糅着“个人”和“历史”的双重视域。张枣向众人展示着关涉传统精神的“高贵”想象[②]。在被毁坏的艺术神庙里，似乎仍栖居着轻逸典雅的古代精灵。艺术“本体”依然有自足的可能。“传统”与日常的共时性体验纵向拓展了张枣诗歌人称含混，线索众多的拼贴式的空间想象。因其作品的复杂性，张枣和先锋诗的向下的写作表现出显著的区别。

诗歌对时间的把握是其召唤古典精灵，在多层次空间中完成对日常生活的超越的重要表现。诗歌的想象方式常体现出浸淫回忆、反复申说等延长时效的特点，诗歌时间处于循环的、停滞的、延长的“异常”状态。这种时间状态在诗歌中反馈为语言特点、结构形

---

① 《那使人忧伤的是什么?》《苹果树林》《镜中》《何人斯》等作品没有记录时间，可以推到1985年，或者更前一些。钟鸣曾给《镜中》确定过一个准确的时间，认为写于1984年10月。（《笼子里的鸟儿与外面的俄耳普斯》）其他参见颜炼军《张枣生平与创作》，收入《张枣随笔选》，人民文学出版社2011年版，第264页。

② 宋琳对张枣诗歌语言特点的评价相对中肯。“这些诗行的热度是久违了的，它们与高蹈派的伤感表演，与表面高亢实则适俗的雄辩呈现出完全不同的质量，在谴责冷漠自私的事态时依然保持以轻盈的开口要形式说话，是书卷气的口语，而非诗境口语或威慑性的行话与切口，因而不失优雅。”参见《精灵的名字》，收入宋琳、柏桦编：《亲爱的张枣》，中信出版社2015年版，第166页。

式、情感状态等多个方面。例如，《镜中》的文本时间相当短暂，把整个时间压缩在梅花落下的瞬间。从"梅花便落了下来"到"梅花便落满了南山"，助词"了"，提示固定空间中动作的完成。在梅花落下的时间里，回忆的内部事件和外部事件、内部无法厘清先后顺序的众多片段，在时间线上一一展开。另外，诗歌中出现了首尾呼应的"回音壁式的特征"（宋琳语），形成环环往复，余味不尽的阅读感受。诗人似乎在提醒，诗中每个不能令人释怀的意象细节都值得再三回味。这类呼应式的结尾在张枣诗歌中经常出现。《早晨的风暴》以"昨夜里我见过一颗颗"起，以"更远一些，是昨夜的那颗星星"终。四月的早晨让"一些味道带来另一些味道"，让"我"成为某一个"渺小"又"一直心心相印"的人。因为生活就是"一些事情做完了；又会使/其他的事情显得欠缺"，于是"我""变成许多的人/漫游在众多而美妙的路上。""早晨的风暴"带来的瞬间的甜蜜被心理时间无限拉长，最后纳入享受余味的循环当中。而在《刺客之歌》《望远镜》《死亡的比喻》等诗中，主题词与主题句则更加直接地以类似歌谣的形式反复回响在诗歌中。它们在诗歌中的作用很难被归为"时间性"元素一概而论，但近似语句的反复叠加，给人"回音壁式"绵延感受。

张枣在提炼诗意时，时时透露出在行文将结之处返回诗意起点的企图。许多诗歌因此呈现为类环形结构。奚密曾将"环形结构"指认为汉诗之为"现代"的特征之一。更为重要的是，她认为环形结构中存在相当考究的美学支撑："环形结构将一首诗扭曲成一个字面意义上的'圆圈'，因为诗（除了20世纪有意识模拟对空间艺术的实验诗之外）如同音乐，本质上是一种时间性或直线性的艺术。诗作为一个线性进程，被回旋到开头的结构大幅度的修改。……因此，我们可以视环形结构为一悖论：它在读者的意外

（诗返回其自身）和熟悉（由于重复）两种感觉之间盘旋、玩味、由于这种独特的品质，其美学意义要超出一般直线性的结尾。”①围绕着界限清楚的空间，环形结构凸显了诗歌整体的质感和诗歌空间的形态。诗歌在回环中转化出韵律带来的诗歌感性和表达“无常的永恒”（奚密语）等更广泛的情感经验。

不管是在音韵节奏，还是情感渲染上，环形结构的美学超越都将“余味”锁在相对静止的“无限”空间中。但张枣显然不满足“趋近”的状态，有些诗歌表现出对时间更为严苛的要求。“日常之神的磁场”的时间是一种完满的状态，而被想象成绝对静止的。尽管张枣认为无法、或者很难达到，而一直处于对“绝对时空”的求索之中。

《桃花园》在题目和文本多处借用了陶渊明的《桃花源记》，例如“良田”“美池”“欢庆的阡陌”“南山”等意象和陶渊明的作品有直接的互文关系。根据陶渊明的描述，人们日出而作，日落而息，生活美满，是富足和谐的理想境地。这种繁荣导致桃花源内“不知有汉，无论魏晋”，时间处于静止状态。“桃花源”的想象呈现了封闭的空间内部因物质、精神、文明达到极盛，社会发展陷入了停止的阶段的时间观。“桃花源”被作为象征意义的精神意象挪用到诗歌中。被想象为“诗歌园地”的“桃花园”与“我”总是处于一种若即若离的关系。“他们不在眼前，却在某个左边或右边。”“我”与“园地”“更好的我”心心相印，在形式上相呼应且一直处于对比中。“我”受“疼”“饥饿”等“空”的、“徒劳”的问题困扰。“桃花园”则代表了“不疼的”“透明的”的状态，

① 奚密：《现代汉诗：1917 年以来的理论与实践》，上海三联书店 2008 年版，第 131 页。

"没有性别的家庭""永恒的野花的女性""神秘的雨水的老人""不点灯的社会"是一个内部自足的体系。相较于"衰老"的外部时间，"桃花园"是高度完满的静止形态。

可以看到，共时性的叙述提供了特殊的诗歌想象方式：从个人时间，回到永恒的艺术时间中去。因而文本的叙述方式超越了钟表式的，将物理位移、恒星移动作为坐标的现实时间。"简单说，就是想法让时间在诗里温柔消逝。"① 这种神秘的时间观和张枣的写作方式直接相关。柏桦曾回忆起张枣一个有趣的细节："在我与他（张枣——笔者注）的交往中，我常常见他为这个或那个汉字词语沉醉入迷，他甚至说要亲手称一下这个或那个（写入某首诗的）字的重量，以确定一首诗中字与字之间搭配后产生的轻重缓急之精确度。"② 柏桦的描述中，张枣的写作行为笼罩着浓郁的仪式感。通过仪式感强烈的诗歌写作，文字焕发出内部周而复始的生命活力，"复活了我们对众多时间模式的感知和想象，把急速流逝的现在与人类的'精神忠诚的时间'恢复了应有的必要的联系，把琐碎无聊的日常生活时间与带有价值和意义的、由'根基'和'高峰'组成的世界联系起来。"③

---

① 参见钟鸣：《笼子里的鸟儿和外面的俄尔甫斯》，《当代作家评论》1999 年第 3 期。

② 柏桦《张枣》，收入宋琳、柏桦编：《亲爱的张枣》，中信出版社 2015 年版，第 19 页。

③ 原文用以评价现代小说。"现代小说对现实性的追叙将包含着对时间和历史性的叙述。描写成'现在的普鲁斯特，也同时追叙过去的现在以及现在与过去的关联，以便形成自我统一性的理解。……这个现时性可以对我们今天的现实加以重新估价。这些种类的小说的意义在于，在现代小说限于狭隘的现实之时，甚至陷入了对"现时性"或"现代性"的迷惘的崇拜之时，这些作品复活了我们对众多时间模式的感知和想象"。耿占春：《叙事美学：探索一种百科全书式的小说》，郑州大学出版社 2002 年版，第 244-245 页。

三 “圆润”的修辞内涵

多线索结构和美学世界的时间想象向读者展示了张枣诗歌的丰富元素，但其最迷人的地方还在于对诗歌元素的调和。丰富的诗歌元素被张枣安排在自然、和谐的节奏当中。正如张枣自称：“诗意最迷人处在我看来就是圆润、流转，不是二元对立。”① 张枣模棱两可的表述，将以语感为中心的修辞方式和诗歌的文化政治内涵两个难以类比的区域混为一谈。他的“二元对立”涉及政治话语、西方话语对文学制度的规约。他对诗歌“圆润”的要求，实则寄予了诗歌消解文化政治上的二元对立的愿望。如果仅仅从“圆润”的语言特点来看，张枣对自己的认识无疑是准确的。阅读其80年代的创作，“圆润”是其诗歌语言给予的最直接的冲击。为此柏桦不禁以音乐大师相称：“作者有一种独具的呼吸吐纳的法度，这法度既规矩又自由，与文字一道形成共振并催生出婉转别致的气韵，这气韵腾挪、变幻，起伏抑扬着层层流泻的音乐，这音乐高古洋气、永无雷同，我不禁惊呼他是诗歌中的音乐大师。”②

钟鸣在解读张枣时特别指出其诗人独特的语言运用习惯：“张枣写作讲究‘微妙’。在我理解，这微妙首先表现在善于过渡。”③

---

① 访谈《环保的同情，诗歌的赞美》，收入《张枣随笔选》，人民文学出版社2011年版，第230页。

② 柏桦《张枣》，收入宋琳、柏桦编：《亲爱的张枣》，中信出版社2015年版，第27页。

③ 钟鸣在下面继续对“过渡”展开论述，认为张枣的善于过渡在于用内化的语言来对生活的痛苦进行过渡。即用诗歌来完成对日常生活的超越。当然笔者在此，取了过渡的字面意。笔者认为钟鸣的笔法跳跃，也极有可能在指涉张枣的语言特点。参见钟鸣：《笼子里的鸟儿和外面的俄尔甫斯》，《当代作家评论》1999年第3期。

消除"二元对立"和对"和谐"的要求，闪烁其词地暗示了张枣"圆润"语言所具有的过渡作用。可以认为"圆润"的语言消解了多空间杂糅的不适感，使读者在阅读时受语感的吸引，专注于独特的语言诗美。失去现实逻辑支撑的多空间的共时性想象获得诗歌逻辑的合理性。具体来说，"圆润"的语言特征主要指语音节奏和叙述语调，它在诗歌技巧中呈现为跨行的断句方式、回环的句型、独白的叙述三个方面。

最常被讨论的《何人斯》取材自《诗经》的第一首同题诗。原诗以弃妇的口吻讲述了一个由爱生憎的故事，指责负心人性格无常、诡秘薄幸。"彼何人斯?"的反复询问，表明了弃妇内心的焦渴，同时引出了几段过往的情事。诗歌散乱飘忽、不顾前因后果，翻来覆去的讲述方式，颇有现代诗的质感。张枣的改写保留了原诗的基本线索和语言气质。同时，诗歌运用相对自由的节奏和充满唯美特质的"圆润"诗句削弱了原诗中怨憎的情绪。

整首诗发生的文本时间都被集中在进门动作发生的间隙。以"一门之隔"的心理叙述演绎出"一同结网""给鲜鱼开膛""吃鲜桃""伐木"四个几乎分不出先后顺序的动作场景，形成一幅横向展开的画面。"进了门/为何你不来找我""你进门/为何不来问寒问暖"的进门动作被这四个场景延迟，不断向读者标明了叙述者和负心人之间的心理距离。进门之后，对话者仍互不相见。帘幕揭开的只是"我们曾经/一同结网""鲜鱼开了膛"等往日的画面。叙述者从外部空间进入到心理空间中，造成诗歌时空——现在与过去、内部与外部——的延伸和重叠。在对话关系之外，铁树、木梁、纸窗、星宿、锅、鲜桃等意象具有生活实感的意象和独特的诗歌氛围，则缓解了戏剧场景的"若即若离"内部紧张。整首诗的古典场景在雍容的意象情境中表现得相当"精致"。

除了事件本身“隐藏了对话人”的对话结构，《何人斯》能串联起这么多诗歌元素，还借助了自身的语音结构。在《何人斯》的开头，“究竟是什么人”的追问马上让读者的视线聚焦到事件的中心。诗歌内对话者若即若离关系定格在相互试探却不能相见的位置。现实和回忆角力的平衡转而被接着的责问打破：“我”曾是“你”的“钟爱”，而“你此刻追踪的是什么?”以“究竟是/什么人”“进了/门”等短促迫切的语气开始的问句，在“在外面的声音/只可能在外面”等多拍长句出现后舒缓下来。叙述者近似自问自答的想象中，急问缓答的对话方式形成了本诗的一种长短句的节奏形式。为了达到较为整饬的长短句的结构，张枣在跨行的断句上颇下功夫。如“手掌因编织/而温暖”“让你/清洁的牙齿也尝一口”“甜润的/让你也全身膨胀如感激”。节奏变化则预示着情绪的高潮。如“纸窗、星宿和锅/谁使眼睛昏花”“伐木丁丁，想起/你的那些姿势，一个风暴便灌满了楼阁”等打破长短句节奏之处常是叙述者诘问或是情感的改变。特殊的长短节奏形式使得在阅读张枣诗歌时常有读宋词的错觉。另一方面，特殊的断句形式也让两个对话者在诗歌的同一行中交织在一起。“我们曾经/一同结网，你钟爱过跟水波说话的我”包涵了“我们”和“你”两个主语引导的动作。在这种跨行形式下，诗歌自由地在不同的情境“滑行”。

诗歌第五节“你在哪儿休息/哪儿就被我守望着”“你若告诉我”“我就会告诉你”等句子形成首尾呼应的嵌套结构。在回环的长句中，舒缓的节拍预示着情感的平静。文本跳脱出《诗经》对两人关系处理的局限，描绘了一幅被叙述者守望姿态的温馨画面，冲淡了原诗给人乖戾、怨愤的印象。对比句型的特点，张枣的遣词习惯也值得推敲。在一些句子中，前半句与后半句出现相同的词汇，也能为诗歌带来嵌套句式的阅读感受。例如，“在外面的声音/只能在外面""你和我本来就是一件东西/享受另一件东西""我咬一口自己摘来的鲜桃，让你/清洁的牙齿也尝一口"等等不胜枚举。回环的语言串联起线索的"你来我往"，完成自然的叙述过渡。在早期创作中，"音势"所指的语言特点既起到了把握叙述节奏的作用，也为叙述提供了以缠绵的情感为基础的内在动力。常被提及的《灯芯绒的舞蹈》《十月之水》《深秋的故事》等诗歌都能较为完整地表现"圆润"的特点。"缠绵"的语言将诗歌线索安排在良好的互动之中。《灯芯绒的舞蹈》描写的"他"与"她"的亲密注视堪比语言的狂欢。

结　语

张枣出国后写作风格发生很大改变。缠绵的私语式对话转变为似是而非的叙述式间接对话。李振声在划分前后界限时，以具体的作品《楚王梦雨》来作为标的物[①]。此前的《何人斯》《镜中》等诗都采用了独白形式，并呈现出明朗洋溢的和谐美感，《楚王梦雨》却出现了质的改变，对话存在于不能琢磨，待寻找之处，而表现出拒绝的形式："请你不要再聆听我了，莫名的人/我知道你在某处，隔风嬉戏"。在意象上，诗中出现了"燃烧""痛"等平添紧张感的词汇，独特的独白形式在此已经无法自足。可以看到的，张枣的

① 李振声：《两个"古典"，还有一个"叙事"——张枣论》，《上海文化》2012年第3期。

古典美梦也不再具有独白的性质，“危机”[①] 亟待新的调解因素加入。它开始以一种转述的形式去“梦见另一个梦”。之后与卡夫卡（《卡夫卡致菲丽丝》）、茨维塔耶娃（《跟茨维塔耶娃的对话》）、策兰（《入夜》）的对话也趋于叙述性，独白式的私密语调不复存在。长诗中叙述性减弱了抒情性，早期调整节奏起烘托作用的音韵结构也看不见了。张枣后期的一些格局较小的短诗仍能较直接地体现以节奏为引导的多时空的特点。例如，《伞》（1992）记录了雨景前杂乱的，关于诗歌、过去、未来的联想；《春秋来信》（1997）呓语般的口吻书写了醒后读信的琐事；《瞧，弟弟，这些空瓶子……》（1996—1998）展示了将醉未醉间幻想的迈阿密生活场面。只不过严格意义上说，这些作品表现出琐碎事件进行拼贴的特点，赋予了诗歌广义的先锋性，或曰先锋诗的现代想象而非个人的写作特色。去德国之后，张枣的审美兴趣也发生转变，创作了如《边缘》那样专注于解析词与真、存在与生活的关系的作品，和他反复提起的语音意义上“圆润”的诗歌美学已经相去甚远。

（指导教师：蒋登科　教授）

① “危机”源自李振声《两个“古典”，还有一个“叙事”——张枣论》的概括，批评者在出国前后诗歌叙述趋于紧张的问题上达到基本认同的状态。如宋琳认为：“他（张枣——笔者注）国内时期与国外时期（1986 年为界）的作品变化相当大，消极因素在 1989 年后的作品中明显增长，叶芝式的自我争辩（我记得叶芝的原话是：‘与别人争论产生雄辩，与自己争论产生诗歌。’）使形式内部的交叉性话语趋于紧张……”《精灵的名字》，收入宋琳、柏桦编：《亲爱的张枣》，中信出版社 2015 年版，第 169 页。

在后退中创造

——“拒绝隐喻”的时代针对性和作为方法的意义①

夏晓惠

“拒绝隐喻”是于坚最重要的诗学命题，围绕这一命题，他其后又提出了“诗歌之舌的硬与软”“寻回日常生活的神性”等观点，逐步形成了自己的诗学系统。对“拒绝隐喻”的研究关系到于坚诗学的原点与核心。鉴于现有的研究多从语言学的角度探究这一命题的合法性，如李心释《论当代诗歌中“反隐喻”的可能与不可能》、曹鸿英《难以拒绝的隐喻——对于坚诗学核心命题的追问与蠡测》，揭示了其中理论的缺陷，本文认为对一诗学观点的评价还应该回到历史的现场，探究它在一定时期内的价值以及作为一种

① 改选自硕士学位论文《于坚的“后退”诗歌策略研究》。论文内容摘要：“拒绝隐喻”针对朦胧诗意象滥用而提出，但是这一诗学观点却在反对集体话语回归个人心灵上与朦胧诗有着精神的契合。尽管它存在着表述的片面化和难以弥合的理论缺陷，于坚也在后期将其修正得更适度和严谨，但是作为一种方法，它对于诗歌从乌托邦回归个体人生，从抽象抒情回归细部纹理，激发诗人对写作的创作激情并保持对世界的审慎态度有一定积极作用。我们在尊重于坚对其修正的基础上肯定其作为方法的意义，有助于丰富新诗的写作路径。

方法对诗歌写作的意义。

一 “拒绝隐喻”对朦胧诗的反叛与精神的相通

“朦胧诗的胜利说穿了是意象艺术的胜利。”① 朦胧诗从地下走向公众视野，标志着新的美学原则和诗歌生态的建立。但是随着朦胧诗逐渐成为诗坛的主流，仿造之风遂起，意象套意象似乎成为一条写作捷径。此外朦胧诗开辟了诗歌土壤的同时，巨大的光环也给后起之秀带来了影响的焦虑。于坚以朦胧诗为反叛对象提出“拒绝隐喻”，对朦胧诗的结构方式和写作意图进行了批判。

（一）对立的诗学观点

20 世纪 80 年代，在朦胧诗廓清诗坛虚伪风气并刚站稳脚跟后不久，一场新的变革就如巨浪冲卷了诗坛。在纷繁多变的诗学主张中有许多以朦胧诗为反叛对象的观点。其中上海诗人王小龙在《远帆》《自我谈话录：关于实验精神》中批评一些朦胧诗不加甄别和锤炼地使用既定意象，导致同质化的抒情泛滥。王小龙意识到朦胧诗的写作惯性，“他们把‘意象’当成一家药铺的宝号，在那里称一两星星，四钱三叶草，半斤麦穗或悬铃木，表明‘属于’‘走向’等等关系，就去煎熬‘现代诗’，让修钟表的、造钢窗的、警察、运动员喝下去，变成充满时代精神的新人”②。在意识到朦胧诗的写作封闭性后他试图通过诗歌实验“排除语文的障碍”③，“成

① 罗振亚：《朦胧诗后先锋诗歌研究》，中国社会科学出版社 2005 年版，第 54 页。

② 老木：《中国青年诗人谈诗》，北京大学五四文学社 1985 年版，第 106 页。

③ 同上，第 109 页。

为当代汉诗第一个反隐喻的诗人”①。

在王小龙之后1991年于坚提出“拒绝隐喻”，将反隐喻推向高潮。于坚初登文坛之时，正是朦胧诗盛行的80年代。朦胧诗的火爆造就了大批效仿者，使浓得化不开的意象在诗坛泛滥。随着朦胧诗被经典化，以及社会风气的日渐开明，朦胧诗美学也逐步暴露出弊端。一方面是诗歌同质化现象严重，尤其是海子（作为广义的朦胧诗人）自杀所形成的轰动效应，使诗坛遍布“麦地”“村庄”等意象；另一方面，朦胧诗在特殊时期所形成的隐晦表达在新时期已不再具备先锋性，反倒显出造作的一面。于坚曾讽刺：“一些朦胧诗人告诉我们只有在白鸽子蓝星星红月亮的地方才有爱情。他们造就了苍白无力、虚伪、装模作样、故作深沉的一类人。”② 于坚对其充满暗示的晦涩文风以及由大词的价值力量升华文本的写作偏好表示了不满，通过分析汉语的能指和所指，认为“元隐喻”以外的价值和意义积累可能导致我们对存在的盲视而步入隐喻的黑洞。

于坚将今天的隐喻视为一种“后隐喻”，以区别于世界之初的“元隐喻”。二者的不同在于能指与所指的距离。“元隐喻”是人们最初对世界的命名，能指与所指一致，它强调对世界的观看和感受；而“后隐喻”则是在文明的发展过程中由所指延展而形成的，它具有文化积累的特点，强调理解力。由于所指不断垂直发展而能指却没有跟进，造成“能指早已被文化所遮蔽，它远离存在。那最初的声音消失了，我们坠入词不达意的隐喻的黑洞中。”③ 其实通过《拒绝隐喻——作为一种方法的诗歌》上下文可知，于坚并非追

① 李心释：《论当代诗歌中“反隐喻”的可能与不可能》，《江汉学术》2015年第6期。

② 于坚：《拒绝隐喻》，云南人民出版社2004年版，第7页。

③ 同上，第127页。

怀最初的声音，这里的“能指”并不仅仅指声音系统，实际上指代能指与所指明确同一的“元隐喻”。此处我们试举于坚一首“拒绝隐喻”的代表作以作说明。“我想　对付这只乌鸦　词素　一开始就得黑透/皮　骨头和肉　血的走向以及/披露在天空的飞行　都要黑透/乌鸦　就是从黑透开始　飞向黑透的结局/黑透　就是从诞生就进入永恒的孤独和偏见/进入无所不在的迫害和追捕/它不是鸟　它是乌鸦/充满恶意的世界　每一秒钟/都有一万个借口　以光明或美的名义/朝这个黑暗势力的活靶　开枪……”（《对一只乌鸦的命名》）于坚指出“乌鸦”一词已经负载了被“黑透”的文化意义，这些外界的充满自负的臆造遮蔽了一只鲜活生灵的存在，并且带着偏见随时可能“以光明或美的名义”伤害它。“拒绝隐喻”就是要反抗充满意义负载的世界，由诗人自身对存在的体悟出发，重新命名这个世界。这样的命名源于诗人对世界体察的自觉，强调对世界的原创性发现。这在一定程度上纠正了诗坛拼贴意象的风气。

（二）精神的连通

于坚认为文学的传统来源于对“对现存语言秩序，对总体话语的挑战”[①]。这种挑战不是与现有传统你死我活的决裂，而是在与它的错位中演化出新的生命力，而新生的力量中真正经得起时间冲刷的部分将最终融入传统之中[②]。朦胧诗以新的美学原则和精神追求开辟了一代诗风，而第三代则以“弑父”姿态登上历史舞台，但是“第三代”对朦胧诗却有割不断的血脉联系。对于坚来说可能尤其如此。

由“拒绝隐喻”于坚此后又试图通过写作“寻回日常生活的

① 于坚：《拒绝隐喻》，云南人民出版社 2004 年版，第 10 页。
② 同上，第 7 页。

神性”，这从更宽泛的意义上表达了于坚对意义负载世界的回避，他试图在由他者建立的文化秩序中挖掘被遮蔽的事物，以诗意照亮他们以此实现自我对世界的确认。这种对集体话语甚而延伸至对整个文明世界的不信任或许来源于于坚的“文革”经验。其实相较于其他第三代诗人，出身于1954年的于坚与朦胧诗人们的年纪更接近，甚至比顾城还大两岁。他的整个青少年时期都活在“文革”的阴影下，骨子里带着对那个不能说真话的时代深切的憎恶。尽管他反对诗歌成为政治的代言，但是他的诗论与诗作仍带有抹不掉的历史意识。

“拒绝隐喻”不仅反对隐喻式诗歌书写方式，其精神动力更是来自于对其背后话语和思维方式的拒绝。他将一种诗歌批判上升为对民族话语方式的批判：“中国人是世界上最擅长隐喻的民族”[①]，“言此意彼已成为中国人最正常、最合法、最日常的说话方式”[②]。这很容易让人想到“文革”中自我为“大我”所奴役的话语状态。“在中国，一个政治上显达的人，也就是一个长于隐喻的人。”[③] 于坚担忧“隐喻”式的说话方式使中国人失去了表达自我、表达存在的能力，在集体话语的统辖中实际上变为失语的庸众。因此“拒绝隐喻”在表面上是以反朦胧诗为肇端，但是本质上却与朦胧诗反对集体话语回归个人心灵的追求有着精神共鸣。只不过朦胧诗对个人自由的呼喊仍不免与整个社会的政治诉求相契合，并且个人的声音以诗歌的方式成了社会变革的助推器，实际上是一种潜在的集体话语。而于坚以拒绝“拒绝隐喻”的方式同集体话语宣战，试图展现

① 于坚：《拒绝隐喻》，云南人民出版社2004年版，第11页。

② 同上，第128页。

③ 同上。

对政治的冰冷姿态，却也难免成为另一种政治声音。

二 难以拒绝的隐喻

于坚以汉语能指与所指的巨大分裂为由，向世界的“元隐喻”退去，但是这种后退可能退回到我们无法辨认的语言世界。并且我们在现有的语言系统中进行写作，某些语言符号的生成经过了漫长的演化，能指与所指已难以剥离，在这样的情况下高呼“拒绝隐喻”近乎痴人说梦。稍微打量于坚典型的“拒绝隐喻”诗作《对一只乌鸦的命名》和《关于玫瑰》，我们不禁怀疑“乌鸦”“玫瑰”的文化隐喻是仅仅出现在中国，还是也存在于别的国家。如果以“拒绝隐喻”的眼光打量中国文学甚至世界文学，很难想象我们还剩下什么。如果我们再回过头来看于坚自身的作品，我们发现他也根本无法回避隐喻。并且他最重要的两篇作品《0 档案》和《飞行》也因对“20 世纪中国文化专制之典型代表‘档案话语’的命名和进入现代化之‘飞行时代’的世纪末中国文化心态的命名”[①]而从修辞层面上成了“对时代精神整体朦胧地隐喻式地把握与捕捉”[②]。

诗本身就是隐喻性的，如果单从字面理解，“拒绝隐喻”无疑具有反诗性质。强调对世界的观看和发现，带着诗意的眼光重新打量被遮蔽了的世界，并对之进行细致入微的刻画，固然有利于丰满

---

① 沈奇：《飞行的高度——论于坚从〈0 档案〉到〈飞行〉的诗学价值》，马绍玺、胡彦，《以个人的方式想象世界：于坚与一个时代》，生活书店出版社有限公司 2015 年版，第 32-33 页。

② 曹鸿英：《难以拒绝的隐喻——对于坚诗学核心命题的追问与蠡测》，《河南教育学院学报》（哲学社会科学版）2009 年第 5 期。

诗歌的血肉，但是抽去诗歌偏于抽象的部分，回避深度与崇高，则可能使诗歌失掉骨骼。当我们面对明月的时候，我们难道不能寄怀思乡之情，而只能把它当作“月亮”本身吗？这无论对作者还是对读者来说，都是一种剥夺。

“拒绝隐喻”这一诗学口号对诗坛来说无疑具有爆炸性。从语言学的角度，隐喻从根本上无法被拒绝。“拒绝隐喻也仅是一种反对姿态，再跨出一步就是万丈深渊。”① 于坚自己也承认诗是隐喻性的。或许是意识到“拒绝隐喻”的偏激，在提出该诗学观点的两年后，于坚对它进行了补充和修正，并以《从隐喻后退——作为一种方法的诗歌》为题于1997年发表在《作家》杂志上。从1991年“诗是对隐喻的拒绝”② 到1997年“诗是从既成的意义、隐喻系统的自觉地后退”③，于坚更理性和节制地表达了他的诗学观点。2004年在发表于《诗刊》的文章中于坚又进一步修正了这一命题，将“从隐喻后退”更新为“从‘隐喻’后退”，表明其所谓“隐喻”同通常概念的“隐喻”意义不一。其实无论是王小龙还是于坚，他们反隐喻的理论都以朦胧诗意象化写作为反叛对象。尽管意象与隐喻有千丝万缕的联系，但毕竟是两种独立概念。于坚所谓“隐喻”是指人们忽略事物本身而言说其背后文化的话语方式；建立在理解基础上，以文化积累为前提的诗歌写作和阅读阻碍了人们对生活诗意的发现。此外这篇文章的标题也被改为“从‘隐喻’

① 秦巴子：《我的诗歌关键词》，《2000中国新诗年鉴》，广州出版社2005年版，第520页。

② 于坚：《拒绝隐喻》，谢冕、唐晓渡，《磁场与魔方》，《新诗潮诗论卷》，北京师范大学出版社1993年版，第310页。

③ 于坚：《从“隐喻”后退——一种作为方法的诗歌之我见》，《诗刊》2004年第11期。

后退——作为一种方法的诗歌之我见”，将“拒绝隐喻”这种诗学观点限定为了于坚的一家之言。

“拒绝隐喻”无法实现，通过于坚对这一观点表述的变化也能看出于坚的自我反思；但是“拒绝隐喻”确实是针对诗坛一定时期诗歌写作与审美的单一性和玄虚化而提出的，探究它作为一种诗歌写作方法的意义或许比一味拒绝更可取。

三 “从‘隐喻’后退”——作为一种方法的意义

或许是因为“拒绝隐喻”表述的偏激以及其对传统诗学根基的动摇，对这一诗学观点的抨击一直不绝于耳。但是我们似乎忽略了于坚从一开始就对“拒绝隐喻”进行了限定：“作为一种方法”。我们先不论于坚文章的偏激之处以及这一观点自身的理论缺陷，在于坚对其修正的基础上，“从‘隐喻’后退”确实有其作为一种诗歌方法的意义。

“从‘隐喻’后退”与非非主义的“三逃避”“三超越”有某种共通性。非非倡导“逃避知识、逃避思想、逃避意义”，“超越逻辑、超越理性、超越语法”，但是于坚并非要逃离到前文化的荒原上。事实上，“从‘隐喻’后退”的诗意可能性或许正来自于“隐喻”所创造的文本世界，通过对“隐喻”的解构而获得诗歌的张力。“从‘隐喻’后退”就是从负载了过多文化意义的语词后退，回到其被创造的现场，使语言重新拥有命名的能力。“诗的张力来自词环绕一个既成象征的错位式的运动中。它既解构了一个象征，它同时也命名了一个新的象征。”① 因此在这个意义上，于坚并不是真的要消灭隐喻，而是解构既定的隐喻系统从而获取新的诗

① 于坚：《拒绝隐喻》，云南人民出版社 2004 年版，第 132 页。

意空间，在这个过程中并不排除创造新隐喻的可能性。“从‘隐喻’后退”是一种动态的写作，在其过程中新的隐喻将通过这种写作被建立，而新的写作又将怀着对新隐喻的“敌意”继续下去。正如陈超所说，于坚“反诗”的口号下隐藏着他“返诗”的企图①。

从负载文化与精神的隐喻撤退，更加强调了诗人对日常口语的把控能力以及诗人与生命的对话关系。朦胧诗的“青春期”特质被于坚视为缺少自觉、依仗才气和激情的写作，而真正“具有创造性的写作是一种最主观、最明白、最富于理性的写作。诗人无时无刻不清醒地控制着语言，他拒绝任何价值的诱惑……”② “从‘隐喻’后退”强调诗人对语言背后可能存在的暴力保持警醒，成为语言的操控者而非奴隶。“如果一个诗人不是在解构中使用汉语，他就无法逃脱这个封闭的隐喻系统。”③ 由于“从‘隐喻’后退”，诗歌回归到具体时空现场，实现了对日常生活本真的发现。在北岛高举英雄旗帜，海子向往成为乌托邦王子之时，于坚的“后退”点亮了诗歌的平民意识。怀着对世界重新命名的愿望于坚带来了新的“看”世界的方式，从对彼岸与天空的向往，向下走进普通人的日常生活与生命体验；这样的写作展现了充满纹理富有温度的世界，使诗歌显得血肉丰满。同时这也是一种在后退中“看”的视角，使个体与群体保持了一定的距离，从而提醒诗人独立思考并对既成语言保持审慎态度。

---

① 陈超：《“反诗”与“返诗”——论于坚诗歌别样的历史意识和语言形态》，马绍玺、胡彦，《以个人的方式想象世界：于坚与一个时代》，生活书店出版社有限公司 2015 年版，第 78-94 页。

② 于坚：《拒绝隐喻》，云南人民出版社 2004 年版，第 133 页。

③ 同上，第 129 页。

结 语

“拒绝隐喻”以反叛朦胧诗的姿态被提出，但是在其去蔽过程中也将文化中那些灿烂要素遮蔽了，使得那些在历史淘洗中凝结而来的诗性意象变得尴尬不已；并且由于口号先天地带有排他性，固执地崇尚此一元主张也不利于诗歌生态的多样性。因此“拒绝隐喻”并不适于作为诗歌标准用于普遍的诗歌创作。同时为准确理解于坚这一诗学主张，我们应尊重于坚的自我修正，将“拒绝隐喻”更新为“从‘隐喻’后退”。我们仅是将其作为一种诗歌方法的立场上肯定它的价值，对于它可能引起的反文化以及“口水诗”风险应当保持警惕。

不可否认，“拒绝隐喻”一定程度上纠正了朦胧诗经典化过程中诗歌同质化现象以及偏于高蹈的诗风，以“后退”与“向下”的动作开掘了新的诗意空间。其实无论是于坚的在“后退”中创造，还是北岛的“古老的敌意”，都指向了诗人对诗歌艺术永无止境的追求。中国新诗自发生以来，带有进化论色彩的诗歌革命经验一直怂恿着诗人向传统宣战，这常常使新诗从一个极端走向另一个极端。或许不同的诗歌路径并没有高下之别只有左右之分。我们更乐于看到手执不同诗歌方法的诗人，怀着对缪斯永恒的向往，共同创造出中国新诗灿烂多元的景观。

（指导教师：蒋登科　教授）

狄金森诗歌圆意象的翻译[①]

呼振楠

狄金森曾经在给导师希金森的信中说，“我的事业是周缘”。“周缘”（circumference）是狄金森诗歌中出现频率很高的意象，它

① 改选自硕士学位论文《狄金森诗歌“互文”意象的翻译》第二章（第一、二、三节）。论文内容摘要：狄金森诗歌翻译中，除了音韵、节奏、句式、风格发生变化之外，意象同样发生变化。意象的变化，意味着不仅是代表意象的词在字面上的变化，更重要的是该词背后以及周边意义所发生的变化。这种“背后以及周边意义”就是本文讨论的意象的“互文性”，而“背后以及周边意义所发生的变化”就是意象的“互文性变化”。本论文尝试将互文性视角结合进狄金森诗歌意象的翻译研究，分析狄金森诗歌意象在翻译中发生的互文性变化，以及造成互文性变化的原因。论文以狄金森诗歌中互文性特征较明显的花园、圆、颜色三类意象作为代表，以文本细读和对照分析的方法分析三类意象在翻译中的具体互文现象，将译本和原文本、各译本之间进行对照比较，从而揭示出经由意象翻译所形成的译者、作者、读者，以及文本、文化、外部社会环境之间的互文性循环运动。绪论部分，梳理狄金森诗歌研究现状、我国翻译研究现状，阐释互文性视角下翻译研究的新方法，并说明本论题的研究目的和研究意义。第一章，从狄金森诗歌中的花园意象入手，通过译本与原文本、译本与译本的对比，显示出译者对狄金森诗歌花园意象还原的多少以及译者之间阐释的差异，分析花园意象在翻译中的互文性变化及其原因。第二章，追溯圆意象的文化隐喻和在狄金森笔下的别样意义，通过互文现象分别讨论圆意象翻译的互文性增加和减少，以及互文性变化的原因。第三章，追溯颜色意象在源语言文化中的互文意义，通过文本细读和对照分析，讨论颜色意象翻译的互文性变化及原因。

指向的意义、包含的隐喻值得我们探究。除了抽象的圆之外，狄金森诗歌中也出现许多实物的“圆”，比如车轮（wheel）、圆圈（circle）、环（ring）、太阳（sun）等意象。圆作为生活中很常见的一种图形，里面融入了狄金森对宗教、哲学、死亡和永恒等的思考。本文将狄金森诗歌中抽象的圆和实物的圆归为圆意象进行探讨。

一　圆意象的互文性溯源

在 19 世纪美国文学中，圆周和圆圈是十分重要的意象。爱默生认为圆或循环运动是“首要的形状”，是“世界符号中最高的图象”，他说“眼睛是第一个圆（circle），眼睛所见的地平线是第二个圆，圆这一基本图形在自然界无处不在，不胜枚举……我们的一生都在探寻真理，围绕每一个圆都可以绘出另一个圆。”① 同样作为 19 世纪美国作家，狄金森对圆意象也非常重视，她对圆意象的理解应该和艾默生有相似之处。

在狄金森诗歌中，圆意象频繁出现，例如对圆的直接描写“一只小鸟/踩在一只独轮上”（P，500）②，此外狄金森诗歌中有诸多描写太阳（sun）以及日出日落的诗句，按照“晨→午→暮→夜”或者“春→夏→秋→冬”时间流逝，这个过程构成一天或者四季的循环模式，这种循环跟圆形成某种对应或者互文关系。狄金森笔下

---

① Ralph Waldo Emerson, “Circles”, Essays: First Series, Boston and New York: Houghton, Mifflin and Company, 1865, p. 301. 转引自刘守兰《狄金森研究》，上海外语教育出版社 2006 年版，第 92 页。

② “P, 500”代表狄金森第 500 首诗，未标明译者处，本论文皆采用蒲隆翻译的《狄金森全集》，上海译文出版社 2014 年版。另论文引用英文原诗出自 1955 年托马斯·约翰逊（Thomas H. Johnson）编辑出版的《艾米莉·狄金森诗集》（*The Poems of Emily Dickinson*），诗歌编号与蒲隆译本一致。

的圆意象包括实物的圆和抽象的圆。抽象的圆主要指“周缘”（circumference），实物的圆包括车轮（wheel）、循环（cycle）、圆圈（circle）、环（ring）、太阳（sun）等“圆”的意象。

结合狄金森的生平，我们可以寻找到诗人偏爱圆意象的某些线索。在狄金森56年的人生中，经历太多亲人和朋友的死亡，天国接连夺走狄金森关心和爱护的人，连她心爱的小侄子也幼年夭折。认识到死亡的残酷和不可避免之后，她开始寻找生命以何种方式不朽的手段，把死亡看作是永恒的一种方式。狄金森曾说，“要全讲真理，但要歪着讲——”“真理必须逐渐放光/否则人人都会双目失明”（P，1129）。因此她采用一种迂回委婉的方式来讲述真理，将最真切的思想和感受寄托到具体事物中，而那些日常生活中她最先接触到的事物，比如时钟、车轮、太阳等，就成为她笔下内涵丰富的圆意象。狄金森生活中接触到的时钟（clock），由于它一方面代表时间，另一方面又呈圆形，所以在狄金森看来，在死亡、永恒、时钟和圆之间具有一种隐喻和互文关系。另外，车轮（wheel）作为交通工具，代表着时间的滚滚向前，用来比喻时间再恰当不过。时间的“○”如同张着大口的“漩涡”，向人一天天逼近，收紧汹涌的转轮，直至痛苦的抗争。狄金森诗中经常出现死神坐在马车上的场景，所以“车轮”这个圆意象跟死亡、永生产生了关联。

狄金森笔下的圆意象有时跟艺术的永恒联系在一起。在1884年写给雕刻家丹尼尔·弗伦奇的祝贺信中，结尾用诗歌赞美他的成就：“上帝保佑你根基稳固!”“周缘，你这敬畏的新娘”（L，898），狄金森用“根基”（fundamental）和“周缘”（circumference）来形容弗伦奇的艺术成就，可见“周缘”表示的是艺术家的才能与世长存，他们成就的圆满和稳固。狄金森曾经在给导师希金森的信中说，“我的事业是周缘”（L，268）。很明显，这两处“周缘”具有某种内在关联。

二　圆意象翻译的互文性增加

（一）“日”“月”的中文诗意混入

太阳和月亮是狄金森诗中经常出现的圆意象，这两个意象在英文原文本里不具备特殊含义，但是翻译到汉语之后，蕴含在“日”“月”里的中国文化元素往往被读者激发出来，引发新的审美联想，造成圆意象互文性的增加。

我们看狄金森第128首诗的前半部分，以及蒲隆的翻译如下：

Bring me the sunset in a cup,
Reckon the morning's flagons up
And say how many Dew,
Tell me how far the morning leaps –
……
How many cups the Bee partakes,
The Debauchee of Dews!

给我把落日用杯子端来，
估量一下晨光酒壶的盛载
说说看有多少朝露，
告诉我清晨能跳多远——
……
告诉我蜜蜂品啜多少杯，
纵饮花露长酩酊！

狄金森写这首诗本意是要赞美大千世界上帝的造物之美妙，以及表达探索天国的愿望。诗中出现两个“圆”意象：“落日”（sunset）和“杯子”（cup）。值得注意的是这两个意象翻译到中文之后引起整首诗氛围的改变。首句说给“我”盛在杯中的落日，估算下早晨的酒壶还装多少露珠，这相当于本诗的“楔子”，为了引出后文各种新奇美妙的事物做铺垫。但是到了中文里面，“落日”“杯子”和“酒壶”碰到一起不禁让人想到“东篱把酒黄昏后，有暗香盈袖”（李清照《醉花阴》）之类的词句，意象带来的中文古典意味很浓，在中国古诗词中生发出许多新的联想。这也难怪有许多狄金森诗歌的研究者将狄金森与李清照作比较，或者有意突出狄金森“闺怨诗”的特征。

在本首诗中，“落日”（sunset）的中文诗性尤其重，“落日”两个字在中国读者看来是一幅清晰的图像“大漠孤烟直，长河落日圆”“夕阳西下，断肠人在天涯”，等等。首句的“落日”配合后文的“品啜”（partakes）和“纵饮”（Debauchee），这样的翻译更加重了它与中国古诗词的连接，不仅让读者想到李清照的“闺怨诗”，也让人联想到李白的“饮酒诗”、陶渊明的“田园诗”。造成这样“误读”的并非只有蒲隆的译本，我们还可以列出木宇对第128首诗的翻译：

给我用杯子盛落日，
计算黎明的酒壶子
装下多少露珠，
告诉我清晨跃出多远——
……
蜜蜂多少杯痛饮，
纵欲甘露汁！

同样地，木宇译文中“落日”的况味，加上“酒壶子”“痛饮”的渲染使狄金森原诗的整个面貌发生变化。这两个版本的翻译都很难让读者体会到原诗基督徒对上帝的赞美，反而原本蕴含在“落日”、酒杯里的中国文化元素被读者激发出来，引发新的审美联想，造成圆意象互文性的增加。同时我们可以看出，无论译者如何翻译，哪一个译者来翻译，“落日”、酒杯的文化隐喻是无法被中文读者所忽视的，因此除了译者因素，文化背景的差异更是造成意象互文性增加的原因。

至于对“月”的理解，中文和英文里相差也很大。我们以狄金森第 737 首诗第一节，以及蒲隆的翻译为例：

The Moon was but a Chin of Gold
A Night or two ago –
And now she turns Her perfect Face
Upon the World below –

月亮只不过是个金子的下巴
在一两个夜晚之前——
现在她把她圆团团的脸
转向下面的人寰——

这节诗描写月亮几天之内的变化，“perfect Face”意思是“完美的脸”，形容皎洁的月亮像女子的面庞一样精致姣好，同时照应前一句“金子的下巴”，而蒲隆将“perfect Face”译成“圆团团的脸”，突出的仅仅是月亮的圆，这是很有意思的现象。

狄金森在 1858 年至 1862 年间写下三封致神秘情人的信件。其中一封说："今晚，我感觉自己老去，但对你的爱依旧，如月亮对新月。真希望上帝能让我与你同呼吸，夜晚在你身旁守候。"（L，233）在狄金森看来不管是月圆还是月缺，它们都是美好的，都是爱情永恒的见证。不一样的是，在中国不论古人还是今人都希望月亮是圆的，这代表着"圆满"和"团圆"，所以长久以来的文化习性让中国人认为"好"的月亮（或者"完美的"月亮）必定是"圆团团"的。受文化因素的影响，蒲隆在译文中并不突出月亮的皎洁可爱，而是使月亮的"圆"得到突出，从而月亮成为带有中文诗意的"圆"意象。

（二）译者对圆意象的创造发挥

在狄金森诗歌圆意象的翻译中，译者有时候会有意无意地在译文文本中留下自己的声音。在翻译文本的字里行间，译者往往会加入个人对意象的理解和阐释，做一些创造性的发挥。例如狄金森诗歌第 287 首，以及王宏印的翻译：

A Clock stopped –
Not the Mantel's –
Geneva's farthest skill
Can't put the puppet bowing –
That just now dangled still –
……
It will not stir for Doctors –
This Pendulum of snow –
This Shopman importunes it –
While cool – concernless No –

钟停了
不是壁炉架上的那个，
日内瓦最老牌的技术
也难以让摆的傀儡
点头——
……
这冰冷的钟摆
医生劝说不动，
店伙计再三恳求；
它冷漠，无动于“钟”

这首诗通过摆钟来描写永恒，生命的指针一旦停止，到来的便是永远也无法改变的“永恒”。王宏印将“concernless No”译成“无动于‘钟’”，非常巧妙地利用中文成语和双关，不仅从字面上暗示了“钟”的停止不动，而且还将“钟”孤傲冷漠的神态还原出来，充分吻合狄金森对“钟”活灵活现的描写。狄金森笔下的“钟”医生“劝说不动” （not stir），店伙计恳求它也“冷漠”（cool），什么都不管不顾（concernless No），而到了译者王宏印笔下它是“无动于‘钟’”，更多了几分调皮的意味。无疑，王宏印对圆意象“钟”的翻译是一次精彩的尝试，译者的创造性翻译使“钟”的互文性增加。

除了王宏印，其他译者在翻译中也有意无意间加入自己的阐释和二度创作。比如第 1067 首诗的前面几句及蒲隆的翻译：

Except the smaller size
No lives are round –

These – hurry to a sphere
And show and end –

除了那些小不点
生物都不是长得滚圆——
这些——匆匆来到世上
昙花一现后就完——

蒲隆把"round"译成"滚圆"，原本"round"只是单纯指圆形、弧形，另有丰满的意思，蒲隆将它译为"滚圆"，无疑让"小不点"显得更加可爱，原诗也增加了几分俏皮的意味。这显然是译者有意为之，这种现象正如研究者秦文华指出的那样，"在翻译文本的字里行间，我们时时能听到这种译者的表述与故事人物的表述以及原作者的表述之间进行着的对话"①。译者在翻译圆意象"round"的过程中加入了个人化的理解和阐释，使得译文文本中留下了译者的声音。

三　圆意象翻译的互文性减少

（一）作家作品指涉隐去

狄金森诗歌中的一些圆意象经常含有对狄金森书信、爱默生思想等作家作品的指涉，这是狄金森作品中留下的互文性记忆，然而翻译成中文之后，这些指涉便杳然无踪，造成中文读者接收到的互

① 秦文华：《翻译研究的互文性视角》，上海译文出版社2006年版，第108页。

文意义减少。例如，狄金森诗歌第566首提到老虎的眼球（Balls），我们看诗的前两节和王宏印译文：

A Dying Tiger – moaned for Drink –
I hunted all the Sand –
I caught the Dripping of a Rock
And bore it in my Hand –

His Mighty Balls – in death were thick–
But searching – I could see
A Vision on the Retina
Of water – and of me –

一只垂死的老虎，呻吟着要水喝
我寻遍了整个沙漠
找到了一块滴水的石头
我把它捧在手中。

它的巨大的眼球，在垂死中浑浊
可是在寻找，我看得出
视网膜上映出
水，和我。

这首诗写“我”为沙漠中快要渴死的老虎找水的故事，这只老虎“巨大的眼球”（Mighty Balls）以及映出水和“我”的“视网膜”（Retina）令人印象深刻。老虎的“眼球”是我们所讨论的圆意象，字面上的翻译也看不出有什么问题，但若是我们认真回溯狄金森原诗背后的深意，就会发现“眼球”意象的翻译其实是有信息遗漏的。

19世纪初期浪漫主义文学盛行欧美，之后爱默生提出的超验主义哲学也在美国生根发芽，这些思想对狄金森有重要影响。对浪漫主义者来说，诗人的基本功用就在于他的视觉或“看”的能力，看世界就等同于了解世界、认识世界，所以世界在爱默生看来就是一个“巨大的眼球”①，一切都随诗人视野的存在而存在。狄金森熟知爱默生的著作，她在此诗中“巨大的眼球”这样的表达即是出自爱默生，或者至少可以说跟爱默生有关联。老虎垂死时刻睁着巨大浑浊的眼球寻找水和“我”，隐喻诗人对世界的认知和对真理的渴求。然而在汉语译文里，“眼球”仅仅是“眼球”，一个外科术语，它并没有带给中文读者这一层联想和隐喻意义。

我们再看狄金森第789诗的前两节，以及蒲隆的译文：

On a Columnar Self –
How ample to rely
In Tumult – or Extremity –
How good the Certainty

That Lever cannot pry –
And Wedge cannot divide

① 刘晓晖：《狄金森与后浪漫主义诗学研究》，北京大学出版社2012年版，第229页。

Conviction – That Granitic Base –
Though None be on our Side –

在一个圆柱形的自我身上——
多么自在地依靠
在骚乱——或困苦中——
有这种肯定多好

杠杆撬不起——
楔子劈不开
信念——那花岗岩基础——
尽管无人跟我们在一块——

这是一首很抽象的诗，诗中“圆柱形的自我”（Columnar Self）很让人费解。读狄金森书信集，我们知道1876年狄金森曾送给希金森夫人一本爱默生的《代表人物》，并告诉希金森夫人说那是一本“你可以依靠”的“花岗岩书”（L，569）。狄金森这首诗也出现“花岗岩基础”（Granitic Base），考虑到狄金森从青年时代开始就阅读爱默生的散文集、演讲录和诗集，一直是爱默生的忠实读者，我们可以推断“她在这首诗中宣称‘花岗岩基础’一样的自我信念，应该与爱默生的影响不无关联，而爱默生思想体系的中心环节就是依靠自我、信赖自己的自助原则”①。爱默生提出的超验主义思想强调直觉的重要性，强调人与上帝间的直接交流和人性中

① 刘晓晖：《狄金森与后浪漫主义诗学研究》，北京大学出版社2012年版，第99页。

的神性，主张人类超越感觉和理性直接认识真理。超验主义者们蔑视外部的权威与传统，依赖自己的直接经验。在狄金森这首诗中，当花岗岩的基础构成“圆柱”形状就成为古希腊的建筑风格，象征着力量与永恒、坚实与牢固。“花岗岩基础”“圆柱形的自我”都是对爱默生自助原则的肯定。然而这些对狄金森书信、爱默生思想的指涉，以及“圆柱”与古希腊建筑的联系到了中文译本便杳然无踪，中文读者接收到的互文意义减少。

（二）“圆周”宗教意义遗失

在狄金森笔下，以“圆周”（Circumference）为代表的圆意象常被赋予浓厚的宗教含义，这些宗教含义往往只有在英语语言和文化背景下的读者才能领会，翻译成中文后宗教意义是缺失的，这造成了中文读者理解的困难。

狄金森第 378 首诗就是明显的例子，原诗以及王宏印的翻译如下：

I saw no Way – The Heavens were stitched –
I felt the Columns close –
The Earth reversed her Hemispheres –
I touched the Universe –

And back it slid – and I alone –
A Speck upon a Ball–
Went out upon Circumference –
Beyond the Dip of Bell –

我看不出路——天堂严丝无缝
我感到柱子相互靠近

地球翻转两半球
我摸到了宇宙；

它向后倾斜——我孤寂一人
球上的一个斑点
消失于圆周的边缘
超越了钟的摆动。

这首诗中的“圆”意象特别多，既有实物的“圆”像“柱子”（Columns）、“半球”（Hemispheres）、“斑点”（Speck）、“球”（Ball）、“钟”（Bell），又有抽象的“圆”像“圆周”（Circumference）。“柱子”我们上文讨论过象征坚实、牢固，这里重点讨论抽象的“圆周”到底是什么。单纯看中文译文我们很难理解这首诗的含义，要理解它我们必须借助英语原诗，并结合其他相关文本来看。狄金森曾在书信中说：“《圣经》处理中心事物，而不关心圆周之外。”（L，950）另外狄金森在给导师希金森的信中说“我的事业就是寻找圆周”（L，268），可以知道《圣经》所管辖的范围即是“圆周”。

英国学者怀特认为该诗的叙述者以基督教徒的口吻对自己所处的非基督教环境作了一番戏剧性的描述，她怀有探索天国的愿望，却又无法实现①。诗的首句说天堂“被缝合”（stitched）一语双关，暗指现实生活中像狄金森这样索居家园的女子，她们手中接触最多的就是针线活，而象征基督教的天堂恰恰以“被缝合”的姿态把她

① Fred D. White：Emily Dickinson's Existential Dramas，The Cambridge Companion to Emily Dickinson，ed. Wendy Martin，Cambridge：Cambridge UP，2002，P. 95. 转引自刘守兰《狄金森研究》，上海外语教育出版社 2006 年版，第 183—184 页。

们拒之门外。于是诗的叙述者只好在黑暗中触摸宇宙、翻转地球两半球，努力地探索真理。“柱子”在这里可以理解为天堂门前的圆柱。而“钟的摆动”（Dip of Bell）则指教堂的摆钟，摆钟向后滑去，叙述者独自从圆形的钟面上掉落，就像小小“斑点”从球的“圆周”上消失，这象征着叙述者最终与基督教的脱离。从前面这些分析可看出，以“圆周”（Circumference）为代表的圆意象在狄金森诗中被赋予浓厚的基督教含义，并且这些基督教含义只有在英语语言和文化背景下才能被读者领会，翻译成中文后宗教意义是缺失的，从而造成中文读者理解的困难。

（三）圆的“永恒”意义脱落

“Circumference”一词在狄金森诗中频频出现，但译者们对它的诠释和译法都相差甚远。狄金森有关“Circumference”的诗往往写得非常抽象，耐人寻味，一些诗中狄金森通过该意象表达“永恒”的意义，但是经由翻译之后，“Circumference”所隐喻的“永恒”意义往往消失。例如第883首诗以及蒲隆的翻译：

The Poets light but Lamps –
Themselves – go out –
The Wicks they stimulate –
If vital Light

Inhere as do the Suns –
Each Age a Lens
Disseminating their
Circumference –

诗人们只把灯点亮——
他们自己——则走开——
灯芯他们来激励——
如果生命之光的存在

与太阳的存在相同——
每个时代便是透镜一块
把它们的
周缘扩散开——

该诗出现意象“Circumference”，蒲隆将它译为“周缘”，那么这个意象表示什么意思呢？我们可以借助狄金森的书信来推测该词的意义。狄金森在1884年写给雕刻家丹尼尔·弗伦奇的祝贺信中，结尾用诗歌赞美他的成就：“上帝保佑你根基稳固！”“周缘，你这敬畏的新娘”（L，898），信中狄金森用“根基”（fundamental）和“周缘”（circumference）来赞美弗伦奇的艺术成就，可见“周缘”表示的是艺术家的才能与世长存，象征艺术成就、艺术造诣的圆满和稳固。对照蒲隆的翻译，“周缘”在汉语里是一个不常用的词语，相信读者看到“周缘”这个词也会模棱两可。我们再看其他几位译者对这首诗后半部分的翻译：

每一个时代是一块透镜
会投射出他们的
圆周——
（江枫译）

每个时代是一组透镜
扩散它们的

圆径——
（木宇译）

每一时代是一方棱镜
散射出每一时代的
光环。
（王宏印译）

值得注意的是，其他几位译者对“Circumference”的翻译都各不相同，江枫、木宇、王宏印、蒲隆分别将其译成“圆周”“圆径”“光环”“周缘”，可见不同译者对同一意象的理解和阐释各不相同。相比较之下，木宇译的“光环”比较接近狄金森原诗的含义，“光环”体现出诗人的荣耀，但是“光环”毕竟是短暂而易逝的东西，难以成为永恒。所以，“Circumference”所包含的对诗人（Poets）的赞美、对他们功绩长存的肯定这层意义在四个译本中已经消失。

四 结 语

在互文性视角下的翻译研究中，“文本”这一概念已经从狭义扩展到了广义，不仅译作、原作属于文本，而且译者、作者、读者、文本、文化、外部社会历史环境等所有与翻译有关的因素都成为文本。狄金森诗歌的意象文本跟狄金森所处的生活环境、文化宗教以及先前的作家作品等“文本”之间也构成了互文性关系。

通过对狄金森诗歌圆意象翻译中互文性变化原因的分析，我们发现互文性的增加、减少一方面受译者的主体因素影响，另一方面跟源语言和译入语之间语言和文化背景的差异有关系。语言文化上的差异一般来说显而易见，而我们往往忽视的是，译者的主体因素也是造成狄金森诗歌意象翻译中互文性变化的原因。例如，圆意象“Circumference”在同一首诗中被江枫、木宇、王宏印、蒲隆四位译者分别译成“圆周”“圆径”“光环”“周缘”，显示出他们对该意象的理解和阐释各不相同。再比如前文所讨论的，王宏印将“concernless No”译成“无动于‘钟’”，巧妙地利用中文成语和双关，从字面上暗示了“钟”（Clock）的停止不动，不仅将原文“钟”的孤傲冷漠还原出来，而且加进了调皮的意味。总之，译者对诗中同一个意象的不同译法以及他们的创造性发挥，说明译者在翻译中加入了个人化的理解和阐释，译文文本中已经留下译者的声音。这也就是说，译者翻译出来的译文文本已经不再是狄金森诗歌的原文本，而是经由译者跨语言的二度创作，或者译者跟原作者进行互文性对话之后产生的“新”作品。

对于如何看待译者翻译的狄金森诗歌译本，以及怎样看待不同译者对狄金森诗歌意象的不同翻译处理等问题，互文性的翻译理论给我们提供了答案。在后现代背景下，互文性理论提供了一种动态、开放的思维模式，旨在消除权威，打破终极意义，发掘文本的诸多深层含义。互文性的翻译研究视角倡导译者、作者和读者之间地位的平等，尝试在三者之间建立全新而又特殊的“对话”关系。在这一研究视角下，甚至作品中人物的声音也同样具有独立的个性和真实的意义，它们是构成互文空间的一部分。透过互文性的翻译研究视角，“狄金森”并不仅仅是诗人本身，而成了社会的、历史的各种因素的集合体，狄金森诗歌意象文本中的各种内涵和声音也在我们面前显露出来。

一千个读者有一千个哈姆雷特，同样，一千个译者也有一千个哈姆雷特。狄金森诗歌的意象文本包含了文化隐喻和狄金森加入的互文意义，经由翻译之后，意象文本中也留下译者自己的声音。读者在阅读的时候能够明显感觉到某些译本个人风格较强，这是由于译者在处理意象时做了创造性的发挥，这时候译者的声音暂时打断原作者的讲话，但不会继续掩盖原作者的声音。译入语的读者往往不甘心被排斥在这个对话场之外，于是读者们也加进对话之中。这样的论述让我们立刻想到巴赫金的对话思想与复调理论，事实上互文性理论也正是发源于此。

翻译是看得见的、外在的活动，是一个具体的过程，研究它就必然关注语言层面、译者本身；互文性变化是内在的、隐性的，研究它则要考察词语背后的文化、文本之外的文本。将翻译活动看成互文性运动，考察翻译过程中意象的互文性变化，关注的重点是意象周边意义的变化而不是词本身。可以看出翻译中完全对等的词是不存在的，意象的翻译必然伴随着互文性的变化。本论文旨在打破传统翻译研究的封闭和机械模式，通过狄金森诗歌“互文”意象的翻译指出，译者在翻译文学作品时不能孤立地以狭隘的文本为对象。在翻译研究中采取互文性视角，为翻译研究打开了新思路，不仅可以克服结构主义语言学的机械、死板，而且突出了作者、读者、译者、文本之间互为主客体的关系，甚至将这种主客体间的互动关系扩展到异质的文本之间的互动关系。

（指导教师：向天渊　教授）

“五四”时期《飞鸟集》翻译考证[①]

储德丹

“五四”前后在中国近代史上具有特殊地位，因为它既包含了繁荣的“五四”新文学，又包括了民族危机深重的灾难岁月。

“新文学时期，在文学史上一般指新文学的第一个十年(1917—1927)，在这一时期成长和诞生的新文学，人们习惯称‘五四’新文学。”[②] “五四”新文化运动是中国历史上一块重要里程碑，同时它也是中国翻译文学史的一个巨大转折点，引发了至今为止我国翻译文学史上规模最大的翻译高潮，自“五四”运动以后，伴随着“五四”新文学的蓬勃发展，翻译文学也进入全盛时期。

---

① 改选自硕士论文《“五四”时期中国对泰戈尔〈飞鸟集〉的译介》第一章。论文内容摘要：论文分三个部分对五四时期中国对泰戈尔《飞鸟集》的译介进行论析。第一章对五四时期《飞鸟集》的翻译现状进行详细考证，将这一时期出现的六位译者分类，并对他们的译文进行概括分析；第二章从五四时期《飞鸟集》译文的特征的角度，具体论述了这一时期《飞鸟集》译文的不同风格、语言的白话化、存在文言古体以及语言的欧化；第三章以五四时期《飞鸟集》的翻译方法为视角，结合具体的译文阐释了“选译”“转译”以及“直译”的翻译方法。

② 王秉钦：《20世纪中国翻译思想史》，南开大学出版社2004年版，第94页。

"在当时，几乎所有的新文学作家都致力于翻译文学，所有的进步刊物都登载翻译文学作品。"① 这一时期涌现了诸多的翻译大家，如郑振铎、郭沫若、沈雁冰、郁达夫、瞿秋白等，他们既是积极的革命知识分子也是文学翻译的领导力量；成立了大量专门的文学团体，如文学研究会、创造社、未名社、新月社等，它们兼有新文学社团与翻译文学机构的双重属性；还创办了很多机关刊物，如文学研究会的《文学周报》《小说月报》，创造社的《创造周刊》《创造季刊》等，它们是刊登翻译文学作品的重要平台，同时围绕这些刊物形成了相关的译诗群，有力推动了这一时期翻译文学的发展。

这一时期我国的翻译文学整体上以译介西方文学和东方文学中的日本文学为主，尽管如此，还是出现了一个引人注意的现象，那就是"泰戈尔热"。伴随着这股热潮，泰戈尔的诸多作品包括《飞鸟集》《新月集》《园丁集》《吉檀迦利》等诗集首次被引入国内。"泰戈尔诗集中首先译出的是《飞鸟集》（1922），泰氏诗集被介绍到中国来，当以此为始。"② "五四"时期是泰戈尔《飞鸟集》在中国译介的第一个时期。其实早在20世纪20年代之前，国内学术界就开始了对泰戈尔作品的译介。自1913年钱智修在《东方杂志》上发表《台莪尔之人生观》，首次向中国读者介绍泰戈尔之后，陈独秀、郭沫若、刘半农、许地山、郑振铎、翟世英、沈雁冰、徐志摩、赵景深、梁宗岱等新文学大家都翻译过泰戈尔的作品，涉及诗集、戏剧、小说等多种文体，包括《吉檀迦利》《新月集》《飞鸟集》《园丁集》《齐德拉》《春之循环》等诸多名作。其中资料可查

---

① 孟昭毅、李载道：《中国翻译文学史》，北京大学出版社2005年版，第88页。

② 克己：《郑振铎的翻译活动》，《中国翻译》1989年第2期。

的对于泰戈尔《飞鸟集》的翻译有王靖、郑振铎、沈继伟、如音、赵荫棠以及姚华六人。

一 《飞鸟集》翻译的第一人

很多人都认为郑振铎是中国翻译《飞鸟集》的第一人，其实不然，中国最早翻译《飞鸟集》的人是王靖①。目前学界对王靖的研究不多。他是“五四”时期的文学家、翻译家，曾在上海泰东书局编辑所工作，是“五四”时期“新人社”的成员之一，1920—1924 年期间在文坛较为活跃。他翻译过大量的外国文学作品，涉及印度、法国、俄国、美国等诸多国家，其中对泰戈尔的作品翻译的较多，译出的泰戈尔作品有《可恶的邮差》《雨天》《邮政长》《喜兆》等。

1921 年第 1 卷第 7-8 合期的《新人》杂志上，刊登了他翻译的泰戈尔《飞鸟集》，只是他将诗集的名称译为“迷途的鸟”。此刊上一共刊登了王靖翻译的一百七十一首诗。王靖的译文语言也很优美，意境也清新自然。值得注意的是，该期的《新人》杂志还提到了这样一个细节：“上录共一百七十一节，如果读者要读全文，可以参阅本社出版的‘迷途之鸟’一书。”② 这句话不禁让后人猜

① 也有学者认为：“1917 年，郭沫若辑成《泰戈尔诗选》汉英对照本，此选本应该是中国最早的泰戈尔诗歌汉译集。我们今天普遍认为，文学研究会的郑振铎为泰戈尔翻译第一人，但他到 1922 年 10 月才出版《飞鸟集》，迟至 1923 年 9 月才又推出《新月集》。相较而言，郭沫若的译诗集比之至少早了五年。”（熊辉：《诗歌翻译：郭沫若鲜为人知的成就》，《博览群书》2016 年第 4 期）但郭沫若的译文没有出版，其中是否收录了《飞鸟集》中的诗篇也未可知，因此本文从可查的资料着手，得出王靖是翻译《飞鸟集》的第一人的结论。

② 王靖：《迷途的鸟》，《新人》（第 1 卷 7、8 合期），1921 年 1 月。

想王靖是否出版了《飞鸟集》的选译本或者全译本。王靖的友人如音在1922年发表的《读沈继伟君底"太戈尔的诗八首"之后》一文里回忆："他（指王靖——引者）并且对我说，他拟把全书译出，作为新人丛书之一。"① 可是1922年4月初的时候，如音又"得到泰东书局'迷途之鸟'不出版的消息"②。由此可知，虽然王靖翻译了《飞鸟集》中的一百多首诗，但是他的译文最终也没能出版单行本。

王靖见刊的译文就有一百七十一首，有可能他最终翻译出来的数量远不止如此，一百七十一首的译文也完全有条件付印出版。倘若他的译文出版了，后世就能有更多的人阅读研究他的译本，这对研究整个泰戈尔《飞鸟集》的译介史具有重要价值，而如今只能在旧有文献资料里才可以查到他的译文，不得不说是一个很大的遗憾。

二 《飞鸟集》翻译的大成者

著名翻译家石真先生曾指出："可以说中国最早较有系统地介绍和研究泰戈尔的是西谛先生。"③ 郑振铎，笔名西谛，他是爱国主义者、社会活动家、作家、诗人、学者……更是优秀的翻译家，他的泰戈尔《飞鸟集》中文全译本至今是国人心目中的经典，但是他的翻译家身份在很多翻译文学著作里常常处于边缘化的地位。

1921年，在郑振铎和周作人、沈雁冰等人成立文学研究会后

① 如音：《伟君底"太戈尔的诗八首"之后》，《民国日报·觉悟》（第12卷第19期），1922年12月19日。

② 同上。

③ 石真：《泰戈尔诗选·前言》，人民文学出版社1957年版，第5页。

不久，“又联合许地山、翟世英成立‘泰戈尔研究会’，以专门进行泰戈尔作品翻译工作”①。据相关资料显示，郑振铎也是因许地山和泰戈尔的作品结缘，在1918年前后，他经许地山介绍第一次接触到了泰戈尔的诗集。从此以后，他便和泰戈尔结下了深深的不解之缘。郑振铎对《飞鸟集》的译介活动最早开始于1921年的8月4日“在《时事新报·学灯》发表所译泰戈尔《飞鸟集》中诗一首”②。后于1922年7月10日在《小说月报》第13卷第7期上发表《飞鸟集》译诗五首，包括：第二百六十八首：“死之隶属于生命，正如生一样。举足是在走路，放下足也是在走路呀。”第二百六十九首：“我已经学会了你在花与阳光里微语的意义——再教我明白你在苦与死中所说的话吧。”第二百七十九首：“我爱这世界时，我便住在那里。”第二百八十首：“让死者有那不朽的名，但让生者有那不朽的爱。”第三百一十七首：“人类的历史很忍耐的等着记载被侮辱的人的胜利。”③ 结合三个月后郑振铎出版的译本，可以发现这样一处细节。译本中的第三百一十七首，郑振铎是这样翻译的：“人类的历史很忍耐的等着记被侮辱者的胜利。”④ 将两首译诗进行比对，虽然见刊的时间前后相隔很短，但还是有细微的差别，在最终出版的时候，“记载”改为了“记”、“侮辱的人”改为了“侮辱者”。就像阅读时会有常读常新的感觉一样，翻译也是，译者的主体性在翻译过程中具有重要作用。

1922年夏天郑振铎在杭州西湖畔的俞楼进行《飞鸟集》最后的翻译工作，完成了大半的译稿。青年叶圣陶和徐玉诺还对当时郑

① 蒙静：《郑振铎的近代翻译活动考略》，《兰台世界》2014年第16期。
② 陈福康：《郑振铎年谱》，书目文献出版社1988年版，第54页。
③ 郑振铎：《飞鸟集（选）》，《小说月报》（第13卷第7期），1922年7月10日。
④ ［印］R. Tagore：《飞鸟集》，郑振铎译，商务印书馆1922年版，第86页。

振铎的译文进行了仔细校读并提供了许多重要意见。1922 年 10 月，商务印书馆刊印了郑振铎的《飞鸟集》译本，该书的封面标有"太戈尔诗选一""文学研究会出版"等字样。正文之前附有两幅泰戈尔的画像和一幅泰戈尔父亲的画像，郑振铎自己撰写的例言、泰戈尔传、序。这是中国现存最早的《飞鸟集》中文译本。

郑振铎曾表示，他有快速翻译且不爱校对稿件的缺点，《飞鸟集》的大半译稿也是他只用了两日就译完的。可能是担心出现错误，所以郑振铎在译本例言的最后，写上了这样一句话："误解的地方，却也保不定完全没有。如译者偶有发现，肯公开的指教我，那是我所异常欢迎的。"① 最早对郑振铎译本提出指教的是梁实秋，1923 年的《创造周刊》第九期上刊登了梁实秋《读郑振铎的〈飞鸟集〉》一文，列出了他在郑振铎译本的前十首诗里校对出的四处错误。其中有一处是"'fingers'乃是'手指'的意思，如今郑君译作'人物'"②。虽然梁实秋的这篇文章言辞较为激烈，有些不留情面甚至还带着嘲讽的意味，但是郑振铎后来也接受了他的批评。梁实秋晚年的时候曾将郑振铎给他的回信编辑出版，在其中的一封回信上郑振铎就写道："我因你的指责，已于《飞鸟集》再版时更改了不少错误。"③

所谓"《飞鸟集》再版"指的是 1923 年 8 月印刷的版本，该版"书后有附录'《飞鸟集》'正误，将初版'错误或不妥处'作

---

① 郑振铎：《飞鸟集·例言》，商务印书馆 1922 年版，第 5 页。

② 梁实秋：《读郑振铎的〈飞鸟集〉》，《创造周刊》（第 9 号），1923 年 7 月 7 日。

③ 梁实秋：《百年梦忆：梁实秋人生自述·旧笺拾零》，国际文化出版公司 2014 年版，第 264 页。

了更正”①。在该版中郑振铎就将梁实秋指出的错误“人物”改成了“手指”。“到1933年的十余年间，《飞鸟集》先后印过五个版次。”② 可惜的是目前这些版本已难找全，目前较易找到的版本有初版、民国十五年（1926）版以及民国二十二年（1933）版。版本的缺失对全面研究郑振铎《飞鸟集》译本各版次的变化、优劣等造成了巨大损失。最后还要补充一点，现在很多研究者认为存在“1933年版本序”，其实这是错误的，虽然《飞鸟集》有多个版次，但是郑振铎为《飞鸟集》只写了两篇序言：一是初版的《短序》，二是1956年为《飞鸟集》全译本写的《新序》。所谓的“1933年版本序”其实就是初版的《短序》。

三　《飞鸟集》翻译的涉猎者

除以上谈及的《飞鸟集》翻译第一人王靖和集大成者郑振铎之外，“五四”时期还有三位涉猎该诗集的译者。

在郑振铎译本问世的同年12月11日，周刊《责任》第3期上刊登了一篇文章《太戈尔的诗八首 From *Stray Birds*》，作者为沈继伟，写作时间为11月29日。沈继伟在文章中翻译了泰戈尔《飞鸟集》的八首诗，分别为第四首：“留住伊的微笑，在鲜艳如火的花间，这是地球的涕泪啊。”第八十五首：“艺术家是自然的爱者，所以他是自然的奴隶，也是自然的主人。”第六十六首：“娇嫩的花枝，开着芽儿叫道：亲爱的世界啊，请你不要萎谢呵。”第八十二首：“让生命美如夏日之花，死如秋日之叶罢。”第八十六首：“你

① 贺圣谟：《宁波当代作家散文选（2006－2010）下．旧书新读：〈五言飞鸟集〉》，宁波出版社2010年版，第629页。

② 韦泱：《由〈飞鸟集〉新译本想到的……》，《新民晚报》2016年2月5日。

离我有多远，果子呀？我是隐匿在你心中的花儿呀？"第八十八首："你是荷叶底下的一颗大露珠，我是在他上面的小的，露珠对湖水说。"第九十首："在黑暗中，人们好像都似一样的，一见了光明，就各个不同了。"第一百零九首："我投射自身的影子，到路上，因为我有一盏不会点着的灯儿。"①

目前关于沈继伟的资料很少，他祖籍浙江，是"五四"前期文学社团"叒社"的创始人之一，1916 年他在《叒社丛刊》上发表的《姻缘聚合篇》一文可以证实这一点："三年前余与诸同志创设叒社以敦友谊兢学识。"②

在沈继伟发表《太戈尔的诗八首 From *Stray Birds*》一文后，一位名叫如音的作者在《民国日报·觉悟》上发表了《读沈继伟君底"太戈尔的诗八首"之后》一文。在这篇文章里，如音对沈继伟译文中三首诗进行了批判，并且写出了自己对这三首诗的翻译。第四首："是宇宙底泪珠呀，使伊底笑颜开放。"第八十二首："愿生是美丽得像夏天的花，死像秋天的叶。"第九十首："在黑暗里，一切显现是同样，在光明里，一切显现是异样。"③ 如今学界对如音的研究也很少，据相关资料显示，如音应是这一时期的一位诗人及译者，多次在《民国日报》的副刊《觉悟》《平民》《妇女评论》上发表诗歌，还翻译过泰戈尔的《拉加和拉妮》《行业》。

同时，在《读沈继伟君底"太戈尔的诗八首"之后》里，如音将泰戈尔的《飞鸟集》翻译为"游荡的鸟"，除了表达对这本诗

---

① 沈继伟：《太戈尔的诗八首 From *Stray Birds*》，《责任》（第 3 期），1922 年 12 月 11 日。

② 沈继伟：《姻缘聚合篇》，《叒社丛刊》（第 3 期），1916 年 6 月。

③ 如音：《读沈继伟君底"太戈尔的诗八首"之后》，《民国日报·觉悟》（第 12 卷第 19 期），1922 年 12 月 19 日。

集的喜爱之情外，还讲述了自己翻译《飞鸟集》纠结复杂的历程。自购得《飞鸟集》原文到发表这篇文章时，如音已经翻译了两年的时间，在这期间，几次生病以及王靖、一真（据如音讲述只选译了六七十首，但未见刊）、郑振铎对《飞鸟集》的翻译行为，数次打断了如音的翻译实践。后来当了解到郑振铎付印出书的《飞鸟集》也只是选译本时，如音再次燃起了继续翻译《飞鸟集》之心，无奈此时病魔又再次来袭……致使在1922年12月的时候，如音仍旧没有全部译完，只翻译了二百三十多首。目前对如音翻译《飞鸟集》的行为已难以做更多的考证，但据笔者推断，如音可能最终也没能全部译完《飞鸟集》，二百三十多首译诗也没有见刊。

这没有见刊的二百三十多首译诗，现已无从勘察，对当时和后来的读者、对泰戈尔《飞鸟集》在中国的翻译研究无疑也是一种巨大的缺憾。

1923年7月12日，《文学旬刊》第79期上刊登了赵荫棠的一篇文章《读〈飞鸟集〉的译文》，这篇文章的前半部分，赵荫棠先是对郑振铎的一部分译文进行仔细的分析，高度肯定郑振铎译文的价值；后半部分赵荫棠列举出十三首让他产生疑问的译文，并穿插了自己的两首译文，以期向郑振铎进行请教。因此赵荫棠也曾翻译过泰戈尔的《飞鸟集》。

赵荫棠（1893—1970），字憩之，音韵学家，河南巩县人，学术著作有《中原音韵源流考》《中原音韵研究》等。他的译文是第二百八十四首："爱在他的生命充实时就像酒杯盛满了酒似的。"①

① 赵荫棠：《读〈飞鸟集〉的译文》，《文学旬刊》（第12卷第79期），1923年7月12日。

以及第二百二十三首："生命因为失去了爱情而更为富足。"[①] 对于赵荫棠的这两首译诗，郑振铎在同刊同期的《论〈飞鸟集〉的译文——答赵荫棠君》一文里也给予了评价。对前一首的评价是"与原意不大对，请你仔细读一读原文，便可明白一切了"[②]，对后一首的评价是"你的译文很好，但似太直率"[③]。发表这篇文章之后的第二年，赵荫棠考取了北京大学的研究生，此时的他尚未功成名就。尽管比郑振铎的年岁还要长，他仍旧以谦虚的态度向"西谛先生"虔心请教，郑振铎也真诚详尽的予以回复，并对他的质疑表示感谢，显示了郑振铎包容开放的治学之风。

四 《飞鸟集》翻译的改写者

除了考证出以上五位译者外，我们还发现一位用文言改写郑振铎《飞鸟集》译文的作者姚华。1956 年，郑振铎对他以前的《飞鸟集》译本进行了修改，并补译了剩下的六十九首诗，出版了泰戈尔《飞鸟集》在中国的第一个中文全译本。在此版本的开头，郑振铎写了一篇新序。在谈到他 20 世纪 20 年代的译本时说了这样一句话："当时姚茫父先生见之，大为赞赏，便把我的译文改用五言诗写过，也印了出来。"[④] 郑振铎提到的姚茫父便是姚华。

姚华（1876—1930），贵州贵阳人，号茫父，民国时期著名的篆刻家、藏书家。他翻译的《五言飞鸟集》共收五言古体诗二百五

① 赵荫棠：《读〈飞鸟集〉的译文》，《文学旬刊》（第 12 卷第 79 期），1923 年 7 月 12 日。

② 郑振铎：《论〈飞鸟集〉的译文——答赵荫棠君》，《文学旬刊》（第 12 卷第 79 期），1923 年 7 月 12 日。

③ 同上。

④ 郑振铎：《飞鸟集·新序》，新文艺出版社 1956 年版，第 1 页。

十六首，于民国二十年（1931）2月由中华书局印行，译本的封面页、版权页上分别署有“太戈尔意，姚华演辞”“译者姚华”字样。译本正文的前面还有徐志摩和叶誉虎（叶恭绰）两位大家为其所作的两篇序言以及姚华自己的题词等。特别是徐志摩的这篇序言长逾八页，极为详尽，对该译本的由来、出版、艺术价值都做了叙述，对研究该译本具有重要导向作用。对于该译本的由来，徐志摩的介绍和郑振铎1956年新序里的说法相似，是由郑振铎的《飞鸟集》译本翻译而来，不过姚华当时选用的《飞鸟集》译本是“郑译民国十二年8月再版的正误本”①。

1924年5月24日，在泰戈尔即将启程太原之前，姚华曾和梅兰芳、梁启超等当时的名士在北京的丰泽园饭店为其饯行，至此姚华便和泰戈尔有了直接的联系，对他的诗歌也逐渐产生了兴趣。对此徐志摩在他的序言里进行了浪漫的描述：“那年泰戈尔先生和姚先生见面时，这两位诗人相视而笑，把彼此的忻慕都放在心里。泰戈尔先生把姚先生的画带回到山梯尼克登去陈列在他们的美术馆里，姚先生在他的‘莲花寺’里闲暇的演我们印度诗人的《飞鸟》。”② 两位异国大师跨越语言和地域的差异所进行的真挚的文化交流，现在读来依旧让人觉得温馨动容。

虽然该书在1931年出版，但是姚华早在这之前就已经翻译完了，其实“《五言飞鸟集》的创作时间为甲子（1924）年冬，但一直到己巳（1929）年四月方才定稿”③，因诸多原因译本在译完之后没能第一时间见刊。这里必须要指出姚华在1930年就已经去世

① 陈长：《浅析〈飞鸟集〉译本差异流变现象及成因》，《中国信息化》2013年第6期。

② 徐志摩：《五言飞鸟集·徐志摩序》，中华书局1931年版，第2页。

③ 郑海涛、赵欣：《姚华〈五言飞鸟集〉刍议》，《中国诗歌研究》2017年第1期。

了，徐志摩在他的序言里也提到了此事，他说在1929年姚华曾多次写信询问《五言飞鸟集》的出版事宜，现在也有学者研究认为1931年《五言飞鸟集》最终得以出版，是徐志摩促成的。1926年，姚华因身患脑溢血导致半身不遂，只有半边身子可以活动，但是他克服了诸多的不便，不仅继续挥毫作画还坚持翻译《飞鸟集》，直到生命的尽头。他的这种坚忍顽强的精神永远值得后人学习。

《五言飞鸟集》到目前为止出版的版本非常少，自1931年中华书局初版以后，只有2016年上海交通大学出版社再版，并新增了一篇由姚华后人撰写的后记；同时关于《五言飞鸟集》的研究论文以及专著也很少。

此外，虽然只有郑振铎的译本几经修改完善之后成为国内影响最深广的译本，王靖、沈继伟、如音、赵荫棠、姚华《飞鸟集》译者的身份甚至尚未被更多的人发现，但是却不能抹杀他们对《飞鸟集》译介的贡献，他们六人一起促成了《飞鸟集》在中国译介的第一次高潮，对《飞鸟集》在中国的介绍、推广起了开先河的作用。

（指导教师：熊辉　教授）

镜类意象与中国现代派诗人的情感表达①

李晓静

自轰轰烈烈的新文化运动浪潮席卷了整个文化界，周作人提倡的“人道主义”与“平民文学”作为文学革命与思想革命的精神内核成为主流作家的共同认识。对“人”的探讨也自此隐现于中国新文学的创作中，成为区别现代与传统文学的标志之一。中国新诗在经历了草创（1917—1920）、奠基（1920—1925）阶段之后，走向了拓展阶段，20 世纪 30 年代的现代派诗人在此时自觉肩负起诗歌的责任与使命。他们承继“五四”以来启蒙精神的传统，将“人”的价值深深印存于思维中，体现在诗作上就是对自我的确认与主体意识自觉的建构。诗人在频繁“照镜”中确立了主体的存在，彰显了人的精神。“五四”新文化运动落潮之后，传统的价值中心已遭破坏，新的价值体系尚未建立，风雨飘摇混乱躁动的时代

① 改选自硕士论文《论中国现代派诗歌中的镜类意象》第二章。论文内容摘要：正文分为三章，第一章探讨现代派诗歌镜类意象的谱系，分别从古今承传中的镜类意象、中西互照下的镜类意象、现代派诗歌中的镜类意象三方面进行论述。第二章剖析镜类意象与现代派诗人的情感表达。第三章研究镜类意象与现代派诗歌的时空表达。

氛围，使诗人们陷入了迷茫感伤与精神幻灭的状态。相较于前期浪漫主义诗人积极肯定人的本质力量与人生的意义，现代派诗人则陷入了无可皈依的游离状态，这也导致了他们情感的失落与寂寞，从而引起诗人主体意识进一步的“向内转”，他们逃避现实，躲避自我的精神裂变。现代派后期，诗人们面对时代的内忧外患，不再流连于想象和慨叹命运的无常，而是激烈地进行自我拷问与质疑，这种拷问使主体意识更加坚定，成为自我反思与重构的前提。镜类意象作为现代派诗人共通的心灵体悟与寄托情感的媒介，以“他者”的存在方式见证了30年代这批濡染着时代忧郁病的诗人所历经的创作与情感的变化。

总体上看，作为个体的诗人在经历了迷茫伤感，躲避现实之后，选择了一条坚定的回归现实的道路。从自我逃避到自我重构，从人性的软弱到人格的独立，从消极的人生观念到积极参与人生，这是那个时代大部分肩负社会责任感与有良知的知识分子必然选择的道路，他们这种心路的转变则通过对“镜类”意象的书写而清晰地展现出来。

一　自我追寻与确认

上帝造人的智慧体现在多方面，比如人无法看见自己的脸庞，也无法与自己的眼睛对视，唯一确认自己的办法就是借助镜子或者河流水面看到自我的外在形象。拉康认为，婴儿在刚出生时是没有自我意识的，第一次接触镜子时，婴儿认为镜中人是他人，后来才认识到镜子里的人是自己，从而确立了“自我”的存在。也就是说，婴儿通过镜子认识到“他人是谁”，才能够意识到“自己是谁”，“他人”的目光是婴儿认识“自我”的一面镜子，在“他人”

的目光约束下，婴儿将镜像内化成为“自我”，这一阶段被称为镜像阶段。拉康从婴儿照镜子出发，将一切混淆了现实与想象的情景都称为镜像体验。与之相对应的是，中国现代派诗人透过镜子构建主体，认识自己。因此，镜子成为追寻自我、确认自我的重要媒介。诗人们通过将“镜子”中的自我“他者化”，通过对镜子中的“我”的描绘、书写、怀疑和追问，进而将这个“非个人化”的“他者”再次“自我化”，在这样一种复杂的过程中，诗人获得一种自我的追寻与确认。曹葆华的《无题三章》之二传达了这种追寻的心理状态：

怎得有一方古镜
照出那渺茫的前身
是人，是鬼，是野狗
望着万里的长空
一轮红日突然陨下
破袖遮不住手臂
腋下吹起漠北的冷风
摸着黑夜爬上山头
脚边有彗星闪耀
是梦，是自己的泪

这首诗最初发表于1936年10月，全面抗战前夕风雨飘摇的中国使诗人陷入苦闷失落的情绪中。诗歌前三句，诗人拟想了一方能鉴照过去、追溯前身的古镜，渗透着佛家轮回转世的宗教色彩，令人联想起《红楼梦》第十二回太虚幻境空灵殿上放置的能够鉴照前世今生、洞悉人间祸福的风月宝鉴。宝鉴正面是美人，背面是骷髅，寄予了作者“色即是空，空即是色”的禅道思想。诗人一连串调子下沉的追问：“是人，是鬼，是野狗”，既是体味到人生巨大的无目的、无意义的荒芜感之后的孤独落寞，又是一种在更高的意义上对自我存在的终极思考。透过“古镜”这一意象，作为主体的“我”叩问人生的意义，进行自我存在本体上的思索与体悟。第四句，诗人笔锋一转，从虚幻的追问转向现实世界，红日西下，“我”在黑夜的寒风中爬上了山的顶峰，寓示着诗人追寻的执着与艰难。这种追寻最终是否找到命定的归宿了呢？诗中并未提及，只在结尾两句隐晦地表明了诗人给出的答案：彗星在脚边闪耀。由闪耀的彗星联想到梦与自己的眼泪，原来诗人对前世的追溯与自我的追寻，不过是一场徒有伤感的幻梦罢了。

这种执着的追溯与忧郁的底色贯穿于30年代现代派诗人的创作中，或者说诗人在现实中的自我“追寻”被反映到了“镜子”中，而镜子所特有的映照功能，让这种追寻显得更加朦胧、虚幻和忧郁，同时也让现实中的追寻之路显得更加艰难。毫无疑问，在大动荡的时代，要找到真正的“自我”是异常艰难的，对于“现代派”这一批诗人而言，肯定主体的价值，高扬自我精神也需要找到合适的位置，方能充分发挥自己的能量，实现自我，彰显独立人格的魅力。他们也需要在反复的“对镜”自照中持续探索，不断摆正自己的位置，打破“镜中”封闭孤独的自我，涵容日常生活与平凡人性之美。废名的《妆台》一诗体现的就是这种超越人生苦难的“美”的挖掘：

因为梦里梦见我是个镜子，
沉在海里他将也是个镜子，
一位女郎拾去，

她将放上她的妆台。
因为此地是妆台，
不可有悲哀。

这首诗写于1931年5月，正是废名创作力旺盛的岁月。了解废名的诗就要了解他的知识结构与思想资源，相较于同时代现代派诗人深厚的西学功底与现代哲学思想，废名的底蕴是东方的，他直接受益于老子、庄子、禅宗等传统哲学思想，兼之博览西方文学，形成了独树一帜的风格与韵味，作品具有精妙的禅道色彩。《妆台》这首诗曾被好友林庚推举为其所有诗歌创作中最好的一首，它来自于诗人灵光的闪现，废名说："这首诗我写得非常之快，只有一二分钟便写好的。当时我忽然有一种感觉，我确实是一个镜子，而且不惜投于海，那么投了海的镜子是不会淹死的，正好给一个女郎拾去。往下便自然吟成了。"① 整首诗贯穿了诗人"美"的哲学。现实生活中的诸多不完美，使诗人沉潜于梦境中寻找美的代替品，具有鉴照功能和反映人生的艺术创造本体的镜子成为梦的中心，梦见"我"是面镜子，沉在海里依旧也是个镜子，诗人将创造主体与创造本体合二为一，凝结为只存在于梦境中的高度完美的艺术品。这个艺术品被一位爱美的女郎拾去，放在了她的妆台上，镜子因而寻到了它该有的归处，实现了自我的价值，从而肯定了主体存在的意义。

然而，诗人并非没有注意到现实的悲哀，如30年代创作的小说《桥》中书写历经世事饱经磨难的史家奶奶与长工三哑叔，作者只突出了他们闲适自如、自尊自爱的状态与品性，这种田园牧歌似

① 废名、朱英诞：《新诗讲稿》，北京大学出版社2008年版，第370页。

的生活与恬淡的性格是对人生丑陋一面的有意规避，正反映了诗人对人间美好向往与返璞归真的境界。《妆台》这首诗体现了小说《桥》的哲学，“女孩子是不可以哭的，哭便不好看”，因而妆台不可有悲哀。这种童心的视角与日常诗意的发现透过镜子这一意象，又生发了新的含义，镜子在帮助诗人实现自我的同时，也可以达到净化人心的效果，正如废名的《镜》一诗所体现的状态：

> 自从梦中我拾得一面好明镜，
> 如今我晓得我真是有一副大无畏精神，
> 我微笑我不能将此镜赠彼女儿，
> 常常一个人在这里头见伊的明净。

废名的这首《镜》描绘了一个身经百战骑着战马的将军误入桃花源，战火纷飞的外部世界同与世无争的桃花源形成鲜明的对比，将军在澄澈的小溪边看见临水洗花的女子，被溪女的纯洁所打动，更于明镜一般的溪流里看到水中宁静的倒影，油然而生一股沉重的罪恶感，开始反思战争与战争带来的恶果，就连无辜的战马也成为战争的帮凶。诗歌第二部分，诗人用梦来增加作品的朦胧与曲折，原来将军与溪女的故事只是一场幻梦。“我”在梦中顿悟，于现实生活中生发出大无畏精神，匡正了自我的信念，找到自我救赎的途径，镜子自此成为诗人主体确认、自己认识自己并匡正自己的一个器物。

综上而言，“镜类”意象可以说是“现代派”诗人们向内建构自我的一个主要意象。他们通过对“镜”的摹写，进一步对“镜中”的自我进行更加细致，也更加深刻的认识和理解，在“对镜自照”中追寻自我的价值与意义。虽然这一追寻的过程并不是那么顺畅和简单，但他们也意识到“主体意识”缺失的危机，并自觉矫正自己的价值观与世界观，在对“镜中”那个虚幻自我的怀疑和认知中，进一步肯定真实自我的主体价值，从而迎来“自我”的敞开与成熟。

二　自我游离与逃避

与追寻自我与确认自我一体两面、相反相成的是中国现代派诗人的自我游离与逃避。从时间的发展脉络上来看，随着“五四”狂飙突进的浪漫主义精神的落潮，不同于前期对“自我”心灵的充分肯定与自我人格的高扬，中国现代派诗人陷入了心灵的苦闷与理想的失落中。因而诗人们频繁地临镜自鉴，却难以直视冰冷的现实，难以跨越跌宕的人生，更难以像鲁迅一样对自己进行残酷的拷问与逼视，洞见内心的灵魂，只有躲避现实，作为边缘人游离于社会，成为一抹幽魂，一个飘飘荡荡无所归依的影子。戴望舒在诗歌《夕阳下》写道：

晚云在暮天上散锦，
溪水在残日里流金；
我瘦长的影子飘在地上，
像山间古树底寂寞的幽灵。
……
幽夜偷偷地从天末归来，
我独自还恋恋地徘徊；
在这寂寞的心间，我是
消隐了忧愁，消隐了欢快。

现代派诗人笔下与镜子寓意同构的影子，是诗人外化的分身，是分裂的自我。这首诗意象选择很特别，既有古典韵味的晚云、暮天、溪水、残日，又有诡异风情的蝙蝠、荒冢、幽夜，交织成一幅奇特深沉的画面，渗透着中西意象交融的独特体验。然而无论是流金的溪水还是啼哭的远山，大自然显然抚慰不了诗人的寂寞。乱世之中的知识分子内心一直跳跃着一团火焰，试图将自己的一腔热血洒向古老的中国，这种强烈的使命感与责任感也曾促使戴望舒积极参与时事，兴高采烈地加入中共少年团，为此蒙受牢狱之灾，社会的压迫使诗人逐渐灰心，归于寂寞。作为抒情主体的“我”独自徘徊于幽夜中试图抵抗内心的波澜，原来坚定的自我成为一个徘徊的影子，真实的存在成为一个表象，象征着主体的失落与匮乏。

同一时期卞之琳的诗歌中也萦绕着影子的游魂，知识分子的漂泊与孤独之感在幻化的影子中寻找逃避自我的寄托方式。《几个人》里痴看着自己长影子的矮叫花子，《影子》一诗中陪我发呆的影子，都呈现了一种徘徊的寂寞之感。其中，《西长安街》代表的是中华民族集体主体性的缺失，“长的是斜斜的淡淡的影子，/枯树的，树下走着老人的/和老人撑着的手杖的影子”，从历史中走来的老人像他的长影子一样恒久地存活于西长安街，存活于旧中国中，时间被蓝天红墙无限的拉长，而树下行走的枯朽的老人丧失了与时代对话，与青年人对话的欲望，他没有不平，没有悲伤，只是淡淡地走，从历史走到今天。荒凉的社会与麻木的魂灵，传统强大的惯性与力量如鬼气一般氤氲于社会中，难以祛除。在这样毫无生机人情冷漠的社会中，没有人关心自我的灵魂，更遑论中华民族的“自我”了，诗人透过“影子”这一镜类意象勾画出老中国沉默的魂灵与失语的状态，从而质疑中华民族主体性集体的缺失。

在外部世界的种种异化与主体集体匮乏中，“自我”成了招致社会压迫的软弱无能、失去了人生位置的渺小的“自我”；在人与人关系中，是一个孤独冷漠的“自我”；在人与“自我”的关系中，是灵肉分裂的痛苦的“自我”[①]。中国现代派诗人所构筑的艺术世界与精神世界此时呈现出感伤孤独的情调，以《秋窗》为例：

像一个中年人
回头看过去的足迹
一步一沙漠
从乱梦中醒来，
听半天晚鸦。

看夕阳在灰墙上，
想一个初期肺病者
对暮色苍茫的古镜
梦想少年的红晕。

此诗写于1933年10月，诗人正处于“方向不明，小处敏感，大处茫然”[②] 的时期。诗的开头使用一个介词“像……”，将我们带入梦的迷宫，作为抒情主体的诗人正值年少，心态却已经苍老了。回首往事，每走一步都像在沙漠中挣扎，困顿无助而又未留下任何痕迹，令人想起苏轼的名句，人生到处知何似？应似飞鸿踏雪

① 王泽龙：《中国现代主义诗潮论》，华中师范大学出版社2008年版，第9页。
② 卞之琳：《雕虫纪历》自序，《卞之琳文集》中卷，安徽教育出版社2002年版，第446页。

泥。第四句揭示了刚才的人生回望是一个梦境，然而人醒了意识还留在梦中，听觉与视觉依旧处于混沌的状态，暮色将至与群鸦翅膀划过空气的声音都渐渐后退沦为背景，一切事物染着恍惚的晕轮。意象的快速更替，镜子和窗的映射和隐喻，模糊了想象与真实的边界。诗人看到夕阳斜射于灰墙上的红晕，通过“灰色”与“夕阳的红晕”联想到病房里初期肺病的少年脸上不健康的灰色，而这少年在临镜自鉴时总能想到青春健康的红晕。在以窗户、镜子和梦为桥梁后，作为主体的“我”被弱化了或者说主体有意识地逃避了自我。巴赫金曾使用镜子的比喻来谈论作者的自我意识客观化问题。在他看来，一切离开主体而存在的均是他者，即使镜中的自我映像也是①。卞之琳通过镜类意象不仅成功隐藏了“我”，还幻化出多种人物关系。镜中人、少年、肺病者、中年人、“我”，这一组复杂的关系图，体现了人生意蕴的复杂性，从而扣问着生存的意义与自我的价值。镜类意象的映照和虚实同构的功能使自我意识客观化，成为卞诗中连接虚幻与现实的桥梁，映射了30年代现代派诗人在面对社会现实时逃避与游离的一面。

由此可知，“镜子”不仅可以成为追寻自我价值、确证自我主体意识的器物，同时也可以成为诗人们隐藏自我、逃避现实的避难所。当诗人们无力改变现实，也无力改变自我与历史的关系时，他们自然而然就选择了把自我重新锁进“镜子”中，在镜中寻得一点心理的安慰和慰藉。但从另一方面看，这种慰藉和心灵的安稳并不是永恒的，它时时刻刻面临着外部挤压和冲击的危险，“镜子”自身“易碎”的品质就暗含了这一点。现代派诗人如果想建立起一个“稳固”的自我与主体，就不能永远躲在“镜子”中顾影自怜，就

① 江弱水：《卞之琳诗艺研究》，安徽教育出版社2000年版，第77页。

必须正确面对这种危机，这就为下一步走出封闭的“镜子”奠定了美学基础。

三 向“彼”沟通与爱情

在传统文明向工业文明转型的历史进程中，人与人、人与社会的关系成为诗人观照的对象。现代派诗人大多生长于封建宗法制为核心的传统乡土群落的农村或者小城镇，邻家相互往来、鸡犬相闻，人与人的关系温暖和谐、悠然自得。来到大都市的诗人们，被冰冷的社会秩序与利益至上的西方文明法则所拒斥，并未被都市所接受，成为悬浮于城市上空并未落脚生根的异乡人与“流浪汉”，在这种异化的人与人的关系中，沟通成为现代社会群体关心的重要问题。城市与乡土的对立使敏感的现代派诗人透过“镜子”与人的“眼眸”寻找与他人沟通的渠道。戴望舒的诗歌《百合子》呈现的就是这样一种努力：

百合子是怀乡病的可怜的患者，
因为她的家是在灿烂的樱花丛里的；
我们徒然有百尺的高楼和沈迷的香夜，
但温煦的阳光和朴素的木屋总常在她缅想中。

她度着寂寂的悠长的生涯，
她盈盈的眼睛茫然地望着远处；
人们说她冷漠的是错了，
因为她沈思的眼里是有着火焰。

她将使我为她而憔悴吗？
或许是的，但是谁能知道？
有时她向我微笑着，
而这忧郁的微笑使我也坠入怀乡病里。

她是冷漠的吗？不。
因为我们的眼睛是秘密地交谈着；
而她是醉一样地合上了她的眼睛的，
如果我轻轻地吻着她花一样的嘴唇。

诗中百合子是在灿烂樱花丛中成长起来的孩子，是大地滋养了她的生命。她的家乡有着温暖的木屋同和煦的太阳，高楼耸立的大城市与快节奏的方式并未给予百合子温暖的慰藉，反而成为她缅怀故乡的缘由。在他人眼中，百合子的怀乡病与沉默是冷漠的表现，这体现了现代化进程中人与人之间永远无法相互理解的悲哀。作为诗歌的核心意象“眼睛”，沟通了我与百合子的心灵，唯独我看出她的寂寞与对家乡的渴望，她盈盈望向远处的双眼则吸引着“我”靠近她。在她隐藏着火焰与忧郁的目光下，我渐渐坠入了情网，不可自拔。最后我们的眼睛能够秘密交流了，两人达到了即使不通过眼睛亦能心心相印的境界，这是诗人渴求的极致沟通，而在现实世界永远无法抵达的高度。我与百合子作为从乡村抵达城市而又未能深深扎根的边缘人，忍受着大城市的冷落与内心的孤寂，在彼此眼中，我们之间有着共通的情感与深切的怀念，可以相互依偎相互信任以抵御外界的侵蚀。人与人之间的冷漠瓦解了，诗人从相爱的眼睛里寻找到解脱自己的办法。这一时期，集中出现了许多优秀的缅怀乡土的作品，例如沈从文的精心构筑的湘西世界、废名的黄梅故乡、师坨的果园城记忆、萧红的呼兰河县，这些承载着作者深厚感情与诗意的乡土在现实中逐渐消逝，成为他们永远不能抵达的远方，这也是诗人作此诗时的心境吧。

眼睛是镜子的对等物，同镜子一样映现着世界，同时眼睛也是爱情的桥梁，诗人通过爱人或者自己的眼睛表达羞于外露的情感。戴望舒在《我的恋人》中写道："她有黑色的大眼睛，/那不敢凝看我的黑色大眼睛——/不是不敢，那是因为她是羞涩的；/而当我依在她胸头的时候，/你可以说她的眼睛是变换了颜色，/天青的颜色，她的心的颜色。"我的恋人的黑色大眼睛是羞涩的，她总是低眉垂眼躲避我的目光，然而当我与她心灵贴近的时候，她的眼睛焕发出天青色的光彩，天青色是淡雅的明亮的颜色，寓意着爱情的纯洁与心灵的萌动。通过对恋人眼睛的一系列刻画，我们从中体味到一段恋情从朦胧到热切的心理活动。与戴望舒此诗具有异曲同工之妙的是金克木的《邻女》："你的眼睛是我的镜子，/我的眼睛却掩不住你的羞涩。"诗人注意到眼睛与镜子的关系，正如卞之琳的那句："自我表现少不了对方的瞳子"，一句话道出了爱情的真意。有些爱情是内敛的，是"我"内心贮存的小秘密。金克木在《肖像》一诗中写道："你的像片做了我的镜子，/我俩的面容在那儿合成一个。"将暗恋之人的肖像当作镜子，朝夕相对，平日里羞于表达的情感也在这面镜子前从容了许多，"肖像"亦是镜子，是"我"与暗恋之人情感连接的渠道，是"我"与自己内心沟通的隐秘桥梁。

真正将爱人之间的沟通上升到人与社会、人与大众层面的是卞之琳的作品《西长安街》。他徘徊于西长安街的长影子，积聚着与人交流的欲望，连路过的拿着拐杖的老人，我也想与他说说话，然而诗人得到的反馈只有沉默，沉默，不在沉默中爆发，就在沉默中死亡。"看，我也走近来了，真不妨/一路上谈谈话儿，谈谈话儿呢。/可是我们却一声不响，/只跟着，跟着各人底影子/走着，走着……”诗人陷入了无人交流的痛苦中，在“我”与“你”这一对相互指认、相互参照的封闭的指涉中，“我”失去了参照物，就相当于失去了自我。人唯有在社会中，在与他人的交流中方能建构自我主体，这种建构的渴望迫使诗人在收束时发出声音：告诉我你新到长安的印象吧，/（我身边仿佛有你底影子）/“朋友，我们不要学老人，/谈谈话儿吧。……”从而肯定了沟通的重要性。

用哈贝马斯的话来说，理性社会的建立必须有赖于一种理性的“交往”与“沟通”。现代派诗人在“临镜自鉴”的过程中走过了从“追寻自我”到“逃避现实”的艰辛历程，或者说他们在“逃避”与“建构”之间摇摆不定，这既与时代语境相关，也与诗人们的自我认知相关。但总体来看，他们通过对“镜子”中摇晃不定的自我的“观看”，让他们深刻地意识到“封闭”最终无法实现自我价值，所以，他们勇敢地踏出了最艰难的一步，开始寻求与他人、与社会获得沟通，而这一过程也清晰地映现在他们诗作的“镜子”中，表现出一种镜子打破自身，寻求自我救赎的努力。

30 年代的中国现代派诗人既是中西方文化碰撞汇流的宠儿，又是风雨飘摇的社会弃儿。他们内心敏感，多思且极富才情，有意识地脚踏中西两条河流，如何其芳所说，他常常从陈旧的诗文里择取一些重写燃烧的文字，“使用一些可以引起新的联想的典故，一个小小苦工的完成是我仅有的愉快”①。他们自觉从传统诗歌中汲取营养，而凭借自身深厚的民族文化功底不断地吸收内化西方文化的精髓，传统的“旧”与西方的“新”共时性地存在于现代派诗人的笔下，那面变幻万端的镜子似乎承载着诗人身处传统与现代的

① 龙泉明：《中国新诗的现代性》，武汉大学出版社 2005 年版，第 216 页。

鸿沟中苦苦挣扎的裂痕，镜子成为切入中西方文化的一个节点，一种视角，一个与前辈师长沟通的渠道。通过这一个个寓意深刻且极富个人情思的“镜像”，我们得以窥得 30 年代现代派诗人内心的潜流与外部世界气象万千的变化。

（指导教师：熊辉　教授）

融汇生命体验的战争诗[①]

蒋一晨

战争在人类文明的进程中未曾间断，总是造成离散、痛苦和悲剧，令观史者唏嘘。古往今来的文人墨客，在描述战争题材的作品

① 改自硕士学位论文《历史的亲历与疏离——痖弦军旅诗论析》第一章第二节。论文内容摘要：痖弦军旅诗人的身份和背景为他的诗歌创作提供了特殊视角和独特的灵感，论文对诗人早期在大陆的生活，以及如何参军如何到达台湾，如何与故土亲人分离等等经历进行了梳理。作为历史亲历者的诗人对人类的存在表现出诗思，而这些思考又经由诗人在战争诗歌中的诗性表达，体现出对战争背景下个体生存状况的观照，通过对弱势群体的关注，写战争之残酷，也通过讽刺的语言，写战争之荒唐。然后，对痖弦身在“既非母土，亦非异国”的台湾，又待在军中，处于尴尬境地的心态进行分析，表现为疏离心态，在这种心态之下，诗人选择远游，向西方和海洋寻找属于自己的辽远世界。在对异国城邦的建构中，表现出诗人对异国真诚的神往，同时诗人也在传统文明与现代工业之中，写一种生存感觉和精神危机，折射出传统的失落和人类文化进入现代后的坍塌与破碎，实则表达了一种文化困境和文化危机感。在对航海经验的书写中，诗人从人、事、物各个细节着手，写个人远洋漂泊的无奈，展现出一个个充满未知与恐惧的海洋空间，带来混乱与凄凉的体验。最后主要从语言层面切入，对痖弦军旅诗歌艺术的独步进行探索，其诗歌多出现叠字、重复句子、重复句式，在诗语的复现中制造出强烈的节奏感，谱出现代的腔调；也在文字的巧妙组合中，建构起戏剧性的情节，充满张力；诗歌外在形式上的节奏感，内在的诗人个体生命情感的起伏和律动，又使得其诗歌充满了音乐的韵味。痖弦的军旅诗歌展现出了一个诗人在特殊的时代背景下主动寻求自己的诗歌之道，且用富于诗思的语言来表达对人类存在的思考，倾注着人文关怀。

时，除了书写战争的悲壮、将士的豪雄，主题亦常围绕战争残酷的阴影，或以怜悯之心，记录战争的哀伤；或者用愤怒写武者的荒唐；或以超绝的情思，为无端的杀戮，谱一曲挽歌①。从战争诗的定义来看，参考台湾学者洪谠先生的说法："描写一切战争或与战争有关系的事物的诗篇，都可以归类为战争诗。"以此作为本研究选取作品的依据。

在台湾现代诗坛中，当然不乏表现战争主题的作品。诗人罗门在各个时期坚持对战争题材的诗歌进行创作，被誉为"战争诗的巨擘"。1955 年，他写下《海镇之恋》，这首诗先写故乡的美好景色，以及富足的生活状态，看似在抒发浓浓的乡恋，却在诗句"有我童时被战争隔断了的幸福之泉"之中，表达了对战争的谴责。到了 20 世纪 60 年代罗门又写下了名作《麦坚利堡》（1961），直面个人在战争中的悲剧性存在。"乡愁"是余光中诗歌创作的主要情感基调，但他并非只写乡愁，诗人在《如果远方有战争》（1967）、《双人床》（1966）等诗歌中，通过展现爱情与战争的关系，吐露出对个体生命的关怀。

反观痖弦的战争诗创作，他的军人身份以及少年时期所经历的战争的离乱，再加上之后生活阅历的不断丰富，战争一直是他在诗歌创作过程中所关注的主题。

痖弦的战争诗呈现出的特质有两点：首先，诗人置身于战场之外，并不直接着墨于对战争残酷血腥场景的描绘，而只是把战争作为一个大的背景，然后聚焦在战争背景下小人物的苦难境遇之中，通过对个体生存状况的观照，倾注着深切的人文关怀，在这种间接书写中，谴责战争的罪恶性。其次，痖弦还以近乎戏谑的腔调和反

---

① 蔡丰全：《台湾当代战争诗研究几个可能的取径：文学、文化、传播观点》，《复兴岗学报》2009 年总第 94 期。

讽的口吻，将充斥着死亡与恐惧的战争与日常生活中的琐事拼接在一起，以展现战争的荒唐，在诗句中消解“战神”的形象，表达着自己的态度。

一　对个体生存状况的关照

通过上文对诗人军旅生涯的梳理可以得知，虽未亲自上过战场，但痖弦确确实实经历了好友在金门炮战中的牺牲，再加上多年来在军中生活的琐事、细节，已经逐渐凝结为一种生命体验，让痖弦感知到战争与死亡带来的痛楚，而这些生命体验都顺理成章地成了诗人战争诗歌创作的灵感来源。

正所谓“国家不幸诗家幸”，作为历史亲历者的痖弦，在诗行中表达着对战争背景之下个体生存状况的观照。

春季之后
烧夷弹把大街举起犹如一把扇子
在毁坏了的
紫檀木的椅子上
我母亲底硬的微笑不断上升遂成为一种纪念

细脚蜂营巢于七里祠里
我母亲半掩于去年
很多鸽灰色的死的中间
而当世界重复做着同一件事
她的肩膀是石造的

——《战时》

“烧夷弹”是战争中各个国家常用的武器，也就是今天所说的“凝固汽油弹”，这首写于 1962 年的《战时》，在开篇的第一节，就对战争中的某个场景进行描写，一个动词“举起”，一个比喻“犹如一把扇子”，将烧夷弹的威力和破坏力形象而具体地呈现出来。而这战争带来的最直观的后果就是“我母亲底硬的微笑不断上升遂成为一种纪念”。从烧夷弹的轰炸到母亲的死亡，再到多年后的追忆，“我母亲底硬的微笑不断上升遂成为一种纪念”，这中间需要一段很长的时间，但是痖弦却省略了过程，将隐藏着痛苦记忆的几个时间点浓缩成了一句。这种一笔带过的写法，就好像诗人欲哭无泪的心境，但事实上，诗歌的内核里是更大的悲剧，是一种无奈，是战争所带来的无泪之痛[①]。

以这种无奈的心境写战争之痛，得提到余光中的战争诗创作，比如诗歌《双人床》：

让战争在双人床外进行
躺在你长长的斜坡上
听流弹，像一把呼啸的萤火
在你的，我的头顶窜过
穿过我的胡须和你的头发
让政变和革命在四周呐喊
至少爱情在我们的一边
至少破晓前我们很安全
当一切都不再可靠

① 叶维廉：《在记忆离散的文化空间里歌唱——论痖弦记忆塑像的艺术》，《诗探索》1994 年第 13 辑。

靠在你弹性的斜坡上
今夜，即使会山崩或地震
最多跌进你低低的盆地
让旗和铜号在高原上举起
至少有六尺的韵律是我们
至少日出前你完全是我的
仍滑腻，仍柔软，仍可以烫熟
一种纯粹而精细的疯狂
让夜和死亡在黑的边境
发动永恒第一千次围城
惟我们循螺纹急降，天国在下
卷入你四肢美丽的漩涡

余光中在诗歌中将爱情与战争交织在一起，构建了情人缠绵的小世界和双人床之外关乎战争的大世界。缠绵的小世界里充满了“滑腻”“柔软”“美丽”，然而无奈的是充斥着动荡与不安的大环境：“政变和革命在四周呐喊”。这种无奈之痛又在诗歌中表现在两个层面上，一是通过“至少爱情在我们的一边/至少破晓前我们很安全”表达出无奈之后的一种慰藉；二是在“当一切都不再可靠/靠在你弹性的斜坡上/今夜，即使会山崩或地震/最多跌进你低低的盆地”等诗句中，又体现出了无奈的悲怆。爱情是美好的，但在战争面前显得不堪一击，眼睁睁看着美好的东西被破坏，愈显悲痛。

以上所对比的两首诗虽同是写战争带来的伤痛，却又表现出不一样的意味。余光中在《双人床》中写流弹“在你的，我的头顶窜过/穿过我的胡须你的头发”“政变和革命在四周呐喊”，提醒着人们战争已经渗透进日常生活，迎面袭来一种呼号式的紧张感和压迫感。而痖弦在《战时》一诗中，少了余光中身处战争之中的紧迫，反而以一种置身事外的态度，轻描淡写地叙述着母亲因战争去世这一客观存在的事实，但在这种状态背后，是诗人以冷凝幽微的语调，在关注着人的存在，看似沉静，实则沉痛。

痖弦这种“隐藏式”的表达方式，正如在《把超现实主义的想法当作一个技巧——台湾诗人痖弦访谈》一文中所记录的：“很长一段时间，文艺界也有反对现代诗，反对超现实主义的人。他们说我们的诗歌是胡闹，根本没有艺术和社会价值，说我们缺乏对群体生活的关心，也没有思想深度。后来我们就去进行自我分析，我们究竟有什么，我们发现，我们是隐藏式的表达，比如我的《深渊》，洛夫写金门炮战的《石室之死亡》，商禽的《逢单日的夜歌》，非战甚至反战的思想很浓。”

此外还值得关注的是痖弦笔下出现的众多人物形象，尤其是《痖弦诗集》的卷之五“侧面”中，以冷凝幽微的笔触记录了十首以人物命名的诗歌，其中大多数都是写战争背景之下，小人物的生存状况。比如《坤伶》：

十六岁她的名字便流落在城里
一种凄然的韵律

那杏仁色的双臂应由宦官来守卫
小小的髻儿啊清朝人为她心碎

是玉堂春吧
（夜夜满园子嗑瓜子儿的脸！）

"苦啊～～～"
双手放在枷里的她

有人说
在佳木斯跟一个白俄军官混过

一种凄然的韵律
每个妇人诅咒她在每个城里

全诗一共六节，作者以第三人称进行叙述。坤伶十六岁就成名，但诗人用了"流落"一词来表现，原因是成名背后，隐藏着"凄然的韵律"。这坤伶有"杏仁色的双臂"和"小小的髻儿"，可以想象出她姣好的面容，可在这花一般的年纪，她所经历的却是"苦""诅咒"，承受着这个年纪本不该承受的一切。"在佳木斯跟一个白俄军官混过"，指明坤伶生活的年代充斥着战争和动乱，正是战争"造就"了年纪轻轻的她过早成名，却又陷入被人"诅咒"的"凄然韵律"之中，这是一种何其悲惨的命运。全诗作者虽采取一种近似客观的记录进行形式，以"流落"一词引起下文，而后揭开她的"流落之事"，与此同时，在记述中作者也注入了自己的情感，从"一种凄然的韵律"一语中，不难体会到作者对坤伶的惋惜和同情①。

① 姚一苇：《论痖弦的〈坤伶〉》，选自萧萧主编《诗儒的创造·痖弦诗作评论集》，台北：文史哲出版社 1994 年版，第 85 页。

而主要的是
一个子儿也没有
与乎死虱般破碎的回忆
与乎被大街磨穿了的芒鞋
与乎藏在牙齿的城堞中的那些
那些杀戮的欲望

每扇门对我关着，当夜晚来时
人们就开始偏爱他们自己修筑的篱笆
只有月光，月光没有篱笆
且注满施舍的牛奶于我破旧的瓦钵，当夜晚
夜晚来时

——《乞丐》

这首诗站在乞丐的视角，以第一人称进行叙述。在充斥着杀戮的背景之下，是乞丐的悲惨生活，一天下来“一个子儿也没有”，只有“被大街磨穿了的芒鞋”陪伴着自己，其中的凄苦不言而喻。当夜晚来临的时候，“每扇门对我关着/人们就开始偏爱他们自己修筑的篱笆”，此刻，是月光，“月光没有篱笆/且注满施舍的牛奶于我破旧的瓦钵”，当人与人之间的冷漠袭来，作者借大自然之手，给予乞丐些许尘世的温情。与此类似的还有作品《盐》：

一九一一年党人们到了武昌。而二嬷嬷却从吊
在榆树上的裹脚布上，走进了野狗的呼吸声中，
秃鹫的翅膀里；且很多声音伤逝在风中，盐
呀，盐呀，给我一把盐呀！那年豌豆差不多

完全开了百花。退斯妥也夫斯基压根儿也没
见过二嬷嬷。

苦难的年代里，二嬷嬷一直渴求“盐呀，盐呀，给我一把盐呀”！却始终未能如愿，最终吊死在了榆树上。二嬷嬷死后，几乎没怎么开花的豌豆在那一年差不多完全开了白花，满眼白色的一片好似雪白的盐，如同上文的《乞丐》，作者又于大自然中寻找温情，为二嬷嬷的死寻求些许告慰，却也在另一个层面上，为战争背景下二嬷嬷的命运增添了悲剧色彩。

在战争题材的诗歌中，诗人往往通过写战争的罪恶以表达反战的思想，展现战争之下母亲与孩童的悲惨境遇的诗歌，有余光中《如果远方有战争》一诗：

如果远方有战争，我应该掩耳
或是该坐起来，惭愧地倾听？
……
如果有战争煎一个民族，在远方
有战车狠狠地犁过春泥
有婴孩在嚎啕，向母亲的尸体
嚎啕一个盲哑的明天
如果有尼姑在火葬自己
寡欲的脂肪炙响一个绝望
烧曲的四肢抱住涅槃
为了一种无效的手势

节选的诗歌中，呈现出一个个战争中的场景，首先是“战车狠狠地犁过”，再是特写镜头对准在母亲尸体前号啕的婴孩，再到火葬自己的尼姑，层层递进。尤其是“尼姑”这一人物，本是不沾染红尘俗世的，却因为战争落得如此下场，稍显残忍和凄凉，整首诗传达出一种悲悯的情绪，呼唤沉浸在恋爱中的人们去关怀远方所发生的战事，去关怀在战争中号啕的人们。

罗门的战争诗歌又是另一种取径，站在战士的坟冢前，直面战争中的悲剧，通过对七万个在战争中牺牲的战士的缅怀，表达着对个体生存状况的观照，而这份观照里还暗含着对世人的一种警示：

死神将圣品挤满在撕喊的大理石上
给升满的星条旗看　给不朽看　给云看
麦坚利堡是浪花已塑成碑林的陆上太平洋
一副悲天泣地的大浮雕　挂入死亡最黑的背景
七万个故事焚毁于白色不安的颤栗
史密斯　威廉斯当落日烧红满野芒果林于昏暮
神都将急急离去　星也落尽
你们是哪里也去不了
太平洋阴森的海底是没有门的

——《麦坚利堡》

以上节选了诗歌的最后一节，诗中创造了一个黄昏的景色，待到黄昏是鸟儿归巢人回家的时刻，但是长眠于麦坚利堡的战士们却再也回不了家了，在这首带有史诗性质的吊亡诗中，满是诗人深沉的抒情和沉郁的气氛。其实罗门早期的经历与痖弦近乎一致，日本帝国主义在 1937 年发动的全面侵华战争，让当时只有 9 岁的罗门被迫离开位于海南岛文昌县的故乡，来到广州求学，在 1942 年考入了国民党空军幼年学校，随后在 1948 年跟随国民党军队到达了台湾，从此与大陆亲人分隔几十年①。

不仅仅是文中提及的痖弦和罗门，台湾许多军旅诗人都有类似的经历，这些都是他们共同的历史记忆。通过前文的分析可以看到，同样是战争诗歌的创作，痖弦表现出的是以冷静的态度营造战争恐怖、黑暗的战争氛围，而余光中的诗行中则透露出带有温度的呼号，罗门又深深地沉醉在对历史的回顾中。无论是哪一种表达，诗人们都通过自己的努力，将生命体验融入诗歌创作，丰富着诗歌中的战争主题，为战争诗注入新鲜的血液，并展现出悲悯的情怀和浓烈的人道主义精神。

二 对“战神”形象的消解

《战神》本是痖弦创作的一首诗，在这一部分的论述中，“战神”不再是诗歌里单一的人物，而是对战争的一种指涉。除了通过对小人物的描写，表达对个体生存状况的观照之外，痖弦也对教授、上校、省长等有一定社会地位的人物进行描写，而在这类诗歌中，痖弦往往将日常生活琐事和残酷的战争置放在一起，在刻画一个个鲜活人物形象的同时，也写出了战争的荒唐。

痖弦有不少战争诗歌充满了戏谑和讽刺的口吻，在反讽中消解“战神”的形象。“反讽”是文艺创作中重要的表现手法之一，这类作品常以嘲讽的手法来描写社会生活的种种。布鲁克斯在《反讽——一种结构原则》一文中对反讽下了定义：“反讽是语境对一个陈述语明显的歪曲。”② 它含有幽默、戏谑、讽刺、调侃、揶揄的成分，但又不完全等同于这些成分，它更多地体现为一种矛盾语

① 古继堂：《台湾新诗发展史》，人民文学出版社1989年版，第181页。

② 赵毅衡：《新批评文集》，百花文艺出版社2001年版，第335页。

义状态，近似于悖论。关于语义矛盾这一点，在《赫鲁晓夫》一诗中表现得尤其明显：

赫鲁晓夫是从烟囱里
爬出来的人物
在俄国，他的名字会使森林发抖
他常常骑在一柄扫帚上
吓唬孩子和妇女
他常常经过高尔基公园
在喷泉旁洗他的血手

但是上了年纪的爷儿们
都知道赫鲁晓夫实在是个好人
虽然他拧熄所有教堂的灯
虽然他以婴儿的脂肪擦靴子
虽然他用穷人的肋骨剔牙齿
但他的的确确是好人

是的，赫鲁晓夫，一个好人
他的衬衣被农奴们洗得
比古代彼得堡的雪还白
他大口喝着伏特加
他任意说着俏皮话
在夜晚他把克里姆林宫的铁门紧闭
大概是不忍听外面的哭泣
他如此有慈心他是一个好人

一个好人，是的，赫鲁晓夫
他是患着严重的耳病
因此不得不借重秘密警察
他爱以铁丝网管理人民
他爱以鲜血洗刷国家
除了顺从以外
他从不过问小百姓的事情
他实实在在是一个好人

赫鲁晓夫，好人，是的，好人
他扼紧捷克的咽喉
为的是帮助他们的国家呼吸
他以刺刀和波兰握手
又用坦克
耕耘匈牙利的土地
他的的确确是个好人

没有人把他赶出莫斯科
没有人把他赶出阴冷的红场
所以乔治亚人永远啃黑面包
所以高加索人永远带枷锁
所以乌克兰人永远流血……
就因为他们有了像赫鲁晓夫那样
那样好的好人

全诗充满了肯定与否定的纠结，诗中是抽象肯定，具体的又表现为否定，对赫鲁晓夫的讽刺是十分辛辣的！“都知道赫鲁晓夫确实是个好人”“但他的的确确是个好人”“是的，赫鲁晓夫，一个好人”“他是一个好人”“一个好人，是的，赫鲁晓夫”“他实实在在是一个好人”，类似的句子在六个小节的诗歌中一共出现了九次，赫鲁晓夫究竟做了什么好事，作者要反反复复地强调赫鲁晓夫是个好人呢？答案令人大跌眼镜：“吓唬孩子和妇女”“在喷泉旁洗他的血手”“他以婴儿的脂肪擦靴子”“他用穷人的肋骨剔牙齿”“他爱以铁丝网管理人民”“他爱以鲜血洗刷国家”“他以刺刀和波兰握手”。就是这些举动，作者说赫鲁晓夫是个好人，很明显，这不是通常意义上对“好人”的认知，作者在这里是正话反说，以营造出反讽的效果。“赫鲁晓夫是从烟囱里爬出来的人物”“他常常骑在一柄扫帚上”“他用穷人的肋骨剔牙齿”等诗句又通过对赫鲁晓夫日常行为的夸大，呈现出滑稽的效果，也从另一层面上消解了这一政治人物的庄严感。

或许作者笔下的赫鲁晓夫不再是实指历史中的赫鲁晓夫这一个人，而是升华为一个抽象的人物，指涉“赫鲁晓夫”这一类人。赫鲁晓夫在历史、政治中的功过是非暂且不论，单单在这首诗中，通过作者的描述，我们看到的是强者对弱者的统治和欺凌，是鲜血、霸凌和侵略，只是作者巧妙地通过文字，将战争中的黑暗面以戏谑和反讽的口吻表达了出来。

其次，是通过将两种对立的因素集中起来以结构反讽：

有些女人在廊下有些女人在屋子里
有些总放不下那支歌有些跳着三拍子
有些说笑有些斜倚在那儿而有些则假装很是忧虑
鸟和它的巢，战争和它的和平

活着是一件事情真理是一件事情
(How I learned to stop worrying and love the bomb)
——《所以一到了晚上》

在对普通日常生活的再现中，作者想到了战争也想到了人的生存际遇。如果把诗中的“鸟”理解为自由，那么“巢”就意味着禁锢。作者又说战争和“它的”和平，将和平归于战争之下，似乎瞬间拉近了二者的距离，但战争与和平本来就是互为对立的存在，是战争本身诞生了使自己覆灭的和平，反过来和平又时常受到战争的威胁。此节末尾，作者也表达了自己的“忧愁”，到底自己要怎么做才能停止担心，并且爱上轰炸呢？试问常理之下，谁想爱上轰炸爱上战争呢？作者是在反其道而行之，先是带着些许讽刺的意味将鸟和巢、战争与和平组合在一起，而后又以略带戏谑的口吻自问，要怎样才能爱上常人不会爱上之物。在互相对比又互相依存，正面与负面的对比中，达到了反讽的效果。

踩过很多田野，荞麦花的枯萎
在滑铁卢，黏上一些带血的眼珠
铜马刺，骠骑的幽怨
战神在擦他的靴子
——《战神》

他曾听到过历史和笑

什么是不朽呢
咳嗽药刮脸刀上月房租如此等等

而在妻的缝纫机的零星战斗下
他觉得唯一能俘虏他的
便是太阳

——《上校》

诗中的战神穿着带有铜马刺的靴子，不停地驱使战马前行，越过田野来到滑铁卢，似乎刚刚经历了一场酣战。通过几个地点巧妙的罗列再加上对战神行为动作的描写，痖弦大致塑造出一个战神的形象，但有意思的是这节诗歌的最后一句——战神在擦他的靴子。周围明明是一个充斥着血腥的场景，战神却似乎在优哉游哉地“擦他的靴子”，可以理解为战神极为爱护他的靴子，这是见证他戎马生涯的物证，但似乎更是诗人对战神的一种讽刺：他的野心是驱使战争发生的始作俑者，于是有了孩童的夭亡妇人的呻吟。然而对于生命的陨落和给人们带来的灾祸他似乎不以为然，这是对战神“神”的形象的消解。

《上校》一诗中，发出疑问“什么是不朽呢”，其实没有什么是不朽的。曾经征战沙场的英雄，因为战争丢掉了一条腿，当一切成为历史，真真切切面对诸如“咳嗽药”“刮脸刀”“房租”等生活琐碎的时候，曾经驰骋战场的英勇不足一提，还不如院子里的一缕阳光来得痛快。在诗歌中历史与现实的场景转换中看到——战争即无意义。

其实和大多数人一样，痖弦终究是生命旅程的参与者，不同的是他能以冷静理智的态度，以旁观者的身份，观察个体的存在和生命的演变，将战争或历史所造成的个人的伤痛体验诗意地再现，以诗歌为载体，升华为对人类共同命运的关怀，这正是诗人关注个体生命的特殊方式，也是其诗歌的魅力所在。

（指导教师：梁笑梅　教授）

诗歌："永恒性的精神作业"[①]

梁　萍

① 改选自硕士学位论文《罗门诗歌中的"灵视世界"》第一章。论文内容摘要：罗门是台湾著名现代诗人，他不仅存有大量的诗歌作品，还独具创新性地建立了一套诗歌理论体系，包括他所坚持的"第三自然"和"现代感"两大创作观。而其诗作与诗论的背后是罗门大力强调的"心灵写作"观。他认为，诗歌是一项精神性的作业，是他透过"灵视"去感受外在客观现实而上升成的"灵视世界"，"灵视"也是维系其诗歌和理论的核心。由此，本文旨在抓住罗门的"灵视"观，进一步探讨罗门诗歌世界的组成与建构。本篇论文分为四个部分，由绪论和三个章节构成，内容主要涉及有关诗人罗门的人物介绍和"灵视"的概念梳理，以及从罗门的诗学理论，诗歌的创作题材和艺术表现三个方面进行多角度地把握罗门诗歌中的"灵视世界"。绪论部分主要是对罗门的诗歌作品进行简介，包括所涉及的题材和创作的数量，以及对他的创作理论、艺术展现和在诗歌界中的地位进行总的概括。侧重方面还在于突出对罗门研究的现状，引出对罗门的"心灵写作"观和他的"灵视"之艺的相关讨论。于此，绪论中的第二个部分则重在于梳理"灵视"概念和对罗门的"灵视"进行阐释，并援引古今中外的诗人和诗歌理论专家、评论家的相关解读，为全文的写作奠定理论基础。总体而言，罗门诗歌中的"灵视"是他的创作思维机制，是用内在心灵的眼睛去感知万物的过程，并获得独有的内在理解和想象中的心灵景象，进而溶解于诗歌作品当中，表达罗门想要揭示的深一层内涵。第一章节主要从"灵视"的根源出发，探讨罗门的诗学观。罗门将诗歌奉为"永恒性的精神作业"，且他本人树有"心灵大学的校长"之称，他追逐"心灵"，看重"心灵"的感悟与感受，也正是如此，罗门在自我"心灵"的引领下开始萌芽，从一个非诗人转变成为诗人。具体而言，体现在受贝多芬音乐的感染和在夫人蓉子的爱情滋润与鼓励之下，他与诗歌结下了不解之缘。而能支持他将全然的生命和无限的心灵投入到诗歌世界中来的还在于罗门本人对诗的巨大忠诚与热爱，以及他所具备的独特诗人气质。而后则继续阐述在"灵视"的引导下，罗门看到了存在于诗中的"美"与"生命"，两者形成了他诗歌的追踪方向。"灵视"在罗门诗歌中所造就的则是罗门的"第三自然"世界，也就是罗门从"第一自然"的田园型世界、"第二自然"的现代都市世界中所建构起来的活跃于人内心深处的"心象世界"，这个世界的组成有赖于"灵视"的发挥，是罗门对事物的深一层洞见。除了"第三自然"，罗门的第二大创作观"现代感"对"灵视"也提出了要求，诗人的"灵视"之力要立足于现代当下处境，并表现出现代人新的感官心理。节则主要从"灵视"角度分析罗门的诗歌作品。罗门的诗歌类型颇多，而战争、都市、死亡与时空有关话题的诗作是能传达罗门诗歌精神的典范之作，也是罗门"灵视"之力的主要探索领域。由此本章分为三个小节，分别以战争、都市、死亡与时空诗作为解读内容。因当罗门在用"灵视"，也即是用心灵的眼睛去看到一些图景和获得某些内在感知时，这些内容必展现在其诗作当中，挖掘罗门诗歌中的"灵视"体现，是能透过诗的表层描述和思想表达进入诗人的内在心象世界，反过来，也是理解诗歌内涵的重要入口。第二章主在对罗门诗歌中的艺术表现进行分析，而本章的艺术表现是紧密结合在"灵视"这一主题之下，分别从"创作之轮"、多向性表现观和诗作中的艺术技巧三个方面来进行阐述。罗门认为诗歌的宗旨就在于要从外在有限的目视世界进入"灵视"内在的无限心象世界，而完成"灵视"这一过程的就是罗门所说的"创作之轮"，即从观察、体认、感受、转化到升华的过程，这项过程完成在罗门的内在心灵中，因而被称为"心轮"。可以说，"创作之轮"的提出正是罗门实现"灵视"的内在创作思路，也是罗门对事物的深刻洞察力和感受力。言及外在的艺术层面，罗门坚持多向性的表现观，包括对古代传统文学的吸收，以及对绘画、雕塑、音乐等多项艺术门类的借鉴。正是在这其中罗门抓取到了"灵视"之力在古今文学，各类艺术层面中的广泛发挥，并将之运用到诗歌创作中来，成为罗门诗歌"灵视"之见的源泉。具体落实在诗歌文本上，罗门又能利用各种艺术技巧直接表现他独到的"灵视"之处，对此本文从"意象的跨越式组合""颠倒性结构""动词"三个角度着重阐述"灵视"的外在显现，这样罗门的"灵视"不仅有了内在的思维运作过程，也有了艺术上的直接表现。

罗门以“心灵”写诗，且以“灵视”为具体的思维运行模式。他之所以如此强调诗人与艺术家的内在心灵，在于他本身对“诗”这一文体的认知，以及对诗歌创作产生的狂热之情。罗门曾言：“诗与艺术已日渐成为我的宗教，成为我向内外世界透视的明确之境，成为我存在于世，专一且狂热地追求与创造的一门属于心灵的神秘的学问。”① 罗门将诗置于心灵的最高位置，通过诗与艺术去打造另一个世界，而诗与艺术也是他观照战争、都市生存之境的窗口。他说：“如果没有诗与艺术，人类的内在世界，虽不致于哑盲，也会失去最美的看见与听见。”② 于罗门而言，诗与艺术始终是与人的“心灵”紧密挂钩的一道永恒性的精神作业，“如果人的生命中没有诗与艺术，那便是等于在春天里将花朵杀害，又来寻找春天的意义”③。可见，诗歌是美与意义的所在，也已近乎是罗门主要的精神生活内容，是罗门对诗与艺术的高度信仰，诗即是罗门的上帝。

一　第三自然：“心象世界”的集成型

在诗与艺术这项永恒性的精神作业面前，罗门在进行诗歌创作之外，他还建构了一套独具特色的理论体系，其中“第三自然”便是罗门一直坚持的创作观。这项创作观构成了罗门“心灵世界”“灵视世界”的理论基础，也即是罗门自我“心象世界”的一个集

① 罗门：《内在世界的灯柱——我的诗话》，《罗门论文集》，中国社会科学出版社1995年版，第242页。

② 罗门：《打开我创作世界的五扇门》，《罗门论文集》，中国社会科学出版社1995年版，第9页。

③ 同上。

成型。

罗门将“诸如日月星辰、江河大海、森林旷野、风雨云雾、花树鸟兽以及春夏秋冬等交错而成的田园与山水型的大自然景象”①归为第一自然，而将“爱迪生、瓦特发现了电力和蒸汽机之后，在那有电气设备的冬暖夏凉、夜如昼的密封型巨厦内，窗外的太阳升与落、四季的变化，都异于在田园生活里所感觉的，再加上人为的日渐复杂的现实生活环境与社会形态”②认作不同于第一自然存在与样貌的第二自然，也就是我们的现代都市世界。然而，面对这两大现实的人类生存空间，罗门已然能深深地感觉到这已经不能满足于诗人强大且丰富的心灵。由此，因后期印象派画家也指出:“我们照着太阳画，怎样也画不过太阳本身。”③罗门进而要跳脱出第一、第二自然的束缚，展现内心的太阳，即是画家也可以透过自我内心的“灵视”所见，画出“第三自然”中更为无限与更具生命内涵力的“太阳”。于是，罗门在第一、第二自然的基础上，运用内心的“灵视”，创建了“第三自然”，并进而从创作心理学的角度出发为“第三自然”下了这样的定义:“第三自然，便是诗人与艺术家挣脱第一与第二自然的有限境界与种种障碍，而探索到的更为庞大与无限壮阔的自然——它使第一与第二自然获得超越并转化入纯然与深远的存在之境。此境，有如一面无边的明净之镜，能包容与透视一切生命与事物活动于种种的美好的形态与秩序之中。”④罗门企图运用“第三自然”创建一个新的世界，这个世界既来源于

---

① 罗门:《“第三自然螺旋型架构”的创作理念》,《罗门论文集》，中国社会科学出版社 1995 年版，第 95 页。

② 同上。

③ 同上。

④ 同上，第 96 页。

第一、第二自然的客观现实，又超脱于现实，是罗门心灵的艺术与真实存在环境的高度融合，而其转化则依靠罗门的内在“灵视”力，将从有限的现实世界中看到更为无限与永恒的“第三自然”，在这样一个自然世界里，包含着现实世界无法呈现的意义与美。所以，当罗门再次面对柏拉图“认为诗人用诗去写一座桥，倒不如用手去造一座桥，来得有意义与价值”这种认知时，罗门理直气壮地对柏拉图说：“柏拉图，你理想国的坪数太小了，既容不下陶渊明的更广阔的‘南山’，诗人们便只好自己将‘南山’搬出去，搬到宇宙万物生命更庞大的生存空间里去，用不着你来赶了。”[①] 罗门在否认柏拉图的同时，实际上也是在确认诗的价值，它不再于创建我们肉眼中能看到的物质，而是建构为我们心灵所感应到的无限空间。所以，当你在怀疑陶渊明“采菊东篱下”之后，是否真见到的是“南山”，柳宗元“孤舟蓑笠翁，独钓寒江雪”中他钓的为什么不是“鱼”，而是“雪”时，说明你已不在诗的境界之中，也已不在罗门的“第三自然”世界之中。仅是目视所及，上升不到“灵视”之力，所有现实存在的客观物象便只能是物象，而进入不了诗中，成为不了带有诗人主观情感色彩，更为鲜活丰满的“意象”。

由陶渊明、柳宗元的例子所见，诗歌中存在的“第三自然”并不只是能运用到罗门的诗歌世界中来，在古典诗与现代新诗中，都存在诗人透过自我独特的心境所营造出来的“第三自然”空间，正是这个空间集中地传达了整首诗的意义核心，乃至支撑起全诗的诗意性。而对于罗门而言，他诗歌中的“第三自然”世界有何独特性，作为一位现代性诗人，他的“灵视”力所见又有何不同？

---

① 罗门：《打开我创作世界的五扇门》，《罗门论文集》，中国社会科学出版社 1995 年版，第 15 页。

可以说，罗门的"第三自然"建立在第一、第二自然的基础之上，在诗歌创作之时，既有其现实基础，又旨在其精神领域内活动。纵观罗门创作的战争诗、都市诗、大自然诗、乡愁诗等，有取样于第一自然田园型的层面，也有取样于第二自然人为的生存空间。然而罗门在对其具体操作转化之时，并不把第一、第二自然运用得如此界限分明，甚至他笔下的"第一自然"早已失去真正自然风光的纯粹性，而是不自觉地挂上了他身处的时代环境色彩和来源于"现代人"的感受心理。换句话说，则是诸如陶渊明、柳宗元等古代诗人与现代诗人罗门进入"第三自然"的途径与方式不同，古代诗人更多是直接站在第一自然的现实环境中去观察和感悟，发现其中的美，开拓诗歌的意境。陶渊明的"南山"，柳宗元钓的"雪"，王维的"江流天地外，山色有无中"，都是从大自然的实景之中去生发开的"灵视之境"，此处的"南山"不再反映为是否是客观的存在，而在于陶渊明闲适的心境使其一抬头，出现于眼前，产生于心灵的就是悠然的南山之景，而柳宗元所钓的，诗人看到的不再是"鱼"，而是灵视到的如"雪"般内心的荒寒与孤寂，王维的"山色"则也是在"江"与"地"的自然中所开发的更无限的领悟之境。他们立足于第一自然，也能透过灵视之眼看见存在于第一自然中的"心灵之景"，也就是"第三自然"的存在样貌。除外，在古诗人将山水田园风光作为主要的取材对象之时，古代都市文明景观也是不少诗人、作家观察感悟的对象，之如汉朝班固的《两都赋》、张衡的《西京》《东京》两赋，及至晋代的左思写下的《三都》赋，他们的都市文学创作大多是集赞扬物质文明进步于一体，包括都市的地理、历史、人物和物产风俗等。可见中国古代的诗人与诗论家们同样是立足于自然与人类都市两大生存空间来进行诗性的审美与转化。然而，罗门诗歌中的第一、第二自然都挂上了现代环境之下的物质、心理特征，他笔下所流露的感知体悟和灵视之见又有所不同，之如古诗人常遥望天空，他们看见的是鸟，而现代诗人罗门则可以直接坐上飞机置身于天空之中，他感受到的是天空给他带来的广阔，以及可以化作诗行的美的体验，但另一层必不可少的是他对现代科技文明的感受，借助现代技术的发展，罗门可以不再做地平线上遥望“鸟”的古人，感慨自由与天空的浩渺伟大，而是带着现代人的审美感受，再次通过自我的“灵视”，体验所处时空带给诗人的心灵震撼与美的享受，所以当他坐上飞机进入三万尺的高空时心里默然写下：“千山万水/‘何处去’/‘千山万翔翼在那’....../‘在没有终点站的混沌里/问世间春夏秋冬都在睡/问空间东南西北都不在’/‘太空船能运回多少天空/多少渺茫’。”①

总体而言，罗门的“第三自然”世界，是他通过无限的想象与联想，结合其强大的心灵感受力，于客观现实世界所提供的素材之上所营造出的一种艺术境界。而形成这种境界的关键之处，还在于罗门的“灵视”，他的心灵视野所及能达到何种范围和何种程度，正决定、支撑着他诗歌中有多少内涵与容量。

二　现代感：“等待与守望下一秒的诞生”

除了“第三自然”，“现代感”是形成罗门诗学理论建构的又一创作观，如果说“第三自然”的创造是旨在为罗门的“心象世界”“灵视之境”勾勒描形，那么“现代感”则是对“灵视”的运

---

① 罗门：《诗的追踪》，《罗门论文集》，中国社会科学出版社1995年版，第146页。

用过程和结果提出方法和要求。如今"现代感"的内涵变得日趋丰富，这是现代社会环境与现代人生存心理的不断变化使然。罗门在其诗观中为"现代感"下如此定义："'现代感'深一层的意义，不只是要我们去看一架起重机是如何把一座摩天楼举到半空里去的现代文明景观，而是要我们全人类的心灵在焦虑中等待与守望着下一秒的诞生，因为下一秒钟将为我们在已有的一切中带来一些过往所没有的新的事物。"[①] 依他而言，罗门诗歌世界中的"现代感"不在于去研究和追踪现代物质文明是如何实现从"无"到"有"，也不在于充当现代成就的观众，做做后期的鉴赏者，而在于渗透在全人类的内心世界中，一同去期望与守候下一秒钟新的事物的诞生，把握现代前进的方向与趋势。毕竟，在现代都市发展日益更新，现代人的欲望与性灵不断复杂的同时，作为一个现代诗人，不能以"灵视"敏感的观察与感受力去对现代作出判视，那诗人的作品便永久过时且没有新鲜的色彩。由此，"现代感"的呈现首先在于对诗人及诗提出了要求，其次是罗门在诗中审视"现代感"的对象时，他的关注点仍然在于人的内在心灵世界，这才是诗人"灵视"的主要领域。

罗门的诗歌题材涉及种类繁多，但不管是战争、都市、爱情、乡愁还是有关时空与死亡等话题的诗作，罗门在用"灵视"之眼对其作出深切的观察和体悟之时，其前提还在于罗门本身对这几类题材之中的具体生存环境足够得熟悉且拥有来源于自身的真切感受，也就是诗人的心态要具备"活动的现场性"，否则，作品的内容和主题都会显得虚假、不真实。如在战争诗这一类题材中，罗门创作

① 罗门：《打开我创作世界的五扇门》，《罗门论文集》，中国社会科学出版社 1995 年版，第 17 页。

的名篇《麦坚利堡》是为纪念第二次世界大战期间战亡于太平洋战争的七万美军而作。建立在菲律宾马尼拉城郊的麦坚利堡，为这七万美军树立起了七万座大理石的十字架，场面庄严肃穆，悲壮感人。罗门在赴菲访问之时，亲身游览了此地，灵魂深受震撼。在战争的胜利与“血”的代价跟前，罗门真实地看到了战争在带来伟大之际时，也带来了人们内心永久抹灭不去的茫然，为此他沉重地感叹道：“战争坐在此哭谁/它的哭声曾使七万个灵魂陷落在比睡眠还深的地带/太阳已冷星月已冷太平洋的浪被炮火煮开也都冷了。”①七万美军在曾经的伟大与炮火中战亡、逝去，而在此刻这一切仿佛已变得很平静，留下的只有战争自我的哭声和已冷却的太阳与星月。罗门没有经历过那种战争，他的诗行表达的不再是当年血之斗争的伟大，而是他站在这寂静的七万座大理石十字架面前，罗门仿佛听到地底下战争一个人的哭泣，感受到在伟大面前深一层矗立的更多是内心的茫然。而罗门之所以产生的是这种感受，以及诗作中看似冷静客观的表述背后实则传达的是沉重与悲哀，都源于罗门具备当下“活动的现场性”，他将诗人的心态与眼光放在自我身处的时代环境，不跳脱，不超越，才成就罗门作为现代诗人抓住了现代感。在罗门的都市诗题材中，这类特征表达得更为典型，特别是针对都市环境中复杂多面的生活景象，现代诗人更需要切身处地地感知当下的景象氛围以及现代人的活动心理，敏锐地把握现代都市的特征。如罗门例举，当你看到一个少女穿着流行的短装迷你裙走在街上，引起了路人的注目时，你应该会写出：“它短得像一朵火花，

① 罗门：《麦坚利堡》，《罗门长诗选》，中国社会科学出版社 1995 年版，第 39 页。

一闪整条街便烧了起来。”[①] 而不是写“它短得像鸟的尾巴”[②]，前者道出了这位少女因身着短装迷你裙所给人带来的如火花一般美与时尚的感觉，并表达出了路人为之激动的心情，而后者则显得简单乏味，这就是因诗人抓住了现代人的心理感受，灵视之眼立足在现场，诗句的表达也才具备了足够的现代感。由此，“现代感”一面既要求诗人具备“活动的现场性”，诗人的敏锐性与观察灵视力要关注于当下处境，另一方面在诗本身的语言表达上，也要求准确地传达现代人鲜活的“官能”与“心感”。为此，罗门进一步提出了“现代感”的三种生命动力——“前卫性”“创新性”“惊异性”（或震撼性）。“前卫性”指诗人要机敏地站在最前端，把握未来的动向，做一个“先知者”。“创新性”则是检验诗人的心感活动，灵视到的现代内容以及语言技巧的使用是否具备了创新性。“惊异性”则注重在效果方面，不管是作品的表达形态还是内涵力，都要对读者的心灵引起新的满足与震撼感。

可见，在“现代感”关注的对象面前，罗门仍在强调用他心灵的灵视去感知现代人的生存世界。而当罗门在关注都市人的心理之时，现代人的生存欲求在名利与虚妄中挣扎，他们成了没有理想与信仰的一代，也就是现代都市环境里空虚的行走者。他们徜徉在烟、酒的世界里，精神生活早已从形而上的灵境跌落到形而下的物欲环境里，所以罗门在探索这类人的内心世界时，感受到的是另一层“现代感”气息。除此，罗门的“现代感”还包括诸如《麦坚利堡》般对于世界，对于战争乃至对更广阔领域的关注与关怀，他

① 罗门：《礼拜堂内外》，《罗门短诗选》，中国社会科学出版社 1995 年版，第 84 页。

② 罗门：《都市诗的创作世界及其意涵之探索》，《罗门论文集》，中国社会科学出版社 1995 年版，第 74 页。

在对“现代感”的体认中强调：“做为一个有创造方面展望的中国现代诗人，他首先必须是一个领受过中国有机传统文化的中国人，同时他也必须是一个关心到全人类存在于现代世界中的人，最后他更必须是他独特的自己，唯有站在这一完整与复叠的精神活动层次上，才可望在诗的创作世界中，创造出那独特且感人与伟大的现代作品来，宏扬世界。”① 站在“现代感”的背景之后，诗人的精神层次与关注的内容、领域则始终是现代诗写作的重点，而能敏锐与保持前卫性地把握到现代特征，则又始终依靠着诗人那颗富于感受力与洞察力的灵视之眼。

（指导教师：张传敏　副教授）

① 罗门：《对“现代”两字的判视》，《罗门论文集》，中国社会科学出版社 1995 年版，第 58 页。

音乐文学研究

主持人语（童龙超）：

近段时间以来，词坛就毛翰对《鼓浪屿之波》的重新填词展开了热烈讨论。《鼓浪屿之波》本是20世纪80年代词作家张藜作词的名曲。2007年，厦门市提出将《鼓浪屿之波》作为市歌的议题，但未获通过。考虑其台胞思乡主题与厦门市市歌的要求不合，毛翰尝试重新填词，数易其稿创作了《鼓浪屿之歌》。2010年，该歌曲由郑晓瑛教授担任指挥、厦门爱乐乐团暨合唱团首次演唱。2012年，该演唱版在中央电视台音乐频道和厦门电视台播出。对其歌词，先后有孙绍振的《〈鼓浪屿之歌〉歌词评析》、王卫华的《〈鼓浪屿之歌〉，新词新气象》、祁鸿升的《飞溅在曲谱间的雪浪花——简评毛翰填词〈鼓浪屿之歌〉》等，予以积极评价。不过，2017年11月，张进撰文《关于歌曲〈鼓浪屿之波〉重新填词之刍议》发表不同意见，认为毛翰重新填词的做法既不可取，艺术上亦不成功。对此批评，毛翰于2018年6月发表反批评文章《关于〈鼓浪屿之波〉重新填词答张进》，为其重新填词的行为和作品的艺术性辩护。就这一事件，本期刊登栏目主持人文章《〈鼓浪屿之歌〉与有关重新填词问题》，对其核心的“重新填词”问题发表一家之言，希望抛砖引玉，唤起更多同行和读者对这个问题的再思考。

本期另外刊登三篇文章，选题都是中国当代词坛中的热点人物、热点话题。喻光明的《乔羽歌词的非主流“时代”书写》指出乔羽歌词“时代”书写的独特性，其通过历史意象、自然意象、生活意象等，对主流意识形态中的“时代”进行了侧面阐释。张燕的《当代歌词中“北京”想象的欲望表达》分析中国当代歌词中的“北京”形象，解剖其蕴含的文化意味、人文情怀和社会心理。彭萍的《李宗盛歌词中的都市情感》从都市情感的堕落、多维都市空间的寂寥、男性的都市迷失等方面，分析了李宗盛对现代都市情感沉沦的艺术把握。几篇文章均有可读之处。

《鼓浪屿之歌》与有关重新填词问题

童龙超

围绕厦门市歌征选中的问题，近来词坛掀起了有关《鼓浪屿之歌》重新填词的讨论。相比文艺界其他领域，中国歌词理论界多年来持续着冷清而寂寞的局面。歌词创作呼唤学界关注，歌词研究呼唤理论建设，这种冷清和寂寞无论对歌词创作，还是对歌词理论都不是好事。争论出真知，争论促发展，所谓“百家争鸣，百花齐放”，是从文艺历史发展中总结出来的宝贵经验。围绕《鼓浪屿之歌》的相关讨论，不管是支持还是批评，实际上都是非常积极、正面的。

当然，文艺问题应该回归文艺，尤其应该回到文艺作品本身。创作的质量如何，影响如何，价值如何，艺术家是否成功等问题，根本上都应该拿作品本身说话。脱离作品基础的言论，犹如将楼房建立在沙滩之上，往往不值一驳，一碰就倒。关于作品——由毛翰重新填词的《鼓浪屿之歌》，两年前笔者曾多次聆听欣赏，当时为西南大学音乐学院马晓梅的演唱版本。近来，又有幸聆听由郑小瑛担任指挥的厦门爱乐乐团的演出版本，日积月累，该作品已在笔者心目中留下比较深刻的印象。

《鼓浪屿之歌》是一首抒情歌曲，抒写拥有厦门的幸福感和对厦门的深情爱恋。对一个生于斯长于斯的厦门人来说，这是一首展现家乡美、表现家乡情的家乡赞歌。对一个不曾生活在厦门的外地人来说，则油然而生对厦门的羡慕和渴望一睹风采的向往。歌词第一节展开天海之间的一幅美丽画卷，表现厦门如青年人的活力奔放。白鹭高飞，涛声欢唱，极目远眺，长虹飞跨……歌词中景物的高下、远近、动静搭配浑然一体，不露刀凿之痕，画面色彩明丽、视野开阔、富有动感，给人的心境极为自由。一个人处身此境，面对此景，自然而然情感迸发，“天有情，海有爱”，产生对厦门港热烈的恋爱之情。歌词第二节转向另一个视角，借厦门市内的特定场景发思古之幽情，表现厦门的历史沧桑。海岸的变迁引出历史的变迁，楼房林立和盛开的凤凰花暗喻继往开来，承载着历史记忆的皓月园寄托民族统一的情怀。该节融合历史内涵、时代际遇和家国情怀，从时间维度，从两岸视野抒写厦门市历史的悠远和厚实的底蕴。在此情境下，“天有情，海有爱”，仿佛是从历史中生发出来的感慨；有天为证，有海为凭，对厦门港的爱恋之情经历岁月积淀，更见深浓。歌词第三节书写作为音乐小岛的鼓浪屿。处于天海之间的鼓浪屿，日夜回荡着悠扬的乐声，人们逃离世俗的羁绊，来到这个由音乐包裹的梦幻之地，身心得到休息，灵魂得到安顿。“天有情，海有爱”，因为拥有厦门港，拥有鼓浪屿，人们被情爱包围着，感觉无比安详、幸福，可以与之相拥安然进入梦乡。与乐曲结构相应，《鼓浪屿之歌》全词三章，采用分节歌形式。既有铺展又有收拢，既展开厦门自然、社会、人文的不同层次和方面，描绘厦门独特的自然人文景观的美丽画卷，又紧紧把握情感基调，集中地抒发对厦门如天海一般的情与爱。既有描写也有抒情，景与情交融，景是厦门独特的美景，情是对厦门的恋爱之情，一咏三叹，在层层叠叠和回环往复中围绕“厦门”主题塑造音乐形象，抒发音乐情绪。在风格上，作品表现出明丽、开阔、浪漫、深情的鲜明特色。《鼓浪屿之歌》在艺术上既是上乘之作，在主题上也是明确的厦门赞歌。究其写作意图，此歌副标题注明“为厦门市歌重新填词”，本来是作者为厦门市量身定做的形象歌词，所以毫不意外如此贴切。

虽然为应命之作，但也是原创之作，得来并非容易。联系作者分析，自不排除有灵感的原因，但主要来源于作者的厚积薄发。一是长期身心体验。毛翰从重庆的西南师范大学调任福建的华侨大学文学院任教授，至今已在福建泉州、厦门生活十六年。常言说艺术家要“深入生活、体验生活”，实际上不仅仅是体验，由于耳濡目染，长期浸淫，可以说作者已经变成为福建人、厦门人，心中早已累积了对厦门深厚的情感体验和丰富的写作素材。二是扎实的创作功底。毛翰是诗人，也是词人，早年写诗，后来主攻歌词。从20世纪90年代初至今，歌词创作生涯几近三十年。其中，《老有老的骄傲》《妹妹的眼睛会放电》等作品还产生了重要影响，在国内获得了广泛传播。称作者是歌词创作界的行家里手，毫不过分。三是理论研究的修养。自2000年以来，毛翰在《词刊》撰写了系列文章，包括连载歌词创作12讲，百年歌词佳作回望12篇，各类歌词创作论20篇，最后结集为《歌词创作的原理和方法》《歌词创作学》等著作出版。在有关《鼓浪屿之歌》的问题上，如果从作者的方面批评作者不懂歌词，显然不能以理服人。同时，据相关材料，该词作亦为作者用心之作，曾经数易其稿，从最初计划尽量少改，到最后几乎全部重填，其中付出了不少艰辛。当然，任何作品都不是完美的，对《鼓浪屿之歌》有一些批评意见完全正常。如果以高标准要求，在笔者看来，亦觉得个别词句中意象之间的情绪线索不太清晰，情绪铺垫不够可能影响情感的集中抒发。

《鼓浪屿之歌》的曲子早已成名，其前身是《鼓浪屿之波》，原词的内容写到鼓浪屿、厦门，在当地已经深入人心，脍炙人口，包括在海内外都有广泛传播，享有盛誉。因此，在厦门市歌征选活动中，该曲子几乎成为不二之选。但是，原歌词写台胞思乡主题，选作厦门市歌不适宜，一条切实可行的问题解决之道是，选用旧曲填上新词，以旧曲唱新声，于是，便有今日毛翰的《鼓浪屿之歌》。或许认为，新歌冒犯旧歌不适宜，甚至是不是涉嫌抄袭。但笔者认为，新歌旧歌两相宜，互不冲突。既不是《鼓浪屿之歌》否认《鼓浪屿之波》，也不是《鼓浪屿之波》否认《鼓浪屿之歌》，《鼓浪屿之歌》是《鼓浪屿之歌》，《鼓浪屿之波》是《鼓浪屿之波》，本来是两首歌曲，各有题名，各有主题，也各得其所，各有所用，为着繁荣文艺创作和社会文化生活、满足不同的审美需要而存在。确实，曲调在前后两首歌曲中相同，但钟立民作为曲作家没有出现任何差错。歌曲是词曲结合的综合艺术，是词作家、曲作家分工合作的结果。词曲关系具有相互依存的一面，但不是从一而终的绝对关系，各自也具有相对的独立性。先词后曲，先曲后词，一曲多词，一词多曲，旧词新曲，新词旧曲等，都是歌曲创作中的正常现象。一般文学作品屈从于原作者和原创文本的权威，具有很强的稳定性；与此不同，歌曲艺术是一种表演的艺术、口头的艺术，具有很强的活动性。除了词曲的相对性，包括出现对原作的修改、改编，如果没有消灭原作者的著作权，就是一种合理合法的正常现象，也是一种非常普遍多见的文艺现象。与此类似，还包括演唱环节，一个歌手的成名曲，难道就不让其他人唱了？原唱、翻唱、翻唱的再翻唱等，有什么问题？歌曲作品不断流动、歌曲形态不断变化、歌曲文本不断变迁，这是歌曲艺术在生产传播过程中的重要特征。

当然，重新填词之作，可能是成功的，也可能是不成功的。回到《鼓浪屿之歌》的问题上，除了文学标准之外，另外在音乐上，在舞台展演中的效果，也是检验重新填词是否成功的重要标准。但是，这一点上，笔者认为最有发言权的是音乐家、歌唱家了。2010年9月，该歌曲由郑小瑛教授担任指挥、厦门爱乐乐团暨合唱团演唱，后来又在中央电视台音乐频道、厦门电视台播出，这个事实，某种程度上已经说明了这个问题。当然，或许还不够，还希望出现更多从音乐上的专业批评。不过，是不是有人认为的“天有情，海有爱”的句子会有歧义？我只能说，以我的理解力我听得懂。还有，是不是231的音阶会造成“厦门港”的吐音不准？我只能说，以我的听力我听得清楚。

乔羽歌词的非主流“时代”书写①

喻光明

“1946 年，19 岁的乔羽进入晋冀鲁豫边区北方大学艺术系学习。在特定的历史背景下，这一所大学中的知识分子群体便有了双

---

① 改选自硕士学位论文《乔羽歌词的意向研究》第二章。论文摘要：在乔羽的歌词中，那些直接从正面描写时代的歌词只表现时代美好的、和谐的一面，对时代的负面内容却只字不提，为此乔羽和他的歌词被不少学者贬为“歌德派”。事实上，很少有人关注到乔羽“知识分子”和“半个官员”的双重身份，在政治意识形态“压迫”和乔羽自身政治“认同感”的双重驱动下，乔羽对时代进行歌颂与赞美可谓“半推半就”。但“政治意识形态”的大视角书写却对真实世界构成了遮蔽，乔羽对此又很不满意。站在知识分子立场，在个体思想和情感诉求的驱动下，乔羽开始寻找别的方式对政治意识形态的大视角书写进行“补救”。在无法从正面表达时代负面内容的情况下，乔羽只能通过侧面烘托来实现“补救”。熟悉古典文学的乔羽从中古诗词中找到了方法：借古讽今、寄情山水和以小见大三种手法。而歌词文本在解码过程中对语境载体的依赖又为时代时空之外的意象提供了表现时代内容的能力，于是，借历史意象、自然意象和生活意象对政治意识形态书写下的“时代”进行补充阐释就成了顺理成章的事。在对“时代”进行补充阐释的过程中，历史意象、时代意象、自然意象和生活意象有机地融合在了一起，形成了乔羽歌词中特有的“时空意境”。在乔羽双重身份的引导下，主流意识形态书写下的群体和知识分子立场下的个体呈现出了既对立又融合的复杂关系，也迫使乔羽只能在这二者之间采取中庸之道。然而正是这种中庸之道使得乔羽歌词呈现出来的“时空意境”更加接近时代的真实面貌。

重文化语境：一是隐现的以人的觉醒为指归的‘五四’新文化语境，一是显现的以阶级利益为最高追求的解放区文化语境。”① 在这种主流意识形态和知识分子写作同时存在的双重语境熏陶下，政治认同感在乔羽心中“落地生根”时，知识分子品性也在乔羽的心中悄悄“萌芽”，政治认同感和知识分子品性在乔羽身上可谓是“同时产生，共同发展”的。这种政治认同感和知识分子品性的“共生关系”最根本的来源还是乔羽对中古文人“忧国忧民”传统的继承和演变。乔羽从小就接受了良好的传统教育，长期接受古典文学的熏陶，古典文学中“忧国忧民”的文人传统也逐渐为乔羽所吸收，并被乔羽运用到了自己的诗词创作中，“……/一亭寂寞怀老杜，/万家慷慨死元戎。/不尽忧乐成古今，/明月无语满洞庭”（《登岳阳楼》②）。杜甫是中古文人中忧国忧民思想最突出的诗人，乔羽追怀老杜，无疑是以杜甫自勉。忧国忧民思想中的“忧国”与“忧民”内涵和“政治认同感”与“知识分子品性”的内涵其实是相对应的，而北方大学特有的双重语境则为乔羽的忧国忧民思想演化为“政治认同感”和“知识分子品性”提供了契机。

在现当代文学史上，主流意识形态和知识分子写作常常是相互斗争、相互冲突的。这种争斗与冲突表象在乔羽的歌词中就是：乔羽一边在政治认同感的驱策线不断地用赞歌歌颂时代，一边又站在知识分子立场对这种赞歌遮蔽时代真实的情况表示不满，并尝试着对赞歌虚构的“时代”进行“修正”和“补救”。然而，政治意识形态始终是不允许文艺作品直接反映社会负面内容的，尤其是歌词这种极富鼓动性和宣传性的文体样式，即便是改革开放后的年代，

① 傅宗洪：《心中常驻芳华——乔羽歌词的人间关怀》，1997年9月，第5期。

② 乔羽：《乔羽文集（诗词卷）》，新华出版社2003年版，第292页。

政治还没开明到允许人直接抹黑的程度。虽然从正面无法直接反映时代负面的、不和谐的一面，但从侧面烘托也不失为一种有效的手段，于是熟悉古诗词的乔羽就把借古讽今、寄情山水、以小见大等手法运用到了自己的歌词中。

关注历史，以古衬今

按照新历史主义的观点，“人们多半不是为了研究历史而研究历史，总是想通过研究历史而有助于当代历史的正常的健康的发展”①。新历史主义代表学者克罗齐说，“一切真历史都是当代史”②，对历史的书写其实是源于时代和当下的需要。在乔羽的歌词中，以时代意象为主的歌词，由于时代意象“二元”观照的缺失，在表现时代内容时往往只是单一地采取一种赞美和歌颂的态度，这类歌词都是在政治意识形态和乔羽自身政治认同感共同作用下所创作出来的赞歌。乔羽的歌词中存在大量赞歌，“凡是有大聚会、大团圆、大欢乐的地方，就有乔羽的歌曲在传唱”③。大量赞歌的存在遮蔽了真实的时代面貌，这是站在知识分子立场的乔羽所不能容忍的，他需要将时代负面的内容也呈现出来。

乔羽的歌词中存在大量以历史意象为主歌词，当时代环境这个语境载体参与到历史类歌词的解码过程中时，历史意象的所指也拥有了时代意义，获得了从侧面表现时代内容的能力。由于历史意象采用了“二元”观照的方式，历史类歌词既表现出了历史美好、和

① 陆贵山：《新历史主义文艺思潮解析》，《中国人民大学学报》2005 年第 5 期。

② 〔意〕贝奈戴托·克罗齐：《历史学的理论和实际》，商务印书馆 1982 年版，第 2 页。

③ 周长行：《试论乔羽歌词的独到成就》，《文艺报》2007 年 8 月 16 日，第 2 版。

谐的一面，也表现出了历史丑陋、混乱的一面。因此，历史意象结合时代环境既能表现时代正面的内容，也能表现当代负面的内容，后者正好契合乔羽的需要，于是，“借古讽今”就成了顺理成章的事情。

借古讽今是中国古典诗词中最常见的手法，出于借历史意象表达时代负面内容的需要，乔羽将这种手法运用到自己的歌词创作中，历史意象也在乔羽“借古讽今”的创作过程中对赞歌所虚构的“时代”作了补充阐释。纵观乔羽的整个歌词创作生涯，乔羽对赞歌写作相当的热情，对整个民族、国家和人民的情感和命运保持了高度关注。“大情、大爱、大气派、大手笔是乔羽歌词成就的主要特色。在乔羽的歌词中，流传最广、影响最大的就是歌颂祖国的部分，他把祖国命运与歌词创作紧密联系起来。”① 从中华人民共和国成立初期到21世纪初，乔羽写下的赞歌数量惊人，这些赞歌有的是歌颂祖国的，如《我的祖国》《祖国颂》《祖国晨曲》《难忘今宵》《爱我中华》《雄伟的天安门》《祝福中华》《欢天喜地》等；有的是歌颂无产阶级领导人的，如《共产党人之歌》《毛主席，我们心中的太阳》《乌桕树下的怀念》《敬爱的周总理，人民的好总理》《悼念贺龙元帅》《陶铸出行》《派出所所长》等；也有歌颂人民群众的，如《天呀蓝格英英》《无名者之歌》《行路者之歌》《九亿农民》《青少年运动员之歌》《排球队员之歌》等。

事实上，1949年后，党和人民在革命战争和现代化建设过程中也经历了不少挫折，但由于政治语境限制，这些内容都不能直接呈现在文艺作品中，于是乔羽只好用借古讽今的方式进行表达。

① 周长行：《试论乔羽歌词成就的独到贡献》，《文艺报》2007年8月16日，第2版。

《说刘邦》《说雍正》《说溥仪》都是通过历史人物意象对“时代”内容的补充。

通过古代女性意象来思考新时代的女性和女权问题也是乔羽歌词借古讽今的一个视角。《孟丽君问答》《影片〈杜十娘〉插曲五首》《秦可卿》《貂蝉》《樊梨花》等歌词将关注的视角投向了中国古代文学典籍中的女性，虽然这些人物只出现在古代文学典籍中，但却是对古代女性现实生活的一个缩影。乔羽的歌词通过对这些女性性格和命运的反思，既赞扬她们聪明勇敢、敢爱敢恨的宝贵品质，同时也对她们悲剧的个人命运表示同情。这些古代女性有良好的品格却大都以悲剧收场，其中也包含了乔羽对古代社会体制的反思，同时也是对新时期女性和女权问题的思考：希望新时代能够引史为鉴。由于乔羽积极关注女性和女权问题，有学者称乔羽是“当代中国女性最为体贴入微的护花使者”①。

除借古讽今的歌词外，乔羽还有不少借古赞今的作品，《一条金龙江上卧》《都江堰》《炎黄之歌》《千古孔子》《上东谣言》等都是这类作品。这类歌词从侧面反映了时代的繁荣与进步，同样是对时代美好、和谐一面的描述。和政治意识形态主导下的赞歌相比，这类歌词对时代的肯定和赞美是站在知识分子立场而言的。

在政治意识形态的“压迫”和乔羽自身政治认同感的双重驱动下，乔羽通过赞歌建构的“时代”往往带有乌托邦色彩，和现实时代存在较远的距离。艺术家的使命就是要为“时代”去掉华丽的政治外衣，将它拉回到原有的真实时空中。通过借古讽今手法的运用，乔羽无疑实现了对虚假“时代”的补充。

① 李木生：《乔羽笔下的女性世界》，《文学自由谈》2014 年第 4 期。

指点“山水”，映射时代

中国古典诗词中存在大量的山水诗词，这些山水诗词并不仅仅是单纯地描绘自然，而是通过寄情山水来表达对现实世界的情感、态度和价值评判。熟悉中国古典诗词的乔羽也将这种“寄情山水”的手法运用到了自己的歌词创作中。

乔羽歌词中的自然意象是四大类意象中数量最多的一类，包括日月星辰、山水景观和花草树木虫鱼鸟兽等大大小小的自然物象。自然意象在乔羽的歌词中采用的仍然是“二元”观照的方式，既表现大自然美好和谐的一面，又表现大自然破败、混乱的一面。将自然意象放置到时代环境这一语境载体中，自然意象的能指也就获得了一定的社会意义，拥有了表现人类社会的能力。在知识分子立场个体表达的诉求下，鉴于大量赞歌对时代真实面貌的遮蔽和政治意识形态对文艺作品直接表达时代负面内容的限制，乔羽往往通过自然意象的负面状态来表达对时代的不满与忧伤。

从战争年代一路走来，中国共产党和广大人民并不是一帆风顺的，其中也经历很多挫折和磨难。乔羽往往会用躁动、混乱、残缺的自然意象来反映这些挫折和磨难，寄托一种忧伤、不满或愤懑。对于战争年代和“文革”期间，人民群众，包括乔羽自己在内从肉体到精神所遭受的苦难和践踏，乔羽都通过自然意象寄予了深切的关怀。

通过自然意象反映战争的歌词，如《上冈岭英雄颂》，“狂风呼啸，/大海翻腾。” “大树折断，/岩石飞崩。/地动摇，/天震惊，”显然，对于战争的惨烈大自然也感同身受，英雄在舍生忘死地战斗，狂风、大海、大树、岩石、天地都为之动容。《问国耻谁雪》开头两句就是“山垂泪，/水呜咽，”短短几个字就将战争时期山河破碎的景象描写得非常传神，而这个时候也是华夏民族最屈辱的时候。战争年代，人与自然都表现出一种躁动、残缺的状态，那种流露在字里行间的悲壮和愤慨是对整个华夏民族命运的关注。

乔羽还用自然意象反映了“文革”那段践踏心灵的时代，最典型的代表作就是《牡丹之歌》和《心中的玫瑰》。

在我的心灵深处，
开放着一朵玫瑰。
我用生命的泉水，
把它浇灌栽培。
玫瑰，我心中的玫瑰，
但愿你天长地久，
永远，永远把我伴随。

在我忧伤的时候，
是你给我安慰；
在我欢乐的时候，
是你使我生活充满光辉。
玫瑰，我心中的玫瑰，
但愿你天长地久，
永远永远把我伴随。

——《心中的玫瑰》①

① 乔羽：《乔羽文集（诗词卷）》，新华出版社2003年版，第89页。

这首歌词中，“玫瑰”的生命状态是不和谐的，虽然歌词中未对“玫瑰”的生命状态进行具体的描绘，但“玫瑰”作为“我”生命中的知己，或者是作为一个精神层面的“我”和“我的”命运已是唇齿相依。歌词中明显可以看出“我”的生命状态是残缺的，整首歌词在“温情中又包含着一种感伤……我们也从中品尝到了乔羽生命的苦涩”①。而“玫瑰”作为“我”的命运共同体，其生命状态也是残缺的，人与玫瑰是一种“同病相怜”的状态，“玫瑰”的残缺状态不仅仅指乔羽个人生命的苦涩，还指“文革”期间所有心灵饱受摧残的群体生命的苦涩。

除了用自然意象来反映时代不和谐的内容外，乔羽歌词中大多数自然意象还是用来呈现时代美好、和谐的一面。乔羽常常会通过人与自然的和谐关系来表现时代社会的发展状况。在乔羽的歌词中，人与自然的关系在绝大多数时候是一种和谐共生的关系，“人与自然和谐相处，是指生产发展，生活富裕，生态良好。人与自然的和谐关系，是和谐社会各种关系中非常重要的关系”②。人与自然的和谐关系是自然界对和谐社会关系的反映，也是和谐社会关系在自然界的物化和外化，中华民族进入了和平年代后，人与自然的和谐关系其实是对人民当家做主、安居乐业、生活水平不断提高的真实写照。如《微山湖》：

自小生长在湖边，
芦花荡里莲藕鲜。

① 傅宗洪：《心中常驻芳华——乔羽歌词的人间关怀》，1997 年 9 月，第 5 期，第 3 页。

② 胡宗刚、张友刚《声乐适用基础教程》，西南大学出版社 2002 年版，第 89 页。

举网便知鱼虾富，
来往常见万里船。

一篙点破水中天，
风平浪静好行船，
也有波涛迎面起，
舵杆在手稳如山。

湖边儿女强中强，
管天管地管龙王。
一湖好水随人意，
藕花香时稻花香。

——《微山湖》①

第一节，写出了微山湖丰富的自然资源养育了一方百姓，“自小”二字则将时间向过去延伸，反映了人与自然关系和谐关系的持久性。在第二节中，自然静时人动，自然动时人静，一动一静之间，仿佛是人与自然界之间氧气和二氧化碳的交换，自然和人的这种相互依存、荣辱共生的和谐关系也就体现出来了。第三节头两句并不是说人建立了对自然的绝对主导权，而是随着生产力的发展，人可以更好地促进自然的生长，同时还提高了自己的生活水平。“湖边儿女强中强，/管天管地管龙王。”这种气势与自信也是中华人民共和国成立后，人民再也不迷信神灵，靠勤劳的双手到大自然中创造财富的时代写照。《小兴安岭放歌》中，“大树已做栋梁

① 乔羽：《乔羽文集（诗词卷）》，新华出版社2003年版，第34页。

去，/小树苗壮又成长。”表达的也是人与自然和谐共生、生生不息的关系，大树做了栋梁也是对新中国生产力不断进步的侧面反映。《汾河水流哗啦啦》中“左手一指太行山，/右手一指吕梁山。”那种信马由缰，闲看祖国大好河山的精神气度也是对新中国成立、人民当家做主的真实写照。这些写祖国大好河山和景观的歌词，绝大多数都反映出当时农林牧渔业得到了恢复，如“地肥水美五谷香”（《汾河水流哗啦啦》）、“河滩长满杨柳树”（《沙河谣》）、“藕花香时稻花香”（《微山湖》）、“重重叠叠都是参天的松”（《小兴安岭放歌》）、“共享花果香”（《连云港之歌》）等，不再是战争年代那种“山垂泪，水呜咽”（《问国耻谁雪》）硝烟滚滚、战火纷飞的惨烈情景，也不是“三年自然灾害期间”大地一片荒凉，社会生产遭到严重破坏的景象。人与自然界的和谐关系其实是对和平年代社会状况和人民生活样貌的另一种真实反映①，这和中华人民共和国成立初期和改革开放时期的社会状况是相吻合的。写于改革开放后的《难忘今宵》则更是呈现出一派大团圆的喜庆气象，这里一反“物是人非事事休”的典故，将自然和人做同向类比，自然的状态是“青山在”，人的状态是“人未老”，人与自然的关系是一种非常和谐的关系。

立足生活，体现理性精神

乔羽歌词中的生活意象包括日常生活中的细微的器物、细微言行等，这些意象往往也采用“二元”观照的方式，既能表达日常生活中和谐美满、充满情趣的一面，也能表现日常生活中丑陋肮脏、

① 陈榕：《浅谈乔羽歌词中的伦理思想》，《重庆科技学院学报》2009 年第 1 期。

不堪入目的一面。“二元”观照的方式配合时代环境这个语境载体，生活意象也能表达时代负面的内容，能够对赞歌虚构的“时代”进行补充。乔羽歌词中的生活意象往往从生活中的个体出发来，通过时代环境这个语境载体和时代发生互动，从而用细微的生活意象来表现整个时代的面貌。乔羽歌词中的赞歌往往采用直接抒情的表达方式，缺乏理性思考，而以生活意象为主的歌词往往采取议论说理的表达方式，渗透在其中的理性思考和批判精神，往往能够达到针砭时弊的效果，能够对主流意识形态所虚构的“时代”进行另一种补充。

在歌词样式创新上，乔羽可谓独创歌词说理一脉。中国现代歌词最初的样式是学堂乐歌，那时候歌词还处于萌芽阶段，并未形成自己独特的文体特征。“随着二三十年代有声电影主题歌和插曲的传播，人们才逐渐认同‘歌词’这种文体存在，并有人为词而词。”① 20世纪30年代是中华民族灾难深重的年代，歌词也承担起了启蒙救亡的责任，“所以，30年代以抗战主题为代表的歌词创作的直接审美效应，比任何一个时代歌词创作的审美效应都要发挥的充分”②。虽然没有直接的文献论述歌词在过去的表达方式，但是透过时代背景和歌词文体发展的概况不难看出，歌词在那个年代的主要表达方式是抒情。“乔羽是近80年来继李叔同、田汉、塞克、光未然之后的又一词坛大家，他承前30年白话歌词之酣畅，启后50余年现代歌词之斑斓，立足当代，继承传统，开创新风，独树一帜。”③ 田汉等人是抗战歌词的集大成者，他的歌词也传承了直接抒情的表达方式，乔羽作为田汉这一代词人的接班人，同时又作

① 陈煜斓：《现代音乐文学导论》，河南人民出版社2000年版，第97页。

② 同上，第98页。

③ 魏德泮：《独树一帜　继往开来——记第六届中国音乐金钟奖终身成就奖获得者乔羽》，《中国艺术报》2008年4月22日，第2版。

为新时期的词人，身负承前启后的重任，可以看到乔羽第一时期（1949—1966）的歌词仍然继承了田汉等人的歌词中的强烈情感和直抒胸臆的表达方式，而第三时期（1976—21 世纪初乔羽搁笔）则进入了转型与多彩时期，这一时期，乔羽在歌词题材内容和文体样式方面进行了多方面的尝试和创造，用歌词进行说理和批判也是这一时期乔羽在歌词样式方面的尝试。下面举《哈哈》为例证：

是他，
此人绝非马大哈。
既捡西瓜，
又捡芝麻，
哈哈。
大小便宜全归他。

是他，
梁上麻雀叫喳喳。
跳上跳下，
一片喧哗，
哈哈。
鸟儿不大架子大。

是他，
见人能说十分话。
七分不真，
三分是假，
哈哈。
他把别人当傻瓜。

是他，
莫笑此人敢自夸。
你不爱他，
有人爱他，
哈哈。
花花世界岂能少得了他?!

——《哈哈》①

这首歌词紧紧抓住市侩小人喜欢四处打哈哈这一动作和神情，就以“哈哈”这个细微的神情为意象来经营整首歌词，把市侩小人那种不讲原则、唯利是图、媚上欺下、虚情假意的嘴脸描写得非常传神。这首歌词包含了乔羽对市侩小人辛辣的嘲讽，以及对这种现象背后的原因的思考。在乔羽看来，这种小人存在的原因是“你不爱他，/有人爱他”，正是因为当权者的虚荣心作祟才给了这种小人可乘之机。可见这首歌词不仅仅是嘲讽市侩小人，最核心的还是对领导者虚荣心的批判。再如《不是自己的果子》：

不是自己的果子，不要品尝；/穿着合身的才是自己的衣裳。/谁曾穿错过别人的鞋子，/谁便能领会到一场小的灾殃。/人间有多少无名的烦恼，/难解的忧伤，/只怪你把这点小小道理遗忘。

——《不是自己的果子》②

① 乔羽：《乔羽文集（诗词卷）》，新华出版社2003年版，第253页。
② 同上，第258页。

“足球比赛有条规则叫不准‘越位’。日常生活中也是这样，人们各有各的分工，不能越位。不该你得到的，你却千方百计想得到，不该摘的果子，你却偷偷品尝，于是，烦恼来了，灾祸来了。‘文革’中这种教训还少吗?”① 这明显是一首说理类歌词，歌词中巧用“果子”“衣裳”“鞋子”等生活中最常见的意象做比喻，生动形象地说明不少不良后果都是由于“僭越”导致的。

结　语

在主流意识形态和乔羽自身政治认同感的共同作用下，乔羽直接描写时代的歌词几乎全部采取了赞歌形式，由于时代意象缺失“二元”观照，由赞歌所建构的“时代”也就成了理想世界的乌托邦。站在知识分子立场，乔羽对这个主流意识形态塑造的“时代”并不满意，于是通过历史意象、自然意象和生活意象对“时代”进行了“修正”和“补救”，逐步将主流意识形态构建的乌托邦“时代”也被慢慢拉回到真实世界。

① 魏德泮：《乔羽论》，作家出版社2006年版，第83、84页。

当代歌词中“北京”想象的欲望表达[①]

张　燕

在“三个北京”理念中，“人文北京”是核心，渗透在北京歌词的历史记忆与文化想象中，代表着一种社会价值观。对“人”的

---

① 改选自硕士论文《当代歌词中“北京”意象的历史记忆与文化想象（1949－2017）》的第三章第一节。中华人民共和国成立后，北京因其作为新中国首都的特殊地位，在现代歌曲中成为被歌唱得最多的城市。关于北京的歌曲，产生于不同时代的历史语境，歌中的文字部分——歌词，表现了北京跨越时代的历史嬗变和浓厚的文化意蕴。因此，考察1949—2017年歌词中“北京”意象的历史记忆与文化想象对于见证现代北京及中国的历史发展，参与文化的建构、新诗精神的建设、纪念新诗百年是有重大意义和重要研究价值的。该论文分三部分对当代歌词中“北京”意象经历的红色首都、国家形象、世界之城、文化古都，到现代都市、逐梦舞台、凡俗之城等主题变化进行了除政治意义外的文化想象，在宏大的国家叙事外，北京有了个体意识的崛起、私人叙事的巨大空间，成了一个名副其实的时代印记。在“第一章　北京书写中政治主题的变迁与年代史的视野”部分，多民族众生歌唱北京奏响了红色首都的华丽乐章；“第二章　北京记忆的古都吟唱”中通过北京特有的京腔京韵展现出京味民俗风情；在“第三章　北京想象的欲望表达”中，京城作为逐梦的舞台缭绕着欲望的凡俗之音，清新淳朴的歌词传唱出北漂们的多种情感……对这些歌词文本的深入研究都在实现对当代歌词中“北京”意象的历史记忆与文化想象。“语词的城市”参与现在和未来人类对其生存空间“城市”的认识、想象和再讲述，并参与实在的城市规划和构造，歌词中的“北京”是一个典型个案。围绕着当代歌词中“北京”意象的历史记忆与歌性特质，歌词中的北京想象很好地反映了随着时代社会发展而变化着的社会心理。又因为歌词中的北京记忆与想象是对北京多面相深刻的理解和构想，亲身参与北京城市文化心理的建构，歌词中的“北京”意象已然成为北京历史变迁的见证、北京文化建构的组成元素。“北京”意象在歌词表达中发展，也在城市发展中表达。歌词学、诗学与城市文化建设在歌唱中相互促进，在共同进步中实现着一种长足的发展。其研究前景至今依然十分乐观，值得期待。

关怀从20世纪80–90年代社会转型期开始，人们不再只注重国家与集体而无视个性的存在、个人心灵的需求。主流意识形态不再占据绝对主导地位，私人化叙事开始崛起，个人化的欲望也得到表达……这些都有呈现在北京歌曲里，在强化着“人”的主题概念。

北京——青年人的励志之城

“励志之作，激励志气。励志者，激励自己的志气，是谓自励之作；激励他人的志气，是谓励人之作。自励之作往往兼有励人之功，励人之作也往往兼有自励之效。”① 以北京为意象的当代歌词有很多励志、言志之作，都唱出了青年人想在北京实现自己的志向，想寻求更好的物质、精神生活的内心渴望。

“每个地方，都有自己特别的气质；每个地方的人，都有自己独特的生活体验，当一个人真诚而充分地表达了自己的生活，也就写好了他所在的城市。而这种地域的创造力，往往会成为一种根本性的资源。它的气质和形式一旦有了普遍的潜质和土壤，它的影响就会放大。《晚安　北京》和《北京　北京》只是在北京生长出来的两首关于北京的歌。但重要的是，它们是生长出来的。真希望每个城市都能长出自己的歌。”② 这是汪峰自传《晚安　北京》中书写到的“歌曲的籍贯问题”，是北京造就了这两首歌曲，也是北京成就了号称“当代中国摇滚界半壁江山”的汪峰的一系列北京歌曲。地域文化滋生出了这样一位兼具音乐人与商人为一体的创作型才子，在今天，也不得不说是一个可喜可贺之事。

---

① 毛翰：《歌词创作学》，社会科学文献出版社2015年版，第224页。

② 汪峰：《晚安　北京》，上海人民出版社2011年版，第55页。

2012 年，汪峰的《北京　北京》唱出了生活在这里的普通人的“欢笑”“哭泣”“寻找”“失去”，即使只是在挣扎中“寻找着追逐着奄奄一息的碎梦”，然而在这儿仍然有“太多让我眷恋的东西”，因为他们都深爱着北京，一个令他们魂牵梦绕的北京。

当我走在这里的每一条街道，
我的心似乎从来都不能平静。
除了发动机的轰鸣和电气之音，
我似乎听到了他烛骨般的心跳。
我在这里欢笑，
我在这里哭泣，
我在这里活着，
也在这里死去。

“回不去的是家乡，到不了的是远方。”在工作、爱情、责任面前，坚守或是离开、得到还是失去，不仅是北漂一族，也是每一个独自在外打拼的人都必须直面的问题和共通的情感。2014 年，民谣歌手赵雷的原创歌曲《理想》发行在其第二张专辑《吉姆餐厅》中，同时也是网剧《陈二狗的妖孽人生》主题曲。该歌曲创作于北京的一间八平米小屋。彼时，赵雷刚经历一年藏地洗礼回归北京，城市的流彩繁华与自己的微不足道形成鲜明对比，这令他触动甚深，由此《理想》萌芽而生。

一个人住在这城市，
为了填饱肚子就已精疲力尽。
还谈什么理想，

那是我们的美梦，
梦醒后，还是依然奔波在风雨的街头。

结合整首歌的创作背景，词人赵雷以“理想”为中心意象，充斥着“精疲力尽”“风雨的街头”“霓虹的北京”“拥挤的人潮”“白雪茫茫”“麻木的血肉”等平民化语言氛围。歌词里因为有一段经历，有一个故事画面，将霓虹的大都市里一个平凡的小青年因理想而执着，因理想而精疲力尽，内心迷茫感伤刻画得精细入微，让人不禁心临其境。歌词是一种艺术语言。“艺术语言表达的是艺术家（词人）独特的生命体验。海德格尔曾说过，语言不是为了传达意义或抽象概念而存在。这里的语言，当理解为艺术语言或流行歌词的语言。它所传达的是‘每一个人作为一个个体，他的生命体验。’”① 赵雷的《理想》在传达着他作为一个个体的生命体验，生命式的语言配上歌词艺术化的表达，赵雷的才气与天赋尽显其间。

2016年王菲菲演唱的《北京这座城》（杜维娜作词，2016年），唱出了“每个人心中有座城/每个人心中有个梦/这座城就是北京城/这个梦就是北京梦”。对北漂者而言，北京更多的是一种志向或者梦想。

青砖红门是思念，
胡同小巷最流连。
杨柳翩翩荡秋千，
冰糖葫芦味儿最甜。

① 张鹭：《当代流行歌曲歌词的语言艺术》，华中师范大学硕士学位论文，2005年。

每个人心中有座城，
每个人心中有个梦，
这座城就是北京城，
这个梦就是北京梦。

北京的励志歌曲，还有2011年《北京的一颗沙》（侯海华作词）、2016年《北京早》（于水元作词）等，都唱出了即使“注定这一生要浪迹天涯/我也要追逐梦想的浪花/天有多高地有多大/我是渺小的一颗沙/我已不再害怕回忆沙哑/随风漂泊的屋檐下”是北漂青年的追梦之志。北京，“我”实现理想的城市。

北漂者的幸福与心酸

“‘北漂族’是指那些在北京生活但却没有北京户口的人群，他们离开故乡来到北京，过着漂泊不定的生活状态。因此，北漂族就是北京流动人口。”① 作为外来移民的他们，有着不同的文化层次、知识技能、工作能力和生存适应性，但都在追求与北京主流社会的认同与融入。“北京虽说并不是一个极适合生活的城市，她的庞大、她的喧闹、她所具有的种种超大城市的通病，对人们寻求平静、安逸的生活氛围是有着相当妨碍的。但这丝毫不会影响人们向往成为一个‘北京人’的热情。一个很重要的原因，就在于北京是全中国最适合发展事业的地方。‘混在北京’，既是许多年轻人贴切而无奈的生存写照，也是他们一段时间内的生活志趣与奋斗目标。

① 张羽：《80后“北漂”的生存状态研究》，《中国青年政治学院学报》2008年第2期。

‘混’，其实就是‘闯荡’，就是‘热身’，就是衡量自我价值的一种尝试，但既然是‘混’，当今许多年轻人是只认北京的。因为‘混在北京’本身就是一种品位、一种勇气、一种具有鲜明现代印记的生活方式。对于今天的许多青年人来说，这就足够了。”①“混”在北京，对于那些认同北京城及北京文化的人来说，也许是幸福与满足的。

那一年，他是一个穿着牛仔长发的男孩，
为了吉他手的梦想而来。
到如今，他从五环四环三环搬进了二环，
换了个住所十年在北京。

——《十年北京》

独自靠在房间的冰冷角落，
回忆年少无知轻狂闯下了多少祸。
你我曾许下的承诺，
它是否已经渐渐褪色，
苦了倦了累了烦了躁了，
把青春都耗尽了。
北京我爱你，
给予我最美丽的憧憬。

——《北京你那么美丽》

① 赵东华：《北京的性格》，中国经济出版社2005年版，第7页。

因为追逐梦想，那个牛仔长发男孩，奋斗了十年，房子渐渐由五环换到了二环。从2002年的春天，词人小猛离开家乡，远道来北京，十年里他燃烧着青春、追逐着梦想，物质条件也随着自身努力越变越好，《十年北京》向我们介绍了中国新民谣音乐界的一朵奇葩、中国指弹吉他界一匹黑马“小猛”的奋斗历史，在奋斗与成就中，他也在满足幸福着。2016年，鸿良作词的《北京你那么美丽》，虽然在奋斗中青春都已耗尽，但他还是感恩着北京曾给他的那份“美丽的憧憬和最坚强的生命”。在北京的现实中，他学会了成长，学会了坚强，并在自我强大中幸福着。

在“‘三个北京’理念中，‘人文北京’是核心，最显魅力。人文关怀成为社会共同的价值观，渗透在北京的歌曲里。《在北京》（爽子作词，2008年）、《太平盛世之小西天》（郝云作词，2008年）进行底层叙事，展现小百姓并不光鲜的生存画面、并不幸福洋溢的生活状态。比起‘北京土著’，外来漂泊者的生活要更为艰辛。”① 据不完全统计，自1949年到2017年歌唱北京意象的近202首歌曲来看，有46首就在演唱北漂者的心酸，可见比重之大，所存在的社会共鸣心理也十分明显，北漂者心酸背后的社会现象和原因也应值得大家共同关注和研究。

1997年，收录在汪峰专辑《鲍家街43号》中的《晚安　北京》（汪峰作词）就唱出了这一代北漂们的心酸之苦。

我将在今夜的雨中睡去，
伴着国产压路机的声音，

① 朱琳：《对建国以来歌词中的北京想象的考察》，《湖北行政学院学报》2012年第6期。

伴着伤口迸裂的巨响，
在今夜的雨中睡去。
晚安　北京，
晚安　所有未眠的人们。

当时的汪峰和所有的北漂青年一样，为了自己的音乐梦想到处奔波。他不停地给各种人打电话，请他们听自己的音乐小样。当一个黄昏，汪峰走到建国门桥上，脚下车流涌动，周围压抑的楼群混沌伤感，他突然觉得自己生活了二十多年的城市在那一瞬间是那么的不真实。怀着这样的心情，他奔跑回家，彻夜笔书，因此才有了这首唱响中外的《晚安　北京》。汪峰一直在强调“摇滚是可以很优美的”，在他的作品中，他也一直在这么做。《晚安　北京》将那份深沉那份伤感淋漓尽致地表现出来，可以说堪称完美。音乐中荡气回肠的键盘、牵肠挂肚的吉他 SOLO，更是许多音乐人所梦想表达的。汪峰的才气和摇滚乐自带的人文情怀，确实为生命的尊严和意义寻找到了一个存在的出口。无论大千世界如何变化，摇滚乐恒久的美和力量依然永存词里、心间。

北京的快速城市化过程，使它变成一座梦想之城。全国各地寻梦之人纷至沓来，他们寄希望于北京的包容和众多的机会。但真实的北漂经历会告诉他们中的大多数，梦想很美好，现实却很骨感、粗糙，甚至说是残忍的。

开往北京的火车一路沉默，
开往北京的火车我还快乐，
这样下去不是办法，这只是暂时的快活。
但却是两个极端从快活开进了失落，
开往北京的火车由南向北沉默的驶着，

开往北京的火车走走停停就要进站了。

——《开往北京的火车》

这首歌是成都民谣歌手、音乐人赵雷的作品，收录在他发行的第一张唱片《赵小雷》中。“我的小床”“暂别的小巷”“路灯下的路”……都蛮有画面感，很适合在晚上想家的时候听听。

亲人朋友在梦里呼唤我，
我却在这里虚度着好时光。
生活啊不该是一杯醉人的酒啊，
醒来的人他从不说出来。

——《北京不是我的家》

这首歌是由一位来自兰州的原创音乐人夏晖所唱，张佺作词。2005 年，夏晖开始他的北漂之旅，生活的艰辛、都市的浮华都无法改变他对音乐的初心。他将自己定位为音乐人和摇滚歌手，并强调摇滚是一种态度，也是他坚持音乐的力量源泉。夏晖把富有地域特色的兰州民歌融进他的摇滚中，他先后创立了冲击波乐队、野孩子乐队、夏乐团，他的音乐和他的访谈流露出的都是他对音乐最深沉的爱，岁月可鉴。

一个人流浪在北京，
流浪在北京。
鼓楼的钟声，
又响起，

日落在北京。

——《流浪在北京》

当你无助的时候，
泪水涌上双眼，
哽咽着的每句话显得苍白。
是否时间没有忘记，
我们一起走过的岁月，
需要我的出现站在你身边。
北京啊，感觉好害怕，
我的梦想将在这里破灭了。

——《北京》

北方在下雪一直在下雪，
而我还在路上。
由南向北的这趟列车，
停靠在了济南。
我多想在这个寒冷的季节，
看一看趵突泉；
多想在冬日的清晨里，
爬一爬千佛山。

——《北京不是我的终点站》

这三首歌曲都是典型的“北漂流浪之歌”，特别是第三首《北京不是我的终点站》（战强作词，2016 年）很适合夜晚时分，在酒吧里慢慢聆听。那无论由南向北还是由北向南，车轮不停地转而留下了的遗憾。

另外三首由东北独立音乐人曹槽作词作曲的“北京以南”系列

歌曲也很好听。歌曲恰当地融入南方少数民族民谣特色，又以北方男人低沉沙哑的声音唱出，整首歌曲流动在一股舒缓的旋律之中。歌词中南北方相互对比的心灵倾诉，从《北京以南（1）》的“过客”“往事”“陌生姑娘”“苍天注定着命运”；到《北京以南(2)》的“几十块一夜的旅馆”“最难熬的时候，给爸爸打个电话”“只有我知道他，过得也不是太好”；以及《北京以南（3）》的“行李箱”“昼伏夜出的女子”“粗布的裙子和衣裳”“流浪的猫儿狗儿”“巴拉城的蚂蚁”等意象、意象组或者歌词短语都跟我们展现了词人很真实、质朴的“混”在北京的生命体验。歌词以清新质朴的语言和叙述视角，从贴近老百姓自己的生活出发，感知生命，感知世界，通过民谣音乐将内心中“混”在北京的心酸缓缓流露，直抵异乡人的心间。

去看一眼大理和丽江，
那里装满过客无从说起的往事。
下一张车票写着什么地方，
这次我离开没有像从前那样哭泣。
我和他们一样相信苍天注定着命运，
北京以南的夏天，谁和我一样苟且偷生，
我开始想念长春送我离开的陌生姑娘。

——《北京以南（1）》

两年过去了，我还是在住着，几十块一夜的旅馆。
那里看不到太阳，只听见隔壁女人的娇喘。
那声音是在祈祷自己过得更好，或许也会乐在其中吧。

可是回头想一想，我们还不是一样。

许多的城市，在夜色中退后，他们没有什么大不一样。

我就是在这样的穿梭里渐渐消磨了期待。

——《北京以南（2）》

离开这座桃花正开的城，
我们留下一只行李箱，
里头塞满了昼伏夜出的女子，
粗布的裙子和衣裳。
北环路的风当时还很冷，
左右这个城市初开的窗，
黑车司机在街角垂头不语。

——《北京以南（3）》

仔细分析这些歌唱"北漂者的幸福与心酸"的歌曲中，心酸主题一直是中国当代有关北京意象歌词被歌咏的重要内容。其中的影响因素是多方面的，包括本土文化环境、周边文化环境、商业环境、传媒环境、教育环境、社会文化心理环境、社会群体参与环境等。其中社会文化心理环境的影响是最主要的因素，人们在时尚倾向、生活方式、人生态度、价值取向、情感表达方式上的选择也会影响词人在歌曲表达内容和方式上的选择。透过研究歌词中"北漂者的幸福与心酸"现象背后的原因，或许我们会更清晰地认识"北京"，认识自己，认识自己内心最真实的渴望与梦想的距离有多远，然后衡量着去缩小距离或者做出一些选择，进而寻求到属于自己的幸福。

结　语

从1949年到2017年，呈现在当代歌词中的“北京”意象是多样而复杂的。歌词中的“北京”，它是红色首都，是国家的文化符号，充满着“世界之城”的独有魅力，让许多有志之士怀着一颗政治抱负走进祖国的“心脏”；它是文化古都，古色古香的京味民俗风情和四季变迁的北国风光都是人们争相歌咏的对象，那代表着浓郁北京风味儿的文化符号在演绎着古都北京璀璨的世界文明，让人们惊叹不已；而它又是一座现代的新北京，是一个逐梦舞台、凡俗之城、感伤之地，一座个人欲望表达的国际化大都市。一座城显现出了不同的面相，城中人对这座城也有着自己不同的记忆。可见，歌词中不存在一个统一的北京形象，也不存在一个一致的北京历史记忆。

北京城因为有着自身特殊的政治地位，有着悠久的历史传统和文化积淀，而成为一座不断变化、多重变奏的城市。其本身的多样性、混杂性，使得歌词中的北京记忆出现了多层次、多元化的诗象，历史记忆与现实想象相交织，不同思想、价值、文化交融，将作为八百年古都兼国际性大都市的北京形象与魅力很好地呈现在听众面前。当代歌词中以北京为中心的事境都在记录着这个城市的历史脉络和城中人的人文情怀，浇注着歌词创作者对北京的情感态度和价值判断，彰显着歌诗的一种精神内蕴。当代歌词中“北京”意象的历史记忆与文化想象（1949—2017）对我们了解一个真实而丰富的北京意义重大，同时也在加深着北京成为时代印记的美好回忆。

当代歌词中“北京”想象的欲望表达——逐梦舞台（1990—

2017）很好地反映了随着时代社会发展而变化着的社会心理。又因为歌词中的北京想象是以诗性的眼光和视野来对北京产生多面相深刻的理解和构想，并亲身参与北京城市文化心理的建构，歌词中的北京意象才会促进真实生活中的北京朝着更加丰富与精彩的方向发展，让北京真正成为亿万炎黄子孙心中的逐梦舞台、时代印记，永放光芒！

李宗盛歌词中的都市情感

彭　萍

经过20世纪80年代的惊变和改革，台湾进入90年代后，岛内的党政之争虽然依旧激烈，但是与激荡的80年代比起来，社会已渐趋开放平稳，经济文化等也相对稳定地发展。随着都市化速度加快，人民的受教育程度提高，在精神上的追求与80年代有质的不同，他们追求更自我、小我的欲望满足，追求情感的宣泄。与此同时，日新月异的城市样貌，让身处其中的人们无所适从，对现状的无措和对未来的迷茫，对新世界的期盼和失落。情绪混乱交织，使得都市人的情感陷入一种无序的状态。李宗盛所做的，不是去评论情绪的好坏，也不是去指引何谓正确的情感状态，而是去触摸这些情感，将其从人们的生活中抽丝剥茧仔细分析，撩拨起听众的情思。李宗盛关于都市中人们情感的失序，大都集中在林忆莲的专辑《夜太黑》及为赵传和莫文蔚创作的大部分歌曲中。

都市情感的堕落

林忆莲的专辑《夜太黑》，歌词均为李宗盛一手打造，内含新歌《夜太黑》《不许哭》《诱惑的街》《我明白》《让我试》《野风》。值得注意的是，李宗盛开始频繁使用各种意象来构建歌词文本。在这张专辑里，李宗盛采用了大量可以营造都市迷情氛围的意象：黑夜、冷风、街市、霓虹、酒精、星光、血、雨、梦、烟花、梦。仅从这些意象就可看出，专辑偏向制造一种氤氲堕落的现代都市氛围，都市男男女女深陷其中，承载的多是负面的情绪。此外，李宗盛还采用了大量冷色调的语句，如：

告别白昼的灰
夜色轻轻包围
这世界正如你想要的那么黑
霓虹里人影如鬼魅
这城市隐隐有种堕落（沦落）的美
如果谁看来颓废/他只是累

——《夜太黑》

那些任谁也无解的难题
已是生命里最冷的回忆
……
然后现实哭哭相迫
一直到谁也无法再继续

——《不许哭》

血里的狂野
对真实与幻觉

已无分别

——《诱惑的街》

尽管日子曾经苍白
也许世界失去了光彩

——《我明白》

野地里风吹得凶
无视于人的苦痛
仿佛把一切要全掏空
……
也许在某个时空
某一个陨落的梦
几世暗暗留在了心中

——《野风》

以上歌词是从每首歌里选出的最具代表性的冷色调歌词。李宗盛擅长但不止于用“大白话”表达他对爱情、对人生的看法，随着创作手法的成熟，他逐渐采取有外延语义的文字组织更饱满的情节，以此来营造更值得耐人回味的歌词韵味。正如在这里，他用各种内涵丰富的意象构建了现代都市的诱惑和堕落。或许是出于林忆莲在唱片市场的形象，李宗盛选择了她来打造专辑《夜太黑》，表达他的“都市诱惑”想法。

前三首歌《夜太黑》《不许哭》《诱惑的街》，主题统一，表达都市男女的堕落和迷茫。以《诱惑的街》和《夜太黑》为例：

只是你身在诱惑的街
只是你身在沉沦的午夜

血里的狂野
对真实与幻觉

已无分别
所以你也无从察觉

情由何时冷却
你从来不了解
心痛有多么强烈

如今若要我为爱妥协
我宁愿它幻灭

——《诱惑的街》①

告别白昼的灰
夜色轻轻包围
世界正如你想要的那么黑

霓虹里人影如鬼魅
这城市隐约有种堕落的美

如果谁看来颓废
他只是累
要是谁跌碎了酒杯
别理会

谁又在乎酒醒了更憔悴

① 李宗盛作词，林忆莲演唱：《诱惑的街》，选自专辑《夜太黑》，发行于1996年7月19日。

夜太黑
酒精把一切都烧成灰

——《夜太黑》[①]

李宗盛想要表达的是：这些都市男女穿梭忙碌在都市中，逐渐迷乱在这“有种堕落的美”的城市里。他们希望夜再黑，能隐藏自己“眼角不为人知的泪”和“藏在角落的伤悲”，隐藏两人之间“难堪的主题”。但他们又怪夜太黑，无法让人得到“暖暖的安慰”，无法让人解开心结，只因“只是你身在沉沦的午夜”。歌词主人公们，借着夜太黑的矛盾说辞，表达出自己心里的孤独和失落以及对“现实苦苦相迫”的怨言。李宗盛将黑夜描述成保护伞，将都市男女的脆弱无助一一包裹进去，贴合了当时随着都市的发展，都市男女内心惶惑不安的状态。而“街”“酒杯”“霓虹”等都市化意象的选择，从侧面反映出台湾唱片市场的娱乐化加深，词作者需要使用紧密贴合生活的意象来创造歌词环境，以此快速与听众建立起情感联系。诱惑的街和黑夜，呈现出旖旎的暧昧色彩，在这层旖旎氛围下再加以分析都市男女的情感状态，有着更真实的呈现效果。

但李宗盛不是个会“陷在堕落都市”的人，他先暴露了都市的诱惑和堕落，再笔锋一转，为这些迷茫的都市男女建议了一条走出都市迷潭的路。在《我明白》中说：“若是两人的眼里/有不同的未来/我想谁都应该头也不回走开/”，在《让我试》中说：“得与失/让我试/试平凡女子无悔的坚持/”。

在李宗盛指出的这条路上，李宗盛将女性处在被男性支配的地

---

① 李宗盛作词，林忆莲演唱：《夜太黑》，选自专辑《夜太黑》，发行于 1996 年 7 月 19 日。

位，但是赋予了女子反抗的姿态。《我明白》是一首男女对唱情歌：

男声：若是两人的眼里
有不同的未来
我想谁都应该头也不回走开
女声：我明白
男声：你早该明白
女声愤然：可是我不再依赖
我拒绝忍耐

男声再次唱道："若是两人的眼里/有不同的未来/难道不该不该坦白/然后好好分开/就算深深情意不再/也能付出些关怀/爱不如期待/我谁也不怪"，男子表现出好聚好散的包容态度，而看似理性的爱情观，内里却捆绑着女性的被迫妥协。这与李宗盛在为辛晓琪创作的《爱上他不只是我的错》里的态度相较而言是两个极端：

爱上他不只是我的错
是你让一切成了一种痛
不愿再为谁等候
我不愿再面对你的冷落
会爱上他不只是我的错
是你给我的寂寞惹的①

李宗盛其实一直都在两个极端里徘徊：一方面鼓励女性完全放飞自我、追求真实的情感欲望；一方面又总是塑造苦苦挣脱感情的

① 李宗盛作词，辛晓琪演唱：《爱上他不只是我的错》，选自同名专辑，发行于1996年9月1日。

枷锁却依然受到男性欲望捆绑的女性形象。他似乎想要尽力以男性的角度去释放、尊重、保护女性的情感世界，又受到自身性别的天然限制，无法把男性在感情里的权利地位完全弱化。

多维都市空间的寂寥

李宗盛曾说过，《阴天》是他“运用文字能力的第三次转折”①，也就是他创作风格的第二次转向。李宗盛这一转折的缘由，一是他想要转变自己的作词风格，二是受到日文小说的影响。他在谈到专辑《十二楼的莫文蔚》里的歌曲《寂寞的恋人啊》时，曾概括过这一转折的原因：“每次跟人家聊天，碰到讲什么夫斯基，很懂外国小说的，我都觉得丢脸，我不大看这些东西。我偶尔会去诚品（台湾非常有名的连锁书店），翻一翻小说，畅销书，然后就走了。但是我看每一种文学都有它特别的构造。比方说我看日文翻译的，那天看到这段：‘智子的母亲三月子宫癌发作了。今天下午经过便利店才猛然想到优惠券过期了。没有收到谁谁的结婚喜帖，我觉得对我是一种不礼貌的事。’在日文里面经常看到这种独立的句子，然后它讲了八个独立的句子，每个句子都没有关联，可是你却能够知道这个女人发生些什么事，发生什么状态。我觉得这是日文给我一种很有意思的感觉。”《阴天》便是李宗盛受到日文影响从而作词风格转向的一个开始。

莫文蔚同林忆莲一样在香港出道，后来在香港、台湾两地发展，加上她自身混血儿的长相，与普通听众有着天然的疏离感。李宗盛便有意为其打造偏向冷艳性感的形象，为莫文蔚创作的歌曲也多为冷静沉思类型，以此来打造多维都市空间的疏离感。

---

① 叶晓萍，李宗盛：《南都娱乐周刊》第54期。

阴天
在不开灯的房间
当所有思绪都一点一点沉淀 爱情究竟是精神鸦片
还是世纪末的无聊消遣 香烟
氲成一滩光圈
和他的照片就摆在手边
傻傻两个人
笑的多甜

开始总是分分钟都妙不可言
谁都以为热情它永不会减

除了激情褪去后的那一点点倦
也许像谁说过的贪得无厌

——《阴天》

歌词篇幅较长，重复部分却很少，这是因为必须有足够长的篇幅来承载意识流的情节变更。“阴天”，奠定了整个歌词的情感基调，从“不开灯的房间”到“氲成一滩光圈”的香烟、照片，再到回忆爱情的最初和现状，歌词以思绪为轴，将空间的转换和时间线进行交叠，共同构建了一个带有“蒙太奇”色彩的现代都市时空。这时空里的人，曾沉浸在爱情的甜蜜里，混沌不知现实，“谁都以为热情它永不会减”，可是他们逐渐学会了反省，学会理性地看待这现代都市中的爱情本质，这本质被李宗盛“残忍”地总结为：

总之那几年
感性赢了理性那一面

当所有思绪都一点一点沉淀
爱恨情欲里的疑点
盲点
呼之欲出
那么明显

有着异域风情的莫文蔚，代表着这些曾迷失在混沌都市里的人们进行了清醒的总结：“爱情究竟是精神鸦片/还是世纪末的无聊消遣。”答案是：“感情说穿了/一人挣脱的/一人去捡/男人大可不必百口莫辩/女人实在无须楚楚可怜。”这真相看似理性的总结，却凸显出人们内心的空洞和落寞。李宗盛一针见血地，甚至残忍地，将这混沌都市里的情感本质揭露出来。这既是李宗盛对不同时空里的都市男女给出的谏言，也是随着时代的前进，李宗盛对爱情本质超越时空的新领悟。专辑《十二楼的莫文蔚》更是将这种混沌都市的空洞寂寥推向更深层次。

《十二楼的莫文蔚》是李宗盛非常得意的一张专辑，但当年的销量却遭遇滑铁卢。归结原因，在于李宗盛摒弃了他以往的故事讲述方式。李宗盛一贯是“接地气”的，用最普通的白话讲述最贴心的故事，可是在这张专辑里，李宗盛变得令人琢磨不透起来，他变得“高级”，听众一时难以看清歌词的内涵。流行歌曲是大众消费品，《十二楼的莫文蔚》的“高格调”，在娱乐化的唱片市场的惨败也就能够解释。但这张专辑确属李宗盛制作的专辑里被忽略其价值的一张，其中歌词的艺术性也值得称之为李宗盛作品的代表之一。

李宗盛将他以前从日文小说中找到的灵感——意识流的行文方法——最大化地运用到了专辑里。最典型如歌曲《十二楼》中：

忘了关
那扇门
那扇窗

电光
石火
秋凉

孩子离开了秋千
最快要到七月再回来荡

影剧版依然沸沸扬扬
像极了枪声大作的靶场

工作了一整天只喝了
一碗
冷汤①

各种不相干的意象叠加，第一眼给人不知所谓的感觉，突然一句“呜~/只有爱让人心情舒畅/呜~爱让人兴致高昂”，听众再倒回去看前面的歌词，就知道前面种种意象的叠加使用、种种不相关联的场景，均是为了铺垫出“爱情的力量”。后半段的歌词同理：

向左
侧身

---

① 李宗盛作词，莫文蔚演唱：《十二楼》，选自专辑《十二楼的莫文蔚》，发行于2000年2月6日。

半躺
等体温下降

电视播吸烟对怀孕的影响
是谁在十二楼嚷嚷

日子更像是道灰墙，骂它也没有回响
呀呀呀呀呀呀呀

女优与假知青的恋情终于曝光……①

前半段的“忘了、门窗、电光、石火、秋凉、离开、七月、影剧、靶场、工作、冷汤”，营造出空间上巨大的苍凉感和疏离感，后半段的“侧身、下降、电视、孕妇、十二楼、灰墙、女优的恋情”则营造出小空间里日子的空洞无趣。前后毫无逻辑关联的场景，共同构成了钢筋混凝土的十二楼的空虚清冷，我们只能瞥见十二楼的“莫文蔚”的侧影——孤独、空虚、寂寞，想象着她的哀愁和情欲。这是李宗盛勾画的关于都市个人生活的最好影像，配上莫文蔚具有距离感的声线，灰墙——现代都市群的缩影——里的人们的种种寂寥和无力感铺天盖地袭来。

这种通过“蒙太奇”的手法表现出来的寂寥感遍布专辑里的其他歌曲，非常经典的是《寂寞的恋人啊》，李宗盛采取了在《十二楼》里的手法，用不同的意象拼接起看似毫不相连的故事场景：

① 李宗盛作词，莫文蔚演唱：《十二楼》，选自专辑《十二楼的莫文蔚》，发行于2000年2月6日。

固执的7-11
尾声啦
夏天
太亮了

霓虹灯
天空的颜色好浅
傻子才争吵啊

落叶是树的风险
情感是偶发的事件
用偏方治好失眠①

李宗盛说，他想要通过“落叶是树的风险”告诉人们“失恋是恋爱的风险”②，也许听众不能一时获取到李宗盛的意图，但歌词中营造出的“失恋危机”是很明显的。

再如《懒得管》，“不太青春却很反叛/自命不凡反应又慢/啤酒喝一罐/马路就变得很宽”。“都市人的寂寥”，是李宗盛赋予《十二楼的莫文蔚》的基调，也是现代都市人“心有戚戚焉”的共同生活模式，更是李宗盛发现的都市生活本质。只不过李宗盛突如其来的风格转变，使他更贴近生活本质的同时，也疏离了普通听众的审美。但这不妨碍《十二楼的莫文蔚》成为李宗盛的力作之一。

---

① 李宗盛作词，莫文蔚演唱：《寂寞的恋人啊》，选自专辑《十二楼的莫文蔚》，发行于2000年2月6日。

② 李宗盛、马世芳：《今夜，请将耳朵借我》，台北：信义学院，2014年6月25日。

男性的都市迷失

李宗盛在80年代时主打女性情歌，除了自身的才能所在，还因为时代的发展给了女性变化更明显、更复杂、更隐秘、更具时代变迁特征的情感。除了写给自己的《生命中的精灵》，集中为男性歌手创作且又最具时代特征的歌手是赵传。纵观80年代末至90年代李宗盛为男性歌手创作的歌词，最为瞩目的不是情歌，而是如《我是一只小小鸟》一类书写男性在都市生活经历和感悟的歌曲。大部分歌词中，李宗盛更侧重叙写男性在情感中或被动、或伤情的“弱势地位”，很少写他们作为独立的个体在繁华都市中的感受，但赵传是此中少数。因为自己出身社会底层，李宗盛的歌词多为讲述平凡人的感受，赵传和他有着相似奋斗经历，李宗盛有感同身受的体悟。他为赵传创作的歌词也是他自己的自传式总结。

赵传因专辑《我很丑，可是我很温柔》声名鹊起，公司为其包装的路线，是传达都市平凡人在奋斗过程中的真情实感，专辑中主人公的脆弱与不屈打动了许多人，使得赵传成为平凡人奋斗史的代言人。李宗盛趁热打铁，为其制作了专辑《我终于失去了你》和《我是一只小小鸟》，赵传声名更盛。此后还创作了《爱要怎么说出口》《快乐似神仙》《我的心好乱》等，延续了赵传“外刚内柔”的风格。

《我终于失去了你》以赵传的真实经历作为虚拟背景，讲述了一对恋人在逆境中互相依偎陪伴、最终却分道扬镳的故事。“我”不过是这灯红酒绿的都市中努力奋斗的一员，可“我”有一个善良真诚的女子的陪伴：“当所有人离开我的时候/你劝我要耐心等候/并且陪我度过生命中最长的寒冬”。但等到“我终于让千百双手在我面前挥舞/我终于拥有了千百个热情的笑容/我终于让人群被我深深地打动"[①] 的时候，却失去了"你"。这一幕本是很常见的都市情感故事，李宗盛细腻简单的笔触，却让人物生动饱满起来，人物间的甜蜜与苦涩，引起听众的唏嘘叹惋。《给所有知道我名字的人》同样以赵传的真实人物形象为虚拟背景，只不过故事换成了圆满结局。歌词传达出豁达乐观的情绪：不能继续共奋进的两个人，也可以"你我的心不用双手也能相拥"，也会始终陪伴着彼此。这是李宗盛在那个喧嚣时代里截取的为数不多的都市温情，他很难给予都市男女温馨的结局，有一种冷硬的悲观色彩。

《我是一只小小鸟》则更形象地描绘了平凡人在大时代里奋力生活的真实形态。

有时候我觉得自己像一只小小鸟
想要飞却怎么样也飞不高

也许有一天我栖上了枝头
却成为猎人的目标

我飞上了青天才发现自己
从此无依无靠

每次到了夜深人静的时候
我总是睡不着

我怀疑是不是只有我的明天
没有变得更好

---

① 李宗盛作词，赵传演唱：《我终于失去了你》，选自专辑《我终于失去了你》，发行于 1986 年 6 月 4 日。

未来会怎样
究竟有谁会知道

幸福是否只是一种传说
我永远都找不到①

这首歌写于1990年，90年代初的台湾正是激荡的时候，个人的渺小感愈发强烈，时代在不停进步，个人奋斗从来都不容易，现实的打击让人难免认为"有时候我觉得自己像一只小小鸟/想要飞/却怎么样也飞不高/"，还要时刻担心"也许有一天我栖上了枝头/却成为猎人的目标"。孤独的奋斗过程——"我飞上了青天/才发现了自己/从此无依无靠"——让"我""每次到了夜深人静的时候我总是睡不着"。

长时期的艰难前行，会让很多人放弃继续"飞"向高处，会让人"怀疑是不是只有我的明天/没有变得更好"，会让人质疑自己不能得到理想中的幸福。就算尝尽人情冷暖，现实的残酷依然让人无处可逃，这时候的人们，所需要的不过是"一个温暖的怀抱"。歌词中真挚的情感太过真实浓烈，李宗盛通过"小小鸟"意象营造出实质般的酸楚感，让听众感同身受，有相同经历的人更是得到极强烈的情感共鸣。但李宗盛在面对现实压力时，不会软语安慰，他残忍地揭露真相："生活的压力与生命的尊严哪一个重要。"想要飞得更高，也想要温暖的怀抱，但这需要作出艰难的抉择，小人物艰辛的奋斗史跃然纸上。

① 李宗盛作词，赵传演唱：《我是一只小小鸟》，选自专辑《我是一只小小鸟》，发行于1990年8月1日。

李宗盛对赵传似乎很难“手下留情”，或许是赵传的形象符合了李宗盛对都市平凡人的种种思考，李宗盛笔下的赵传总是悲情的、艰难生活的、为爱愁绪满怀的，代表了很多大城市里独自奋斗的年轻男性的生活状态。要么就是爱情中的“弱势”“被动”一方：

我的心里好难受
如果能将你拥有
我会忍住不让眼泪流

第一次握你的手
指尖传来你的温柔

每一次深情眼光的背后
谁知道会有多少愁/多少愁①

如果要我把心对你解剖
只要改变这结果
我会说我愿意

怎么说都是错
你对我说
离开就会解脱

① 李宗盛作词，赵传演唱：《爱要怎么说出口》，选自专辑《约定》，发行于1993年10月1日。

试着自己去生活
试着寻找自我
别再为爱蹉跎[①]

又或者是将赵传塑造成深陷爱情漩涡无法抉择的男子形象，在缘散与不舍之间纠缠不休："天空为何那么暗/爱情为何那么难/谁能告诉我答案/现在我的心好乱/若是爱让你有负担"[②]。

再或是塑造成熟理智却迷茫无措的男子形象："虽然爱曾如灿烂的火焰"，可是"时间让你我都改变"，尽管"我试着让诺言实现/可是我不知如何再往前"（《仿佛是昨天》，电视剧《今生今世》片尾曲）。

李宗盛真实而不留温情地描绘出，在飞速变异的时代里，为生活奔波奋斗的普通人们，有人失去了所爱，有人拥有了真心，有人在爱情的泥潭里苦苦纠缠，有人艰难度日仍不放弃梦想，还有人在自我肯定与自我否定中交缠，愁苦不堪。现代都市人，尤其是男性，在钢筋混凝土构件的冰冷都市里要追求理想的生活，从不是件容易的事情。他们很容易迷失在灯红酒绿的都市里，他们会疑惑、会怀疑、会灰心丧气，却也会重燃对生活的热情，在钢筋水泥的城市里飞得更高。

① 李宗盛作词，赵传演唱：《爱要怎么说出口》，选自专辑《约定》，发行于1993年10月1日。

② 李宗盛作词，赵传演唱：《我的心好乱》，选自专辑《爱我就给我》，发行于1994年7月1日。

诗评家专访

主持人语（吕进）：

本辑刊发两篇诗评家访谈：简明和袁忠岳。这是两位不同类型的诗评家。精彩，是他们的共同辉煌；但是在风格上却有较大区别。简明是有影响的诗人，他的诗评也很有分量，我们认为，诗人简明同时也是诗评家，而且是重要的诗评家。由于有丰富的写诗经验，简明的诗评不是在诗之外谈诗，也不是在诗之上谈诗，而是在诗之内品尝诗味，在诗之内寻求诗学。这样的诗评，既好读，又耐读；既通俗，又脱俗；既抽象，又具象，它们和简明的诗一样，受到读者广泛好评就不出人们意料了。如果说简明的诗评是诗人谈诗，那么，袁忠岳的诗评就是理论家谈诗。作为资深诗评家，袁忠岳的理论功底深厚。他的理论眼光很敏锐，评论一首诗、一个诗人、一个诗歌现象，三言两语就点到了评论对象的穴位，令人叹服。在20世纪的新时期，袁忠岳是当时的上园派的主要理论家之一，力主“必须继承传统诗学，但要进行现代化转换”“必须借鉴西方诗学，但要进行本土化转换”的“转换论”，现在看来，对当时诗坛产生的影响也是值得肯定的。

简明访谈

王　琪

简明，当代著名诗人、评论家，国务院特殊津贴专家，《诗选刊》杂志社社长、主编。著有：诗集《高贵》、《朴素》、《山水经》（汉英韩）、《手工》、《大隐》（汉英韩）等15部；评论随笔集《读诗笔记》等11部；作品曾获1987年《星星》诗刊全国首届新诗大赛一等奖，1989年《诗神》全国首届新诗大赛一等奖，1990—1991年度全国优秀报告文学奖（鲁迅文学奖前身），共三届河北省文艺振兴奖，孙犁文学奖、闻一多诗歌奖、陈子昂诗歌奖等；诗歌作品被译为英、法、德、西班牙、俄、日、韩等多种文字。

提问者：王琪，《延河》下半月刊常务副主编。

回答者：简明，《诗选刊》杂志社社长、主编。

问：简明老师，您好！2015年9月初，您应《延河》杂志之邀，来西安参加"当代纯文学期刊·延河高峰论坛"，我有幸第一次见到您。印象中，您曾是具有广泛影响的军旅诗人，请谈谈您的早期军旅诗歌创作。

答：我从 1981 年开始在《伊犁河》《新疆日报》《解放军报》《解放军文艺》等报刊发表诗歌作品，距今已经近四十年了。1986 年，我与后来专事散文创作的刘亮程等人，在新疆伊犁自印了诗集《套马索》。1986 年底，我调入云南老山前线部队，1987 年在老山前线成立了逾千人的“橄榄风”诗社，创办铅印诗报《橄榄风》；并在《星星》《诗刊》《人民文学》《解放军文艺》《昆仑》等报刊大量发表军旅诗歌，作品入选多种权威选本，获 1987 年《星星》诗刊全国首届新诗大赛一等奖、1989 年《诗神》全国首届新诗大赛一等奖等；出版诗集《不明飞行物》（解放军文艺出版社，1988 年）、《无论最终剩下谁》（解放军文艺出版社，1990 年）、《爱我是一个错误》（华侨出版社，1991 年）、《左手婚姻》（北方文艺出版社，1992 年）等；1991 年加入中国作家协会，同年获 1990—1991 年度全国优秀报告文学奖（鲁迅文学奖前身）等；1994 年转业到《河北文学》杂志社工作。

问：新疆伊犁是一块美丽、神奇的土地，您在那里工作生活过多年，是否每当回忆起那段美好的边塞生活，总有按捺不住的向往？它对您此后的诗歌创作一定深有影响吧？

答：是的，我 3 岁时随父母从新疆乌鲁木齐移居到边城伊犁，在那里读书、参军、写诗。童年是诗人的摇篮，童年教会了诗人用力哭和笑，用力喊。童年让诗人长出一颗一颗乳牙，然后，再让蛀虫把它们一颗一颗捣毁。童年的记忆是诗歌的源头，正如雪山是河流的源头一样。

伊犁是我唯一的故乡。“故乡”这一词组，是由极为丰富复杂的社会元素组合而成的，生物、地理、文化、宗教、种族等一系列缺一不可的历史记录，造就了这一词汇在人类进化史中独特的生命蕴涵、符号意义和原始象征。文学在对“故乡”这一历史象征物的不懈挖掘中发现：回忆是一种反向想象。反向想象不是重新经历曾经的体验，而是重新体验曾经的经历。重新经历曾经的体验，你得到的依然是旧有的；而重新体验曾经的经历，你将收获全新的认知。

在故乡丰厚的沃土中，我们很容易辨认：一朵花瓣、一片枯叶、一滴水珠、一缕清风，甚至能够指认出它们曾经去过哪里，现在何处。但是，我们在诗歌中却无法分辨出：哪句诗是花瓣、哪句诗是枯叶、哪句诗是水珠、哪句诗是清风。像血液在血管里奔流升腾，我们无法分辨出它们将在哪里停留；但我们坚信：它们始发于心，终归于心。

伊犁是哈萨克自治州。以诗人的目光看，游牧的哈萨克族人天生幽默，他们表情木讷，脸庞像鸡血石一样泛着太阳的血光。哈萨克男人一生也说不了几句话，他们的沉默甚至比他们的羊群马群更有意味、更具震撼力。一种无言的幽默，流淌在这个民族的血脉中。哈萨克女人的幽默更触目惊心，那是一种命运意义上的幽默，我曾目睹过，她们从闭花羞月的少女，只一瞬间，即变成硕乳肥臀的挤奶婆。这使我惊叹：岁月之幽默，比人类之幽默更甚。

2006 年，《诗刊》在“每月一星”栏目推介我的诗歌作品，新疆诗人周涛写了一篇评论文章，刻意介绍了我的文化背景：简明这个伊犁河的养子比班超幸运，青年时得以回归中土。不幸的是，两种不同文化和风俗的碰撞，从此开始搅动他的愁肠。一个在草原文明环境下耳濡目染成长起来的人，从此内心深处有了两种力量的争夺，两种处世哲学，两种价值观，两种人格倾向，两种对事物判断的方式，两种对美、对文化的理解，它们开始冲突。这种人怎么能逃避诗呢？这种人怎么可能在偶尔听到纯粹的新疆民歌时不泪流满面呢？在两大文明版块的挤压和交融中，诗人就这么诞生了。诗人肯定不是平常状态下的产物。诗人是文化反差交媾后的弃子，他必须独自成长，直至写出诗集《高贵》。我的确没有料到简明的诗已经达到这种程度——这说明这一茬诗人在冷遇萧索的诗歌环境下把中国的新诗提升到了一个崭新的境界。

问：高适、岑参、王昌龄、王之涣等都是杰出的边塞诗人，在中国古代文学史上留下了千古绝唱。他们诗歌当中描写的大多是边塞风光和战争生活，是对从军戎边、建功立业心情的真实写照。时光流转到今天，您认为在新时期、新语境下，当代军旅诗与古代边塞诗有哪些显著的相同点？

答："生、死、爱"是文学永恒的主题，无论是当代军旅诗，还是古代边塞诗，能够传世而成为经典的作品，无一不是围绕"生、死、爱"的主题，挖掘、拓展和延伸的产物。5 岁随父母进疆的军旅诗人周涛写过一首著名诗歌《鹰之击》，曾威震诗坛。《鹰之击》叙述的是一只老狼与一只年轻的鹰之间惊心动魄的搏杀，没有祖国与家园，没有种族与宗教，甚至没有一个完整的故事。但是，《鹰之击》是一首纯粹的当代军旅诗，与高适《燕歌行》、王昌龄《出塞》、王之焕《凉州词》等具有同等的艺术价值。

诗人不是讲故事的能手。一个好诗人充其量只是一个好故事的引子，如同酒头之于佳酿，如同药引之于汤药与病灶；诗人更擅长发现或者"激活"一个故事，然后由别人去想象。

问：时代庞而大、冗而杂，是谁也无法背负却又无法卸掉的。以您之见，在现今这个极度浮华的社会背景下，诗人如何摆脱平庸？

答：在我们的阅读经历中，几乎所有的人，都产生过或多或少的厌倦感，读物中的混沌、浅薄、矫揉造作、自作多情，对读者智力的轻视和不恭敬，充斥在多种文本中，使当下的书写与阅读这一对“天使的翅膀”，变得似乎水火不相容，并有愈演愈烈之势。究其原因，症结何在呢？一个不争的事实是：书写者的技能在下降，而阅读者的胃口在扩张。

现实中，许多写诗的人，要么太功利，要么太平庸，他们的人生，远不能进入高贵的境界中去，作品要么因为太即兴而流俗，要么因为太刻意而僵死；本质上还是因为他们作为一个人，已经习惯了媚己。平庸是阳光照在皮肤上的“痒”，不伤身，不泄气，不图财害命。但是，诗人更应该在恶劣的环境中成长，像胡杨生长在沙漠中——平庸是诗人的天敌。

问：多年前，您曾在一篇述评里讲过这么一句话：诗人的人生感悟，来自原汁原味的生活智慧的提纯。同时，您坚持认为：诗歌填充着我们心灵中时常荒芜的空间，诗歌传达着生活经验中往往只能意会的部分和审美发现……这种经验之谈，在很多诗人身上至今依然灵验。我也非常赞同：诗歌源于生活而高于生活！您出此言是源自哪里？

答：中国人历来把诗歌视为智慧的象征。林语堂先生说：诗歌教会了中国人一种生活观念，通过谚语和诗歌深切地渗入社会，给予他们了一种悲天悯人的意识，使他们对大自然寄予无限的深情，并用一种艺术的眼光来看待人生。诗歌通过对大自然的感情，医治了人们心灵的创痛；诗歌通过享受俭朴生活的教育，为中国文明保持了圣洁的理想。从这个意义上说，应该把诗歌称作中国人的宗教。

没有任何人能够逃避生活，也没有任何人能够拒绝生活。生活不仅能够改变人的容颜，更重要的是，生活将会改变人的胸怀——人与生活所结构的关系是这样的：你给它时间，它让你成长；你给它年轮，它给你心得。

问：有些人写了多年诗歌，因为没有自己独特的风格和思想，一直苦苦地寻找突破、渴望提升，经过一段时间努力也往往收效甚微，请您谈一下，一首好诗怎样写成？

答：一首好诗的最原始的基因图谱应该是这样的：诗因子在诗体内部自由行走、升腾和弥漫，它无所在又无所不在，它处处有又处处无，它主宰诗歌生命的周期、向度和品质，却隐身沉潜在血液、脏器、五官和肉体细胞中，并通过血液、脏器、五官和肉体细胞的朝朝暮暮、通通达达，坚定地传达自己不可篡改的意志。

在写出一首好诗之前，我们应当学会怎样甄别一首好诗？我常常使用这样一个比喻：剔骨的肉与剔肉的骨；语言为肉，诗意为骨；技巧为肉，思想为骨；赘肉裹骨，那是一只羊、一头猪或者一头牛；反之，赘肉剔尽，骨肉分离，则是科学、数学、化学，甚至医学；一首好诗其实就是：科学加一只羊，数学加一头猪，化学医学加一头牛。

掌握了怎样甄别一首好诗的武器，我们再谈谈什么样的诗人是好诗人？

有的人，似乎什么也没有做，却越过了大多数人；有的人，做了许许多多，却依旧停留在原地。为什么？原因很是简单：第一类人，一生哪怕只做两件事，甚至两件同样的事，第二件事绝对是要站在第一件事肩膀上的；而第二类人，做一件事，与做百件事一样，目光永远只停留在自己的鼻尖上。一个不能够越过自己鼻尖的人，又怎么能够超越别人呢？不断有人问我：什么样的诗人是好诗人？我认为，第一类人中间会产生好诗人。

好的诗歌应该保持着良好的艺术信念的清晰度：宽阔的人性自由和独立精神，它们正如艺术作品中所释放出的人格之光，也许正因为超越了文本意义，所以它们更容易被普通人识别。现在，你的问题有了明确答案。

问：我发现您是一直在挖掘事物的内在部分，有的很轻有的很重，有时姿态很高有时特别低调，而那种诗意的呈现，往往是在不经意间的。

答：我始终坚守这样一种诗歌理想，而诗歌也一如既往地给我同样的信心和回馈。如果说，诗歌对应了生命中几个跌宕起伏的重要里程，那么它们分别是：青年时代，诗歌只是一种值得向往的生活方式；中年时代，诗歌变成一种渗入血液的生命流程；最终，诗歌将成为一种别无选择、不可抗拒的人生命运。生命呈现在诗歌中的三个层次是：近距离看，能看到急流；中距离看，能看到河流；远距离看，能看到海洋——广阔的思想体系和自由的语言体系。

问：您有两本诗集我特别留意，分别命名为《高贵》和《朴素》，真有点“返璞归真”的意味。如果我没有说错，这两本诗集分别进入了第四届和第六届鲁迅文学奖的前20名，但最终都没有斩获殊荣，这是您在俗世生活中，面对诗歌呈现出的另外一种淡泊吗？

答：加西亚·马尔克斯说：“对帕斯的荣誉来说，任何表彰都是肤浅的。”我喜欢这个评价，这是对诗人的最高奖赏。

问：对您诗歌的评论，哪些话最中肯？

答：1. 在诗集《高贵》中，简明创造出了属于他个人的“清晰”。这就是既追求语境的透明、结构的简隽，又保留丰富的形而上暗示性；既保持日常经验的本真和鲜润感，又对之进行有分寸的语义偏离以产生某种寓言效果（诗人、诗评家陈超）。2. 在诗歌大量同质化重复的今天，简明的诗开掘出了一条新的路径，那是他的自觉地转向，把视角投向日常的、具有寓言式的诗意化表述。这种转向使简明的诗歌具有了穿越个人与群体、现实与历史的情感交错的真实的经验性和隐喻的幻想性。简明的诗中用了大量的隐喻，他在事实尚未来到之前，通过隐喻预见事实，这种对世界的思考和透视能力，使他的诗句富有多重指向和某种“危险性”，从而更加剧了语言的现实力量。简明让读者和他一起思考，共同获得一种精神上的领悟（诗人李南）。3. 简明的诗歌道路是坚实而朴素的，从诗集《不明飞行物》（1988 年）、《无论最终剩下谁》（1990 年）、《爱我是一个错误》（1991 年）等，到诗集《高贵》（2005 年），再到《朴素》（2013 年）。简明始终如一地坚持着对人类精神、生命哲学与人性色彩的孜孜不倦的探索，对诗歌所企望抵达的丰富性、排异性和无限表现力的孜孜不倦的追求；我欣喜地看到，他的艺术风格和语言风貌已经超越了敏锐与机智、辛辣与讥讽、思辨与哲理，突破了早期的“象征”“隐喻”“暗示”和“批判”等难得却略显尖刻的表现手段，形成了更为恢宏大观又平实朴素、简单澄明又深邃豁达的艺术个性。正如他所言：“它的绽放不是为了炫色，而是为了绝尘。”（评论家张同吾）

问：在当下活跃诗坛的 60 后、70 后、80 后和 90 后诗人写作中间，以您个人之见，哪一群体为诗坛的中坚力量？它最大的优势和特点在哪里？

答：60 后、70 后诗人是诗歌界公认的中坚和“晚熟品种”，他们早已到了“功成名就”的年龄段，却仍旧处于成长期，这是一个特别值得关注的跨学科的学术现象，不仅仅因为所谓的“文化大革命”延误，甚至吞噬了这一代人的“播种期”这么简单。60 后、70 后诗人，因为晚熟而接受了更长时间的日照，厚积薄发之日为时不远。

问：成为一个杰出的诗人，需要时间吗？

答：是的，需要时间；因为心灵的成长是一个漫长的过程。艾青成为一个大师级的诗人，耗用了整整一生精力；多年来被视作诺贝尔文学奖有力竞争者的丹麦女诗人英格·克里斯滕森，先后出版了诗集《光》（1962 年）、《草》（1963 年）、《它》（1969 年）、《四月的信》（1979 年）、《字母表》（1981 年）、《蝴蝶谷》（1991 年）。1994 年，瑞典学院向克里斯滕森颁发了有“小诺贝尔”之称的北欧文学奖，此后 14 年，她几乎年年被看好能更进一步赢得诺贝尔文学奖，但至死也未能如愿。

问：除了读您的诗歌，我还拜读过您贴在博客上的不少札记，这样的文字陆陆续续有几百篇了。从中，我总能找到自己喜欢的句子，它们或像一条河流，让我心情平缓；或像一枚月亮，让我沉思、遐想；还有的，则像一道闪电，令我眼前豁然开朗起来……这对很多爱好诗歌的人说，何尝不是一种启迪和教益呢？

答：谢谢。有人问我：最近，你在读什么书？我说：2014 年，我只读了一本书，叫《机器的奴隶》。

问：讲什么的？

答：讲计算机的。

问：纯技术的？

答：是的，我又读了 20 多本相关的书，终于读懂了这本书。

问：有什么收获？

答：我学会了比喻。其实，比喻是文学的基础功课，并非诗美学的核心功能；用“比喻”完成意象结构，通常被视为“业余套路”。但《机器的奴隶》让我学会了更高级的比喻。心得如下：

图灵奖以英国 20 世纪最著名的数学家阿兰·图灵的名字命名，是世界计算机界最负盛名的奖项，享有“计算机界的普利策奖、诺贝尔奖”盛誉。图灵十分欣赏迪斯尼公司著名的动画片《白雪公主和七个小矮人》中两句暗示意义极其深远的诗句：将鲜红的苹果浸入毒酒，/让死神的酣眠悄然降临//。图灵在42岁时，终于吃下了那只苹果；连浸入苹果的氰化物，都是图灵自己亲手提炼的。匪夷所思吗？诗歌只杀天才，是诗歌杀死了伟大的天才阿兰·图灵，像海子被诗歌杀死一样。

艺术鉴赏，是个性对个性的激越发现，激越感召和认知。如同馒头喜欢红豆腐，而大葱喜欢白豆腐一样。任何人都无法改变，这种经验的“嗜好”。

诗歌的殿堂不是用形容词堆砌而成的，诗歌与形容几乎没有任何关系。诗歌是连体的意象，是诗意与诗意之间的联盟，是一个名词与另一个名词所组成的神秘“王国”。然而，我们常见的却是：一些立志想成为诗人的人，他们总是不得要领地推着满满一车的形容词，像农人推着粪车，汗流浃背地奔向诗歌的田野。

诗歌之精要，就是一个字：减。把“一篮子”水果摆上桌，则“一篮子”是对果园之减；取一只苹果、两枚香蕉、几颗草莓，制成果盘，则果盘是对“一篮子”水果之减。诗的技法就是十行去九行。智力不够的人，才将事情搞得很繁复。

在感受到的所有现象中，透进一束思想的光亮，这就是所谓的洞察。钉子和蚊子，就是这样做的。

惜墨如金，对诗歌而言远非恰当的比喻。诗歌的“赘肉”，如同压死骆驼的最后一根稻草，一段或一句多余的文字，甚至仅仅多余一个字，都是那根致命的压死骆驼的

“稻草”。诗歌的“赘肉”不是荒草，它只是长错了地方的私欲，它生长在乳房上甚至就是诗歌。诗歌的“赘肉”更像城市里修剪得体的“装饰树”，规规矩矩活着，却失去了生命活力。而真正的诗歌，应该是那把修理“装饰树”的剪刀：通体锋利，完美简便，象征着技巧之美。

用解剖尸体的方法，横七竖八地来解读诗歌作品，是粗暴、愚蠢、外行的通常作派。艺术作品的审美完整性，与一座楼的建筑整体性一样，你不可能把地板、楼梯、窗户等等局部构成，从楼体的庞大浑然中，抽刀断水似的分离出来，仅仅指出：地板是欧式的，窗户是古典的，而直上直下的电梯，代表着最新科技成果。这样的指引和导读，非常浮浅、可笑和自以为是。因为人人都知道，大象的鼻子，只有“安装”在大象身上，才是出类拔萃的。

一首诗的风貌，如同一个女人的妆面。我们见过太多的女人，总是想方设法在身体不该凸凹的地方，增添凸凸凹凹的点缀；在应该“高洁、齐整、清爽”的地方，肆意进行“山川起伏”的描绘。

尽管玄学中可能掺杂着大量的诗意成分，但诗歌绝非语言的玄学。诗意只是人类瞬间的非分闪念，这些稀奇古怪的念头，只有找到语言这个五彩缤纷的附着体，如同灵魂找到了肉身，才不至稍纵即逝，这种境遇就像孩子把他们的涂鸦粘贴在白墙上。

批评是价值观差异时的碰撞，或近似时的交融和激赏；批评的前提是，批评者必须建立或拥有自己独立的价值体系，并以此为依据，评价同一或另一独立的价值体系；只有这样的批评，才是学术的、促进的和公允的；反之，“旨在建设”的批评，就会变成“旨在攻击”或“旨在献媚”的口水和性器，批评的过程就只有性交，而没有性爱。

问：的确精彩！还有其他一些与诗歌有关或无关的话题想和您谈谈，鉴于时间关系，今天先到此为止吧。敬祝您诗心永恒！

答：谢谢！

从缪斯之恋到诗学之旅

——袁忠岳教授访谈

赵林云　时　晴

袁忠岳，男，山东师范大学文学院教授，曾任山东师范大学文学院语言文学研究所副所长，山东作家协会理事，山东当代文学学会副会长，中国作协会员，中国诗歌学会理事。祖籍浙江定海舟山，1936 年 7 月出生于上海，在上海读完小学。1947 年随母转住定海老家，完成初高中学业，初二时曾失学一年，在一家酒店就业。1954 年考入山东师范学院中文系。大学期间，在《民间文学》《歌曲》《山东文学》等杂志发表论文、诗歌若干，曾任山东师范大学业余创作组副组长，参加省作协诗人发起组织的黄河诗社的活动。1957 年 4 月签名参与山东师范大学大鸣大放的第一张大字报。1958 年 3 月被划为“右”派，留校察看两年。同年 7 月于山东师范学院毕业，分配到山东莒南一中任教。1960 年底“右”派摘帽后，又在《文汇报》《山东文学》发表文学作品。“文革”中“一打三反”时受到冲击，结论为“不再戴上右派分子帽子”，工资降一级。1976 年 11 月调动工作至兖州教育局，分到前海公社红星高中任教，被评为公社与县的优秀教师。两年后调至兖州进修学校，兼任中学教研工作。1979 年“右”派改正，同年，在《山东文学》发表《“似无理”与“似太俗”》一文，1980—1982 年又在《诗刊》《新文学论丛》发表诗论、诗评。成为《诗刊》重点作者，参加 1984 年 4 月历时半个月的读书会及 1985 年、1986 年两届全国诗歌评奖活动初评工作。20 世纪 80 年代诗论流派“上园派”主要成员。1983 年 1 月被山东教育厅批准为中等专业学校的副教授。1984 年 1 月调至曲阜教师进修学校。1986 年 1 月调入山东师范大学现代文学中心（后合并到中文系），教授当代文学课，带硕士生，科研方向是诗歌。1991 年任语言文学研究所副所长。1992 年被评聘为教授。1997 年退休。之后在《中华诗词》上发文二十余篇，继续在当代诗歌研究与评论领域发挥作用。

其著述以论文为主，大多收集于《缪斯之恋》（1989 年）、《诗学心程》（1999 年）、《诗的言说》（2014 年）三本诗论集中。此外，参与编写的著作有《唐人咏怀绝句精品赏析》（与吕家乡合著）、《献给妻子的情书》（袁忠岳编）、《孔孚山水诗研究论集》（冯中一主编，袁忠岳、吴开晋任副主编）、《中国山水诗论稿》（朱德发主编）、《二十世纪中国现代文学史（上下册）》（孔繁今主编）、《上园谈诗》（吕进主编）等。其中，《缪斯之恋》获山东省首届泰山文学奖二等奖，《中国山水诗论稿》获山东省社科二等奖；其论文有 4 篇获山东省社科奖三等奖，1 篇获《诗刊》年度优秀论文奖。

问：袁老师您好，非常高兴能代表《诗学》“诗评家专访”栏目对您进行采访。从 1979 年发表第一篇诗论至今快 40 年了，您在诗歌评论与研究领域收获甚丰，影响颇大，这种诗歌学术生涯也给您的生命留下深刻的印迹。能不能回顾一下当初您是怎么和当代诗歌结缘，并开始从事这项文学工作的?

答：我与诗歌之间的缘分大概源于我对文学作品的兴趣和爱好，而这种兴趣和爱好是通过阅读逐渐培养起来的。我没有出生在书香门第的家庭，也没有祖传的得天独厚的家教。我只能从学校和课外的阅读中吸收养分。开始当然是很庞杂的，碰到什么看什么。比如在上海上小学的时候，我的同位有一本石印本的《西游记》，我就借过来看。还有家长带回家的言情小说像《亭子间的嫂嫂》等，我也拿来看。小时候，我特别喜欢看侦探小说，就用零用钱到书摊上买《大侦探》这类来看。从上海到定海以后，我看得更杂，什么《七侠五义》《小五义》《彭公案》《岳飞传》《荡寇志》等书常在同学之间传来传去，我就逮着什么看什么。对这些武侠小说一度极为着迷，除了白天看，晚上还偷偷趴在床底下凑着煤油灯读。

当然，我真正进入文学作品的阅读应该是在 1950 年 5 月 17 日舟山解放以后。那时候，我已经不再在酒店“打工”了，失学一年后准备重新上学。正好那时由家乡民主人士筹办、请郭沫若题名的“小小图书馆”借我外公家的屋子开张。我就在那儿当了几个月的义务管理员。这一下大开眼界，大为过瘾，有这么多书，可以任我翻阅了。其中有中外大作家的作品，也有新出版的革命小说。我的阅读兴趣开始从被情节吸引转移到对语言文字的欣赏。那时，我最喜欢的是巴金和屠格涅夫那种优美的语言、抒情的风格，戈宝权翻译的普希金诗歌我也很喜欢。这种欣赏性的阅读和对文学作品的爱好从初中延续到高中，以至于在我报考大学时，不管什么学校，专业一律报的都是中文系。

后来，我考上了山东师范学院（山东师范大学前身）。虽然学校主要是培养中学语文教师的，而我内心却潜藏着当作家的愿望。1956 年，这个愿望就变得更为强烈了。因为，这一年我在北京

《歌曲》杂志5月号上发表了歌词《再见吧，妈妈》，并在《民间文学》7月号上发表论文《关于阿凡提的傻行为》。当时学校成立业余创作组的时候，让我任副组长（组长是老师）。还有山东省作协的王希坚、苗得雨、邱勋等诗人成立黄河诗社时，把我也吸收了进去，并在已编成书稿准备出版的《黄河诗选》中选了我几首诗。可是，天有不测风云，就在作家梦离我越来越近的时候，一场反“右”风暴转瞬间就把它刮得无影无踪。

1958年7月，我从学校毕业，分到沂蒙山区莒南一中教书。到1960年底，“右”派分子帽子被摘掉，于是，实现作家梦的希望在我心里重燃。正好，莒南县委宣传部在组织业余创作队伍时，把我也吸纳进去。《山东文学》一个编辑来莒南县组稿时，让我带着介绍信到山东省第一个建起水库的石泉湖大队蹲点采访，回来后创作了报告文学《北山前》，以莒南一中业余创作组的名义发表在1965年2月的《山东文学》上。1962年6月，我的散文诗《拖拉机从镇上开过》在《文汇报》副刊发表。后来，我又随中央乐团到厉家寨体验生活，在改刊后小开本的《山东文艺》上用本名发表诗歌《蚂蚁照样搬大山》。世事难料，这又一次的作家梦被接踵而来的“文革”再次打碎，这一次我彻底死了心。

谁曾想，时间来到新时期，中国大地重又春风吹暖。1979年，我的“右派”问题得到彻底改正。有一天，我从莒南一中退给我的黑材料中发现了一篇旧稿，是谈《红楼梦》里香菱学诗体会的，觉得还有点意思，就把它略加修改后寄给了《山东文艺》，不久即在该刊1979年8月号上发表。这给了我很大的启发：我写诗不行了，也许还能写写关于诗的体会的文章？就在这时候，我读到《诗刊》上一些谈诗歌意境的文章，觉得好像都未说到点子上，于是就写了一篇《关于意境问题的质疑》寄了过去，很快被用在该刊1980年

11 月号上。这就更坚定了我走诗歌评论与研究道路的决心。应该说，这是我经过命运与时代反复挫折后的最后选择。这种选择决定了我事业和生命的底色与走向。

问：20 世纪 80 年代是当代新诗发展的一个重要时期，诗歌界出现了朦胧诗，文学评论界展开了大讨论，各种风格流派层出不穷，各种观点理论纷争不息。在众声喧哗中，有一种颇为冷静持重的声音为不少诗人和诗评家所赞同，有人称之为“上园派”，而您也是其中的主要成员，而且以诗歌基础理论见长。随着岁月流逝、艺术更迭，很多人都已不了解当年情况，您能否谈谈“上园派”是怎么一回事吗？它在当时对诗坛起到了哪些作用，产生了什么样的影响？

答：20 世纪 80 年代确实是一个不平常的年代，不仅诗歌界热闹非凡，整个文学界甚至思想界都在拨乱反正，除旧布新，因此被文学史界称为“新时期”。但在这一阶段，争论最激烈的应该还是诗歌界。比如，同在新时期的小说，有伤痕小说、反思小说、寻根小说，没见有谁指摘它们不是的。唯独对诗歌界的朦胧诗，刚一出来就一片哗然，轻的说它“晦涩”“看不懂”，重的斥之为“离经叛道”“数典忘祖”，甚至是“沉渣泛起”。当时，异军突起站出来为朦胧诗争辩的是三个“崛起”，即众所周知的谢冕的《在新的崛起面前》、孙绍振的《新的美学原则在崛起》、徐敬亚的《崛起的诗群》。然而，在学术还未完全摆脱政治化窠臼的当时，它们很快就成了反自由化的靶子。我当时在兖州，还没有资格参加全国性会议的讨论，但我根据自己的理解，写了《给朦胧诗以生的权利》（《文艺通讯》1981 年 1 月）、《懂不懂与美不美》（《山东文学》1981 年 2 月）、《朦胧诗与“无寄托”诗》（《诗刊》1981 年 4 月）等文章，认为不能用是“土”还是“洋”，“懂”还是“不懂”来判定一个诗歌品种的命运，关键要看它符合不符合艺术创作和欣赏的规律，看它是美还是不美。我就是带着这样的观点去参加1984年4月《诗刊》组织的半月读书会的。那一次，各地来参会的代表一共9人，住在北方交通大学旁边的上园饭店。1985年底，由《诗刊》组织全国诗歌评奖初选工作，这一次参加人数更多了，但仍住在上园饭店。一直到1986年，评奖初选工作才改在鲁迅文学院。

两次住在上园饭店开会，就是和这家饭店结缘的由来。至于成立“上园派”，则是在大家在相聚闲谈中交流看法、形成共识的一个自然结果。这个共识就是秉持开放意识，摒弃保守观念，反对压制朦胧诗和排斥不同意见。同时，也不赞成全盘西化，不赞成完全吸收西方现代派的理念。至于同意集体发声把我们的观点共同宣扬出去的是其中的7个人，即阿红、叶橹、朱先树、吕进、杨光治、朱子庆和我。阿红当时主编辽宁的《当代诗歌》，就以大家的共识为其办刊的宗旨。朱先树除了担任《诗刊》编辑，还是函授刊物《未名诗人》的主编，当然可以发表“上园观点”的文章。杨光治是花城出版社诗歌编辑，他负责给大家出书，我的《缪斯之恋》就是花城出版社出版的。朱子庆后来到广州《华夏诗报》做编辑，1986年4月专门开辟了一个专版向读者介绍“上园诗派”，并发表朱先树、杨光治、朱子庆、孙克恒和我5人的笔谈。1987年，吕进主编的《上园谈诗》集中发表了7人的文章，并喻之为“七弦琴”，畅谈上园观点。概括起来说，这观点就是“横的移植要本土化，纵的继承要现代化”。至于叶橹和我，只有手中笔，也就是写文章表达观点。我在《中国新诗的选择》中是这么说的，“诗人有权利选择诗，诗也有权利选择诗人”。那什么是中国新诗的选择呢？那就是必须是“中国的”“当代的”“人民的”“诗的”。

诗评家古远清是最早也是最多评论“上园诗派”的专家，他多次把该流派放在海峡两岸诗论的视野中来论述，突出它在大陆朦胧诗论争中的作用。吕进任所长的西南大学中国新诗研究所，自1986年10月成立以来，其办所宗旨也与“上园”观点一致，故而吸收了“上园派”成员为所刊《中外诗歌研究》的编委，邀请他们参加所里举办的各种学术研讨活动，成为“上园派”的中心。其实“上园派”并非严密的学术组织，各个成员的观点也不尽然相同，偏现代派和偏传统派的都有，这很正常。

随着时间的流逝和人员的失散，如今，原来的“上园派”已不复存在。但形可消，神可存，上园观点还会在现在和今后的诗学中存在下去。因为它符合正、反、合的辩证法。任何时候，当“正”与“反”相持不下的时候，就需要“合”来解决，这就是“中庸之道”的妙用。如山东诗人苗得雨是反对朦胧诗的，原山东省作协文研所所长卢兰琪告诉我，苗得雨在读到我写的《给朦胧诗以生的权利》一文后说，这篇文章的观点他可以接受。所以，说起来“上园派”没有几个人，但是持“上园观点”的在诗歌界却很多，有的就当面对我说他也属于“上园派”。

从更宏观的视野来看，上园诗派在20世纪80年代中期及以后，为中国诗歌评论界吹来了一股清亮之风，其获得的学术成果，丰富了中国当代诗歌研究的宝库。在当代诗歌史特殊阶段里发挥的作用更有实际意义，当两阵对垒相持不下的时候，“上园派”在中间起到了一个缓冲和沟通的作用，使朦胧诗更容易被人接受，从而达到更新中国诗歌界诗歌观念的作用和目的。

问：1980年11月，您在《诗刊》发表《意境问题质疑》一文，之后又在朱德发主编的《中国山水诗论稿》中承担“本体论”第三章“中国山水诗的意境营造”的撰写。在您第二本诗论集

《诗学心程》上编还特设了“意境篇”，收了7篇这方面的文章。这足以说明您对当代诗学中的一些本质问题，如意境、意象等，非常重视、关注并有深入的思考与研究。能否就这些问题阐述一下您当时的思考和建设性的意见？

答：最初触发我关注的问题是“意境”的定义，究竟什么是“意境”？我不同意当时一些专家的观点和某些文章政治化与概念化的解释，故而对之进行质疑，并提出我的理解，那就是“意境是作者从客观现实取境摄神，熔裁于意，定型为诗，而提供的能引起读者想象，激发读者情思的一种艺术境界。这种境界往往表现为读者意念中的有情有景的完整的具体画面”（《意境问题质疑》）。我是比较早注意到读者在创造意境中的作用的，认为意境需要诗人和读者共同来完成，那时我们还不知道什么“接受美学”之类的理论。后来西方的“接受美学”进来后，有些人又走向另一个极端，否定作者的原创作用。像陈如江发表《意境之限界》（《文艺理论与研究》1987年第3期）一文，认为“意境产生于作品与读者的审美关系中”“是读者对作品的体味评价”，与作者没有什么关系。还一知半解地用刚引进的“系统论”“信息论”来生硬地解释。在这种情况下，我写了《意境只产生于欣赏过程吗?》（《齐鲁学刊》1989年1期）与之商榷。我在文中指出，作者在运用系统论、信息论时有四点失误，当然得不出正确结论。作者还曲解了言外之意，仿佛这言外之意非作者在诗中隐含的，而是完全由读者创造的，那倒真是“无中生有”了。没有作者提供的信息，读者从哪儿去获得生成意境的条件呢？所以我说，“决定意境有无高下的是诗人，检验意境有无高下的是读者”。

在朦胧诗的争论中，“意境”问题也一直是大家关注的焦点。当时，有一种理论把“意境”和“意象”对立起来，崇“意象”

而反“意境”，把“意境”排斥在诗歌审美标准之外，这显然不合适。另一种看法是“意境”是由“意象”组合而成，“意象”从属于“意境”，它们是部分与整体的关系。这又无法用来解释朦胧诗中的“意象”。为了把二者统一起来，既能解释传统诗，又能解释现代诗，我又写了《诗歌意象及其两种运动方式》（《山东师大学报》1987年5期），试图把诗歌创作与欣赏的过程，描述为意象运动的过程（即意象—符号—意象）。而这个意象运动过程在具体创作中可以有两种方式，即意象的整体运动方式和意象的个体运动方式。前者适合用来解释传统诗中的“意境”创作，后者适合用来解释现代诗中的“意象”创作。这样能否讲得通呢？算是一种尝试吧，大家可以推敲批评。除此之外，我还在《中国山水诗论稿》中对意境的产生演化、意境构成机制、意境类型等问题有系统的具体的论述，就不在此详述了。

问：您的绝大部分诗歌评论和研究文章，包括您出版的三部诗论集，我都认真拜读过。我发现在您的诗学思维里，散发着明显浓郁的思辨性。辩论，辨析，辩证，几乎是您诗学观念的主要思考方式和表达方式。您这种文风特色是如何养成的？这与您个性有什么内在的联系？

答：我对思辨性文章感兴趣，在中学就喜欢读，喜欢思考。我刚调来山东师范学院现代文学中心不久，就被安排给研究生讲美学。我没有讲美学教程，而是给学生讲20世纪50年代美学争论中蔡仪、朱光潜、李泽厚三家美学理论的比较和区别。由此也较为浅显地接触到国外的理性美学和反理性美学，这对提高自己的理论修养和思辨的敏锐度非常有益。1988年《文艺报》约我写稿，我写了《反理性诗歌的出路》一文，发在7月2日的《文艺报》上，主要针对第三代诗人的“反理性”主张发言。我认为在“理性不足，而非理性过剩”的情况下，大声疾呼“反理性”，有“为赋新诗强说愁”的意味。当时安徽《百家》杂志同年第5期上发表慈公的文章，不同意我的说法，认为“反理性”“实在是一种道地的理性精神”，为第三代诗人辩护。1989年我在《百家》第4期上发表《非理性——理性——反理性》一文与之争辩，坚持“非理性不能直接向反理性过渡。理性不能以非理性为根基，反理性必须建立在理性基础上”。这样一来，有些问题就得以在辩论中越辩越明。

所以，我的很多文章都是被辩论激发出来的，一有辩论我就兴奋，思想就会在辩论中打磨得更加锋利。一个探求真理的人是不怕有人持不同的看法并与他辩论的。《民间文学》的贾芝就是一个很好的榜样，他是该刊主编，却能把我这个毛头小伙子（当时也就是20岁）批评他的文章在他主持的刊物上发表出来。丁国成也是这样，他敢提意见，也敢接受不同意见的挑战。2008年3月，他在《中华诗词》上发表《“新诗主体论”可以休矣!》，认为新诗独霸诗坛的历史应该结束了，以此为旧体诗词争取其在当代文学中应有的地位。这种观点本来无可厚非。不过因此将当年新诗替代旧诗的历史描述为“先驱者”采取了“一概否定，彻底打倒的错误态度”，并斥之为与汉时“独尊儒术，罢黜百家”一样，这就不符合事实了。事实是，在新诗刚刚萌芽之际，有权有势的恰恰是旧体诗阵营，而非胡适这个海归。新诗所以能成气候，是时也，势也。当前，旧体诗词大有复兴的兆头，也需要顺势而为，于是，我就写了《当代诗词如何顺势而为》一文给丁国成，与之争鸣。他则毫不犹豫地发表在他任副主编的《中华诗词》上。后来，老诗人郑敏也不断写长文反省新诗诞生的历史，也持有与丁国成相同的看法，认为新诗是用强力把旧体诗词打下去的，这才有了新诗的“一统天下”“至高无上”的地位。从一个诗龄、年龄均至高寿让人敬重的现代派女诗人笔下这样写，不能不引起我们的正视。我敬重二位，但还是写了《新诗身份辨析》的万字长文与他们商榷。此文发表在《诗探索》和《星河》诗刊上。

可是，另一种态度就不可取了，那就是为了个人的面子，拒绝正常的学术争论。同样是《中华诗词》副主编，王亚平就与丁国成的态度截然不同。那位先生竟然在该刊 2009 年 7 月号卷首语《审美三说》中，向我国古代诗歌审美真谛“只可意会不可言传”开火，说它是“欺人自欺之谈耳”“流传甚广，流毒甚深”。当我写出长文《“只可意会不可言传”辨》与之争论时，他却以写出答文来一起发表为借口扣压不发。直到三年后他被辞退，我的这篇文章才在该刊 2012 年 3 月号上发出。所以，要做到真正的学术争鸣实际上很难，除了社会环境，学者的人品也很重要，应该允许他人提出不同意见与之商榷，这才有利于学术研究的深入与发展。

从诗歌发展方向的争论，到诗学理论的探讨，乃至艺术手法的辨析，我的不少文章都是在与不同观点和看法交锋中产生的。我敢言，敢辩，有时候无所顾忌与畏惧，同时，我也能向真理低头，这儿就不一一详谈了。

问：我知道，您非常善于对当代诗人及其作品进行细读式的艺术观照和批评，不谈玄，不务虚，不摆花架子，实话实说。我也非常喜欢您那种鞭辟入里、条分缕析、紧扣文本、深入内心的解读方法，请问您是如何做到这一点的？

答：我认为评论家必须有独立的人格和诚实的品行。他应该是主动者，即我要评，而非要我评。故而有所评，有所不评。不是来者不拒，多多益善。评，则要有眼光，要讲真话，能一针扎到作品的内里，对作者的心有所触动，使之有所感悟。这些，我虽不能完全做到，但总是尽己所能去做。我喜欢从作品出发来窥及其人，往往评已写好，还未见其本人。

我与第一个诗评对象孔孚就是如此。他在山东师范学院，我在兖州，互相不认识，是他的诗吸引了我，使我感兴趣。我在山东师范学院的大学同学告诉他了，他就给我写信，我们才有了联系。直到我写出《孔孚山水诗的艺术特点与社会意义》（《新文学论丛》1982 年第 3 期）一文后，我才到济南和他相见。之前，并不知道他的遭遇与我相同，只是读了他的诗，心有戚戚焉。他的诗短小、空灵、有味，耐人捉摸，契合我的诗歌观念和欣赏口味。所以，论篇目，我写他的诗评应该是最多的。他的诗学理论也很有特色，能把他的理论与创作浑然一体地结合起来，而且结合得如此完美，在当代诗人中是不多的。

对女诗人张烨的诗也是未见其人先写其评的，题目是《一曲紫色的旋律》，发在《诗刊》上，后收入《缪斯之恋》。我是从诗中触及她“痛苦中之痛苦，死亡中之死亡”的，才知晓她为何能写出“世界上最绝望的诗行”。所以，我说：“没有这些痛苦难忍的经历，张烨不会成为诗人；有了这种对人生苦难的体验，又注定了张烨必是一位悲剧诗人。”她读到这篇评论后给我来信，说这篇文章写到她心里去了，使她动情，“泪水好几次夺眶而出”。之后，我回上海父亲家时，才与她见了面。

安谧和孔孚、张烨的人生经历不同，他是从山东阳信老家走出来的，“走向革命，走向草原，走向诗”。但在对生命和诗的体验上，他们却有异曲同工之处。我评安谧的第一篇文章《鼓·花·弦》发在 1987 年 9 月号的《诗刊》上。大概 1988 年吧，他就瘫痪了，口不能言，手不能写。可是，到 1990 年我们仍能陆续读到他的诗《骏马引》《阴山岩画》《坝》《雪》等，都是他病前写的。我一边想着他的病，一边读着这些诗，边读边流泪。最后完成了那篇评论文章《生命的乐音》，发在1990年12月号的《诗刊》上。我写信告诉安谧后，他就巴巴地等着这篇文章，不断催他夫人去传达室讯问，到第二年2月他才收到这期《诗刊》。他夫人把我的文章读给他听，还专门给我来信说：“无论如何你也想象不到《生命的乐音》给安谧带来了那么多的欢乐与欣慰，给了他那么大的鼓舞力量，几天来，他又以一个诗人的身份处在极大的愉快和满足中，每天他都要我朗诵几遍给他听，他边听边小声评论，非常非常高兴。”一共写了三张信纸，最后一张，除了安谧夫人的落款，还有抖抖索索的“安谧”两个大字。诗歌评论指出诗的优缺点易，击中诗人的内心难。而只有诗人的心被触动了，诗才能精进。

除此之外，我写得比较满意的还有评绿原的《理性思维的诗化境界》、评李瑛的《生命、历史和美》、评刘征的《半人半仙，亦庄亦谐》等，就不在此赘述了。

问：袁老师，有不少人喜欢读您写的诗歌作品赏析，认为那是一种难得的享受。散文家林非先生早些年到山东师范大学参加现当代文学学科考察时就对您的文笔很是赞赏，还特邀您参加他主编的1993年6月出版的《朱自清名作欣赏》。您能否谈谈写这类诗歌鉴赏文章的诀窍和体会？

答：你说得不错，写具体诗歌作品的赏析对我来说也是一种享受，我是把它当作诗来写的。既然自知已无缘写诗，写诗歌赏析就是最好的替代品。赏析不是解说，也不是翻译，而是一种美的创造，它要把诗作中的美，用美的方式、美的语言呈现出来。读了这样的赏析，再去读诗，感觉就完全不一样了，要让人有“原来如此”的恍然之叹。我不仅参加林非先生的项目，还参加公木、唐祈、吴奔星等诗人主编的各种新诗赏析辞典。上海《语文学习》杂志从1995年到1998年开辟诗歌赏析专栏，首发我赏析李瑛的两首诗为样本，此专栏从 1995 年到 1998 年延续了三年，共发了我写的十余首诗的赏析。我把这些散见的赏析短文收集起来放到诗论专著《诗的言说》第三辑“品诗”中，诗评家骆寒超读到后，立刻挑了八首发表在他和黄纪云主编的《星河》（2015 年春季卷）上。另外，我还和吕家乡教授合著《唐代咏怀绝句精品赏析》（花城出版社 1990 年 11 月），我写了其中 60 首的赏析。总的算来，我写的新旧诗的赏析加起来有一百多首了吧。

2017 年秋，我趁在北京参加李元洛先生新版《诗美学》研讨会的机会，去看望在北京工作的中学同学，顺便把已出的第三本诗论集送给他。我刚拿出书，他夫人立刻到里屋拿出前两本诗论集来。当三本诗论集并排放在桌上时，我有些恍惚了。第一本《缪斯之恋》是 20 世纪 80 年代末出的，小 32 开本，不到 20 万字，封面皱皱巴巴，因为运输过程中淋了雨水，纸张黑黢黢的，像一个来自贫困地区的农民孩子。第二本《诗学心程》出在 20 世纪末，32 开本，纸张白了好多，书也厚了，大概有 40 万字，进城后，孩子长大了。第三本《诗的言说》出来时已是另一世纪了，是在 2014 年，16 开本，比第一本整整大了一倍，胖乎乎的 60 万字，和前两本放在一起简直是暴发户。变化太大了，时间也过得很快，这不，感觉转眼之间，人也老了。回头看看，很是感慨：我是怀着《缪斯之恋》，走上这条《诗学心程》，完成了个人的《诗的言说》。总结一下，我一共做了三件事：论诗、评诗、品诗。诗，有新也有旧，唯诗是从。论，不一定透；评，不一定准；品，不一定细。只是敝帚自珍，聊备一格而已。

问：退休以后，您的主要精力放在旧体诗词的评论、研究和赏析方面，在《中华诗词》上连续发表了不少文章。对一些老作家在旧体诗词方面的作为也有所关注。您认为，在当代诗歌创作版图中，日益趋向繁荣兴盛的旧体诗词意味着什么？其作品有什么样的艺术价值？存在什么问题？应该怎样看待？

答：说实话，我并不是主动转到旧体诗词评论这条路上来的，而是被拉进来的。因为我在《诗刊》发表作品，审阅稿子的理论编辑一直是丁国成和朱先树两人，受益于他们多多。后来，丁国成从《诗刊》副主编任上退休后，被聘到《中华诗词》任副主编，负责评论方面的稿子，他向我约稿，我能推辞吗？何况，我退休后，新诗方面的评论写得少了，也有精力来关注一下旧体诗词的发展。另外一个理由，就是在诗歌审美上，我认为新诗和旧体诗是相通的，艺术规律是一样的。我虽然不写旧体诗词，但阅读和欣赏还是可以的。就这样到旧体诗词界混了十来年，从 2000 年到 2014 年，我在《中华诗词》上发表文章二十来篇，与在《诗刊》上发表的文章几乎等量。此外，我还参加了好几届“中华诗词研讨会”。臧克家和老舍的新诗我都写过评论，对他们的旧体诗则是第一次评，好像也未见别人评过，不知是否有填补空白之功。刘征在新诗创作中以其寓言诗闻名，其旧体诗词在当代感觉也无人出其右，评者也很多，我写他的《半人半仙，亦庄亦谐》似乎也很得他心。2016 年，刘征特邀我参加他的九十寿诞，并赠我一幅大字对联，表达他的心意。

至于其他的评论大致可分两类，一类是议论旧体诗词发展方向的，一类是探讨诗歌艺术表现的，都没有什么大的影响。身处其间，若即若离，毕竟是局外人，现在已经淡出了，所以你提出的这些问题非我所能回答，说了也等于白说。我的主张是任其自然。自然是最好的生态，无论对新诗的发展还是对旧体诗的发展，这样的环境是最好的。

旧体诗词的退隐与复归都不是偶然的，社会形势的变化是决定性因素，谁都无法自行其是。所以，争以谁为主，毫无意义。各自走自己的路，写自己的诗就是。只要同在一个大地上，双方自会互相影响，互相渗透，互相吸收，互相融合，从而达到并存共荣的目的。各自发展之动力，有时来自于对方的存在，这就是价值。

问：作为我国一位诗坛资深的评论家和诗学研究者，您能不能预测一下我国诗歌发展的走势与诗歌研究未来的形态与可能性？

答：你这是一个大题目，即使诗界大师（如有的话）也未必能回答得了，何况仅懂得一些诗学诗史皮毛的吾辈？而且，我信奉一切顺其自然。我自己就是这么走过来的，尽管曲曲折折，坎坎坷坷，却自然而然地走了一个轮回，从山东师范学院走出，又从山东师范学院走进。想成为诗人，却成了诗评家。我给当代旧体诗词也是这么建议的，叫“顺势而为”。要知道，“势不可挡”，不是一句虚话，历史一再证明了这一点，新诗旧诗的经历也说明了这一点。故唯有“顺其势”才能“有所为”，这个“所为”，就是秉承自己的诗学理念不动摇，诗一定得是诗，不可能是别的东西。如何处理“顺势”与“所为”的矛盾呢？这也是我曾经在《诗刊》举办的青州会议上说过也写成文章的话，既要“顺应”，又要“坚守”，做到外物不能乱我心。每个诗人和诗评家都能这么做，就不必为诗歌的走向担心。有几点可以确定，新旧共存不会变，多元格局不会变。所以，想用一种观念、一种体式、一种风格来一统全局的想法是幼稚可笑的。不过，正因为泥沙俱下，就更需要明眼人来沙里淘金，这就是诗评家的天职了。无论诗坛如何变化，诗评家永远不能缺少，不能失职，不能劳而无功。

诗学序跋

主持人语（张立新）：

每年编辑诗学序跋的时候，受大家们序文的“蛊惑”，有想去读读那些诗集的强烈冲动，可见好的序文是新诗传播的重要一环。本期诗学序跋的作者是西南大学中国新诗研究所的第三代掌门人，反映了新诗所在新诗的推介和批评方面的薪火传承。

作为诗评大家，吕进先生的序自然举足轻重，请先生作序的诗人也多。吕进先生的序客观中肯，于“闲话”中准确无误地导引我们抵达诗人的诗心诗情诗思。诗集《就这么一直爱着》从书名就可看出，诗人杨平对生活的挚爱深情，同样是人生的挚爱者，吕进先生捕捉到诗人那双“一直爱着”这世界和人生的“春天的眼睛”，给我们美、爱、多情。可见，读诗也是在读人，读人生。而被吕进先生称为“和风伴行”的工科教授诗人严建文，最大特色就是贯穿了整部诗集的那个内心世界“丰富”“宽阔”“多彩”的抒情主人公。当然，仅有“我”还不够，吕进先生指出，新诗如果要获得真正的繁荣，则需要接地气，需要让诗人的“我”和“大地”实现诗的渠道的联接。吕进先生对泰国等东南亚华文诗歌的关注由来已久，在为东南亚华文诗歌选集所作的序中，吕进先生把东南亚诗人的“母土诗学”和“本土情结”形象地概括为“华韵与蕉风”的双重诗学，并预示了东南亚华文诗歌的前景必然辉煌。

诗人诗话也是诗论的另一种形式，像本地诗人柏铭久这样创作历史悠久的诗人，对诗歌大都有自己独到的理解。作为新诗创作的研究者和实践者，蒋登科教授在序诗人柏铭久的《与词语商量》

时，深入地探讨了诗人、诗和诗话之间的关系，“诗人的创作谈对于诗人、读者、学者都具有不可忽视的价值”。在序甘南藏族诗人花盛诗集《低处的春天》时，蒋登科教授称赞诗人是“在缓慢的行走中寻找生命的纯粹”，用缓慢、纯粹这两个关键词一语道出诗人的人生态度和诗歌的精神向度。在新诗的大家族中，散文诗是重要的一脉，袁智忠教授在学术研究之余致力于散文诗创作，算是学者型诗人，熊辉教授在序其散文诗集《心未眠》中指出，袁智忠散文诗创作是以“童心”来观察世界，思想和情感在梦境与现实、过往与现在之间游弋，通过童心、醉酒和梦境等途径抵达心灵的“故乡”，完成了对诗人诗作精神层面的诗意解读和心灵唱和。

春天的眼睛

——序杨平《就这么一直爱着》

吕 进

杨平和我接触并不多，但是他给我留下的印象不错。他似乎并没有某些“诗人”的那些令人诟病的癖性，沉静、踏实、细致，中规中矩，使人觉得他是一位值得信赖、可以交往的人。我读过他的一些诗，同样给我留下的印象不错。诗如其人，他的诗和他的人完全合拍，不以奇句取胜，在平淡里显深刻，在短章中出精致。

除了写诗，杨平为重庆诗坛做了不少事，他主事的《几江》诗刊，并没有几年，就在重庆的民刊里成为佼佼者。所以，当他向我索序的时候，我就一口答应下来，尽管还有好几本诗集在等待序言哩。好在，我对杨平的诗并不陌生。

读《就这么一直爱着》，第一印象就是，杨平有对诗美的敏感。在他的笔下，平凡的世界一下子就充满诗意了！无论是花朵、麻雀、青蛙，还是鸣蝉、飞雪、闪电，都被诗酿造了，提升了，净化了，获得了诗的生命。这是做一位诗人的资格的证明。看山还是山，看水还是水，哪里还有诗人呢。诗人进入写作状态以后，他一定是“肉眼闭而心眼开”的，“心眼”所见，“似花还是非花”，“万相非相”，这才有诗人。

杨平喜欢春天和秋天，诗集里的许多篇章都属于这两个季节。这是诗人气质的又一披露。生命是流动的，时光是流动的，万物是流动的，所以诗从来亲近流动。漫漫夏日，枯索冬季，太静，太僵，不大容易受到诗的青睐。杨平写夏天和冬天也是避开静止和僵硬，而是写蛙叫，写飞雪，都是落墨于流动。至于由枯而荣的春天，由荣而枯的秋天，正好与生命的流动、时光的流动、万物的流动相通，诗情自然由此而生。

杨平笔下的春天和秋天是别开蹊径的，美制佳篇不少，是杨平自己的春天与秋天。读读《春天也会痛吗》：

我只知道
秋天会痛
秋天痛的时候
树叶会飘下来，果实会掉下来

春天也会痛吗
春天的痛是谁叫出来的。

旅美诗人彭邦祯的《月之故乡》流传很广：“天上一个月亮/水里一个月亮/天上的月亮在水里/水里的月亮在天上”。他曾经写过一首《花叫》，是他的得意之作。当年他来新诗研究所讲学时，对听众说，“谁说过花会叫？只有我”。而杨平的春天是油菜“喊黄”的，他的春天和秋天是“会痛”的。他也完全可以说，能写出这样的春天和秋天，“只有我”。

诗集里那些写游历的诗篇一般不如写人生的出彩。杨平写人生，有中年人的甜蜜与疼痛，中年人的沉思与睿智。《一生》，从生到死，从母亲到母亲，只有十三行。他的《白发》给了我一个感动。女儿为诗人拔白发，感叹“越拔越多”：“对我来说/白发是从岁月里抽出来的/一根根银丝啊/——很珍贵”。

“春天在树枝上苏醒/到处是春天的眼睛”。读杨平的诗，他的那双“春天的眼睛”，给我们美，给我们爱，让我们更多情，“一直爱着”这世界，“一直爱着”这人生，多好啊！

说来台湾也有一位诗人叫杨平，多次到访新诗研究所，还曾和日本大诗人谷川俊太郎一起参加过学生为我举办的烛光生日晚会。而重庆的杨平是江津人，写诗多年，这本集子收入他的诗歌 130 多首。他的诗，水平起伏不大，基本都在一个水平线上，很稳定。没有镂金错彩，珠光宝气，有的是在单纯、朴素里浓浓的诗情和独特的表达。

在浮躁的当今诗坛，我点赞杨平和全国许多诗人静静地走的这样的诗歌之路。诗坛现在似乎是一个名利场：诗会，诗奖，诗赛，好不热闹。但是，好诗都是在宁静中诞生的。其实，名利最不可靠。洞穿名利，才会宠辱不惊。为名利不惊者，始有可能成为艺术生命比较久远的诗人。

我希望诗坛给予杨平和杨平们更多关注。安徒生说过：“镀的金会磨光，猪皮倒永远留在那儿。”

我祝贺杨平诗集的出版。

和风伴行

——序严建文诗集《风中的行者》

吕 进

严建文是个工科男，大概是锻造方面的专家吧。读《风中的行者》，却给我一个大大的意外，意外的惊喜：这是合肥工大的工科教授写的吗？他是栖居在诗意世界的人啊，内心世界如此丰富，如此宽阔，又如此多彩。建文是诗人金铃子向我推荐的。我对金铃子说，这位工科男杠杠的啊。

建文的确是风中的行者，对“完美”的渴望是行走的原动力：

风醒了，我望着大地
大地也醒了

诗人在风中前行：

路在等我，总有走不完
走不完的人生

上。中。下。或者更多
就像我永远造不出完美的机床
永远的渴望

建文诗作的最大特色就是诗中那个饱满的“我”，这个抒情主人公贯穿了他的整部诗集。作为抒情主体，诗歌书写诗人自己的酸甜苦辣，书写所面对的现实，似乎是天经地义的事。晚清黄遵宪曾说“我手写我口，古岂能拘牵”就是这个道理。诗人有话要说，情之所系，兴必生焉，自然发而为诗。

诗本来就是一种从“我”而来的文学品种。没有“我”就没有诗。个性的解放与诉求在“五四”新文化运动之后迅速高涨，所以诗歌成了新文学的排头兵。但这种解放与诉求绝不是以自己为本位的“个人”，而是如周作人在《人的文学》中所说的“个人主义的人间本位主义”。新诗如果要获得真正的繁荣，完成从量变到质变的飞跃，肯定需要让“个人”与“人间”实现诗的渠道的联接，需要让诗人的“我”和“大地”实现诗的渠道的联接，让“人生”和“风”实现诗的渠道的联接。这样，“我”的抒情就会因接地气而大气：丰厚，深邃。

读建文的诗，可以迅速地捕捉到他的诗歌中渗透着的诗人的孤独与寂寞，就连“我的热爱”里也透着他孤独的叹息。读《城堡》，读《2 月 19 日过 798》，读《猎豹》，可以发现，任何时间、任何地点、任何意象都会唤起诗人的孤独感。请看《猎豹》：

无数有形的，无形的猎豹
它们留下你可以
寻找的足迹
留下风声

对于孤独的人来说，就连思念也只是孤独感的另一种呈现形式。或许，诗歌本身就是一个孤独者的修行。我们在前辈诗人那里可以很容易地就发现这种孤独感：艾青、冯至、穆旦。也许只有在孤独中，诗人才会聆听到诗神的耳语。孤独感把诗人变成了一个类似于本雅明所说的“漫游者”“观光客”。“漫游者”“观光客”的身份本身就揭示了“自我”与“他者”的分离，这种现代人的文化心态是工业文明后所特有的。“江南的雨”（《江南的雨》）、“北方的城”（《春夜》）、“十里三村”（《十里三村》）、阴冷的巴黎（《三月的巴黎印象》）……在这种漫游观光中，诗人并非一个零度写作者，而是融入了自己的切身感受，这也就使得建文的诗打下了自己特有的精神烙印。

建文的诗有着流动的时间，诗人在时间流动中的沉思。“风”是诗集的中心意象之一，风就是永远的流动啊。《风中的行者》集合了春夏秋冬四季，白昼黑夜，诗人在时间中感受自己：

> 银杏叶落了，落了，它飘过对面的街灯
> 陷入温柔的春泥
> 它是否与我一样看见了春
> 看见来年，一树的盛大
> 重生枝头

诗属于世界，属于生命，所以属于流动。因为，世界是流动的，生命是流动的。所以，无论古今，也无论中外，静态很难产生诗情。而在一年四季里，由枯到荣的春天，由荣入枯的秋天，总会引起诗人的万般感触，得到世人的青睐。在建文的《二月的思念》《我在黑夜里潜行》《兰花开了》等等诗篇里，时间的流动感特别醒目。诗人是思想者，但是他不是哲学家那种思想者，他是诗人。诗人不必把时间上升到一个形而上的哲学层面，作诸如海德格尔的《存在与时间》那样的思考。而是在时光的流逝中感受生命，感受世界的“逝者如斯”：

异乡的水土，我有些许不适
我在岸边坐下
把跟随多年的行囊放下
坐在河边
看着随波逐流的世界
逝者如斯

如果我们单纯就《逝者如斯》这首诗来看，由于“那些被允许的幸福”并没有确指，因此，想念也就变成了一个具有多重阐释功能的词汇，于是，“随波逐流”的世界就超越了个体精神层面，从而给读者提供了更为丰富的想象空间。

西方有句话说“一千个读者就有一千个哈姆雷特”，中国与之相近的是“诗无达诂”。其实任何人的诗作都不一定就是一个标杆，诗人的写作本来就是为了卸载多余的荷尔蒙，抒发自己的即时感受，因此，只要能够通过写作，让自己的内心恢复平静，从而认真去理解生活，理解人生，充满诗意地生活在大地上，这就足够了。尤其是对这位工科专家的诗，我们的天职是点赞，欣赏。从诗艺角度去做学究式的探究实在没有必要，也很可笑，何况建文的诗艺手腕不俗。

《风中的行者》即将出版，而且，我得知要同时出版英文版，因为建文担任董事长的公司和英语国家有广泛联系。在序言的最后，我当然要祝贺诗集的出版。除此之外，我还想祝福我这位没有见过面的诗友，祝福他带着诗歌灯盏的远行：

我终究是一个远行的人
不是孤单地行走，因为我带着河流
带着诗歌的灯盏
里面背负着沉甸甸的梦
爱的憧憬

华韵与蕉风

——《新世纪东南亚华文诗歌精选》及《新世纪东南亚华文小诗精选》序

吕　进

由朱文斌、曾心主编的《新世纪东南亚华文诗歌精选》和《新世纪东南亚华文小诗精选》两部诗选出版，实在是新世纪华文诗坛的一件盛事。除了东帝汶、东南亚十国家，不管是“半岛国家”还是“海岛国家”，都有代表性诗人入选。诗选编者的眼光精准，入选诗人的确是该国华文诗人的翘楚，有好些也是我的朋友，不少诗人还来过重庆，到访过中国新诗研究所。两部诗选以国家为单位，以诗人年龄排序，每位诗人由简介、诗作、诗歌赏析三个部分组成，的确便于读者品读，值得点赞。

东南亚有九十多个民族，其中，华侨、华人有三千多万，如果把中国除外，占了全世界华侨、华人总数的百分之七十还要多，是世界上华侨、华人最多的地区。所以，我们星球的华文诗歌，由中国、东南亚、欧美澳的三个板块组成，这就毫不足怪了。东南亚这个当今世界经济发展最有活力和潜力的地区之一，是中国的南邻，也是世界华文诗歌正在成熟的一个富有特色的组成部分。像菲律宾云鹤这样的东南亚诗人，在中国也有名气，他的《野生植物》在20世纪80年代的中国就流传很广。早在1989年，我主编的《外国名诗鉴赏辞典》（河北人民出版社）中，就选入了几位东南亚诗人的作品。

在东南亚，除了泰国，大多数国家都曾经沦为殖民地，因此，独立运动是前辈诗人共同的难忘记忆。在东南亚的华文诗人中，就有些令人景仰的独立斗士，像马来西亚的已故诗人吴岸就是一位为沙捞越的独立而献身的人。他曾和妻子同时被关进政治犯集中营，长达十年，囚禁于同一监狱，两夫妻却不得见面。他告诉我，集中营每两年就给一次忏悔机会，然后释放。他坚持不认错，直到第十年，得知狱外的独立运动早已风消云散，才踏出狱门。我最后一次遇见他的时候，他的健康状况已经很差，肾切掉一个，胆囊也割了，还得了肺癌，他幽默地笑着对我说："我是个缺斤短两的人呀！"吴岸的诗写得非常出色，我们应该永远记住他。更多的华文诗人在自己国度的经济、文化发展中作出了显著贡献。

东南亚华文诗歌有两个文化来源：华族文化和本土文化。东南亚诗人既有母土诗学，又有本土情结。二者的交融构成东南亚华文诗歌的基本特色。尽管东南亚各国华文诗歌有"同中之异"，但是有更多的"同"：它们都拥有母土和本土的双重诗歌遗传，我把它称为华韵和蕉风的双重诗学。我们从母土诗学和本土情结出发就可以大体解读东南亚的华文诗歌。

华韵首先来自诗歌的文字，来自华文。华文是世界上使用人数最多的文字。华文也是非常丰富的文字，从古代的象形文字发展到今天，积累的文字数量颇多，1994年版的《中华字海》就收入87019个字。华文是天生的诗歌文字：语法规则最少，所以在词类变化、文字搭配上最灵活；省略最多，所以最含蓄、最多义、最简洁。同时，华文一个字就是一个音节，而且有字调，所以最富音乐美。所有这些，使得华文成为世界上最富有诗歌特质的文字之一。

华韵还来自几千年的母土诗学的浸润，比如小诗就是中国诗歌的一个传统：从唐代小令到现代小诗。从新诗来说，冰心的《繁星》和《春水》奠定了小诗在中国新诗史上的地位。此后的近百年，小诗一直在发展。2006 年，在泰国出现了“小诗磨坊”：岭南人、曾心、博夫、今石、杨玲、苦觉和蓝焰，七位泰华小诗诗人吹响了集结号。加上作为指导者的台湾诗人林焕彰，这 7+1 的队伍“十年磨一剑”，使得泰国成为东南亚华文小诗的重镇，队伍也扩大为 11 人。“小诗磨坊”的诗人们运用华文的纯熟，令人惊叹。生于曼谷的坚谐·塞他翁（曾心）是“磨坊”的代表性诗人，他的《凉亭》是泰华诗坛的第一部小诗诗集，我尊称他为“小诗的泰华诗圣”。近年由曼谷留中大学出版社出版的曾心著、吕进点评的《曾心小诗点评》，在东南亚热销，先后再版三次，销售超万册，打破了近一百年来泰华新诗销售量的记录，创造了一个奇迹。中国的报纸为此做了大幅报道。

曾心曾请我为他的凉亭题词，我写了佛家语的“不可说”，这三个字其实就是小诗的精髓所在：口闭则诗在，口开则诗亡；肉眼闭而心眼开；诗是无言的沉默；等等。

本土情结是东南亚诗歌的情感走向。

诗人们站立在本国的土地上倾诉着爱恋与心动。从移民意识到身份认同，是华人诗人的共同轨迹。他们的诗作里，有蕉风扑面的南洋风情，有对所在国弱势群体和底层人生的关注。

华韵与蕉风的交织，催生出当今世界的东南亚华文诗歌，这是一片神奇土地长出的神奇花朵，它的前景必然辉煌。新加坡近年涌出了一批年轻的华文诗人，如陈志锐、周德成、舒然。舒然到过中国新诗研究所，她的诗集《以诗为铭》是我和新加坡诗人陈剑先生写的序，中国台湾诗人洛夫题签。这里用舒然的诗句来结束这篇序言吧：

今天，每一个枝桠都是撑开的手掌
触摸阳光，于是阳光不再流浪
等待时间饱满的果实，如约而来
像六月的树一样挺拔，幸福
像纯净的水一样自然

柏铭久其人其诗其论

——序柏铭久《与词语商量》

蒋登科

柏铭久是著名诗人，也是我敬重的老朋友。

一个东北人，从部队转业来到重庆，坚守在三峡那片神奇的土地上，用脚步丈量三峡的每一寸土地，用心灵捂暖三峡的每一片碎石，用深沉的诗歌唱三峡，潜心挖掘三峡文化，体验三峡人的苦乐，诉说三峡在他生命中不可替代的重量，出版了多部以三峡为题材的诗集，是一位名副其实的“三峡诗人”。这个人就是柏铭久。

我从上世纪 80 年代就开始关注他的诗，尤其是从 90 年代开始，他的作品一组一组地在《人民文学》《诗刊》《青年文学》等刊物上发表，这种情况在当代诗坛上并不多见。2003 年起，《诗刊》推出了一个一直延续至今的品牌栏目“每月诗星”，柏铭久的组诗《三峡·时光从心头流过》是这个栏目的开栏之作，可以见出他的创作在诗歌界具有不轻的分量。但是，柏铭久一直是一个比较低调的诗人，他不浮躁，不张扬，很少通过诗以外的方式包装和宣传自己，这就使很多人并不是很了解他的创作情况，也没有去掂量过他在中国诗歌界、重庆诗歌界的分量，有时甚至忽略了这样一位应该说属于重量级的诗人。

在中国，写诗的人从来都很多，包括在当下的物质化语境中。这是传统的延续，也是人们心灵表达的需要。诗人的追求非常复杂，有些人是带着一定程度的功利目的走上诗坛的，什么话题和写作方式容易引起关注、容易出名，他们就热衷于追随这些话题和方式，到处参加活动，到处领奖，但是到头来，我们却很难在他们的作品中找到属于自己的东西；有些人安静地深入到现实深处，坚守某一片土地或者自己认定的写作方式，而不为外在风潮所左右，最终建构了属于自己的独到的诗歌世界。在我看来，柏铭久毫无疑问的是属于后者。在中国诗歌史上，以三峡为题材的诗歌非常多，名篇佳作也不少，但是，如果要说当代三峡诗创作，最突出的诗人当数柏铭久，没有之一。我曾经和赵兴中等朋友谈起过这种看法，他们都表示赞同。

我曾经写过几篇关于柏铭久诗歌的短文，对他作品中所抒写的对三峡的那种深入骨髓的挚爱表达了我的敬意。他也经常和我交流创作感想。每次到万州，只要时间允许，我就会和他联系，和他在一起品茗聊诗。我记得，三峡工程还没有开建的时候，我们曾经在二马路的小饭店里小酌；二马路没入江中之后，我们又有几次在夜色中的心连心广场品味万州烤鱼。聊得激动时，他甚至会手舞足蹈地细说他创作某首诗的具体过程和感受。他只要有时间到山城，也会和我联系，如果时间允许，就会到北碚和我小聚。还有一次，他在很晚的时候给我打电话，说他在巫山背后的高山上待了将近一个月才刚刚下来，想和我分享一下那段时间的切身体验。他说，他住的村子在高山之上，道路非常陡峭崎岖，山上养大的肥猪都没有办法运到山下，但祖祖辈辈生活在那里的村民非常朴实，待他特别友好，他下山的时候刚下过下雨，道路极其难走，脚下就是万丈深渊，稍有不慎就会跌落山下，而失足下去肯定会粉身碎骨。村长亲自扶着他，将他送到了安全的地方。他说，很多诗人、作家只关注了三峡的美和一些美丽的传说，但他们没有真正体验三峡人的艰辛，他们只知道神女峰，但不知道神女峰背后的很多故事。在那之后，他出版了一部厚重的诗集《神女峰背后》。可以看出，柏铭久的创作有着近乎偏执的执着，有着深厚的生活积淀和人生思考，他说他要“铆住三峡，见证三峡，再铸三峡诗歌辉煌”，“我的诗大多是走出来的”，“诗离不开生活，生活离不开诗”，而且要“谢谢三峡”，他的这些说法，我都相信。

在潜心创作的同时，柏铭久还特别注意对自己的创作体验进行总结。我在多次会议上听他谈到了自己对诗歌创作的感受，很有见地。他的总结或许不是有意的，而是因为某些机缘，比如刊物约稿，比如会议发言，比如朋友采访，但对我却很有启发。这本《与词语商量》就是他谈论诗歌的短文汇编。编好文集之后，他几次打电话向我征求意见，并希望我为这个集子写几句话。对于他的这个要求，我实在没有推辞的理由。

这个书名中有两个关键词：词语、商量。它们在很大程度上揭示了诗歌创作所必须面对和解决的核心问题。诗是以形式为基础的艺术样式，离开了语言与形式的独特性，诗将不诗，甚至难以生存。而恰如诗歌与散文（散体文学）存在巨大差异一样，诗歌语言和日常语言、普通的文学语言也有着很大的区别，这些区别可以描述为情与事的区别、内在与外在的区别、抒情与叙事的区别、精神与物质的区别、灵魂与肉体的区别，等等。清代诗评家吴乔在《围炉诗话》中说：“或问：诗与文之辨？答曰：二者意岂有异，唯是体裁词语不同耳。意喻之米，文喻之炊而为饭，诗喻之酿而为酒。

饭不变米形，酒形质俱变。”根据这种通俗而又形象的说法，我们也可以将诗与文的区别概括为饭与酒的区别。一个诗人，如果不能在语言、形式的建构方面体现出自己的独创性，他将很难创作出优秀的诗篇，面对同样的现实与人生，最多能够煮熟果腹的米饭，而无法酿出醉人的美酒。铭久用“商量”一词来描述诗人和语言的关系，我个人觉得非常有意思。诗人的体验是通过语言表达出来的，那么诗人对待语言的态度就非常重要。我们可以顺应语言自身的规则，像散文语言那样，但艺术创新的程度可能就会大大降低，因为诗歌语言在很多时候是“违法”（语法）的语言，存在着对日常语言和普通的文学语言的超越；我们也可以武断地破坏，完全不顾语言自身的规则，自创一套“语言体系”，新是新了，但结果可能是把诗写成了“天书”，谁都读不懂。铭久找到的方式是“商量”，就是通过自己的探索创造出自己的新的语言方式，这种方式中既有对语言自身规律的尊重，又有符合诗意表达的超越，最终形成一种独特的诗的语言方式。铭久说：“有很多时候，有的词语是一个字，单独成行地站在那里；有些词语要很多词语密集摩肩接踵不容逗号句号不分彼此地在那里列了一个长队；诗人应该懂得尊重词语的权力，让词语自觉自愿地代表诗人出席站立在那个‘场’，将诗人的另一个我，推举到一个前无古人后无来者的高拔的山巅，或广阔前无古人后无来者的原野上。”（《词语“商量”》）他是真正理解了诗歌三昧的诗人。而他的这种体验对于读者和其他诗人，应该是有参考价值的。

这本集子收录的都是谈诗的短文，包括“与词语商量：对诗的理解与诉求”“诗的时间与空间：创作与探索”“大道归一：评论与借鉴”三个部分，第一部分谈论的是诗人对诗的理解，第二部分谈的是诗人自己的创作体验，第三部分是对其他诗人和作品的评论。这些文章的写作时间延续几十年，涉及的话题很多，但中心内容基本上都涉及什么是好诗、怎样写出好诗、如何判定好诗等话题。这些文章的篇幅都不长，往往采取一事一议、一诗一议的方式展开，并没有使用很多概念和推理，读起来非常轻松，不会产生阅读长篇大论可能造成的那种疲倦感。如果按照学院派的研究方式，每篇文章都可以展开讨论，形成长篇大论，但铭久在讨论问题的时候，几乎都只是点到为止，或者用具体作品加以说明，没有进行更多的理论探究。而且，他的很多表述往往是以诗的方式（不一定是诗的形式）出现的，具有明显的感悟性和经验性色彩。这或许就是学者论诗和诗人谈诗的差别。

他这样谈语言的张力：

> 那么什么是语言的张力？是语言挣脱原来意义层面的围墙又拓展出新的疆域；是砸碎戴上许久的镣铐经过重新大胆的组合碰撞出的闪电，刹那照亮夜晚未知的山谷。是一尾鲸鱼搅动大海；一只昆鹏飞跃九天；一粒芝麻打开神秘宫殿；一个接力棒一张魔毯带你升空飞翔九天传到后来者手里；是真情拉开的大弓射出有力的箭，穿透你的心，无数人的心，无数代的心。让你痛，让你笑，让落泪，让你感慨万端面前呈现出无穷尽想象的宫殿。（《语言的张力》）

他这样谈论对诗歌语言的打磨：

> 林木稀疏才通透，花香随风而溢。诗歌语言要学会减法，让叙说慢下来，像是自言自语，对朋友聊天，让人倍

> 觉亲切，没有说教才不让人讨厌；与读者保持零距离，不是诗人与人民的关系，不是牧师站在神坛上布道，是一滴水与大海的关系，不是大师而成为大师，人们才会买你的账。世界实在是一时说不清的世界，比如那巍峨雪山，沉浮海中的冰山，它什么也不用说地在那里沉默耸立或漂浮，让人敬畏；含情脉脉的眼波，一瞥勾走你的魂魄；佛祖拈花微笑，不用语言，实现心与心的传递，对生命万物本质的认识与顿悟。但诗又必须要语言，那就用最精辟四两拨千斤的语言，拨动大千世界让心灵震动。（《诗语言的减负与减压》）

很显然，铭久在这样的文字中谈到了一些和诗歌本质、创作有关的重要话题。不过，在有些严谨的学者那里，铭久的这类文字或许会因为学理性不强、系统性不足而被忽略，至少不会受到足够的重视。我是特别喜欢这样的文字的。在我看来，诗人的创作谈对于诗人、读者、学者都具有不可忽视的价值。中国传统文论的核心部分是诗论，而中国的诗论有很多是以诗的方式、诗话的方式表达出来的，或者以感悟、经验的方式出之。诗歌是一种特殊的艺术样式，关涉心灵，关涉内在体验，关涉虚实关系，诗歌及其创作、鉴赏过程中的很多微妙的元素是很难用学理进行阐释的，于是很多诗论就只说出现象，而将更为丰富的内涵留给读者去回味、补充、完善。我们或许都会有这样一种感受，如果对一首优秀的诗进行了过于细致、烦琐的解读，像庖丁解牛那样把一个鲜活的生命分解成一块一块的，其丰富性反而降低了，失去了作品的整体氛围和效应，尤其是失去了鲜活的生命，反而不如反复阅读原作获得的感受那样丰富。诗人谈诗的重要特点之一，就是保持了诗歌文本本身的鲜活特性。

经验性、感悟性的诗论所表达的观点或许不一定完善和系统，但它们大多来自诗人的创作体验，或者来自对创作过程的描述，或者来自对他们认为的好诗的品鉴，都是直击诗的本质的。这些文字或许有偏颇，甚至存在个人性特征很突出的偏激看法，但对于其他诗人来说，这种具有可感性的描述可以为他们提供诗歌创作的具体参照；对于读者来说，这样的文字是进入诗歌文本的重要通道，至少是一扇可以透光引路的窗户；而对于学院派的研究者，这些看似零碎而又闪光的观点，可以为他们提供关于诗歌本质的多方位思考，当他们把这些分散在不同诗人的文章中的观点加以比对、综合、提升之后，就可能形成具有广泛的涵盖性、切入诗歌艺术本质和规律的研究成果。

因此，恰如我看重铭久的诗歌创作一样，我也看重他的这些谈论诗歌的文字。我希望他和其他一些诗人的这类文字能够受到更多诗人、读者、学者的关注，使它们不断丰富中国的现代诗学，并最终建构出具有现代中国文化特色的现代诗学体系。“大道归一”，无论诗歌观念有多么复杂，诗歌创作的手段有多么丰富，但诗歌艺术始终存在一些根本的、恒常的构成元素，它们是诗之为诗的根本，一直流动在诗歌探索的历史中，任何“枝条”“绿叶”“花朵”“果实”都是从这个根本上生发和衍生出来的。“枝条”“绿叶”“花朵”“果实”都不应该忘记了“根”的情，这样才能形成良好的诗歌艺术探索氛围，并最终推进中国新诗和现代诗学的发展。

祝福诗歌，祝贺铭久！

在缓慢的行走中寻觅生命的纯粹

——序花盛诗集《低处的春天》

蒋登科

花盛是甘南的藏族诗人。我和他至今没有现实中的交集，但却有着诗歌上的多次交流。花盛的诗，我在报刊上读了不少，而且多次谈到过他的创作。2008 年初，我和熊辉博士应约撰写了《回响在甘南草原的吟唱——甘南青年诗人群印象》一文，其中多次谈到了花盛的诗；2012 年 6 月初，中外散文诗学会新疆分会和伊犁晚报社共同举办的 2011 年度（第五届）中国散文诗天马奖颁奖会暨散文诗创作交流会在伊宁市举行，赵宏兴的《寂地》、花盛的《雪域》、刘虔的《西江月，一朵白莲花里的世界》、语伞的《脸谱》、刘川的《个人史》获得该届大奖。我作为评委之一应邀出席了颁奖与研讨活动，心里还默念中可以见到不少未曾谋面的新朋友，而到达会场之后才知道，获奖的刘川、花盛恰好因事不能与会，我们因此失去了一次难得的见面机会。

和甘南的一些诗人建立联系是因为诗人王小忠。2005 年 5 月，我和他参加了散文诗杂志社在四川乐至举行的第五届全国散文诗笔会。在短短几天的交往和交流中，我觉得小忠是一个非常低调、安静的诗人，于是一直和他保持着联系，他出版了诗集、散文集都会送给我，我也写过文章谈论他的诗歌。他是一个热心人，尤其关注当地诗人的创作，不断向我推荐甘南的诗人，包括花盛、阿垅等等，我发现那里的诗人都具有类似王小忠的艺术个性和追求。

花盛出版过多部诗集、散文集，《低处的春天》是他的又一部诗集。在这本诗集即将出版之际，他希望我写几句话，谈谈我的阅读感受。客观说，花盛的诗属于我喜欢的那种类型，所以就爽快地答应了。

《低处的春天》包括四辑："缓慢行走""怀念故乡""微小的幸福""低处的春天"。每个辑名都体现了诗人的人生态度和诗意追求，或"缓慢"，或"怀念"，或"微小"，或"低处"，展示了一种向下的、向内的姿态，而不是那种张扬的、向外的姿势。

安静是花盛诗歌的基本特色。诗歌的风格可以是多种多样的，但安静是我较为喜欢的一种，尤其是在浮躁占据人心和诗歌的时代。诗人无论面对喜怒还是哀乐，他都可以不快不慢地冷静对待。他有激情但不张扬，他有痛感但不外露，他总是以一种克制的态度对待现实、人生和自己的内心体验。克制是诗歌在表达上的有效手段之一，而它恰好和诗人的人生态度和心灵向度达成了默契。这让我感觉到，花盛天生就是一个适合写诗的人。诗集的开篇之诗叫《离开》，书写诗人离开故乡时的心理体验，回忆、向往、迷恋、追寻等情绪交织其中，但诗人写得安静，写得舒缓，"在此之前/我沉默着，像一块石头经历着/被风化的疼痛以及暗藏的内伤"，石头般的沉默、风化的疼痛、暗藏的内伤等等，集中在一个人的身上，本来就是一种值得关注的现象，但诗人没有呻吟，更没有呼号，而是静静地回味，同时默默地向往："在不断地回首中/故乡与我的距离越来越远/最后像两道深深的辙痕/一道是昨天，一道是明天/中间是夜色一样漫下来的痛”，这一“离开”或许就是另外一个世界，这个世界是诗人所向往的，但在他内心深处，他依然牵挂着养育他的那片土地。这样的痛感只有置身其中的人感受得最为明显，无需高声也能撩动人心。“离开”与“回归”是花盛诗歌一直关注的话题，交织在他的人生中，也回旋在他的诗篇里。他在这种复杂的情绪交织中反思、寻觅、积淀、发现、选择，最终成就了他诗歌的独特滋味。

疼痛和忧伤是花盛诗歌的重要主题和精神取向。他总是唱着低回的曲调，轻声诉说着发生在那片土地和自己内心的种种故事，这些故事很优美，和诗人的生命历程紧密结合在一起，成为他生命的重要元素，但只要稍微拓展视野，从一些新的视角打量，诗人也发现这些故事其实包含了一些忧郁，充满汗水甚至泪水。《场景》一诗由几个场景组成，有羊、有人、有蚂蚁，其中有一个细节是这样的：

那个在车站蓬头垢面的乞讨者
接受着那么多的鄙视、唾弃和躲避
他削瘦的脸上刻满绝望。这和一群
拖着肥美晚餐的蚂蚁多么不同
它们的前面是温暖而幸福的家

在寒冷的冬日，一个无家可归的乞丐的处境连蝼蚁都不如，怎能不引起诗人内心的疼痛和悲悯？我们由此可以看出诗人是具有悲悯情怀的。我一直认为，一个诗人的艺术技巧无论多么娴熟，但决定其诗歌高下的往往还是诗人的情怀和胸怀，也就是诗人的人格取向。情怀来自诗人对他者的关注和同情，胸怀来自诗人对世界的打量和视野的高远。路边的乞丐在许多人眼里并不值得一提，因为他和自己没有关系，但诗人却为他投去了关注的目光。在诗人看来，乞丐也是自己的同类甚至兄弟姐妹，他们的苦难和快乐都和自己血肉相连。这样的诗，即使是低沉的，批判的，也是蕴含温暖的。

爱是花盛诗歌的精神内核。无论是展示还是解剖，无论是赞美还是批判，花盛的诗中都有一种爱的温暖融合其中。花盛的爱有自我之爱，有小爱，比如爱情，比如亲情，比如乡情……但他的作品中同样蕴含着一种大爱，包括对历史文化之爱，对大自然之爱，甚至对小生灵之爱……他写野菊："如果这个世界还能带给你温暖/那就是这些在秋风中依然灿烂的笑脸/如果这个季节还能带给你欣慰/那就是这些被人容易忽略的热烈的爱"（《秋风中的野菊》）；他写野花："而我们必须好好活着，爱着/必须忍住疼痛和泪水/像无数野花一样灿烂在远行的路上/紧紧相依，不离不弃"（《野花》），诗人抒写的是对完美生命的追求，而他所找到的载体是自然物象，是那些看似渺小但生命力极强的野花野草，这自然和他的经历和生存环境有关，但同时也和诗人平等对待大自然、对待他者有着密切的关系。在诗人心目中，世界上的一切存在都是平等的，一切生命都是平等的，我们应该在尊重与理解的基础上打量这些存在。我个人猜测，花盛的这种生命观念和他作为一个藏族诗人有关，尤其是他所受到的佛教影响有关。

花盛的诗也是有向度的诗。这个话题是从精神与生命发展的角度说的。所谓精神向度或者生命向度，就是诗人在面对驳杂的现实、迷茫的人生的时候，总是努力寻找了一种适合自己的精神与生命道路。这种向度有些来自历史的启示，有些来自大自然的感召，有些来自诗人自己的总结与提升。花盛的诗中始终蕴含着一种反思与反省，蕴含着一种来自内部的力量，这种力量具有超越性，恰如迷茫、驳杂中的一丝光亮，引导诗人走向他渴望的地方。我把这种向度称为理想光辉，它是对现实的提升与超越，也是对个人性的超越，是诗人在开阔的视野中发现的具有普视性的诗意。《我觉得自己陌生》有这样的诗行："这么多年，我总像一个路人/与她们擦肩而过/有时候，美丽就在身边，爱就在身边/而我们却不曾发现"，从这样的反思中，诗人获得的是对爱与美的重新思考；在《雨夜》中，诗人说："人类终究是渺小的，溅不起一丝涟漪/在尘世，在内心和时光深处/像夜色里一滴看不见的雨，消失在人世"，这种反思既体现了诗人平等对待一切存在的观念，也对人类自身存在的问题提出了批评，题材不大，但视野是开阔的，获得的生命启示也是具有普视意义的。《夜行》说："我没有就此驻足、小憩和遐想/路还很长，目的地还遥遥无期/而我必须行走，必须好好活着/像马不停蹄的忧伤"，人生之路虽然充满艰辛和坎坷，甚至有着"马不停蹄的忧伤"，但诗人并没有因此而止步，而是在漫长的路途上摸索，并且认定要"好好活着"，这样一种具有超越性的精神向度是发自内心的，也是对生命力量的一种张扬。诗集的最后一首诗《低处的春天》是写给儿子的，也作了诗集的名字，诗人在作品中对生命、人生的解读可以说是他的人生观念和追求的整体性书写，其中有这样一节：

明洁的月光多像你纯净的眸子
挤不进一粒灰尘和叹息，挤不进
一丝寒意和风声。像一片高原上的湖泊
映着阳光，映着蓝天，映着飞鸟的羽影
还有我深深地爱和温暖……

在我们小小的空间里安置着一张小小的床
但它足以容纳我们的身体和灵魂
容纳我们全部的意义和渺小的幸福
那些生活用具紧紧地拥挤在一起
像我拥抱着你小小的身躯
甜蜜地入睡，梦见一地月光

单纯、明洁，淡然而温暖，追求细小的充实和“渺小的幸福”，在阳光、蓝天、月光中获得“身体和灵魂”的安顿，这就是诗人理解的真实、驳杂而又充满活力的人生。

为了表达他所体验的人生和追求的梦想，花盛在艺术上采取了非常机智的做法。在语言上，他尽力追求轻化，通过意象化的方式使自己的情感得以外化和固化，得以有依托，而不至于沦为空洞的说教。他选用的意象多和他的生活和成长有关，和他置身的那片土地有关，和蓝天白云、清风飞雪有关，和小鸟花草有关，它们都是细小的或者是柔弱的，但在它们的外表之下却潜藏着发自内在的生命的力量，自顾自生长、演化，不以他者的意志而改变自己，构成了这个世界一道无法替代的风景，因此也成为花盛诗歌中不可或缺的元素。这些意象形成了花盛诗歌小处着眼、细处觅诗的文本特征。花盛很少使用宏大的表述，甚至很少使用外向型的语词，他总是向内收缩，最终回到自己的内心。他不把自己的体验强加于人，不以自己的方式去妄评世界，而是采用对话的方式，和世界达成诗意的默契。

在最后，我想特别推荐花盛的《缓慢行走》这首诗：

让我在甘南的雪地里缓慢行走

不要触碰那些在草叶上睡眠的雪花
她们一定累了，被风摆弄着左右飘荡
酝酿了一生的梦只有在此刻静静地实现

让我在桑烟升起的时候缓慢行走
不要去打扰正在煨桑的阿妈
早已斑白的两鬓是雪花还是寒霜
缕缕飘动荡桑烟那么轻，像我眼中滑落的泪

让我在马群的后面缓慢行走
不要挡住它们奔跑的道路和视野
扬起的灰尘尘封着我的双眼，这么多年了
我只愿走得更缓慢些，远离尘世喧嚣的灰尘

我个人认为，这是花盛作品中最成熟的文本之一。舒缓的节奏、单纯而有质感的意象、朴素而充满活力的场景，人与世界和谐共处的乐园，飘忽但满是温暖的梦想，构成了一幅世外桃源般的诗意画卷。在快节奏的现代，缓慢对于很多人来说其实就是一种奢侈。但在诗人那里，在诗人的内心，他们可以做到。诗人是生活在现实中的梦者。唐力可以有《缓慢的爱》，李元胜写出了《走得太快的人》，都表达了对这种生存状态的梦想。尤其是生活在甘南草原的花盛，面对广阔的草原和没有尘埃的蓝天，他在现实生活中或许都能够做到这种缓慢的行走，这更让人心生向往。这首诗并没有特别的高明之处，甚至还有着农业文明积淀下来的文化基因，但它带给我们的是心灵的舒展，情感的寄予和超越浮躁的梦想。这就是诗，不一定是现实的复写，甚至可能是现实的反调，但它或许正是情感的真实轨迹，或者是心灵的安居之所。

花盛生活的地方很偏远，但他的诗离我们很近。花盛的诗，意象新鲜但不做作，很少堆砌与雕琢，给人一种流畅的感觉，有如天成。他不追求大话题，而是从内心深处慢慢泄露出点点滴滴的思绪，既有痛感，又带给人温暖，既让人沉思，又蕴含着梦想，情绪饱满而不干涩，语言流畅但不俗套，恰如甘南的阳光、和风、细雨、飞雪、青草，天然而透明，多彩又绚烂，具有很强大的生命力。他在表达上比较节制，并不把自己的体验说透，而是在一种旋律之中建构独特的诗意氛围，邀请我们跟着他的节奏去用心领会他心灵的流淌。他的诗中几乎没有浑浊的东西，而是用一种本然的纯粹诉说对生命的理解，其中蕴含着他对世界和他人的敬畏与好奇。花盛既写抒情诗，也写散文诗，二者皆有所成。作为一个关注诗歌的人和花盛的读者，我对他未来的发展充满期待。

童心、酒醉和梦境建构的“返乡”之途

——序袁智忠散文诗集《心未眠》

熊 辉

袁智忠先生在西南大学念本科的时候，住在文科生聚集的桃园宿舍，我算是与他有相似的大学体验；但袁先生比我年长，学问见识和创作才气均在我之上，当属我的老师辈。工作之后，我曾在桃花山居住过两年，经常看见袁先生手捧茶杯与人对弈；后来我搬到了文星湾学府小区，偶尔碰到他在校园里散步，总会握手寒暄，然后径自离去。戊戌年春节后的某个下午，太阳从浓雾中探出头来，阴暗的书房顿时霞光万丈，我忽然接到袁先生的电话，嘱我给他新作的散文诗集写序。我自觉难担此重任，能力高低姑且不论，单袁先生作为前辈的身份就足以让我生畏。但他执意如此，特地约我恳谈，还以美酒和香茗相待，我恭敬不如从命，以不辜负袁先生的一片期待。“诗无达诂”，我当然不能穷尽袁先生诗歌的全部情思和审美艺术，过度诠释或偏颇执拗之处也在所难免，此文姑且当作我们心灵的唱和吧。

袁智忠先生一直致力于散文诗创作，其目的是为自己建构精神层面的理想居所，在充满劳绩的现实生活之外，通过童心、醉酒和梦境等途径抵达荷尔德林所谓的“故乡”，从而坚强并诗意地栖居在大地上。

一

在道学僵化并严重禁锢人心的情况下，明代思想家李贽收入《焚书》中的《童心说》一文，希望文学作品能秉着“一念之本心”，具备坦率表达个体真实欲望和情感的“私心”和“童心”。英国浪漫主义诗人华兹华斯在《每当我看见天上的彩虹》一诗中，有一句让人费解的诗句：“儿童乃成人之父”。诗人意在说明成人应尽量保持儿童的纯真心灵，保持儿童对自然世界富有想象力的感知，因为成人大都被纷繁的世界染变得世故圆滑。从感受真实世界的角度来讲，成人已远远落后于儿童，儿童才是成人的老师。如此看来，李贽和华兹华斯的思想有异曲同工之妙，即“童心”视角是真实表达作者主体情感的重要途径。

袁智忠先生用大量的诗篇去表现童年生活，或通过童年的眼光去观察现实世界，据此获得心灵的慰藉，进而在俗世之外建构起诗意的生存空间。诗人曾在《春天的御临河》这首诗中说：“我永远是一名放风筝的孩子”，拥有一颗“永不睡眠的童心”。在经历了艰难世事之后，人到中年，难免“油腻”上身，但诗人却依然保持着真纯的心态并以“童真”之眼去打量世界，从而感受到四季轮回的气息，创作出极富才情的诗篇。很多人认为只有青少年适合创作诗歌，因为他们处于激情四溢的华年，中年以后诗歌创作的才情就会枯竭，以至于再也写不出年轻时情绪饱满的诗篇了。但德国诗人歌德通过他的创作实践展示了另外一面：浪漫的少年情怀固然是创作诗歌的要素，但中年以后的沉稳心态和对艺术不懈的追求之志可以使人诗心荡漾，乃至老年以后的恬淡和沧桑更能增加诗情的厚重感。袁智忠先生的写诗行为是明显的中年创作，但可贵的是他拥有一颗童心，对美好事物执意保持兴趣，虽然昔日爱情的华彩逐渐褪色，但对艺术的初心和年过半百之后的平和心态使他的诗更有意味，他也能以风轻云淡的心情去观察周遭世界，以赤子之心与世间万物交流融合。在那首写于儿童节的诗篇中，诗人分明是在“蔚蓝的天空下”行走，却被“凉凉的风儿”吹醒了“苍白的童心”，进而联想到自己苦涩的童年生活。“水流无言，光阴无声”，“去日的悲苦”演绎为万千思绪；“时移世迁，人生易老”，诗人在如此炎凉的世态下依然抱着朴实而理想的生活理念，通过诗篇留住“童心”，在儿童的世界里“醉梦不醒”。既然诗人的童年是悲苦的，那他为什么还要借助诗篇返回童年并永远停留于斯呢？很明显，《写于6月1日》这首诗中的“童年”已不再是物质贫乏的童年，也不是天真无邪的某个人生阶段，它与物质世界或物理时间无关，而是诗人半生之后立意建构的心灵栖居地。

为了抵达海德格尔存在主义层面的“返乡”之途，诗人选择了一条逃亡之路，那就是从现实生活中突围而出，让精神回到儿童时代的家乡。现代人每天穿梭在高楼大厦之间，流连于网络媒体，心思被各种欲望和压力塞得水泄不通，但带着匆匆行色返身审视来路时，却又一无所获。因此，诗人怀念故乡，怀念故乡的老屋，儿时的光阴似乎一直在缓慢地流淌着，而那时经历的人事似乎永远焕发着迷人的光彩，让人领略到真实而惬意的存在。《怀念老屋》通过写童年的温润梦想，反衬出诗人对现实世界的失望；“老屋”不再是简单的房子，它具有较强的隐喻功能，喻指诗人理想的生活居所。在诗人的精神世界里，“故乡的瓦屋”一直在“闪放光芒”，儿时的生活是一幅幅流动隽永的水墨画：老屋檐前的燕子，“总是第一个把春天的讯息捎来”，奏响诗人童年的“和美音符”；“小脚”的外婆絮絮叨叨地讲着过去的故事，那些“朴素的道理”使诗人更加向往“明天的梦寐”；老屋里摆放着“粗糙而又精美”的农具，父亲勤劳的双手使之“开放花朵”。老屋经不住岁月的风霜而坍塌，但诗人“总也走不出老屋的门槛”。燕子教会的审美、外婆讲述的做人道理、父亲勤劳的秉性等，构筑起了诗人心中永不倒塌的“老屋”，那是一份割舍不掉的人生财富，也是一处诗人永远驻足的精神圣地。诗人总在作品中捍卫“乡村”的荣誉，作为心灵居所的象征，诗人心中的乡村或故乡总要胜过名山大川，就连山珍佳肴也比不过母亲腌制的“咸菜”。《乡村生活》与《怀念老屋》抒发的感情几乎如出一辙，只是诗人在前者中添加了“母亲”的形象，他“在母亲的白发里，打捞乡村生活的诗歌与梦想”。由此看来，诗人一生的时间和一世的情怀再也走不出“故乡”或“童年”的疆域，他的情思“遗落在犬吠的深巷尽头，遗落在知了的长鸣声中，遗落在外婆那双小脚赶月的脚印窝里”。

诗人的童年时代应该是在20世纪70年代前后，那是一个物质极度匮乏且信息相对封闭的年代，但诗人笔下的童年并非苦难生活的代名词，反而一直被刻画成温暖的模样。袁智忠先生之所以用大量的诗歌去表现农村生活，不仅因为农村生活的乐天祥和，农人坚韧向上的求索精神，更重要的是他拥有“儿童”的观照方式。《苦秋》算是诗人回忆儿时乡村艰苦生活的代表作之一，诗人首先为我们呈现了一幕落魄的求学情景：“撑一把蓝布伞，光一双小脚丫，故乡的石板路上，绵绵的秋雨淋湿的天空，我多次滑倒的青春连同书包里的那几本残破的课本，在雨水里闪亮一行苦涩的回味。”尽管如此，诗人依然没有埋怨的语气，也没有责怪生不逢时的际遇，而是将苦难视为一生的重要财富。正如他自己所说，在经历了“数十载秋风秋雨的洗礼”之后，才能“长出营养一生的养料”。这首诗印证了“苦难是福”的俗语，诗人倘若没有童年乡村艰难生活的磨练，就不可能有后来人生道路上取得的诸多成就，而他的诗篇也力图通过乡村童年生活来表现积极向上的人生态度。

正因诗人以“童心”来观察世界，乡村的一切事物不仅美丽如画，而且艰难困苦也会演奏出快乐的音符。诗人通过高考进入大学，毕业后一直在城里工作，但却对农村生活念念不忘，他的很多诗篇是对以往乡村生活经验的表达，比如《太阳红》《捡狗粪》《割猪草的幺妹》《麦收》《三月的风》等。在这些诗作中，诗人主要是为了展现农人乐观知足的生活姿态。在《割猪草的幺妹》这首诗中，“一件花衣裳”就足以让“幺妹”感到无比快乐；《三月的风》形象地再现了农人天然而幸福的生活场景：“三月的风是一串银铃般的笑声，在和美的光芒里，男人春眠的鼾声，女人四季庄稼春种秋收的唠叨，少年挂在蓝天飘飞的风筝，都在三月风的笑声里如歌如诗般演绎”；《麦收》中重点刻画了“父亲”的勤劳形象，尽管“父亲的一生，是煎熬和愁苦的一生。庄稼收了这季，又愁下季。今年收成了，又愁来年。一生辛劳，一生愁盼”，但父亲却是无比幸福的，在广袤的大地上，只要他辛劳耕耘，便会收获饱满的“麦穗”和“金灿灿的稻子”，再苦的日子也注定能“开出一朵又一朵灿烂的花”。如果说母亲的满头银丝是牵挂和思念的意象，那父亲“披蓑戴笠，躬耕田水”的形象则是精神和灵魂的写照。在《以水为伴》这首诗中，诗人坐在水边，温暖的阳光和碧蓝的天空让他如坠梦里，而沉甸甸的过往也随之敲响心门，“父亲”劳作的形象在眼前挥之不去，成为滋养诗人走南闯北的动力。

如果说儿童的世界和儿童时的故乡是诗人意欲返回的精神家

园，那俗世的一切不过是诗人“返乡”的载体，其写作的意义均是为了回到心灵的“故乡”。王国维在《人间词话》中说：“以我观物，故物皆著我之色彩。”诗人在游览中山古镇时，一段爱情传说深深触动了他敏锐的神经，于是蜿蜒的街道和昼夜不停的溪水就成了真情的见证，连游人口中的美食都具有形而上的色调。爱情的咏叹调常被人视为“青春写作”的余韵，而诗人已过天命之年，何故为赋新词强多情呢？在漫长而寂寞的人生旅途中，那些曾经的爱人和朋友终究敌不过岁月的洗礼，浓情蜜意化作亲人的相依相随，爱情的浪漫沉淀为今日默契的生活日常。实际上，诗人在《云空的爱情》这首诗中除了表达爱情之外，还有对物质生活的厌恶和对理想生活的诉求：“男女主人公以血肉之躯，挟惊世之情爱，拾级而上，漫步云空，俯瞰众生，为东方的爱情辞典书写一行清新而又苦涩的注释。”诗人“把酒长歌”，他着意追寻的是“血肉之躯”以外的精神世界，想要摆脱的是沉闷压抑的现实生活，从而达到一种“漫步云中”与“俯瞰众生”的超脱境界。将一首倾慕爱情的诗篇作如此艰深的解读，并非读者有意为之，而是诗人的心智的确已摆脱激情的书写，所有的诗句不过是他建构理想生活居所的媒介。

家乡并非一成不变地安睡在诗人的心房，面对日新月异的现代工业文明的侵蚀，诗人再也回不到昔日的家乡了：“泥土墙没了，半月瓦没了，满目的瓷砖与绿铁皮楼房，生长在肥田沃土里。我闻不到豆苗香，迷失在宽平的乡间公路上，任凭汽车、摩托车奔驰的声音嚎叫。”（《家乡过年》）儿时的记忆和生活伴随着老屋的消失而瓦解，更令人痛心的是“肥田沃土”被用来修建房屋，庄稼的香气被宽广的公路取代，“农村”已今非昔比，诗人只能存在于语言建构的“家”中。

二

人到中年，方觉半生浮名终是虚妄，可现实利益充斥着的尘世很难让人平心静气地生活，百无聊赖的时候，诗人选择了两条通往心灵圣境的道路：一是在美好的回忆中享受逝去的清宁或激情，让那些青春岁月的光荣与梦想闪现眼前，哪怕年少时在乡村度过的清贫生活也春光无限；二是在酒精的麻醉中暂时忘却烦忧，通过买醉的方式忘记伪装的真善，抵达真实的内心世界。

袁智忠先生近年的散文诗仿佛都经过了烈酒的浸泡，真挚浓烈而又苦涩沉重。比如在《夜的眼》这首诗中，诗人在春天的夜晚凭栏远眺，趁着酒兴他看见了“美梦在露珠上发芽”，而时间也随着心绪飞回“流浪”的少年时代，于是各种心酸往事涌上心头。尽管来路奔波坎坷，可诗人从来没有抱怨生活，而是以冷静理性的眼光分析他们那代人遭遇的各种不幸。毫无疑问，个人虽有强大的意志或丰富的情感，但面对社会历史的劫难却无法扭转时空，甚至连自己的人生航向都无法掌控，正如诗人所喟叹的那样，社会稍有动荡，“我们的生命就颠簸了好多年”。诚然，现实难以容纳纯精神或情感层面的生活，诗人只有通过醉酒的方式进入与现实相隔的另一层空间，他在那里可以恣意想象，可以获得灵魂的自由和精神的放松。就如《一个人的村庄》这首诗所写：“酒醉后，一个人。寒夜里，在麦地上寻找走进村庄的小路。”此时的“村庄”是诗人心灵的故乡，是诗人终其一生都在用诗歌建构的理想栖居地，而他只有在醉酒后的寒夜里，在没有旁人打扰的时候才能抵达他的“村庄”，抵达他的“快乐老家”，在那里他才能获得尘世中最真挚的情感——满头白发的母亲在“顾盼我回家”。清醒的时候，故乡仍然在诗人的笔下透出阳光般温暖的气息，是他情感寄托的家园，当他想起故乡的渡船，就想起了行人晚归的图景，于是“梦回沙滩，古船犹在，隐隐约约，渡山渡水，渡一船向往彼岸不灭的梦呓”。只有故乡的“渡船”能将他载往彼岸，达到一个没有烦忧和愁苦的世界。

再美的诗篇也无法阻止时光的流逝，再美的祝愿也无法抗拒生命的衰老，袁智忠先生的散文诗在立意建构心灵居所的同时，也生出很多无奈的隐痛。读诗人那些怀念乡村和亲人的作品，我们不免眼眶潮润，心生悲凉。讲故事的“外婆”早已与诗人阴阳两隔，冬天双手冻得通红的“小妹”如今承担了无尽的生活压力；而勤劳的“父亲”也跟随大雪的足迹消融于黄土之下，他留给诗人最后的印象是：“下雪的日子，父亲烤着灰笼，盘算春耕夏耘的笑容。”“母亲”的形象在诗人的作品中出现频次最高，在无数寒冷的日子里，诗人“怀念母亲缝补旧衣的巧针巧线，和那些细数一分钱一把米过日子的唠叨”。倘若时光可以停滞不前，岁月可以安静和顺，诗人便能和挚爱的亲人一起做伴同行；可当大雪不再覆盖大地的时候，“父亲走了，母亲老了。我独坐客栈，无语无言。”沉默是无奈的表达，也是无声的抗拒（参阅《雪盼》）。诗人表达时间无情流逝的诗句还体现在《无语的人生》这首诗中，该诗本来是写初中同学在四十年后重新聚首的高兴场景，但却被诗人写得沉重而心痛：时间年轮“只轻轻眨了一下眼睛”，“一群乡村孩子，就从童年熬到了中年”，而曾经天真烂漫的脸庞也“长成了数十张酸甜苦辣不同的脸”，青春因此“长满老茧和汗渍”，诗人不禁发出了长长的叹息：“茫茫苍天，此何人生?”《致桃园生长过的青春》这首诗同样表达了人到中年的无奈：“人到中年/生命已然在风雨中/煎熬成了嚼在嘴里的口香糖/吞不进去/吐不出来”。

面对生活的无解难题和不能承受之重，诗人在买醉中与现实疏离，以此获得精神的自由和解脱，但僻静之地也是他安放心灵的场所。在《游偏岩古镇》这首诗中，诗人带着寻找安静环境的“梦”来到古镇，但坐在溪流前品茶的诗人，终是无法悟得人生的“阴晴圆缺，春夏秋冬，死死生生，分分合合”，因此他“端坐无语，想做一名打坐的高僧”，在青山绿水的古镇忘却尘世的纷扰。现代人被囚禁在钢筋水泥修建的高楼中，诗人写下《春游龙兴古镇》来表达一种逃遁的心情，认为只有离开都市到古镇上去，才能“浇灌被水泥森林和鸽子笼囚禁的灵魂”。《湿地抒情》这样写道：“逃离都市的喧嚣，来到这大地的私处，享受草绿水碧间木舟荡桨的柔情蜜意，释放一串又一串烦恼与紧张，书写生命活力的华章。”诗人走进大自然，就能忘却现实生活的各种压力，将烦恼与紧张抛在脑后，展现原初的生命力，获得身心的自由与宁静。不管是“筑梦高山”，还是“心向大海”，诗人的内心都在吁求一种平静如水的生活环境：“拥有一切生命形态和人间至美的余欢，山和水，花朵和鸟儿，水和草，河流和绿树和谐地构造在一起。仰望蓝天，在阳光和雨水的滋润下，显露赤诚的爱与美，养育我生命拔节的声响。”（《湿地公园》）这是“天人合一”的最好注解，只有在和谐的自然环境中，诗人才能听见时间的脚步和生命的交响。在《听叠水河瀑布》一诗中，诗人“停下忙碌的脚步”，“点燃一炷心香，供奉一颗循道的素心”。而只有当他徜徉在大自然的怀抱中，才能“品味生命的玄意”，平心静气地思考生命的真谛或活着的意义。

诗人在梦境中同样可以进入与现实完全不同的世界，保持与现实的距离，在想象中建构理想的生活场所。如果说诗人用诗篇构筑的心灵居所还停留在观念层面，那《在一个平台做梦》则勾勒出他亦真亦幻的实景生活。诗人在第一节中认为，生活如同“刀风霜月”，自己如同“一只沙漠上空的蝴蝶”，在“远离绿洲”的危险空间中“千万次飞翔”，最终“梦回庄周”。诗人借用庄生梦蝶的典故，表达人生在世的诸多困惑和不安，我们不知道自己生活在真实还是虚幻中，难以超越认识的局限。但诗人不管尘世的喧嚣杂乱，他愿意“恬静如乡间野草。观雨露晨曦，听蛙鸣虫吟，心如一湾浅水，波澜不语。”在繁华的都市里，故乡的蛙鸣虫吟响彻耳畔，在滚滚红尘中保持波澜不惊的心态，这是诗人返璞归真后力图保持的平和心境。最后一节，诗人要“筑平台于高山之巅兮，做好梦于昼日。此身上仰天穹，下就土木，把肉身之外一切去了，天地无边”。岁月静好方能白天黑夜都生活在梦幻之中，《古诗十九首》有诗云：“人生天地间，忽如远行客”，我们都是在天地间漂泊的游客，没有归途和来路，只有卸除沉重的肉身，精神方能获得自由与解脱，天地才会开阔无边。这首诗具有十分浓厚的道家色彩，老庄的“齐物论”让诗人能将物我生死和是非得失淡然处之，从而在归隐山水田园之中获得超然物外的永恒存在。

这不由得使人想起海德格尔意欲返回的故乡：“南黑森林一个开阔山谷的陡峭斜坡上，有一间滑雪小屋，海拔一千一百五十米。小屋仅六米宽，七米长。低矮的屋顶覆盖着三个房间：厨房兼起居室，卧室和书房。整个狭长的谷底和对面同样陡峭的山坡上，疏疏落落地点缀着农舍，再往上是草地和牧场，一直延伸到林子，那里古老的杉树茂密参天。这一切之上，是夏日明净的天空。两只苍鹰在这片灿烂的晴空里盘旋，舒缓、自在。”（海德格尔《人，诗意地安居》）海德格尔通过对荷尔德林诗歌的阐释来表达自己的“存在”之思，而后者《返乡——致亲人》的诗篇流转甚广，其对“阿尔卑斯山”景色的描写也堪称绝妙：“在阿尔卑斯山上，夜色微明，云/创作着喜悦，遮盖着空荡的山谷。/喜滋滋的山风呼啸奔腾，/一道光线蓦然闪过冷杉林。/那快乐地颤动的混沌在缓缓地逼近和奋争，/它羽毛未丰却强有力，颂扬着山岩下友爱的争执，/在永恒的范限内酝酿，步履蹒跚，/因为清晨更狂放地在山里降临。”这也易于让人想起陶渊明笔下的“南山”，袁智忠先生笔下的故乡、村庄、老屋等都寄寓了相似的感情。

三

袁智忠先生在很多作品中表达了放情山水的“逍遥”思想，让人觉得他确乎是道家思想的信奉者，但诗人同样也深受儒家思想的浸润，其作品充盈着不可冲淡的入世情结。

童心视角、醉酒或梦境使诗人获得了返乡之途，而他意欲返回的家乡是精神层面的胜境，与现实格格不入。从这个意义上讲，诗人似乎是不谙世事的理想主义者，但实际情况并非如此，袁智忠先生拥有民族大爱的胸襟，在那首参观了法国巴黎拉雪兹神父公墓后写成的《游拉雪兹公墓》一诗中，诗人由衷地赞美民族英雄和为祖国的发展作出过卓越贡献的民族精英。拉雪兹神父公墓中埋葬的是在过去几百年里为法兰西作出贡献的名人，诗人赶在法国国庆节的时候去瞻仰墓地，认为“一个族群的精英，在法兰西的土地上，死后亦为方阵，把那些伟岸的精神，齐涮涮流芳万世，长成一个国族的骄傲”。当阅兵仪式上的飞机划过天空的时候，诗人获得了“阳光下的顿悟”，那便是一个国家的强大除了武器和物质的发达之外，还必须有“伟岸的精神”。诗人的写作意图十分明显，他不是要读者去羡慕法国的精神和经济，而是作为一个中国人，一个“大汉的子民”，我们同样应该有“强国梦”，真挚浓烈的爱国情怀跃然纸上。在《走进李庄》这首诗中，诗人歌唱“民族的血性”和一群信守“国不可辱”的知识分子。在战火纷飞的年代，外敌的入侵点燃了中国人自卫的激情，“李庄”的高粱白酒更是在内迁知识分子的“体魄内发酵出生产民族精神食粮的绝决力量”。

儒家文化虽然强调“中庸之道”，压制了文学的个性化书写和情感的个人化表达；但与此同时，先贤孔子强调个人的道德修为，只有“日三省吾身”方可实现“治国平天下”的抱负。及至明清时期，在王阳明的努力下，儒家的“内圣外王”思想得以进一步完善，唯有自我修养颇高的人才能施行“王道”，实现知行合一。因此，历代读书人都较为注重道德修养的提升，这是中国知识分子乃至普通人朴素的生命价值观，袁智忠相应地在诗篇中对此有充分的演绎。《雨中的米兰》这首诗具有明显的“自省”色彩，诗人在参观米兰大教堂时创作了如下诗行：“我只想把欲望的心掏出来，在耶稣的灵前作一次深深的忏悔。//在雨中，我为多情的村庄忏悔，我为喧嚣的城市忏悔，我为匆匆的脚步忏悔，我为贪婪的心灵忏悔。//我忏悔，我是一名远离教堂的闹市之子；我忏悔，我是一名远离生命原乡的流浪汉。”诗人并不信奉基督教，但在参观宏伟的米兰大教堂时却像一位虔诚的基督徒，因为破败的乡村、物欲横流的都市、不断追逐现实名利的个人以及贪婪无度的私欲等等，诗人必须向圣母玛利亚忏悔。更重要的是，诗人觉得自己是被放逐在闹市的荡子，他和很多人一样是一群“远离生命原乡的流浪汉”，这是何等沉重的叹息和忏悔。也正是因为这些无尽的“忏悔”，诗人提高自我修养的心思以及对众人精神放逐的忧虑才显得更有价值和意义，而他“兼济天下”的“大我”情怀也得以彰显。

最后不得不提及的是，与之前的散文诗相比，袁智忠近期的作品在风格上有比较明显的变化，最突出的就是语言更加平实，减少了意象的堆砌和思维的跳跃，他倾向于以简单的语言去表达深刻的情感。这种诗风的转变，也许并非诗人有意为之，而是生活经验的积累和人生境界的提升所致。相比年轻时候的为赋新词强说愁，袁智忠先生如今的作品更具艺术的魅力，也更有思想的深度和情感的普适性，阅读《心未眠》中的散文诗，有如细品一壶茗茶的清香悠远或一杯老酒的醇香芬芳。

图书在版编目（CIP）数据

诗学.第十辑 / 吕进，熊辉主编.—成都：巴蜀书社，2018.10
ISBN 978-7-5531-1066-0

Ⅰ.①诗…　Ⅱ.①吕…②熊…　Ⅲ.①诗歌研究—中国—当代
Ⅳ.①I207.22

中国版本图书馆 CIP 数据核字（2018）第 234963 号

诗学（第十辑）　　　　吕　进　熊　辉　主编

责任编辑　陈亚玲
出　　版　巴蜀书社
　　　　　成都市槐树街 2 号　邮编 610031
　　　　　总编室电话：(028)86259397
网　　址　www.bsbook.com
发　　行　巴蜀书社
　　　　　发行科电话：(028)86259422　86259423
经　　销　新华书店
照　　排　成都完美科技有限责任公司
印　　刷　成都翔川印务有限责任公司
版　　次　2018 年 11 月第 1 版
印　　次　2018 年 11 月第 1 次印刷
成品尺寸　210mm×148mm
印　　张　12.75
字　　数　350 千字
书　　号　ISBN 978-7-5531-1066-0
定　　价　42.00 元

本书若出现印装质量问题，请与工厂联系调换